有爱的青春陪伴者

图书在版编目（CIP）数据

初学者 / 马克定食著. -- 南京 : 江苏凤凰文艺出版社, 2025. 6. -- ISBN 978-7-5594-9580-8
Ⅰ. I247.5
中国国家版本馆CIP数据核字第20256CY261号

初学者
马克定食 著

责任编辑	王昕宁
特约编辑	听　听　雪　人
责任校对	言　一
责任印制	杨　丹
出版发行	江苏凤凰文艺出版社
	南京市中央路165号，邮编：210009
网　　址	http://www.jswenyi.com
印　　刷	长沙鸿发印务实业有限公司
开　　本	880mm×1230mm　1/32
印　　张	11
字　　数	419千字
版　　次	2025年6月第1版
印　　次	2025年6月第1次印刷
书　　号	ISBN 978-7-5594-9580-8
定　　价	42.80元

江苏凤凰文艺版图书凡印刷、装订错误，可向出版社调换，联系电话025-83280257

目 录
CONTENTS

第一章 初夏 /001

第二章 束缚 /028

第三章 公开 /052

第四章 矛盾 /077

第五章 选择 /104

第六章 结束 /126

第七章 重逢 /159

目 录
CONTENTS

第八章　和解　　　　　/191

第九章　幸运　　　　　/224

第十章　心动　　　　　/252

番外一　初遇　　　　　/299

番外二　新年　　　　　/320

番外三　领证　　　　　/335

番外四　婚礼　　　　　/342

第一章
初 夏

1

五月末,初夏时节。

宁城最近接连几天艳阳高照,温度持续上升,晌午气温几次逼近四十摄氏度,烈阳将地面烘烤出热浪,蝉鸣声声不绝。

十字路口红灯变绿,等候在斑马线后的车辆重新启动,逐渐加速。

一辆出租车停在宁城人民医院大门口,邬思黎下了车,步履匆匆地往医院赶,垂在身后的马尾随着她的走动轻晃,她手中捧着的保温袋始终平稳。

踏进医院大厅,凉气扑面而来,驱散从室外携带而来的暑热。不需要指引,邬思黎轻车熟路地上电梯,直奔住院部十五楼。

十五楼是仅次于医院 VIP 病房的双人病房,环境相对安静。正是饭点,医护人员大多在办公室吃饭休息,走廊空旷又寂然。

邬思黎踩在地板上轻微的脚步声密集如鼓点般,护士台的人看到她,熟稔地朝她打了个招呼。

"来了,思黎。"一个年长些的护士站起来,打趣着,"今天你可是迟到了啊。"

"有点事耽误了。"邬思黎笑笑,脚步并没有停顿,"我先过去了。"

"去吧去吧。"护士长习惯性宽慰她,"你弟弟一上午都挺好的。"

"好。"邬思黎道谢,"麻烦你们了。"

"应该的。"

一旁默默观望的年轻小护士一路目送着邬思黎进到走廊最里面那间病房后,才堪堪收回视线,凑近护士长,小声问道:"刚刚那个女生是 12 号床的家属吗?"

小护士今天才调到十五楼,正是熟悉各个病房人员情况的阶段,上午查房时,其他病房的病人都有家属相伴,唯独 12 号床的病人是自己一个人。

护士长点头:"是他姐姐。"

小护士着实有被惊艳到:"他们姐弟俩长得可真俊。"

"长得再俊没个好身体有什么用?"

001

想起12号床病人的病,小护士叹息一声:"也是。"

漂亮的人或物总是会引起他人怜惜,在医院工作十几年,见惯生死的护士长都不禁唏嘘:"姐弟俩也是命苦的,姐姐还在上学,边读书边挣钱,弟弟的病也不见好。"

"他们父母呢?"

"好像是出车祸去世了,在她高考那年。"

小护士惊讶地张张嘴,女人本就感性,她又才毕业没多久,还不能做到"冷眼旁观",一时有些心疼:"那他们俩也太可怜了,姐姐打工赚的钱够弟弟治病吗?"小护士家境还算可以,揣着一颗善心,想要帮忙,"有没有什么渠道能捐捐款?"

"不用。"护士长是个老实人,总觉得背后八卦病人的事情不太好,但是又怕不打消掉小护士的热心,她会冲动。

护士长思索片刻,低声告知:"姐姐有个男朋友,挺有钱的。"

小护士眨眨眼。

"应该是,但是他只在12号床入院和做手术的时候来过,也是个很俊的小伙子。"护士长忍不住多说了两句,止住嘴后警告小护士,"别出去随便乱说啊。"

小护士捂住自己的嘴巴,比了个"OK",示意护士长放心。

邬思黎推开门进病房的时候,邬思铭正端坐在病床上,聚精会神地看着平板电脑,右手握着一支笔,在纸上潦草地算着什么。

听到门口的动静,以为是护士,邬思铭头都没抬一下,沉浸在自己的世界里。

知道他在做竞赛题,邬思黎没有出声打扰他,站在门口等着他结束。

余光见门口杵着一道人影,迟迟不动,邬思铭抽空瞥一眼,看到邬思黎,骤然扬起笑,放下笔:"姐!"

邬思黎走过去,将保温袋放到桌板上。

邬思铭把草稿纸收到一边,在平板电脑上点几下,找出一张电子版试卷,献宝似的呈给邬思黎:"姐,你看,柯让哥给我找的去年的数竞题,我答了,得了138分。"

AMC12(美国数学竞赛)的试卷,满分150分,130分以上的人少之又少,而邬思铭能答出138分的高分,他才十四岁,说是天赋异禀也不为过。

毕竟他没有系统地学习训练过,几乎全靠自学。

邬思铭是个天才,如果他能像正常人那样生活学习,一定会有所成就,但是就像大多数天才那样,光辉的人生总要伴随着不幸才算公平。

"挺好。"邬思黎拉开保温袋拉链,拿出里面的饭盒,"先吃饭吧。"

得到夸赞，邬思铭骄傲地扬起脑袋，看到保温桶里盛着的豆芽牛肉汤，他眼睛一亮："姐，你怎么知道我想喝这个汤的？我们俩不愧是姐弟，真是心有灵犀。"

邬思黎没说话，递给他一双筷子，坐到他对面，跟他一起吃饭。

本以为牛肉汤是买的，邬思铭喝下第一口汤就尝出来是邬思黎的手艺。他记得她今天上午明明是满课，十二点下课，现在还不到下午一点，邬思黎哪儿来的时间回家做饭又赶过来？

一想到她准是翘了最后一节课，邬思铭心里顿时不是滋味。看见她眼底的青黑色，邬思铭动动嘴唇，压在心底许久的话脱口而出："姐，不然我不治了。"

邬思黎一顿，抬起头："怎么了？"

"挺没必要的。"邬思铭说，"我也不想你太累。"

"我没事。"邬思黎吃着饭，嗓音稳到不掺杂任何情绪，"毕竟是我欠你的。"

老话说"酸儿辣女"，邬母当初怀第一胎的时候，特别爱吃酸，全家人都盼着是个儿子，从名字到孩子出生后的所有用品，都是按照男孩来准备的，结果邬思黎是个女孩。

惊喜落空后难免有怨愤，邬思黎五岁时，邬母生下邬思铭，总算是如愿以偿。

可惜天不遂人愿，邬思铭在七岁那年查出白血病，对全家人来说这个消息无异于晴天霹雳。

邬母尤其疼爱儿子，每次看到邬思铭被病痛折磨，而邬思黎活蹦乱跳，就会将怒气发泄到邬思黎身上，说要不是她抢占了弟弟的位置，弟弟怎么会生病。

这样的话，邬思铭病了多少年，邬思黎就听了多少年。

一开始，她也觉得委屈，可时间一长，被锥心的次数一多，她也麻木了，甚至还会产生认同感，如果她没有出生，或许大家都能生活得非常好。

邬思铭厌恶至极邬思黎欠他的这种言论，可偏偏现在说出这句话的人是邬思黎。他嗓子像是被什么东西堵住，极为干涩："对不起，姐。"

除了一句毫无用处的道歉，邬思铭不知道还能回馈给邬思黎什么，邬思黎还没有放弃他，他就没有权利结束自己的生命。

饭菜突然失去滋味，邬思黎吞咽的动作微不可察地一滞，她夹了一筷子菜放进邬思铭的碗里："吃饭吧。"

邬思铭也不想和邬思黎相处时气氛压抑，他重新笑起来，捧场夸赞："姐，你手艺真绝了，你做的菜我一辈子都吃不腻。"

刚才是她一时失控，邬思黎有心缓和，神情放柔："晚上想吃什么？"

"都行。"

"嗯。"

邬思黎下午没课，吃完饭没着急走，陪邬思铭待了一会儿。她下午两点钟要去兼职，直到下午一点多医生过来查完房，她才跟着离开。

关上病房门，她朝医生追去："孙医生，我弟弟的情况怎么样？"

"最近这段时间都挺好的。"孙朗丰是邬思铭的主治医生，邬思铭转院过来后一直都是他负责，情况他最是了解，"各项指标都符合手术标准，只要一找到合适的骨髓就能准备手术了。"

邬思铭第一次手术是自体造血干细胞移植，术后两年复发，现在他体内采集不到足够数量的造血干细胞，不能再进行自身造血干细胞移植，只能实施异基因造血干细胞移植的措施。

异基因配型成功率极低，且费用高出自体移植几倍。

邬思黎颔首："好，谢谢。"

下午两点半，外面日头正毒辣，晒得人睁不开眼，邬思黎挑着树荫下走，穿过一条窄路，到达对面的公交车站。

等了大概两分钟，75路公交车从窄路东边驶过来，公交车上只有零星几个人，邬思黎在靠窗的一个位置坐下。

人民医院到宁城大学的路程要二十分钟，邬思黎定了个十五分钟后的闹钟，然后靠着椅背合上眼浅寐。

邬思黎兼职的地方在宁城大学对面的一家甜品店，甜品味道不错，价格实惠，老板娘还有洁癖，一天早中晚各打扫三次卫生，综合条件下，深受宁大学生们的好评。

邬思黎卡点进店，饮品操作台后面忙碌的邹念桐一见到她，眼尾和嘴角齐齐向下一撇："我们今天下午没有好日子过了。"

"我先换衣服。"邬思黎边扎着松散的头发，边往操作台对面的储物间走。

不过两分钟，她原本的白T恤换成甜品店统一的黑色工服，马尾绑成低丸子，戴好帽子和一次性口罩进入操作台。

邬思黎问："怎么了？"

邹念桐发出"当当当当"的登场音效，同时左跨一步，露出挡在身后垂落到地面的订单条。

邹念桐一脸生无可恋："我们尊敬的上帝顾客要求两个小时后送到体育馆。"

任卓元补充："一共五百杯，三百杯柠檬茶，两百杯泷珠奶绿。"

"这手不得捣得冒火星？"邹念桐骤然炸毛，"段骏鹏他们那群人八辈子没喝过水吧，点这么多！"

"赶紧做吧。"邬思黎接受良好,"你也说了,他们是上帝。"

邹念桐没好气地踢了一脚那堆订单条,认命地开始捣柠檬片。

他们三个都是宁大的学生,邬思黎和邹念桐同班同宿舍,西班牙语专业大二在读生,一起在甜品店兼职。

任卓元是外语学院隔壁航空院的,读大三。

外卖订单量实在庞大,三人没空再闲聊,全进入到工作状态,一时间店内只有捣柠檬的"咚咚"声。

甜品店还在正常营业中,所以他们一边要忙着制作外卖订单,一边还要接待来店内下单的顾客。

邹念桐现在濒临爆炸边缘,一点就着。为防止火上浇油,任卓元关了音乐,乱七八糟的声音能少一点是一点。

店门口悬挂的风铃又一次响起,两个女生一前一后地进来。

"要一杯鲜榨橙汁,一杯多肉青提。"

邬思黎给一杯柠檬茶封完口,站到点餐机前操作,问:"冰度和甜度都要多少?"

"都要正常冰,七分甜。"

"好的。"点餐机打印出号码条,邬思黎递给她们,"稍等。"

两个女生就近坐到操作台旁边的那张小桌前,等候饮品期间聊起宁大体育馆正在举行的排球比赛。

栗色短发的女生兴冲冲地道:"哎,你说,这次是你们赢还是我们赢?"

长鬈发女生理所当然地道:"肯定是我们啊,这还有什么可质疑的吗?"

今天下午,宁大和隔壁理工大有一场排球联谊赛,地点在宁大体育馆里,来的两个女生分别是两所学校的学生。

短发女生不赞同:"不见得,今天的比赛可没有左柯让。"

长鬈发女生才反应过来这个问题,手指卷着头发没吱声。

店里暂时只有她们两位顾客,邬思黎没有按呼叫铃,直接把两杯饮品放在吧台上:"1921的单做好了。"

短发女生看了眼订单条上的号码,起身过来取走两杯饮品,叫上长鬈发女生:"走了。"

门口的风铃"丁零丁零"一阵后,店里又恢复到只有他们三人。

被搓磨得没了脾气,邹念桐周身的怨气消散一些,开了音乐,舒缓一下心情。

邹念桐顺着刚才那两个女生的话题开展下去:"今天的比赛没有左柯让,那赢的局面估计不大,段骏鹏他们的水平和理工大的差不多。"

任卓元听不下去:"你们女生给左柯让加的滤镜有点厚了吧。"

"打住。我还真不喜欢他们那群富家子,就事论事而已。"邹念桐讲事实摆道理,"过去两年大大小小的排球赛咱宁大稳坐第一,还不是因为有左柯让这个主攻手,他不在的时候咱们成绩浮动多大。"

同为航空院的学生,平日里上课任卓元就没少听到老师们夸左柯让,出来打工也逃脱不了他这个天之骄子的光环笼罩。

左柯让这个人挺怪,当年高考以专业第一名的成绩被国内 Top1 的京大航空院录取,结果大一开学没多久,他转学来了宁大。

按照正常程序,只有等到大二、大三才允许办理转学手续。

而且据传,他家里背景挺好,原本打算出国留学的,不知道什么原因使得他现在在宁大读书。

总之,他自带神秘色彩,又帅又有型,算是宁大的传奇人物。

任卓元敷衍地应和:"是是是,左柯让一人能抵千军万马。"

邹念桐哼哼:"你就是嫉妒。"

"我没有。"任卓元不承认。

"说起来好像挺久没在学校里看到过左柯让了。"好歹是学校里的知名人物,邹念桐或多或少会有些关注,跟任卓元一个男生没什么好八卦的,她将目标转移到闷头捣柠檬的邹思黎身上,"梨子,你知道左柯让吗?"

他们仨都背对着门口在操作台前一顿忙活,此刻店里播放的音乐正好到一段架子鼓演奏,完美盖过邹念桐的声音。

邹思黎侧侧耳朵,表示自己没听清。

"我说,"没听见门口风铃的响动提示,邹念桐以为店里只有他们仨,加大音量重复,"你知不知道左柯让!"

她话说到一半,音乐奇葩地戛然而止,下一首歌前奏又长,一时间店里仿佛充斥着邹念桐问话的回音。

任卓元若无其事地捣着柠檬,细看会发现他速度越来越慢。

邹思黎刚做好一杯柠檬茶准备去封口,一转身,脚步蓦地顿住,对上一双似笑非笑的眼睛。

她直视着对方,回邹念桐:"不知道。"

"你这两耳不闻窗外事的不知道也正常。喏,我这儿还有一杯。"

邹念桐正准备将自己做好的那杯交给邹思黎一起封口,余光瞥到一抹人影,扭头看去,一愣。

个高腿长的男生杵在吧台外,穿着一件白 T 恤,留着极其考验五官的美式寸头,眉骨犀利,深眼窝高鼻梁,英挺立体,左耳耳骨耳垂各有一枚耳钉。

他插在兜里的左手抬起来,漫不经心地晃两下跟他们打招呼,戴在手腕的那条编织红绳引人注目。

"你们好。"嗓音懒洋洋的,"要一杯美式。"

2

店内一时之间寂静又喧噪。

寂静是因为邹念桐那句大声的"你知不知道左柯让",一转头发现议论主角就在当场,从而衍生出的诡异。

喧噪是因为鼓点密集的重金属音乐正播放到高潮部分。

三对一的阵营面面相觑一阵,还是邬思黎最先上前,她沉默着在点餐机上输入信息,将取餐码的小票递给左柯让,然后去制作他点的美式单。

店里目前只有他一个顾客,出餐速度快。左柯让懒得找地方坐,就站在吧台边刷着手机等。

简直"社死",邹念桐回过神后的第一反应是蹲下去拉开橱柜装作很忙的样子翻找着。

任卓元觉得放任气氛这么发酵下去不是个办法,开口跟左柯让寒暄:"阿让,你什么时候回来的?听他们说你前几天回京北了。"

任卓元和左柯让同专业不同班,一起上过大课,同组做过几次课业,还算熟悉。

左柯让听见自己的名字,抬头看了任卓元一眼:"你是谁?"

任卓元面上划过一丝尴尬,停顿片刻,自我介绍:"我是二班的任卓元,咱们还同过几次组。"

左柯让隐约有些印象,略点头表示了下。

左柯让脑子灵天赋高,缺课一学期估计也没什么,但任卓元还是客气地说:"这几天专业课讲得挺多,你要需要笔记我那儿有。"

他话音刚落,来电铃声响起,左柯让按下接听,将手机贴在耳边,对面大概是问他在哪儿,他回:"门口。"

"啪嗒"一声轻响,一次性塑料盖与杯身严丝合缝地贴合,邬思黎在置物架里抽出一根吸管,连着美式一起放到吧台上:"您的美式好了,打包还是现喝?"

"现喝。"手机拿远,左柯让伸手,五指拎着塑料杯口,骨感修长。

他讲着电话转身朝门外走,腔调散漫:"赶着投胎呢你,催。"

恨不得整个人都钻进橱柜里的邹念桐竖着耳朵,听见门口风铃发出提示,她小心翼翼地撤出来,朝邬思黎打眼色。

邬思黎点点头。

邹念桐长松一口气,扶着橱柜站起来:"真是要死了。他是鬼吗?走路都没声音的。"

任卓元笑她:"你又没说他坏话,心虚什么。"

"是啊,我又没说他坏话。"邹念桐醒悟,有些劫后余生的庆幸,"也幸亏我没说他坏话,不然还不得死翘翘。"

任卓元："哪有那么严重,左柯让他还挺好相处的。"

"贴标签"是人们一大特点,对于有钱人、学霸,或者不属于自己同类的人,就会自动贴上专属标签。

像左柯让这种有钱有颜有背景,学习还牛的佼佼者,自然而然就成为普通人眼中"生人勿近""敬而远之"的类型。

邹念桐自我定位清晰,在这个庞大的世界里,她只是一个微不足道的NPC(非玩家角色),一个普通人,学校里那群富家子弟,在她眼中自带一层不好惹的滤镜。

她稀奇道:"你刚才不还嫌我们女生把他捧太高了,咋转头又夸起他来了?况且人家都不认识你,你还巴巴凑上去。"

任卓元忽略她的嘲讽:"就事论事而已。"

"别学我说话。"

"这句话是你创造的?"

左柯让出现得太过突然,大家都有些蒙,所以点单时,其他两人都没有注意到邬思黎并没有询问左柯让的喜好要求。

比如美式是要热的还是冰的、烘焙度要哪种,而是直接做了一杯。

邬思黎也是此刻才意识到自己犯的这个低级错误,同时她又想起另一个失误——

左柯让不喜欢喝纯美式,他口味偏甜,美式要加糖。

她没加。

两个小时后,外送的五百杯饮品终于做完,邹念桐因为背后嘀咕人被抓包一事还残留着阴影,所以选择留下来看店,邬思黎和任卓元负责外送。

饮品装进保温推箱里,用推车推过去。

室外气温比正午那会儿降低了些,但还是闷,连吹过来的微风都裹挟着一股专属于南方城市的热潮。

虽然比不上国内Top1的京大,全国高校排行中宁大好歹也在前十之列。校园占地四百多公顷,楼栋鳞次栉比,灰墙白瓦,街道上梧桐树枝繁叶茂。

宁大一共有三座体育馆,一大两小,最大的体育馆位于学校中间地带,一般高校之间联合举办什么活动和比赛都在那儿。

在空调房里待久了有些凉,初出来时乍一回温还感觉挺暖和,时间一久,又热起来。

"这还没正式到夏天呢,就热成这样。"任卓元单手推着推车,另一只手扯着领口扇风,他偏过头,"思黎,你还行吗?"

风不大却恼人,碎发斜到眼前,邬思黎用指尖勾着别到耳后:"还好。"

她身上有一种与世无争的淡然气质,说不好听些,就是趋近于透明,如果不是因为外貌出众，放在人堆里绝不会引起任何关注。

任卓元打趣道："这就是心静自然凉？"

邬思黎回："可能吧。"

想起之前在甜品店里，邹念桐的那句问话，任卓元握着推车把手的手稍紧，试探地问："思黎，你真的一点都不知道左柯让吗？"

"不知道。"邬思黎再次否认，神情平平，"怎么了？"

任卓元松快地笑起来："没怎么，就是左柯让还挺出名的，我觉得学校里应该没人不知道他。"

任卓元："不过你这样挺好的，特立独行。"他评头论足一番，"不像其他女生那样，看见他们那群人就走不动路，虚荣又肤浅。"

他这种拉踩行为，邬思黎并不喜欢，没浪费口舌与他争辩什么，笑容减淡，没接话。

体育馆门口人来人往地进出着，旁边花坛前两名高个男生极为突出。

不知道说了些什么，段骏鹏笑骂着给左柯让肩膀一拳，后者吊儿郎当地勾了勾嘴角。

视线范围边缘捕捉到一抹熟悉的身影，左柯让侧头看过去，冲段骏鹏道："救你命的水来了。"

段骏鹏在赛场上野猴子似的跑来跑去，早就渴得不行，看到邬思黎，立刻迎过去："貂蝉妹妹，你再不来我就得成干尸了。"

邬思黎长得漂亮，平常跟人说话相处不急不躁，像是春日潺潺流淌的溪水，挺惹人好感。

之前有探店博主去甜品店拍摄过，邬思黎不经意入镜的几秒钟被网友截图传播，还给她取了个"奶茶貂蝉"的贴切称呼。

好看的人谁都喜欢，左柯让他们一行人算是甜品店的常客，去的次数多了，段骏鹏他们这些性格大大咧咧的见到邬思黎也会打个招呼。

邬思黎还上着班，是甜品店店员，他们的外送已经超出顾客规定的时间，她理应道歉："不好意思，订单有点多，超时了。"

"没事没事，理解理解。"段骏鹏掀开保温箱盖子，先拿出一杯柠檬茶，插上吸管猛嘬一大口解渴，"爽！"

他接过邬思黎的推车："来来来，我来，辛苦了。"

段骏鹏态度强硬，邬思黎拗不过他，推车到他手里，她落得个清闲。

段骏鹏看向任卓元："哥们儿，这边。"

体育馆门前是五层高的台阶，推车上不去，段骏鹏领着任卓元从体育馆侧门进去。

虽然邬思黎现在手上没活，但她也不好丢下任卓元先回店里，于是一起过去。

左柯让手揣兜里悠悠地抬腿跟上。

侧门通往室内的走廊较正门有些窄，还没开灯，只有走廊两侧尽头的光亮虚虚地照进来。四人两前两后走着，推车在瓷砖地板上发出"吭哧吭哧"的响动。

段骏鹏跟左柯让同班，记起前两天大课留的作业，他回头："阿让，张老头留的——"话说一半，又记起左柯让前半个月都在京北，课都没上更别提做作业，"算了，你都不知道这事，我自己来吧。"

任卓元举荐自己："我做了，需要的话可以发你。"

段骏鹏目光移向他："你也是我们班的？"

"不是，我是二班的。"

"靠谱，哥们儿，以后还订你们店的奶茶。"

"可别订这么多了哥，店里今天一共就我们三个员工，忙到飞起。"

"订单多了你们店收益高了，你们工资不就涨了吗？"

"那也架不住你们这么点单不是？"

人性或许就是复杂的，前不久任卓元还在吐槽左柯让、段骏鹏这群公子哥，转眼间见到面，照常能跟他们谈笑风生。

邬思黎和左柯让并排在后，前者一人规规矩矩地走着，脑子里在百无聊赖地琢磨着为人处世的方式，后者低头看着手机，屏幕荧光描摹出他锋锐的下颚线。

过了一会儿，快要到排球场，已经能听见人群嘈杂的交谈声，还能看到时不时因为奔跑而晃过的人影。

路过一间空屋子，左柯让瞥一眼前面那两人，动作迅速且无声无息地推开门，同时攥住邬思黎的手腕，带着人一起闪进去。

邬思黎猝不及防，门关上，她另外一只手扶着左柯让的胳膊才站稳脚，对面人就压下来了。

左柯让也不说话，就把她堵在墙角，双眸落在她身上。

"我还在上班。"她无奈地提醒。

邬思黎一张嘴，正中左柯让下怀。

他覆上她的唇，舌探进她齿缝，动作莽撞又急切。邬思黎被迫仰着头接纳他，努力跟上节奏，发梢扫在他的手臂上，酥酥痒痒，促使左柯让搂得更紧。

唇齿相缠，咖啡的苦香蔓延开来，体育馆隔音一般，隔着门板，隐约能听见排球场上爆发出的欢呼声。

大概是因为段骏鹏激情下单的那些饮品。

察觉她走神，左柯让一个用力咬她，邬思黎吃痛皱眉，急风骤雨般的侵袭又变成温柔的舔舐。

两道交谈声传入耳中，邬思黎听见左柯让的名字——

"哎,刚才过来的那寸头男生就是左柯让?"

"是不是特帅?我们宁大的活招牌。"

"有微信没,给我推下。"

邬思黎根据他们说话的清晰程度判断出他们所处位置,不知道他们为什么在门外停下,仅一门之隔,只需要稍微侧目,就能透过玻璃看见里面正在接吻的她和左柯让。

怕被发现的紧张充斥着每一根神经,邬思黎不禁推了推左柯让:"别……"

他模糊地回:"就不。"

她越提心吊胆,他就越不肯放过,愈加深入,甚至还故意整出暧昧的声响。

直到脚步声远去,这个突如其来的吻才结束。

邬思黎呼吸微喘,唇瓣殷红水润。

左柯让的指腹按在她的嘴角上,问:"想不想我?"

邬思黎乖巧地点头:"想。"

"你就蒙我吧。"左柯让不信,"想我大半个月一条消息都不发?"

"怕打扰你。"

左柯让轻哂一声,直起身,居高临下地瞅她:"哄我,你知道怎么做。"

邬思黎不喜欢在外面跟左柯让亲热,但看他现在的架势,她如果不叫他满意,短时间怕是别想出这间屋子。

她抿抿唇,扶着他的手臂踮起脚,去寻他的唇,还有一寸时,他蓦地抬头,重新拉开距离。

邬思黎一米六八,左柯让一米八八,身高相差二十厘米,他有心为难,她轻易成功不了。

她只好攀住他的肩膀,身体靠向他,用力拽下他,如愿地贴上他的嘴唇,学着他的样子,笨拙又羞涩地吻他。

不一会儿就被夺走主导权,人也被他托举着抱起来,身后是冰冷的墙壁,身前是火热的他。

又是一记绵长的吻。

再分开时,邬思黎脸颊上的红晕加深,她两条细白胳膊勾着他的脖颈:"你别生气了好不好?"

左柯让平视着她,态度强硬:"那你把那家教的工作给辞了。"

他回京北前,两人闹了不愉快,起因是邬思黎又找了份家教兼职,左柯让不同意,两人没吵架,但谁都没妥协。事儿还没解决,左柯让就被一通电话叫回京北。趁他不在的这段时间,邬思黎已经上了半个月的课。

邬思黎抿唇不语,半垂眸,双手在他背后绞着。

两人不对等的身份,致使她很少拒绝左柯让提出来的要求,只会遵从,唯独在挣钱这件事上,她会有反抗。

"辞了。"占有欲作祟，左柯让不喜欢邬思黎接触到太多人，"我们当初说好的，邬思铭那儿有我，你就老实在我身边待着。"

"可是我兼职和在你身边，"邬思黎小声嗫嚅，"不冲突呀。"

"我不是在跟你商量，乖乖。"左柯让扬唇，笑得温柔又冷漠，"你赚的那点钱不够邬思铭治病的，你也不想得不偿失吧。"

邬思黎倏然抬眸看他。

她懂他的潜台词。如果她再固执己见，邬思铭手术的事就会有变故。

她早就知道的，他不是允许商量的人。

"听话。"左柯让拍拍她的后腰，又凑过去碰了碰她的唇尖，"我不想你太累。"

邬思黎的手指蜷起来，嗓子干涩地挤出一声："好。"

左柯让前倾，额头与她相抵，鼻尖蹭着她的鼻尖："那乖乖你再亲亲我，这事儿我们就翻篇了。"

邬思黎依言照做。

两人又腻歪了一会儿，左柯让率先出去。隔了两分钟，邬思黎收到他的消息，小心翼翼地拉开门。

饮品发完，下一轮比赛即将开启，宁大和理工大两拨人分坐在看台两侧，给各自的队伍加油鼓劲。

任卓元站在场外一角，邬思黎悄无声息地出现在他旁边，任卓元吓一跳："思黎，你刚干什么去了？找你半天。"

正对面，左柯让没上场，双腿大剌剌地敞开坐在看台第一层台阶上，肩背弓起，手肘撑在膝盖处，掌心托腮，嘴里含着吸管，有一口没一口地喝着美式醒神。

一个穿着火辣、身材性感的女生停在他面前，众目睽睽下，递出自己的手机，屏幕上显示着二维码。

左柯让倦怠地抬起头，先穿过整个排球场朝邬思黎不着痕迹地望一眼，复看向女生："不好意思啊，没手机。"

邬思黎自然听不见他的回答，但看女生颇为失落地离开，能猜到左柯让是拒绝了。

他或许专一，但那又怎样呢？

"去接了个电话。"她对任卓元说，"我们走吧。"

任卓元合上保温箱："走。"

两人一起走出排球场，挨得不近不远。

瞅着那两道背影，左柯让微眯起眼。

前一秒还在说自己没手机的人，下一秒就从兜里掏出手机，点开置顶备注是 Amosar 的对话框。

Atopos：晚点老地方等你下班。

Atopos，他微信昵称，古希腊语中的一个词，意为无法被归类的独一无二。

Amosar，同样是古希腊语中的词语，意为情有独钟，与 Atopos 相对应。

3

因为邬思铭那边随时有可能出现突发状况，邬思黎兼职打工都是按小时计算，时间上来说比较宽松。

邬思黎在甜品店忙到下午六点钟下班，接着还要回去做饭送到医院。

最初，甜品店老板娘并不同意邬思黎的工作要求，当时甜品店正缺人手，邹念桐提出可以将她那份工资减少百分之二十，老板娘才勉勉强强聘用了邬思黎。

邹念桐是一般家庭，出来兼职只是想打发时间，锻炼一下自己，为将来毕业后工作提前打好基础。她少赚一些没什么，邬思黎不同，一分一块都是她的救命稻草。

邬思黎在储物间换衣服，邹念桐逮到机会就摸鱼，跟进去靠在墙上看她："弟弟最近怎么样？"

"挺好，医生说只要找到合适的骨髓就能手术。"邬思黎两手捏住T恤下摆，上撩。

她背对着邹念桐，一截细腰扩展到整片薄背出现在邹念桐眼前，简约白色文胸贴合着她的肌肤。发尾被暗扣挂住，邬思黎回首下瞥，反手去弄，肩背折出性感弧度。

邬思黎是男女老少通吃的长相，一头柔顺黑长直，瓜子脸，狐狸眼，五官精巧细致，肤白身材佳，综合起来又纯又欲，清水出芙蓉。

左耳一枚耳骨钉，增添些许恰到好处的叛逆。

看不见，反而越弄越乱，邬思黎只好求助："念桐，帮我一下。"

"嘿嘿。"等候已久的邹念桐上前一步，吹声口哨，站到邬思黎身后，"小美人，我来啦！"

邹念桐三两下帮她摘好头发，趁机在她腰上摸了一把，不禁感叹："黎宝宝，哪个男人能把你拿下真是他莫大的福气。"

邬思黎弯弯唇，穿好自己的白T恤，拿上挎包："我先走了，你下班到宿舍告诉我一声。"

邹念桐送她出门："你也注意安全。"

"好，拜拜。"

甜品店往东走一百米就是公交车站，邬思黎没有在公交车站台止步，而是拐进站台后面的一条窄巷，尽头一辆帕加尼 Huayra 停在那儿。

碳纤维紫色车身，低调又骚气，符合左柯让的作风。

邬思黎从车后绕到副驾驶上车。

左柯让没骨头似的窝在驾驶座椅里，眼皮耷拉着，手机横在掌心，拇指在屏幕上滑动着，扩音器偶尔蹦出几声响。

他在打游戏，邬思黎也没催他，系好安全带，在包里找出手机，有一条未读短信提示她新学期的奖学金于一个小时前到账。

她点开银行的 App，查看卡里的余额。

宁大是教育部直属重点高校，每年的奖学金十分可观，再算上邬思黎兼职打工攒下的钱，卡里已经有五位数的存款。

将那一串短数字默数三遍，她脸上漫出一丝笑。

左柯让打完游戏一扭头就看见她挺开心地捧着手机，他挑眉，收起手机靠过去，捏她的脸："偷着乐什么呢？"

邬思黎沉浸在存款增多的喜悦中，一时没注意他的动向，被他吓了一跳，下意识地把手机扣在胸口，撩起眼瞅他："没。"

她这护食的举动惹得左柯让好气又好笑，手上用力："还有秘密了？"

"没。"邬思黎放松下来，如实交代，"奖学金到账了。"她将手机翻过去给他看。

左柯让对她的存款没半点兴趣，不走心地睨一眼，目光最后锁定在她唇上，一口咬住，不轻不重地碾磨两下，贪恋地抵齿深吻。

他总是动不动就吻她。跟左柯让相处了两年，通过他动作的轻重，邬思黎就能判断出他心情是好是坏。

比如现在，他眼睛微合，有技巧地卷着她的舌，指背有一搭没一搭地刮蹭着她的脸颊，和之前在体育馆里不同，吻得轻缓，就证明他心情挺好。

这条窄巷南侧是正在拆迁改造的老旧居民区，轻易不会有人过来，可毕竟离宁大不远，邬思黎不太踏实，小幅度偏头躲开："差不多了吧，别被人看见……"

"看见就看见呗。"左柯让满不在乎，"我亲我女朋友怎么了。"

这个吻持续了五六分钟才结束，分开时两人嘴唇都有一层湿润，左柯让又捏捏她的脸才坐回去，系好安全带，启动车子驶离窄巷。

到达第一个红绿灯路口时，左柯让倏然问她："你们店里那个男生叫什么来着？"

"任卓元。"

"以前怎么没在你们店里见过他？"

"上周刚来。"

"离他远点。"左柯让右手把着方向盘，另一只手搁在车窗框上支着脑袋，"我不喜欢他。"

不是征求她的意见，而是通知。

他在体育馆的威胁还言犹在耳，邬思黎不敢再对抗。

"好。"

左柯让在校外有自己的公寓，滨江稀缺地段的大平层，瀑布式曲线立面设计的巨幕玻璃，是他舅舅送他的十八岁成年礼物。

两人平常都不住宿舍，住公寓里。他们一起在公寓附近的超市买了些蔬菜水果，回到家，邬思黎就钻进厨房忙活。

左柯让把东西拎到中岛台，邬思黎将物品一样一样分类归置，左柯让从袋子里翻出一包巧克力味Pocky（百奇饼干）拆开，喂她一根："张嘴。"

邬思黎也没看是什么，张嘴咬下小半根，剩下半根左柯让塞自己嘴里。

邬思黎拿着一会儿要做的几种菜准备去洗，左柯让就像只跟屁虫黏在她后面。

左柯让完全不会做饭，他又懒得去外面的餐馆人挤人，没认识邬思黎之前，他都吃外卖，反正是不怎么踏足厨房。

认识邬思黎之后，厨房成为除了卧室外他第二喜欢的地方，前提是有邬思黎在。

他格外喜欢在她做饭的时候围在她身边捣乱，或者什么都不干，只是看着她，就能得到平静。

邬思黎揪掉几根蔫巴的菜叶，拧开水龙头，水流哗啦啦。左柯让一看要洗菜，拉开邬思黎，把没吃完的Pocky交到她手里："边儿待着去吧。"

邬思黎体质偏寒，每次来例假小腹都会疼上至少三天，两人刚在一起那阵儿，左柯让还不清楚她的身体状况，她也闷着不说。

有一天早上，左柯让醒来后见她蜷缩成一团，脸色、唇色都一片惨白，叫她半天都迷迷糊糊的，床单上又有一片血迹，人瞬间蒙了，立刻打电话将他外公的私人医生请过来。

医生一检查才知道就是痛经疼晕了。

但那也让左柯让吓得够呛，他一直给她精心调理着，洗东西这种活都由他来。

本来洗衣做饭这事有家政阿姨干，但邬思铭爱吃邬思黎做的饭，一个人的饭是做，两个人的饭也是做，左柯让还不喜欢家里有别人，家政阿姨一日三餐定点过来也挺麻烦，而且他又挺享受两人一起在厨房做饭的过程，他觉得特温馨，于是家政阿姨的职责就只剩下定期过来打扫卫生。

十指不沾阳春水的大少爷一开始是干啥啥不行，择个菜能把白菜择得只剩下菜心，经过邬思黎长时间的指导监督，现在也挺有模有样了。

邬思黎在旁边看着。她连轴转了一下午，饿得不行，一根接一根吃着饼干垫肚子。

半晌过去，左柯让都没等到邬思黎喂他一根，幽幽侧目："你就吃独食？"

"嗯？"邬思黎的视线从他的手转移到他的脸，顿了两秒钟才明白过来他的意思，睫毛扑闪眨动，"没了。"

左柯让哼笑一声，关掉水龙头，洗干净的菜丢进沥水篮里，屈指对准邬思黎的脸弹了下，水珠溅了她一脸："小白眼狼。"

邬思铭还在医院里等着，两人没再耽误，做完饭用保温桶装起来，开车前往医院。

和中午邬思黎来时一样，邬思铭埋头算着数学题。他大多时候是独自一人，解密一道又一道难题是他打发时间的办法，还能从中获得成就感。

这次邬思铭没有太过专注，病房门一开，他就抬起头，见到来人，面上一喜："柯让哥，你怎么来了？"

邬思黎进去后，左柯让关上门："不欢迎我？"

"当然不是。"邬思铭急忙否认，"姐说你有事回京北了，还以为得再过段时间才能见到你。"

邬思铭问："事情都解决了吗？"

"嗯。"左柯让多解释了一句，"老太太做了个手术，我回去看看。"

上个月，左柯让的奶奶不小心摔了一跤，人一脆弱就容易想家人，老太太念着孙子，电话打过来叫人回去待了半个多月。

左柯让的母亲在他六岁时去世，他和父亲的关系并不融洽，甚至可以说是势同水火，初中之前，他在京北跟着爷爷奶奶生活，初中后才转来宁城随外公外婆生活。

他对家里四位老人都十分亲近，有事自然得守在身边。

"那奶奶现在没事了吧？"邬思铭没见过左柯让的家里人，但左柯让待他好，他怎么着都得关心一番。

"好了。"左柯让递给他两本习题册，"悠着点做。"

京北是首都，教育资源自然是顶尖，左柯让每次回去都会给邬思铭带些资料书或者习题册。

邬思铭迫不及待地接过去翻看，喜悦难掩："哥，你真是我亲哥！"

"少贫嘴。"左柯让揉了揉他的脑袋，叮嘱他，"你身体情况你自己知道，适可而止，别让你姐操心。"

邬思铭合上习题册，挺起胸，朝他敬了个礼："遵命！"

左柯让对自己好，无非是因为邬思黎，左柯让在乎邬思黎，自己是沾光，邬思铭清楚这一点，复又看向邬思黎做保证："姐，你放心，我都有数。"

左柯让笑笑，邬思黎已经把饭菜摆好，他在餐盒里拿出双筷子给邬思铭，朝桌板抬抬下巴："吃饭。"

邬思铭是个小话痨，吃饭堵不上嘴，拽着左柯让一顿聊。左柯让也特配合，再无聊的话题都会搭两句腔。

邬思黎安静地吃着饭,听他们讲。

吃完饭,左柯让帮邬思铭解决完他积攒了半个月的难题,又组队打了两局游戏,等他犯困睡下,才和邬思黎离开。

回去的路上,左柯让问了邬思黎几句邬思铭的情况,邬思黎原封不动地转述孙朗丰的话。

左柯让听后只点头:"钱不够了跟我说。"

"够的。"

两人交往的第一天,左柯让就给了邬思黎一张卡,邬思铭治病的所有花销都走的那张卡。

邬思黎挺惊讶的,他们之间是各取所需,左柯让根本不用也没有义务陪她来看邬思铭、哄邬思铭开心,可他依旧这么做了。

但他对邬思铭好,也不影响他转头就用邬思铭威胁她。

邬思黎斜过身:"你别再往卡里打钱了,用不了那么多。"

"没事儿。"左柯让的语调漫不经心,"多的你就花呗,甭替我省。"

前方有辆车不知道在干什么,开得慢慢悠悠,左柯让不耐烦地"啧"了一声,从善如流地打转向灯超车:"你男朋友别的优点没有,就人帅钱多。"

"哦。"他自恋地补充道,"活儿还好。"没个正形。

邬思黎臊得慌,身体摆正,不再看他。

"你这啥意思?"左柯让不干了,幼稚地去戳她的脸。

相处两年了,邬思黎还是没适应他的调戏,羞恼地拍掉他作怪的手:"你好好开车。"

被凶了,左柯让扯唇:"晓得咯。"

接下来一段路,他都特老实,一进家门就本性毕露,拥着邬思黎去了浴室,同时用手机连上蓝牙音箱,音量开到最大。

花洒拧开,温水兜头浇下,衣服被淋透,他今天第三次吻她,攻势迅猛,歌声由卧室层层传递进来——

  Finger on the trigger we like it like that.(我们喜欢这样,手指扣在扳机上。)

  Push and pass the limits to this.(释放并超越极限。)

  No way back.(及时行乐。)

  Do you like it like that?(你喜欢这样吗?)

  I'll like it like that……(我独享其乐……)

  …………

4

明明出力的是左柯让，结果他神清气爽，什么事没有，邬思黎反而成了霜打的茄子，蔫巴巴的。

左柯让心情愉悦地抱着邬思黎出去，把她塞进被窝，又折回浴室。邬思黎又困又累，惦记着自己头发还没干，硬撑着没躺下，环着膝盖单手托腮，支着昏昏沉沉的脑袋。

没多久，左柯让拿着吹风机过来，坐到床边。不用多言，邬思黎就卷着被子挪到他身边，枕着他大腿。

左柯让穿着浴袍，反正要换，她不担心弄湿他。

邬思黎这一头长发，都是左柯让在护理。

不只是头发，这两年来，邬思黎的衣食住行他都已经全盘接手，以一种不容拒绝的强势入侵她生活里每一个角落，类似女生小时候会玩的那种养成游戏。

邬思黎实在是太困，左柯让给她吹头发的时候，她眼睛不由自主地闭上。左柯让这人性子也是恶劣，就像幼儿园里喜欢揪女生辫子的讨厌小屁孩一样，邬思黎一闭上眼，他就扯她头发，等她睁开眼看他后又若无其事地放手。

就这么循环着，左柯让又一次手欠，邬思黎握住他的腕骨。她面露无奈，温暾地商量："别闹我了好不好？"

她的小拇指无意间勾上他手腕那根红绳，指腹划过他内侧筋脉，泛着困意的眼睛雾蒙蒙一片，脸颊潮红未褪，唇微肿。

对视一眼，左柯让就老实了："哦。"

他没再闹幺蛾子，快速吹完她的头发，抹好护发精油，将吹风机放回浴室，换了身睡衣，上床。

一天不见邬思黎，左柯让就难免焦躁，他漂浮了大半个月的心在此刻终于踏实下来，他睡不着，又欠欠地招惹她。

他用她的发梢扫她的鼻尖，拨弄她的睫毛，含她的唇尖。

邬思黎再好的脾气都经不住他这么折腾，爆发前一秒又克制住，好声好气地哄小孩一样："我好困了阿让，我们睡觉好吗？"又仰首亲亲他。

她都这样了，左柯让还能怎么办。

"好咯，我们睡觉。"

第二天周六，邬思黎一觉睡到快中午，醒来看见手机上显示的时间，她腾地坐起来。

她今天上午九点到十二点有三个小时的家教课，现在都十一点一刻，已经不是"迟到"能形容的了。

她匆匆忙忙地掀开被子下床。

路过跟卧室相连的小书房，邬思黎下意识地瞥了一眼。左柯让坐在桌后，挂着头戴式耳机，单手转着笔，桌面上铺着稿纸，不出意外电脑上应该是电子版草稿。

他们航空院过段时间要进行一场飞行器设计比赛，他最近在忙这件事。

回京北半个多月，他的进度估计落后不少。

邬思黎没出声打扰他，快步去浴室洗漱，洗面奶泡沫不小心进入眼睛里，一阵刺痛，她赶紧冲洗，刚关掉水龙头，一张洗脸巾就塞进掌心。

她勉强睁开一只眼，脸上沾着水珠，五官皱巴巴，表情一时间有些滑稽。

一声轻笑散开在浴室里。

邬思黎擦干净脸，总算看清倚在门框边的左柯让。

他双臂环着，耳机挂在脖颈上，锁骨在衣领上露出半截，嘴角扬起的弧度又懒又痞。

蓦地，他突然弯腰，精准地碰了下她的唇。

邬思黎顾不上搭理他，往右侧迈一步跟他错开身要出去，刚擦过他的肩膀，她手腕一紧，又被人拽回去。

他问："火急火燎干吗去？"

"上午最后一节外语课。"邬思黎只得停下来解释，"闹钟没响，我迟到好久了。"

左柯让瞅着她一脸焦急，依旧没松手："不是没响，我给关了。"

"嗯？"

"顺便替你提了辞职，我也退了一半课时费回去，以后你就不用再跟那家人联系了，下午甜品店那边也先停一停，思铭那儿我找了护工过去，你最近太累，需要休息。"

左柯让回京北这阵子，邬思黎绝对没闲着，他一会儿不盯着她，她就给自己加工作量，整得他心里挺烦。

他屈指蹭蹭她眼底的青黑，不容置喙又有条不紊地安排着："天热了，下午带你去买几件衣服？再去看个电影？最近有部新上映的片子还不错。"

像邬思黎这种连救命都需要依靠别人的人，休息对她来说是一件极其奢侈的事情。她现在在左柯让身边，一切花销他都自愿买单，她完全可以安心做一只金丝雀。

只是，万一有一天，这段关系结束了呢？

具体是哪天，她暂时不知，唯一能肯定的是他们不会一辈子这样。

她总得有离开左柯让后还能养活自己和邬思铭的能力。

但也正因为她和左柯让还在持续中，所以她没有自主选择权，连什么时候辞职都不能自己决定。

压下心头涌上的那股熟悉的窒息感，邬思黎眼睫轻眨："好。"

她穿着一条白色棉质睡裙，头发经过一晚上的蹂躏有些乱糟糟，小脸素净淡雅，笑容乖软。

左柯让喜欢得紧，他双手捧着她的脸，将刚才那个蜻蜓点水的吻加深。

今天不去医院，邬思黎和邬思铭打了个视频电话，姐弟俩聊了两句。挂断后，邬思铭转了两千块钱给她。

邬思铭：姐，你跟柯让哥好好出去玩，不用担心我。

邬思黎蹙眉：你哪儿来的钱？

邬思铭：我攒的，放心花！

邬思铭成天在医院里住着，不是完全不需要花销。邬思黎每个月会给他一千块生活费，他也不乱花，就买一些习题册和课外书。

邬思黎将钱退回去：不用，我有钱，你自己留着吧。

邬思铭又转过来：那你就帮我给柯让哥买一份礼物。他那么照顾我，我得表示表示。

两千块钱可能还不够左柯让买一件T恤。

可邬思黎到底没舍得泼他冷水，最终收下这笔转账。

左柯让订了餐，取完外卖回来，正好瞧见邬思黎手机显示已收款的界面。

他歪头靠过去，径直抬手轻触她的手机屏幕，退回到聊天界面，看到对面是邬思铭，才慢笑出声："怎么还收别的男人的钱啊？"

左柯让将外卖放到桌上，胳膊搭上她的肩膀，从斜后方圈着她。邬思黎没动，随他检查手机，她在他面前就是白纸一张。看完他们姐弟俩的聊天记录，左柯让"啧"一声："邬思黎，你这女朋友是不是当得太不称职了？"

话题跳跃幅度过大，邬思黎没能即刻明白："怎么了？"

"你弟都知道给我买礼物，咱俩在一起两年你送过我啥？"他抱怨，"你自己说。"

好像的确没送过他什么，可是——

"我感觉你什么都不缺啊。"

他将下巴搁在她肩窝，一字一顿地控诉："不缺你就不送了？"

他说话的热气都吹在她的颈侧、耳郭，邬思黎痒得瑟缩了下："那我们下午去买。"

"行。"左柯让也好哄，他强调，"但不能用那小子给你的钱。"

"好。"

左柯让在邬思黎小巧的耳尖上啄一口："吃饭。"

做工精美的六角提盒低调地宣示着这顿饭的价钱。提盒一共六层，一层装一道菜，少爷嘴刁又任性，吃喝方面都是顶顶好，不仅要求美味，还在意就餐环境和菜品包装的美貌。

但也只是对外，换成邬思黎做饭，无论她做什么，左柯让都觉得好吃。

这个季节，皮皮虾最肥美，左柯让点了两种口味，一份椒盐，一份避风塘。邬思黎爱吃海鲜，不过她手笨不会剥，左柯让就负责剥给她吃。

他一只接一只，手指灵活翻飞，直到邬思黎吃饱，他才去顾自己。

吃完饭才下午一点多，外面日头正晒，两人没着急走，邬思黎去赶作业，左柯让收拾完厨房也回书房继续忙他的设计。

等到下午三四点钟，室外热度减弱，两人换身衣服出门。

邬思黎其实挺抵触跟左柯让一同外出，他们两个是在谈恋爱，算是正儿八经的男女朋友，但这段关系身份差距太大，只会引来高度关注以及无休止的议论。

她不喜欢这样。

大多数时候，两人的衣服都是品牌方直接送上门，左柯让更喜欢跟邬思黎在家里待着，只有他们自己，不被别人打扰。

不知道今天他怎么心血来潮带她出来逛商场。

车停进商场的车位，两人从停车场上至六楼，那儿有他常给邬思黎买衣服的几家高奢店。

不需要导购，左柯让的眼光高且毒辣，衣服摆在那儿，他一眼就能看出适不适合邬思黎，他挑选的衣服、配饰总能最大化彰显出她的优势，与她气质契合。

他的姑娘他最了解。

几家店全买了一遍，左柯让填了地址，叫店员装好后送去公寓。

邬思黎时刻谨记这趟出门的任务，一路上在琢磨着要送左柯让什么，但最后无果，干脆问他想要什么。

左柯让吐槽她送礼物还问收礼者，忒没诚意。

邬思黎被他说得羞愧，接连几个提议都被否决后，她苦恼地垂头："可我真的不知道送什么。"

左柯让环顾一圈四周，视线落定斜对面一家店铺，然后跟邬思黎确认是不是要他自己选，得到肯定答案后，把她拐进五楼一家内衣店。

黑粉色系装修，灯光也打得昏暗，处处都呈现出独特的氛围。

左柯让牵着邬思黎进去后直奔男士内裤的区域，他松开手，朝那一排排整齐摆放的衣物抬抬下巴："挑吧，照你喜欢的来。"

邬思黎人都蒙了，怎么都没想到他居然会索要这种礼物："能不能换一个？"

"不行。"左柯让理直气壮，"你要我自己挑的。"

那她也没想到会是这个结果。

按理说，两人在一起两年，啥事都没少干，给男朋友买内裤的女生她也不是开天辟地头一个，但邬思黎就是很难为情。

见她不动，左柯让没皮没脸地催促："快点啊，乖乖，你越磨蹭注意咱俩的人就越多。"

这句话算是点在她神经上了，邬思黎瞅一眼货架，扯下最前面几条，粗糙一卷，转身准备去付款。

左柯让拉住她："这么急，你看清尺寸了吗？"

邬思黎快速回答："看清了。"

"没买错？"

"没。"

"你认真点。"

"知道了。"

左柯让还想再废话两句，邬思黎及时堵住他："你再说我就不送你了！"小姑娘脸红，耳朵也红，羞得恨不得冒烟，像是被踩了尾巴的奓毛猫。

"行。"左柯让见好就收，"我闭嘴。"

他攥着她的手却没放开，优哉游哉地跟在她后面。路过女士内衣区时，他挑了两件镂空蕾丝花边的内衣，一件裸粉色蝴蝶睡裙，报出邬思黎的尺码叫店员拿过来。

结账时，两人分开，各自付款。

这次左柯让勤快了，购物袋拎在手里，他一点都不嫌麻烦。

接着，他们找地儿吃了个饭，又看了一场邬思黎喜欢的明星的电影才打道回府。

电影同步北美上映，来看的人不少，此时快凌晨十二点，商场都关了门，只有电影院人满为患，两部电梯不停歇地运作着。

期间，有个小孩被家长抱着，手不小心一抖，融化的冰激凌撒到左柯让身上，黏腻的液体逐渐侵蚀干净的白T恤。

左柯让先拉开邬思黎，以免她被波及。

"对不住，对不住。"家长反应过来，连连道歉，"实在不好意思，我赔你一件吧？"

"没事，不用。"左柯让淡声回完，带着邬思黎脱离人群，东西给她拿着，自己进洗手间去清理。

看电影时手机调到了静音模式，邬思黎将其设置回来，一边在外面等左柯让，一边查看有无什么重要信息。

他们班辅导员两个月前请了产假回家待产，前几天平安生下一个可爱的小宝宝，这会儿班群里还在讨论要不要派代表去探望一下。

消息看到一半，一道阴影罩过来，邬思黎以为是左柯让，抬头。

"好巧啊，思黎。"

5

平静一整天的心稍稍提起来,邬思黎下意识越过面前人的肩膀,望一眼他身后的洗手间。

见左柯让还没出来,她又看向任卓元:"好巧。"

任卓元穿着一件印有电影院名称的蓝色工作马甲,擦完手的纸巾攥在掌心,跟邬思黎寒暄:"你来这儿看电影?"

邬思黎应声。

"你怎么会来国金这边?"任卓元语气难掩惊讶,"自己一个人?"

任卓元在国金这家电影院兼职有段时间了,一眼就认出她提着的购物袋印有的 Logo(商标)是商场里一家内衣店的,一件巴掌大的布料顶他一个月生活费还绰绰有余。

国金中心是宁城最大的商场,离大学城较远,汇聚各大奢侈品牌,消费极高,来这里的人非富即贵。

邬思黎家里什么情况,任卓元清楚。她父母双亡,有个患病的弟弟,比他家情况有过之而无不及,她要逛街,也是去大学城附近地下商场那种地方,怎么都不可能来国金。

邬思黎避重就轻:"跟朋友。"

话说完,左柯让从洗手间出来。

深褐色冰激凌液消失,白 T 恤腰腹处一大片水痕,左柯让眉心微拢,因为这场突如其来的意外而有些躁郁。

看见邬思黎后,他抿着的嘴角有所松懈,继而探到她眼里透露出的紧张,才发现她面前站着一人。

还是一男生。

左柯让认出对方来,歪头朝邬思黎笑了笑,迎着她明显带有制止意味的眼神缓缓上前,最终在离任卓元一步远时停下。

邬思黎想趁任卓元还没注意到背后的左柯让时,找个借口溜走:"我——"

一道声音与她同时响起:"任卓元。"

任卓元应声回头:"阿让?"

"你怎么也在这儿?"任卓元还是一脸惊讶,只不过少了刚才问邬思黎时的不可置信。

左柯让出现在国金不稀奇,任卓元只是没想到会偶遇他,而邬思黎在国金,在任卓元看来是不应该。

左柯让目光不着痕迹地在邬思黎脸上扫一圈,挑挑眉:"也?"

"哦。"任卓元侧身,确保他俩能看清对方,充当起介绍两人认识的桥梁,"这是邬思黎,咱学校外语院的。"

"这是左柯让。"任卓元对邬思黎挤眉弄眼，"咱——"

左柯让打断他，递出手，红绳明晃晃的："你好。"

他这类似示好的举动，出乎任卓元意料。

左柯让这人在学校里风评挺好的，不仗着自身优势搞些乱七八糟的事情，跟女生接触更是少之又少。

半点不夸张地说，想和他发展关系的人，至少一只手数不过来。

但那些人连他微信都没加到，据说这哥们儿关闭了所有能添加好友的方式，除非他主动，否则别人甭想出现在他列表里。

延伸出来的另一层含义就是，没他允许，闲杂人等一律没有进入他世界的权利。

整个一洁身自好的代表。

当下他向邬思黎抛出橄榄枝，着实稀奇。

邬思黎心头一跳，硬着头皮握上去："你好。"

两手相触，他无名指在她掌心一刮，没做什么出格的行为，但邬思黎清楚，他是在提醒她。

邬思黎抽回手，装模作样地看一眼手机，跟两人道别："我朋友出来了，先走了。"

任卓元想说送她们回去，转而想到自己还在上班，话咽回去："注意安全，到家发个消息。"

邬思黎没答，略一颔首，忙不迭离开。

周末夜场看电影的人不少，不一会儿，邬思黎就融入人群。

目送她一段，任卓元收回视线，余光瞥到一抹亮色，偏过头，见左柯让垂眸单手打着字发消息，他本无意窥视，就是正好。

左柯让发给对面一句：*停车场等我*。

对面是男是女任卓元还没来得及继续观察，左柯让就锁了屏，像是知道他在偷看。

左柯让不差分毫径直对上他的视线，任卓元心虚地躲闪一下，岔开话题："阿让，你衣服怎么湿了？"

左柯让漫不经心地转着手机："刚被弄脏了。"

"哦哦。"任卓元以为左柯让还在等别人，自己现在也没什么事，琢磨着陪他聊会儿，还没想好下一个话题，就听他先开口。

"你喜欢刚才那女生？"直白又突然。

"还行吧。"任卓元不好意思地挠挠头，打哈哈，"就挺漂亮的。"

左柯让和邬思黎握手的画面闪过，任卓元觑向左柯让，试探又似是寻求肯定一般："阿让，你觉得呢？"

左柯让把他的小心思看得一清二楚，意味深长地勾勾唇："是漂亮。"

"我也喜欢。"长腿迈开，左柯让擦着任卓元肩膀往电梯那边走，冲后面随意地摆摆手。

任卓元立在原地，反复回味他的意思。

邬思黎背了个小挎包，左柯让的车钥匙都是她拿着，到停车场找到车后，她开锁坐在车上等他。

前后也就五分钟，驾驶座的车门拉开，一股浓郁的劣质洗手液香味飘进来。

紧接着，邬思黎感到腰间箍上一股力，身体一轻，放在腿上的购物袋"噼啪"掉下去，她被左柯让隔着中控抱了过去。

左柯让今天开的是辆路虎揽胜，车顶高，邬思黎双腿弯曲跪在他两侧，后颈多出一只手，压着她扑向他，唇舌轻而易举被他擒获，他吻得凶，但不粗暴。

她闻见些许浅淡的葡萄柚香，那是属于左柯让的气味，现在却被洗手液的味道盖过。

车厢内密闭又安静，接吻发出的细小动静无限放大，外面一束车灯扫过，邬思黎本能地往左柯让怀里钻。

像是被她潜意识的小动作取悦，左柯让亲够了，松开她，不说话，就直勾勾地盯着她。

邬思黎趴在左柯让身上，很多时候只要左柯让愿意，她都能凌驾于他，掌根按着他肩膀，直起腰解释："我没主动跟他讲话，我站在那儿等你，他看见我过来打个招呼，然后你就出来了。"

"这样。"左柯让一手掌着她大腿，另一只手上挪，指尖绕着她一缕头发，"我打扰你们了。"

"你没出来前我就打算要走的，我没忘记你告诉我离他远点的事情。"邬思黎耷拉着眉眼，以退为进一顿嘟嘟囔囔，"你不信我就算了。"

她一撑，就要从他身上起来。

"干吗了我，你就这么凶。"左柯让稳稳按着她，"我啥也没说呢，也没叫你辞职。"

"我不想辞职，甜品店挺好的。"他挑明，她也干脆直言，"而且当时我跟邹念桐一起去的，她为了我能留下，工资都降了小一半，我走了她怎么办。"

"那我不是没说要你辞职嘛。"

"那谁知道你心里怎么想的。"她小声驳回去，心里挺忐忑，毕竟是第一次用这招。

明白她是在为自己擅自做主辞了她家教的工作而生气，左柯让笑："你在跟我闹脾气呀,乖乖?"

邬思黎睫毛一颤,抿唇不语。

"咱俩住城南,你家教那地儿在北边,一来一回路上就要三个小时,折不折腾你自己说。"左柯让头头是道地分析着,"有这三个小时你干什么不行?现在天暖和了你乐意跑,等冬天天冷了呢?这个钱你挣得值不值?"

邬思黎沉默。

左柯让继续问:"你家教那家小孩多大?"

"十二岁。"

"男生对吧?"

"嗯。"

"你才比他大七岁,万一出点什么事儿,你说不清。"左柯让又摆出一条,"我信你不会,但你会受影响。"

邬思黎之前帮舍友代过几节家教课,感觉挺好,了悟过来左柯让的意思,认为他有点小题大做:"他才十二岁,跟思铭差不多大。"

"十二岁不小了。"

因为我第一次注意到你,就是十二岁。所以我很难做到无动于衷。

左柯让今天似乎格外有耐心:"这份工作得失不成正例,不值得你浪费时间。"

他好像是天生的谈判家,总有着各种各样的理由。

左柯让看她还是不大高兴,不想以她的怨愤作为两人今日约会的结束句号,厮磨着她唇瓣引诱她坦诚:"你有什么想法别憋着,你说出来我才会了解你。

"告诉我,我保证不生气。"

"我不喜欢你不跟我商量。"邬思黎抠着他T恤的肩线,大概是快要来例假,最近连轴转,极其消耗情绪,她不太绷得住,"明明说好上完最后一节课的,你这样,搞得我很没诚信。"

"怎么没跟你商量,昨天我们不是都商量好了吗?"

那哪是商量,那分明是强迫。

他态度软化果然是她的错觉。

见她又闷不吭声,左柯让轻哄:"好吧宝宝,这次是我不对,我跟你道歉。"他捉过她乱抓的手,揉着把玩,"以后都跟你商量着来,以你的意愿为主。"

邬思黎抬起脑袋,瞅他。

"而且我没有不信你,我只是不信别人。"

左柯让知道自己有病,别的男人多看邬思黎一眼,他都觉得是在觊觎,如果可以,他只想把邬思黎藏起来。

但是这样大概会吓到她。

左柯让压下心中冒头的阴暗面，亲亲她下巴尖："还生气吗？"

到这儿差不多了，再磨下去就是她不识好歹了。

邬思黎摇摇头。

"那我们回家？"

"好。"

邬思黎重新回到副驾驶座，脚底是掉出购物袋散落出来的内衣，她迅速俯身捡起来。

都这么久了，她还是这么纯情。

左柯让看得直笑，靠过去亲一口她的脸："我还挺喜欢你跟我耍脾气的。"

那种若即若离的感觉仿佛消失殆尽。

他为此欣喜。

车里光线昏昧，邬思黎一双眼睛瞧着他："你癖好还挺小众的。"

"你不懂。"左柯让高深莫测地回她一句，扯过安全带给她扣好，坐回去发动车子，驶出停车场。

至于跟任卓元的对话，左柯让一个字都没提。

任卓元那种人，还不够格成为他的竞争对手，也配不上邬思黎。

没必要因任卓元和邬思黎闹不愉快。

任卓元兼职到凌晨一点钟准时下班，踏出商场，夜风迎面一吹，带着丝丝凉意。

他拉上外套拉链，走到十字路口，等待红灯转绿。

侧方停车场拐过来一辆车，他不经意一扫，一顿。

车上副驾驶座的女生是邬思黎？主驾驶座好像是个男人？

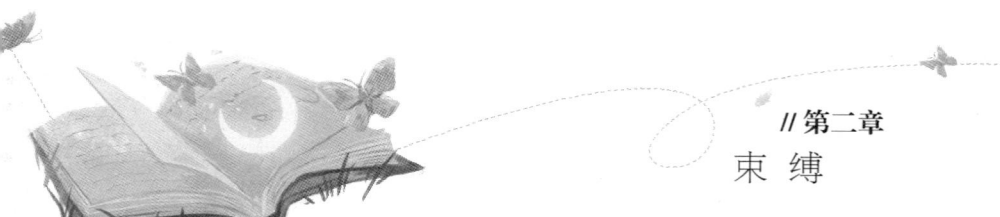

// 第二章

束 缚

1

周日，邬思黎没什么事，准备上午去医院陪邬思铭待会儿，下午去甜品店兼职。

她九点多自然醒，左柯让还在旁边睡着，趴着的姿势，半张脸都陷进枕头里，高挺的鼻梁在深色布料的衬托下更加优越。

凌晨看完电影回家，邬思黎倒头就睡了，左柯让却跟打了鸡血似的，设计遇到的瓶颈莫名其妙突破，钻进书房戴着耳机一个人自嗨到后半夜才上床。

他喜欢搂着她睡，两人每晚都是相拥而眠，但第二天早上醒来，绝对是各自占据一边，谁都不打扰谁，也不知道具体是谁睡觉不老实。

邬思黎轻手轻脚地起床，带动被子下滑，露出左柯让线条流畅的背肌。瞥了他两眼，邬思黎手一挥，将被子盖住他脑袋，把他整个人都闷在里面。

她拿着手机去浴室洗漱，戴上耳机，利用碎片化时间收听一些西班牙语的广播。

当初高考填报志愿，邬思黎只想着在不浪费自己分数的前提下，选择一门将来就业最赚钱的专业。

喜欢西语倒是谈不上，不过两年专业学下来，她还算培养出来了点兴趣。

牙还没刷完，背蓦地一暖，洗漱台镜子里多出来一道身影，左柯让眯着眼睛，弓着腰从后面抱住她，下巴搁在她肩膀上，假寐缓神。

吐掉泡沫，邬思黎要低头漱口，挣扎两下，提醒左柯让放开她。左柯让装死不动，邬思黎空闲的那只手反过去摸他的脸，又挠挠他的下巴。

左柯让是一个极其矛盾的个体，强势又恶劣的性格外，有一副顶好的皮囊。

是漂亮的恶魔，也是幼稚的孩子。

得顺着哄。

果不其然，这一套流程下来，左柯让就松了手挪到旁边，倚着墙站着，惺忪睡眼半垂着看向邬思黎，在她弯腰时，他伸手帮她钩住没绑好的碎发。

邬思黎洗漱时，左柯让就在旁边巴巴地瞅着。等她洗漱完，他扣着人不许走,非要邬思黎陪着他,等他也搞完一切,又将邬思黎拉到身前,捧着她的脸亲下去。

左柯让每次跟邬思黎亲近前,都会把自己收拾干净,早上起来不洗漱不亲她。不过他不嫌弃邬思黎,好多次都在早上亲醒她。

邬思黎被左柯让拥在怀里,鼻尖挨着他锁骨,听他在她头顶问:"故意的吧你。"

他是指被子蒙他头上那事儿。

邬思黎不懂,瓮声瓮气地问:"什么?"

左柯让哼笑:"你就趁我睡觉打击报复吧。"

"什么啊。"邬思黎将装傻充愣进行到底,她掌根抵住他腰腹,往后推,"我还要去医院。"

"我跟你一块去。"

"你不补觉吗?"

"不补了,想陪女朋友。"

左柯让手臂圈紧她的腰,向上一提,她踩在他脚背上,由着他面对面晃晃悠悠带着走出去。

吃完早饭,两人前往医院。不是高峰期,一路都挺顺,等红灯的间隙,左柯让看见街边一家他们之前吃过的店,想起邬思铭好像爱吃蟹粉小笼,红灯结束,车驶过路口,停到路边,他下去买了一屉。

医院永远人满为患,生死皆在一瞬间。

六部直梯前都排着队,进电梯后,左柯让护在邬思黎身后,手也在她肩头揽着,以防别人挤到她。

护士长今天休班。新调来的小护士正整理着桌面,"叮"一声电梯门开,小护士望过去,看见前几日令自己为之悲惨命运感慨惆怅的邬思黎,以及她旁边,从长相到气质都不容忽视的男生。

男生一手牵着邬思黎,跨出电梯时拎着东西的那只手在电梯门边挡了下。

邬思铭住在医院,成日和医生护士打交道,所以姐弟俩对医护人员都很尊重。见小护士一直盯着自己,邬思黎冲她友好地笑笑,小护士摆手回应。

左柯让也妇唱夫随地颔首示意。

病房里,邬思铭难得清闲,没有刷题也没有打游戏,盘腿坐在病床上,背对门口望着窗外。

邬思黎通过房门玻璃见到他无精打采的模样,下意识就看向左柯让,眼里散开担忧。

"放心。"左柯让宽慰她,"他表现得这么明显就肯定不是坏事。"

的确是这样,自从家里只剩他们姐弟俩后,邬思铭少有这么垂头丧气的时候,即便是被病痛折磨,都能笑嘻嘻地逗邬思黎开心。

邬思黎不在,邬思铭也不会把烦闷挂在脸上,就怕哪个医护人员撞见,跟她打小报告。

这么一想,邬思黎心下稍定。

玻璃窗上倒映出他们推门进来的画面,邬思铭眨眼间整理好表情,笑着回头:"姐,柯让哥。"

姐弟俩最为亲近,他掩饰得再好,邬思黎照样能在他神情里辨别出一丝勉强:"怎么了?"

"没怎么。"邬思铭见他姐看出来了,没有强行否认,胡诌一个理由,"就是有道题解不出来,卡一天了,烦。"

"解不出来就先放放。"邬思黎劝他,"别给自己太大压力。"

邬思铭点头:"我知道。"

"先趁热吃,吃完我帮你看看。"左柯让架好小桌板,将买来的蟹粉小笼放上去。

邬思铭是个特别会回馈别人情绪价值的人,闻到蟹粉小笼的香味,声音都变得雀跃:"谢谢哥。"

邬思铭拆开一双筷子夹起一个塞嘴里,邬思黎倒一杯温水放他手边。

美食能治愈坏心情,邬思铭连吃两个蟹粉小笼,头脑活络起来。他咽下嘴里的东西,央着邬思黎:"姐,我想吃草莓了,你去给我买点呗。"

"好。"邬思黎问,"还想吃什么?"

"没了,草莓就行。"

医院对面就有一家大型水果店,邬思黎拿上手机出去。门关上,邬思铭又慢吞吞吃完一个,似是在等待着什么,一边又酝酿着措辞。

还没想好怎么开口,左柯让就先递出话头:"你姐走远了。"

左柯让坐在病床边的椅子上,一副看透邬思铭的模样:"有啥事说吧,非把你姐支开。"

邬思铭撂下筷子,先拍个马屁夸一句左柯让火眼金睛,再切入正题:"哥,你平时跟我姐吵完架,都是怎么解决的?"

怎么解决?情侣有情侣之间的解决办法。

但这话跟一位未成年小屁孩肯定不能说,于是,左柯让脸不红心不跳地炫耀:"我俩从来不吵架。"

这是实话。

姑娘性子软,不高兴都是闷着不吱声,他知道他独断,为达目的甚至会用她在意的事情威胁她,所以她总是沉默。

他们之间也总是若有似无隔着些什么。

没关系。她总有一天会理解他的。

暂时将这些念头放到一边，他脑子一转，猜出邬思铭愁眉苦脸的根源："你跟哪个女孩吵架了？"

"什么女孩！"邬思铭急忙辩驳，"我没说是女孩！"

左柯让好整以暇地瞧着他。

"行吧，我承认，是女孩。"

邬思铭别别扭扭地讲述了一遍事情经过，就是前段时间他刷完题想放松一下，得到医生的允许，下楼去花园晒太阳，认识了一同龄女孩，两人加了微信，偶尔聊聊天，昨晚上女孩给他推荐了一部电影，今早两人约着在花园一起吃早饭，期间讨论电影剧情，各抒己见，然后说着说着就吵起来了，然后女孩就被气走了。

"就这样，我发微信她也不理我。"他肩膀都塌下去，"我知道我不该跟她争，但当时没意识到。"

邬思铭因为生病，没怎么好好上过学，也没什么朋友，现在终于结交一个，分外珍惜。他又不会哄人，只能求助左柯让。

左柯让同样没啥哄女孩的经验，但邬思铭满眼期待地看着自己，他怎么都不能丢面："投其所好吧，那女孩喜欢什么？"

"我看她前两天发了个玩偶的朋友圈。"邬思铭找出来递给左柯让，"但我出不去，买不了。"

"行。"左柯让痛快地接下这份跑腿任务，"下午买了给你送过来。"

"亲哥！"邬思铭立刻竖起大拇指，下一秒又改口，"不对，你是我亲姐夫！"

左柯让挑挑眉，"姐夫"这称呼可比"亲哥"要好听得多。这小子挺上道。

邬思铭补充道："但是姐夫，这事你别跟我姐说。"

左柯让问为什么。

"我怕她以为我早恋，训我。"他举手发誓，"我保证我们是纯友谊。"

纯不纯友谊的，左柯让无从判定，他一个早早就开始惦记邬思黎的人，没资格教育别人。

但他还是叮嘱："你自己有分寸就行，别叫你姐操心。"

左柯让每次过来，都会留下"别叫你姐操心"这么一句话，就像当初邬母总是会向邬思黎灌输"你以后要照顾弟弟"的想法一样。

左柯让对邬思黎的维护，邬思铭感受得真切，他十分感激左柯让，如果哪天他真的坚持不下去，这个世界上还有人能陪着邬思黎，她不至于孤身一人。

邬思铭欣慰一笑："我知道。"

邬思黎买完水果回来,哄人话题早就结束,两个男生一人捧着一部手机在组队打游戏,左柯让一如既往没啥变化,邬思铭眉眼间的愁郁倒是不再。

第六感告诉邬思黎绝对有猫腻,别看邬思铭这"姐控"唯邬思黎马首是瞻,但他主意也大,不想说的事情谁都撬不开嘴。

估计问他是问不出来,等到下午左柯让送她去甜品店兼职的路上,她问道:"我出去的时候你俩说什么了?"

左柯让守信用,答应保密就绝不透露半个字:"没什么。"

"真的?"

"真的啊。"

邬思黎还是不信,可她没有时间再追问。车子停在左柯让经常接她下班的那条窄巷,她解开安全带,在下车前留给左柯让一个狐疑的眼神。

甜品店除了他们三个大学生兼职,还有两名正式工,其中一位是面点师,周五那天下午两名正式工轮休,只有他们三个,今天人员全部来齐,店里还挺热闹。

面点师在后厨忙着研究新品,其余四人摸鱼闲聊,邬思黎还在想左柯让和邬思铭到底瞒着她什么事情,没等想出个所以然,话题就扯到她。

"思黎,你也抓紧谈一个男朋友。"

另外一名正式员工叫吴敏,年龄比他们还要小一岁,很早就辍学出来打工,性格豪爽,一个月前交了个男朋友,蜜里调油的热恋期,现在逮谁跟谁科普恋爱的好处,跟个恋爱宣传大使似的。

"说真的,思黎,多个人帮衬着你也能轻松点。"

要是她承认她有男朋友,绝对会得到"你男朋友是谁、长什么样子"等等盘问,多一事不如少一事,邬思黎含糊地回:"没事,我不急。"

"是不能急。"邬念桐附和,"就冲我们梨子这绝世容颜,男朋友人选必须得慎之又慎!"

"也对。"吴敏接话,"等你啥时候交男朋友了,带过来我们给你掌掌眼。"

邬思黎:"好。"

三个女生聊得热火朝天,没人注意到任卓元将带有探究、怀疑的目光落在邬思黎身上。

她说不急,那就是现在还没有男朋友。

那车上那个男人是她什么人?

甜品店工作挺自由,订单多就晚下班,订单少就早下班,老板娘不强硬设置具体下班时间,叫他们自行安排,很人性化。

周末学生们估计都去远些的地方玩了,还没回来,这两天店里都很冷清,傍晚六点左右他们就闭店下班。

几人道别后，邬思黎照旧朝窄巷走去，左柯让的那辆路虎停在老地方。

驾驶位车窗全降，一只骨节清晰分明的手露在外面，戴着红绳，两根手指间懒散地夹着根烟，青白烟雾徐徐上升，他指尖轻敲烟身，烟灰扑簌簌下坠。

副驾驶传来"咔嗒"一声，邬思黎上车。左柯让掐灭烟，在中控凹槽摸出块水果糖丢嘴里，问邬思黎想吃什么。她说随便，他就自己看着办。

即将拐弯，左柯让打转向灯，随意看了一眼倒车镜。

下午，他替邬思铭跑完腿后，去洗了个车，现在这辆车从里到外都非常干净清新，倒车镜一尘不染，清晰地映出后方窄巷的场景。

窄巷虽荒凉，却不是全无人走，倒车镜里出现一抹身影，并没引起什么注意。

2

晚上七点钟，夜幕降临，华灯初上，霓虹为这座城市增添一层繁华。

宁城老城区的巷子纵横交错，墙皮斑驳脱落，露出里面的灰色砖头，电线杆上贴着各式各样的小广告，空调外机架上挂着花花绿绿的衣服，街头的馄饨店外摆着几张矮桌小马扎，馄饨在锅里热气腾腾地翻滚着。

这里是与高楼大厦市中心完全不同面貌的旧城区，处处充满烟火气息。

任卓元家在这条街最里面，他一路走进去，几乎每家每户都会打个招呼，路过那群聊天谈笑的阿姨们时，其中一个短鬈发的叫住他。

"小元你过来。"阿姨朝他招手，"过来过来。"

任卓元不明所以地靠近："怎么了袁姨？"

袁姨用手掌心托托发根："你看我这新烫的发型好看不？"

"好看。"任卓元笑，"我妈的手艺吧？"

"就你聪明！"袁姨嗔他一眼，"不过咱们这片区，还真就数你妈活最好。"

"您喜欢就好。"任卓元问，"您找我有事吗？"

"是有事，还是好事。"袁姨人逢喜事精神爽，眼角眉梢都是掩饰不住的得瑟，"孙豪启不是高一就辍学不上，去穗城闯荡了嘛，搞了个施工队，一个月赚不少钱呢。"

孙豪启是袁姨的儿子，读书时跟任卓元一直是同班同学，就像左柯让现在是学校老师们夸赞的对象一样，任卓元在老城区的大人们口中，也是"别人家的孩子"。

每一家教育起自己的孩子来，都会以任卓元做正面例子。

次数一多，那些小孩难免看任卓元不顺眼，孙豪启尤为讨厌他，带领着其他同仇敌忾的伙伴孤立他。初中时，有次体育课上，孙豪启故意找碴，跟任卓元打了一架。孙豪启发育比任卓元早，那时候任卓元瘦小得像麻秆，孙豪启一个顶他两个，说是打架，其实是他单方面挨揍。

闹到老师那里，请来两方家长，袁姨当场劈头盖脸骂了孙豪启一顿，摁着孙豪启的后脑勺给任卓元道歉。

都是街坊邻居，低头不见抬头见，而且男生之间打打闹闹很正常，任母田云英便没计较这件事。

后来，老师把他们两人的座位特意调成对角线，"井水不犯河水"地这么过了两年，初中毕业，任卓元考上重点高中，孙豪启读职校，两人不常见面，生活圈子的重叠部分越来越小。

再次听到孙豪启的消息，是田云英说他在职校读了一年就去了穗城。

袁姨颇为感慨："当时我还不看好他，想着他能有你一半学习好我就谢天谢地了，一教训他就拿你做比较，结果不料他还真闯出名堂来了，可见这学习还真不是唯一的出路。"

任卓元面色一淡，他就说袁姨今天怎么这么热情，拉着他唠家常，原来重点是在炫耀。

当初他考上宁大，人人都来道贺，真心实意的祝福有，但更多的是嫉妒眼热。现在终于逮到扬眉吐气的机会，袁姨通体舒畅。

她见任卓元表情不太好，"哎呀"一声："小元，你别多想，袁姨没别的意思，就是想问问你愿不愿意跟着豪启一起干？他跟我说他队里缺一个工程师，我一听正好，你不就学这个的嘛！"

"袁姨，我学的是航天工程，不是建筑。"

袁姨不以为意："都是工程差不多啦。"

她劝说："要我说你还是赶紧赚钱重要，你妈一个人拉扯你还要照顾你爸，不容易的。"

任卓元不喜欢别人议论他的家事，没耐心再待下去，起身："谢谢袁姨您的好意，但我专业不对口，我妈还在家等我，就先走了。"

"哎——"袁姨白一眼他的背影，与旁边人不屑一顾地吐槽，"航天工程有什么了不起的，学了还以为自己能去外太空了不成？"

她声音不小，就是故意想让任卓元听见。他握着书包带的手微紧，大步离开。

街尾，黄色的灯泡光秃秃地悬在屋檐下，刷上蓝油漆的木条包裹着玻璃窗，灰色石墙空白处印着"云英美发"四个字。

一个穿着朴素的女人拿着扫把在清理地上的头发。

"妈。"任卓元跨进门，放下书包，接过扫把，"我来吧，你歇会儿。"

"卓元？"田云英惊讶，"你怎么今天回来了，明天周一上午不是有课吗？"

"想回来了。"扫把有些年头，划拉几下塑料手柄就松得不成样子，他拆下来，塞进去一张卫生纸减少缝隙做加固，"妈，还有饭吗？我饿了。"

"有，有。"田云英脱下沾满染发膏味道的围裙，边走去后面厨房边回，"我这就去端。"

没想到任卓元今晚会回来，田云英没做他的饭，手脚麻利地烧水切菜，几分钟就做好一碗阳春面。任卓元坐在餐桌边等，田云英端到桌上，懊恼地想起自己没有打个鸡蛋进去。

任卓元说没事，拿起筷子吃面条。

任卓元高中就开始住宿，只有周末或者节假日回家，到大学后，回家次数就更少，空闲时间都在兼职打工。难得见到儿子，田云英什么事都不想再做，坐下陪着他吃饭。

细细打量他一番，田云英面露心疼："好像瘦了。"

"最近天热，没什么胃口吃饭。"

"没胃口也是要吃饭的，不然身体扛不住。"

"知道。"

母子俩本身就有代沟，没有共同话题，田云英只会聊家长里短，怕任卓元不感兴趣，也不好意思跟他讲，导致饭桌上只有任卓元吃面的声音。

吃到一半有些渴，任卓元去拿水壶倒水，看见田云英欲言又止，便主动开口："妈，你是不是有话跟我说？"

"没有。"田云英还没做好准备，任卓元冷不丁一提，她第一反应是否认，继而"嗐"一声，"是有这么个事。"

她用抹布擦拭一下桌面："就你袁姨下午来店里烫头发，跟我说豪启的施工队缺个工程师，问你要不要去，听说有时候一个月就能挣出咱们一年的生活费。"

"妈，我还在上学。"任卓元看出田云英眼里的心动，一股烦躁腾起，"别人不了解你还不了解吗？我是学航天工程的，不是工地搬砖的。"

"了解的，了解的。"不知什么时候起，田云英每次跟任卓元相处时，都会不由自主地紧张，她搓着手，语无伦次，"不想去就不去，我就是听说你这个专业很难学，你又要打几份工，怕你累，那个施工队来钱快……"

"所以你就想我半路退学去给孙豪启打杂？你是不是也跟别人一样认为我学不出名头？是在浪费时间做无用功？"

任卓元是个极其要强看重面子的人，被孙豪启揍过的事情是笼罩在他心头挥之不去的阴霾。

他一字一顿地厉声质问，田云英忙摇头说不是。他神色难看，怒气上头："我之所以会这么累是因为你没把我生在一个富裕家庭！"

他一个口不择言，气氛瞬间降至冰点。田云英愣怔半晌，愧疚地低下头，喏喏道歉："是妈妈对不起你。"

"妈，我不是那个意思。"任卓元挫败捂脸，长舒一口气，放下筷子，"我上去看看我爸。"

阳春面还剩下半碗,不再像刚出锅那样烫。白炽灯下,田云英独自坐在餐桌边的身影瘦弱又落寞。

左柯让带邬思黎去吃的一家粤式火锅,在店里还不显,吃完一出去,火锅味道挥之不去。

知道左柯让不喜欢,回到公寓,邬思黎先去浴室洗澡,左柯让反倒是不紧不慢地来到厨房,在橱柜里找出红糖、红枣、生姜,一齐丢进水壶里,熟练地煮了一杯茶,煮好后放在壶里保温着。

快到邬思黎来例假的日子,她每个月提前一周会小腹酸胀,他之前带她去看中医调理过身体,一开始症状严重只能先喝中药养着,是药三分毒,喝过一段时间就停了,那中医便换了个食疗方法。

每次经期前一周用红糖、红枣之类的东西煮水喝,暖宫补气。

冲邬思黎例假时疼得那副惨样,就能说明她对自己不咋上心。左柯让不指望她能记住,每个月她经期前都是他煮好看着她喝完。

搞完这一切,左柯让去客卧浴室洗澡。

左柯让速度快些,邬思黎洗完,他已经坐在床边,单手后撑,另一只手举着手机,敲打着发出声响。见人出来,他将手机往旁边一扔,朝床头柜抬下巴:"温度正好,喝了。"

邬思黎用毛巾包裹起湿发,拿起那杯姜茶。左柯让起身去拿吹风机,坐回床上,双腿岔开,拍两下空出来的位置,邬思黎坐过去。

两人穿着情侣款睡衣,她尾骨挨着他小腹,腿若即若离地靠在一起,吹风机轻轻嗡鸣,他手指穿插在她发间,邬思黎含着吸管慢吞吞喝着姜茶。

主卧一面是超过一百八十度的弧形落地窗,可以俯瞰到半个宁城的景色。楼层高,又是单向玻璃,没拉窗帘也不怕什么,落地窗上映出两人甜蜜和睦的姿势,窗外万家灯火都沦为陪衬。

左柯让不期然发现描摹在玻璃窗上的画面,调出相机,摄像头对准聚焦,喊邬思黎看他,在她回头那一秒吻她,落地窗上两人的影子融为一体。

快门定格下这一幕。

拍完,他显摆一番自己善于抓拍的绝佳技能,还非要邬思黎夸他。可能是她不懂欣赏,实在看不出照片有什么特别,但他缠人起来跟三四岁小屁孩没差,她敷衍地说了句"好棒",被他掐着脸咬了一口。

等头发吹到半干,到给她涂护发精油的步骤,邬思黎再次扭过头,嘴唇滑过他下颌,顺势亲了他一下。

左柯让动作一顿,扬眉问道:"你想干吗?"

邬思黎无辜地眨眼:"不想干吗啊。"

左柯让挤出护发精油，在掌心搓热，细致地抹上她发尾："有话直说。"突然亲他，指定有猫腻。

"思铭跟你到底说了什么？"

"不是告诉你了，没说什么。"

邬思黎不说话，一错不错地盯着他。

小姑娘眼睛又亮又润，像颗夜明珠似的，左柯让招架不住，轻咳一声，避开与她对视："真没什么。"

邬思黎信他就有鬼了，她歪着脑袋去寻他正脸，非要跟他有眼神交流。难得见她这么幼稚，左柯让忍俊不禁，掌背抵着她脑门向后推。

"你好好坐着。"

"那你告诉我你俩说什么了。"

这事儿看来是过不去了。

左柯让在"出卖小舅子"还是"得罪老婆"之间衡量两秒，果断选择前一个选项，但他也没全盘托出，删繁就简，一句话带过："他认识了一朋友，两人意见不同闹矛盾了，问我怎么办来着。"

邬思黎一下子就猜到重点，侧过身，几乎是跟他面对面："女生吗？"

这么神？

左柯让装起哑巴，拒绝回答。

他这一反应彻底使得邬思黎确认自己的猜测："这有什么好瞒我的？"

事已至此，左柯让也没什么可遮掩的："他怕你觉得他早恋。"

"不会啊。"邬思黎迷茫懵懂，"有异性朋友不是很正常吗？怎么就一定是早恋？"

异性朋友，正常。

提取出这些字眼，左柯让眼底温情稍退，亲亲她嘴角："对于别人来说正常，但是乖乖你不能这样。"

他能接受她身边除了他，出现的唯一异性就只有邬思铭。

因为昨天他少见的妥协退步而产生出的融洽，又在今天，在此时此刻，因为他的要求而有所破裂。

邬思黎习惯于这时不时涌现的束缚，或许有一天她会触底反弹，她也不确定这一天具体是什么时候，但绝不会是现在。

在他认真又迫切的注视下，邬思黎柔声答："我知道的。"

左柯让称心地笑笑，膝盖撞了撞她。邬思黎转回去坐好，他接着护理她的头发。

有关邬思黎的每一件事，他都亲力亲为，精心呵护，在她的人生轨迹里刻下专属于他的烙印，于他而言，这份满足感无与伦比。

"想不想出去玩？段骏鹏他们嚷嚷着端午放假去海边。"左柯让用手代替梳子轻缓地捋着她的长发，"想的话找个地方咱俩单独去。"

邬思黎无所谓："都可以。"

"那我研究研究。"

目的地还没定好，只是有这个计划，左柯让就先兴奋起来，吹着哨将她头发完全吹干，然后将吹风机、精油，还有邬思黎手里的空杯都拾掇出卧室，返回来上床搂着邬思黎睡觉。

他黏糊亲昵地蹭一蹭她的脸颊，低语呢喃："好香啊乖乖。"

"好喜欢你。"

3

周末一晃而过，步入六月的第一日，天气预报提示今早九点到中午十二点有雨，气温高达三十五摄氏度，闷热潮湿，是南方城市的标志属性。

周一大部分学院上午都有课，且是早八，左柯让公寓开车到宁大不堵车的话将近二十分钟，但是周一早高峰，道路百分之百不会太通畅，必须预留出充足时间，邬思黎将闹钟定的七点半。

或许是因为邬思黎答应他端午短游的事情，左柯让整个人从昨晚开始就特兴奋，六点钟就起床了，在健身房泡了快一个小时，冲了个澡，然后兴致盎然地去隔壁那条街买了邬思黎最爱吃的桂花汤圆和虾米小馄饨。

回来看时间差不多，他一顿耍流氓式叫她起床，后果就是马屁拍到蹄子上，邬思黎吃着他买来的贴心早饭，看都不看他一眼。

吃完饭，该拿的东西都拿好，邬思黎单肩背着包，站在玄关等左柯让。

她上面一件无袖T恤，下面一条黑色西装裤。左柯让从书房出来，打眼一扫她，倒退着返回卧室，一两分钟后再出现在客厅，手里拿着一根金属扣腰带和一件外套。

接着，他走到她跟前，环着她的腰，给她扎好腰带，从头到脚又细致地打量她一番，俯身在她唇上一亲，直白地夸赞："我女朋友超漂亮。"

"走了。"邬思黎是纯粹的三好学生，不迟到、不早退、不旷课，她在脑子里不停计算着时间，握住他手掌，开门牵着他出去，"真的要迟到了。"

他跟她搞浪漫，她催他去上学。

这频道相差不是一星半点，够离谱。

进了电梯，左柯让钩下她肩膀上的托特包，将外套递给她："穿上。"

邬思黎说不冷。

"你这刚出门是不冷，一会儿到地库就知道了。"左柯让不由分说地抖开外套，拎着她胳膊塞进袖子里，把她套住，"今儿下雨温度肯定会降，别全信天气预报，没个准的。"

唠唠叨叨的，像个老妈子。

邬思黎瞥着他只穿一件T恤露在外面的两条胳膊,虽然没明说,但左柯让读懂了她内心活动,他挑起她一缕头发,搔她鼻尖:"你别跟我比,有本事跟我比比体力。"

这话邬思黎要是接下去,必然得飙上高速路,于是她聪明地闭嘴不语,偏偏左柯让又不放过她,明知故问她怎么不说话。

邬思黎觉得他好烦,也不知道他哪根筋搭错,也不知道他为什么这么亢奋,她早上睁眼到现在,耳边都是他在叽叽喳喳,像只苍蝇一样"嗡嗡"乱飞。

她越急得像热锅蚂蚁,他就越不疾不徐。

到了地库,邬思黎率先跨出,还没走出去两步,就被人勾着肩膀拖回去。

左柯让搂着她,不满地臭脸:"你夸父?步子迈那么大。"

邬思黎焦急不已又无可奈何:"可是真的要迟到了啊。"

"这样,"左柯让帮她想办法,出谋划策,"你说一句喜欢我,我保证十五分钟内到学校。"

骗人的吧,怎么可能十五分钟。邬思黎保持怀疑。

左柯让甩着车钥匙拿腔拿调:"不说算咯。"

反正都得坐他车,邬思黎死马当活马医:"喜欢你。"

左柯让严谨地挑三拣四:"主语呢?"

他真的,又烦又幼稚。

邬思黎补充:"我喜欢你。"

左柯让如愿以偿,不再为难邬思黎,上车后老老实实开车,在限速范围内开到最快。他开车猛却很稳,坐他的车,邬思黎还挺踏实的。

行至一半,察觉到街景陌生又熟悉,邬思黎坐直身体:"没开错路吗?"

"我第一天去宁大啊,乖乖。"左柯让好笑于她的提问,解释,"这条路更近,前几天刚修好通车。"

怪不得他一点都不着急,原来是早有打算,故意惹她着急。

什么恶趣味。

邬思黎特无语,偏过头看窗外,留个后脑勺给他。

十分钟出头,车子停在窄巷,邬思黎背上托特包准备下车,左柯让又拦住她。

"不到十五分钟,我超额完成任务了。"他邀功,"有没有奖励?"

邬思黎被他闹了一早上,耐心所剩无几,解开安全带,在他脸颊、嘴唇各亲一下算作吻别,然后迅速推门下车。

左柯让坐在车里看着她渐行渐远的背影,意味不明地"哼"一声。

越来越敷衍他了,好气啊。

周一课比较满,邬思黎一个上午都是专业课,下午还有一节思政课。上午上课的地方在四楼,她几乎是踩点到教室,邹念桐已经占好位置,见邬思黎出现在教室门口,挥了挥胳膊。

"思黎!这儿!"

专业老师紧随她后面,边上讲台,边提醒同学们赶紧找位置坐好。阶梯教室座位呈二四二排列,中间是四连座,两边为二,邬思黎快步朝邹念桐那儿走,在第四排靠窗的位置,前一排坐着同宿舍其他两位舍友,她们摆手同她打招呼。

邬思黎坐下后,邹念桐把放在她桌上占位的书挪到自己跟前:"今天咋晚这么多?弟弟情况不好?"

邬思黎大一入学前就和左柯让住了整个暑假,开学后他不许她住校,而宁大规定只有到大二才可以搬出宿舍,于是邬思黎便以照顾邬思铭为由,找辅导员申请,住宿费照交,但不住学校。

当然,这个住宿费是左柯让出的。

邬思黎的家庭情况在宿舍里不是什么秘密,同宿舍另外三人都以为她住外面是和弟弟一起。

"没。"邬思黎边掏书本,边扯谎,"起晚了。"

"那就好,那就好。"邹念桐以手掩唇,"我妈给我寄的牛肉丸昨天到了,中午回宿舍你带点回去,弟弟不是爱吃嘛。"

朋友圈子不见得非要用一道屏障才能划分清晰,有时候一两个话题插不上话,也就融不进那个圈子。邬思黎是慢热性格,她又不住校,缺少和舍友们的交流,邹念桐与其他两个天天住在一起夜聊,也不是说孤立邬思黎,不过是相较起来没那么亲近。

所以大一初入学那段时间,邬思黎在学校里都是独自一人。

宁大大一新生军训是在十一国庆结束后开始,为期半个月,每天早上六点半起床,先进行一个小时晨练,然后才能去吃早饭,邹念桐她们仨接连一周都因为抢不过其他饿虎扑食的人而只能吃泡面,怨气大得不行。

邬思黎听到她们抱怨,说可以帮她们带早饭,从那以后宿舍关系就渐渐密切起来。

邹念桐是个特容易心软内疚的人,因为最初没有主动跟邬思黎交好,后来又知晓她的难处,对她最为照顾,有什么事都最先想着邬思黎。

"好。"邬思黎小声道谢。

专业课老师是个五十多岁的小老头,天生一张严肃脸,挺唬人,上他的课少有调皮捣蛋的人。除去他叫人起来回答问题,阶梯教室里只有他的讲课声,还有底下同学敲打键盘的声音。

小老头讲课用的PPT同步发给他们,方便做笔记。邬思黎在平板电脑上划重点，旁边手机屏幕时不时亮一下，微信浮窗不断显示有消息进来。

标记完最后一条，邬思黎搁笔，拿过手机查看。

意料之中，是左柯让。

Atopos：在干吗？

Atopos：在干吗？

Atopos：在干吗？

…………

足有十条"在干吗"刷屏，隔了五分钟，他终于换了轰炸内容。

Atopos：好无聊啊，乖乖。

邬思黎确认手机调成静音，打字：你没上课？

对面秒回：上啊。

紧接着，他发来一张照片，跟她同款书桌，也是坐在窗边，桌面上只有一张白纸和一支中性笔，白纸上潦草画着个她看不懂的零件模型。

他出门时一身轻松，啥都没带，估计这纸笔都是找同学借的。

Atopos：夸我，我全班第一个画完的。

邬思黎回复：好厉害。

Atopos：你问问我现在在干吗。

邬：你现在在干吗？

Atopos：在想你。

好土。

邬思黎只敢在心里吐槽他，以她对左柯让的了解，她要把"好土"这两个字发出去，下一秒他就能直接杀过来。

不知道他今天发什么癫，也不知道怎么接，她没回。

左柯让脑子都不用动，就能猜到邬思黎在琢磨什么。他坐在教室最后一排，一米八多的大高个缩在这种距离不可调节的连排座椅里憋屈得不行，他敞着腿，背靠椅背，一手撑脸一手打字：你是不是在心里偷着笑我土呢？

两秒钟不到，邬思黎心虚地回：没有。

左柯让轻哂。

段骏鹏赢完一局游戏，耸肩活动着僵硬的颈部，一扭头就看见左柯让一脸笑容，抻长脖子瞅他的手机。

字还没看到一个，左柯让就察觉到，"咔嗒"一下锁屏，笑容敛起，斜觑他："有事？"

"你对着一手机傻笑啥呢？"段骏鹏瞪眼，"你别是谈恋爱了？"他低喊一声，"不行，我都还没女朋友，你也不能有，得向我看齐。"

笔头敲打两下桌面，左柯让懒散地扬起下巴："那长得帅这事儿你什么时候能向我看齐？"

041

新一局游戏匹配成功,段骏鹏翻了个白眼。

神经,自恋狂。

4

今日持续高温,配合着聒噪不已的蝉鸣声,难免使人心浮气躁,不想多走一步路。上午的课上完,邬思黎和邹念桐就近在离外语院最近的一号小食堂各自打包两份午饭拿回宿舍吃。

邹念桐和另外两个舍友昨晚熬夜打游戏,专业课时眼皮子就在不停地打架,吃完饭抓紧时间爬上床去补觉。邬思黎不困,坐在下面看书。

手机安静地摆在桌面上,与她上课时平均一秒收到一条消息的繁忙形成对比,左柯让终于消停了。

刨除强势不讲理这一点,左柯让还真是个接近满分的男朋友。

长相、身材、能力、家世,全部无可挑剔,空闲时间就玩玩游戏、打打球,不像其他男生那样跟别的女生暧昧,他就是犯浑都只对邬思黎一人。

书页上的字渐渐虚化,她右手握笔,无意识地在草稿纸上写画着。

左柯——

最后一个字落下一个点,邬思黎笔尖一停,再次晃动起来,快速地将混迹在一堆字母中的两个汉字涂黑,干净整洁的草稿纸上突兀地出现两个黑疙瘩。

背后不经念叨人,邬思黎上一秒开小差想起左柯让,下一秒他的微信消息就进来了。

Atopos:找人送了点东西给你,应该放你宿舍门口了。

嗯?邬思黎懒洋洋的坐姿绷直,带动椅子划过地面发出刺耳的声音。她身体一僵,看一眼床上其他三人,确认她们还在睡觉,小心翼翼地站起来,跑去卫生间,给左柯让拨过去一个电话。

忙音"嘟嘟"两下,电话就被接起,左柯让先出声:"没睡觉?"

"没。"邬思黎走到窗户边站着,斟词酌句片刻,无果,还是直接问,"你找谁送的?"

"不知道,你们宿舍楼下随便找了一人。"

"怎么突然给我送东西?"邬思黎有点焦躁。

什么东西不能晚上再给她?又不是见不到。

他嗓音裹挟着细弱的电流声,偶尔冒出几声蝉鸣做背景乐:"中午去吃饭,有家店甜品做得挺好,给你买了几样。"

"我就在甜品店兼职。"邬思黎不懂他的多此一举,"不用买啊。"

"可我就想给你买啊。"左柯让学着她的语气,把尾音拖长。

就是想给你买。哪怕是集市小摊上不值钱的竹蜻蜓,在想到你的那个瞬间，我都想要送到你面前。

他料到她在担心什么，喂她吃定心丸："放心吧，她不会多嘴。"

邬思黎抠着窗台瓷砖缝，垂眼嘟囔："你怎么知道？"

"给她封口费了。"左柯让莫名骄傲起来，"你不喜欢的事儿我什么时候干过？"

没少干。

但是干完要么是拎出一堆理由叫她接受，要么是像现在这样做好善后。

邬思黎都不知道要说什么，她好像只有被通知的权利。

余光里蓦地出现一抹熟悉的身影，她在五楼，透过宿舍卫生间的玻璃窗，看着左柯让从东面宿舍楼大门那边走过来，他身边路过的几人侧目朝他投去目光。这边是女生宿舍区，邬思黎这栋楼又是边上最后一栋，就证明左柯让连走错和路过的可能都没有。

他明摆着是来找人的，还是女生。

而成为焦点的那人，头微低，在躲避午后刺眼的阳光，单手插着兜，另一只手举着手机贴在耳边，心无旁骛地在跟她打电话。

非教职工车辆不允许在学校内穿行，左柯让顶着大太阳，一路从位于南边的停车场走到最北边邬思黎的宿舍楼，热得要死，可不是为他人做嫁衣的。

他催促道："你别废话了，快去门口看看，别被别人偷走了。"又补充道，"连着你舍友们的一共四份，去冰那杯是你的。"

玻璃窗窄小，范围有限，左柯让不一会儿就消失在邬思黎的视野里。

她垂下眼睫："知道了。"

挂断电话，她出了卫生间，拉开宿舍门，两包纸袋立在门口，提起来要回屋时，一抬头，不经意看见斜对面楼梯口有一人正巴巴地盯着她，眼神热切。

见她发现，对方"嗖"一下缩回去。

邬思黎轻舒口气，关门，东西放到桌上，粗略一扫，四杯果茶，外加四份青提切块。

差不多到时间了，邬思黎挨个叫邹念桐她们仨起床，告诉她们自己买了甜品，一人一份。

宿舍里开着空调，三人正睡得口干舌燥，一人一杯插上吸管迫不及待猛喝一大口。

邹念桐满血复活，欢天喜地地抱住邬思黎："你真是个贴心的宝宝。"

下午一节思政课上完，邹念桐把书本交给另外两位舍友带回去，然后跟邬思黎去甜品店兼职。

去校门口会经过一个露天排球场和一个露天篮球场，两个场地都有人在打球，不同类型的运动吸引着不同的观众，欢呼声此起彼伏。

邹念桐挽着邬思黎的胳膊,走在两个场地中间那条道上,来回摆动脑袋轮换着欣赏两批正在释放荷尔蒙的男生,最后得出结论:"虽然在球场上的男生各有各的魅力,但左柯让就是帅得很突出啊。"

"对面好像还是理工大的。"邹念桐探头探脑地眺着,"好像是因为上周五那场比赛左柯让不在,理工大觉得胜之不武,非要再来一场。"

她彻底把目光定格在排球场上,自己一个人看还不过瘾,手动扭过邬思黎的脑袋:"独乐乐不如众乐乐,帅哥得一起看。"

邬思黎望过去时,左柯让正好起跳,右手扬高,手臂肌肉绷紧,拉出走势清晰的线条,白色绷带缠着无名指和小拇指,穿一身黑色运动装,衣摆上掀,露出一截劲瘦腰腹。

网对面三个人都没能拦下他这一个暴扣,球重重落地,人群随之爆发出热烈呐喊。

一声哨响,宣告一局比赛结束。

宁大VS理工大,20:15压倒性胜利。

段骏鹏上前,跟左柯让象征性地击了个掌。

中场休息,两边队员回到各自休息区,左柯让坐在台阶上,单手旋着瓶盖,一手拿手机打字,消息发出去后,才有空喝水。

人群里有几个女生,看向他的眼神蠢蠢欲动。

能想象到接下来会是怎样一番场景,邬思黎收回视线:"走吧。"

"走走走。"邹念桐"啧啧"叹气,装出一脸心痛样,话说得嘚瑟又欠揍,"理工大见好就收呗,非带上左柯让,找啥不好非找虐,这还不得被虐到自闭。"

邬思黎笑笑,不置可否。

到了甜品店,任卓元在擦拭操作台,吴敏端着一个碟子从后厨出来,看见进门的两人,招呼道:"来来来,正好,新品试吃,陈姐刚研发出来的。"

碟子上是切成几小条的蛋糕,一人拿根牙签插了一块品尝,止不住地点头称赞。邹念桐和吴敏还没吃过瘾,跑去后厨继续搜刮,邬思黎去储物间换员工服。

想起离开排球场前,手机振动的那一下,她点开微信。

左柯让当时是在给她发消息。

Atopos:我刚刚打球超帅,可惜你没看到。

邬思黎指腹摩挲着手机边框,发了一会儿呆,选择忽略,换好衣服出去到操作台准备着柠檬茶的配料。

一到夏天,柠檬茶就是热销品,多做些提前备着,订单多时不至于手忙脚乱。

店里放着舒缓松弛的轻音乐,邬思黎专注做着手头的事情,捣柠檬的力道比平时要重。

任卓元默不作声地观察了她好一会儿，在她去拿下一个新塑料杯时提前一步，递到她手里："不高兴？"

邬思黎一顿，先道声谢，再接过塑料杯："没。"

"没有就好，要是有什么不开心的事情你可以跟我说说，我们好歹也是朋友。"

邬思黎礼貌一笑："谢谢。"又发觉距离过近，借着取配料的由头，不动声色地右移一步。

她扎着低马尾，浓密的睫毛半垂，周身气质柔和安静。

任卓元侧身看着邬思黎，有几缕碎发垂下来挡住她半边脸颊，他不由自主地伸出手帮她别到耳后。

陌生的触碰袭上耳际，邬思黎猛地后退，拉开距离，碎发又掉下来，任卓元胳膊还停留在半空。与此同时，店门口的风铃响起，嘈杂的交谈和脚步声涌入店中。

"渴死了渴死了，点单点单！"段骏鹏大嗓门吆喝，"左柯让请客，大家都随意点！"

段骏鹏冲到吧台，见只有他们一男一女两人，还面对面而站，一眼瞧出不对劲，肘部杵着吧台，调侃道："打扰了啊，二位，我们来得不是时候。"

他叩了两下台面，笑着看任卓元："现在能点单吗？哥们儿。"

"当然。"任卓元放下手，走到点餐机前，挨个记录着他们这帮人的要求。

大家都聚在点餐机前点单，唯独一人坐在操作台正前方的空桌边，支着腮，凝眸直勾勾地望着邬思黎，笑得人畜无害。

邬思黎不确定他有没有看到刚才那一幕，但她问心无愧，转向操作台，还没开始继续工作，口袋里的手机就连振三下。

这种时候，这种场合，发消息的是谁不言而喻。

人就在旁边，邬思黎只得掏出手机。

Atopos：好。

Atopos：渴。

Atopos：呀。

邬：想喝什么？

Atopos：不知道，你随便做。

Atopos：只能给我做，别人的你别管。

邬：只做你的太明显了。

Atopos：我觉得我现在过去亲你一下更明显。

又来了，邬思黎抿抿唇，收起手机。

邬念桐她们在听见外面吵吵闹闹一片后，不好意思再赖在后厨，出来帮忙。

邬思黎混在中间,选了一杯制作过程最为复杂的全家桶慢吞吞磨洋工,做完偷摸着塞进吧台上那一堆待领取的饮品中间。

反正她按他要求来了,他要是没及时取走被别人喝了,也怪不得她。

所有人都没闲着,就她一个干巴巴站着什么都不做太突兀,邬思黎趁人不注意,溜进储物间。

她心头憋得有些烦,键盘按得噼啪响——

邬:你那杯三十五,记得付钱。

左柯让他们那帮人没逗留太久,每个人的饮品都搞定后,他们又歇了会儿就走了。

邬念桐她们没再去后厨,直到傍晚六点半邬思黎下班,她跟任卓元都没再有任何交流。

邬思黎收拾好东西,跟其他人挥手再见时,门口风铃响,一个穿着碎花连衣裙、体型富态的女人走进来。

吴敏在门口拖地,闻声抬眼一看,面露惊讶:"钱姨?"

"你怎么这时候过来了?"

钱姨是甜品店的老板娘,手下有两个出租店铺,就这一个甜品店是她自己在经营,女儿去年结婚生子,她闲暇时间都在家含饴弄孙,每个月会抽出一两天来店里检查,基本都在上午,这么晚还是头一次。

"有点事。"钱姨简单解释一句,巡视一圈店里的卫生情况,还算满意地点点头,不厌其烦地叮嘱,"这个卫生一定要保持好,各种材料也都一定要用新鲜的,我这里可不是什么无良商家,你们也别给我滥竽充数。"

钱姨人是有些刁蛮,但心地还算好。

邬念桐蹦蹦跳跳过来,亲昵地揽住钱姨的肩膀:"放心吧您,您这当老板都不心疼钱,我们肯定也不偷工减料。"

钱姨戳她脑门:"滑头滑脑。"

邬念桐"嘿嘿"笑两声,问:"您是办事顺路过来啊,还是有什么事要跟我们交代?"

"不是跟你们。"钱姨看向任卓元,踌躇片刻,"小任啊,干完今天明天你就不用来了。"

多少有些不太好意思,钱姨补充:"这个月才过去几天,钱姨也按一个月工资给你结。"

任卓元错愕不已:"不是钱姨,怎么这么突然?"

"也不突然,最近店里生意不太景气,留这么多人也没用,店里都是女生,就你一个男生在也挺不方便的。"

5

走到老地方，邬思黎拉开车门坐进去，左柯让在打电话，侧目看她一眼，对那端又耐心叮嘱几句饮食休息方面的注意事项后，才挂断。

手机扔进中控凹槽，他交代："老太太打来的。"

就是他奶奶。

邬思黎偏头看着她那边的窗户外，"嗯"一声算作回应。

"我又怎么惹你了，对我这么冷淡。"左柯让嬉皮笑脸地探手过去掰她下巴，"我最近表现挺好的呀。"

至少自我感觉良好。

指腹触碰到她皮肤的瞬间，他就察觉到了不对，转而覆上她额头，温度果然不太正常。

他蹙眉："发烧了怎么不说。"

怪不得整个下午都感觉昏昏沉沉的，邬思黎摸摸自己的脸颊，还不算烫，但是挺热。

邬思黎体质好，平常不生病，就来例假时一个不注意容易着凉发烧，左柯让记得她这毛病，确认地问："例假来了？"

邬思黎又是一声"嗯"。

在下班前半个小时，她发现来例假了。

左柯让上半身倾向副驾驶，在储物盒里拿出一个暖宫贴撕开，整理好她衣服下摆贴到她小腹处。

左柯让问她冷不冷，她摇头，他还是把两边窗户都升了起来。

知道她不喜欢去医院，不喜欢吊水，温度还不算高，左柯让就先带她回公寓，下车前还把自己放在车里的外套给她穿好，接过她的包，牵着她的手。

出电梯进了家门，人就被他塞进被窝，被子严严实实盖在她身上。

耳温枪在她额头上测了下，三十八摄氏度整。

他找出退烧药喂她吃下去，问她肚子疼不疼，她说不疼，问她想吃什么，她说不饿。

左柯让当然看得出她在表达不满。她不高兴时也不会不理人，有问有答，就是干什么都不太配合，钝刀子割肉似的，偏偏还挑不出她的毛病来。

左柯让自己不换掉外面的衣服不上床，他蹲在床边，落眼看她，眼神沉沉。

邬思黎直接闭眼，被子扯高遮住嘴巴，翻个身背对着他，还不忘撂下一句："我想睡觉。"

他能怎么办？

左柯让站起来，给她掖好被角，转身出去。

邬思黎迷迷糊糊睡了一觉，再次醒来，卧室里黑着，窗帘半掩，外面阒珊灯火照进来小部分，其余部分光源来自身后。

她扭头，看见左柯让搬了个懒人沙发在床边坐着，腿上搁着笔记本电脑，亮度降到了最低。

左柯让听见窸窸窣窣的声音，还以为是邬思黎睡觉时的无意识动作，他随意一瞥，对上她的眼睛，身子探过去，掌心再次覆上她的额头，还是有点热，还没彻底退烧。

他"啪"的一下合上电脑，打开角落里的落地灯，起身去外面，再进来时手上多了个托盘，一碗山药排骨粥、一碟开胃小菜。他放到床头柜上，觉着她差不多适应，才打开主灯。

他轻捏她的脸："起来吃点东西。"

邬思黎烧得嗓子有点哑："我不饿。"

左柯让垂眸睨她，那点子为数不多的温柔顷刻见底，眉头皱着，是隐忍不发的怒，还有显而易见的躁："别跟我废话，你不吃饭你弟的病也别治了。"

真的很烦。

心口像是堵着一块吸满水的海绵，胀得厉害，连带着太阳穴都一抽一抽作痛。

邬思黎撑着坐起来："你只会这样吗？"

她一脸倦容，还有几分病态："你不觉得这种威胁的手段很低级吗？"

她一说话，甭管是骂他还是怎么，左柯让整个人绷着的那股劲就骤然松懈下来，他点头："低级，我承认。"嘴角又漾出一抹笑，"但是管用。"

他端起碗，舀一勺粥送至邬思黎嘴边："吃饭。"

邬思黎无力再争辩什么，她叹气，含住勺子，嚼两下咽下去。左柯让再喂第二勺。

就这么吃掉大半碗粥，邬思黎是真没啥胃口，不想再吃了。左柯让也没再勉强，剩下的小半碗他吃了。

邬思黎还是没忍住，终于提："任卓元被辞退了。"

左柯让坦荡自若："我干的。"

"就因为下午？"邬思黎不知道该怎么形容，于是点到为止。

左柯让挑眉反问："那还不够？"

"有必要吗？"邬思黎无奈又无力，"我又不喜欢他，也会跟他保持距离的。"

"有必要。

"既然不喜欢就当作陌生人，别再提他。

"你会保持距离他不会。"

左柯让逐个回答她的每一句话。

气氛再次凝固，两人对视着，亮白灯光下，都能在对方眼中看到彼此清晰的身影，神情都挺淡，语气也都挺平，表面看不像在吵架，锋芒都藏在一来一回的话语里。

过了一会儿，邬思黎先挪开眼。她掀开被子下床，左柯让撂下碗，按住她，问她干吗去，她说去洗澡。

左柯让挡住她："你还没退烧。"

"我出了汗不舒服。"邬思黎手腕被他攥着，她挣脱不掉，看向他，双眸清泠，尽量做到平心静气，"你现在对我的掌控欲强烈到连我洗澡都要管吗？那以后我每天喝几口水你是不是都要规定好？"

这话有点难听，有点刺耳。

两年来，她第一次这么明确地讲出她的心声。

他其实没有她抱怨的那么变态，连喝几口水都要定数，但她现在在气头上，左柯让选择不辩解，再僵持下去她又该反复，于是松手："水温开高点。"

邬思黎应道："嗯。"

一两分钟后，浴室里响起"哗啦啦"的水声，左柯让将碗筷收拾出去，洗干净手，折回卧室，找出一套干净的床单被套换上。没开空调，窗户外吹进来的凉风根本不够，弄完出了一身汗，他去客卧重新冲了个澡。

他坐在床边等邬思黎洗完出来，按照以往的流程给她吹头发。邬思黎背对着他，双腿并拢屈起来，手机摆在旁边，也不仔细看视频内容，就一个接一个刷着，这次只有吹风机的"嗡嗡"声与视频的欢乐声横亘在两人中间。

吹完，左柯让把吹风机放回浴室，出来时邬思黎已经背对着他躺下，人缩在被子里，侧身的姿势都没隆起多大弧度，瘦弱又单薄。

关灯上床，左柯让从后面抱住她，温热掌心焐着她小腹，胸膛紧贴她脊背，鼻尖抵着她脖颈。

"你说那份工作有你朋友帮忙，你不能不管她，我就没叫你辞职。"

邬思黎陈述："所以你就把别人弄走。"

左柯让一副真诚且无辜的样子："你跟他只能留一个，我不想你不开心。"

尾音还没消，邬思黎就道："可你这么做我更不开心。"

"那就没办法了。"左柯让分外为难，"我也没办法的。"

还是死局，根本没得谈。

邬思黎习惯性沉默。

"我知道我浑蛋，但是没有人比我还要喜欢你了，真的。"左柯让亲她脊骨，轻声低语，"所以你不能因为别的男人跟我生气。"

他姿态放低，袒露脆弱："我会难过的。"

周二，邬思黎上午有两节课，下午满课。左柯让跟她相反，上午满课，下午清闲。早上，两人一起起床去学校，邬思黎没搭理他，他也没说什么。

就在出门前,他拽着她在玄关接了五六分钟的吻,在她下车前往她包里塞了几个暖宫贴。

邬思黎上午两节课上完,打车去医院陪邬思铭。路上,她收到左柯让的消息,问她走没走,她回一个"嗯"。

他们两个没在吵架,但陷入半冷战状态,谁说话都会有所回应,但除非必要,没有其他任何多余的交流。

又是两个班并班的大课,张老头在讲台上唾沫横飞,左柯让在最后一排无所事事。张老头十次看向他有八次都在发呆,一开始是对着黑板,后来变成看着窗外。张老头忍无可忍,将教材往多媒体桌上一扔,示意大家都望向窗外。

"来,我们大家伙一起看看,窗户外到底有什么好东西,吸引得左柯让这么聚精会神地看。"

原本一头雾水的其他同学闻言,边笑边齐刷刷地回头去瞅最后一排。

段骏鹏瞌睡正浓,冷不丁被百来双眼睛盯住,吓得一激灵,桌子下的腿狠狠朝旁边一撞,企图唤醒还在神游天外的少爷。

左柯让不耐烦地皱眉,深沉双眸直接盯向他:"你睡蒙了?"

"我看是你成呆子了!"段骏鹏一整个大无语,掩耳盗铃一般遮住嘴,脑袋稍微歪向他那边,"你瞎了啊?这么多人瞅你你看不见?"

经段骏鹏这么一提醒,专注沉浸在自己世界里的左柯让,余光才后知后觉纳入教室前排的百来号人。

他面无表情,冷淡视线一扫。前排离他最近的那几人咳嗽两声转过去坐好,其他人见状,也纷纷收起明目张胆看热闹的神情。

张老头还没完:"左柯让你来,跟大家分享一下你看外面大半节课,都看到什么了?"

是左柯让上课溜号不对在先,他今天也没心情贫,站起来恭恭敬敬地道歉:"对不起,老师,我错了。"

左柯让这人还有一点好,知错就改,但对于不同的人他还有不同的后缀,比如面对邬思黎,他办事惹她生气,他该道歉道歉,该服软服软,然后下次依旧不知悔改,我行我素。

因为他打心底里不觉得自己有错,低头只是一种他哄邬思黎高兴,以此来达到她不再跟自己冷战的手段。

再比如现在,他才是真的在认错。

毕竟是得意门生,敲打得差不多,张老头没再揪着他:"坐下吧。"但又接着提要求,"这一个月的PPT交给你了。"

张老头是退休返聘回来的老教授,电脑用得不是特别多,每次做PPT都得费半天劲,所以每次有学生被他抓住小辫子,惩罚就是替他做课件,根据学生学习程度的好坏,做课件的次数也有区别。

像左柯让这种,张老头恨不得把一整个学期的课件都交给他做。

左柯让领完任务坐下。段骏鹏瞌睡不再,一脸幸灾乐祸,见左柯让靠着椅背垂头继续发呆,自讨无趣,老实下来。

过了一会儿,段骏鹏又打起哈欠,撑着脑袋昏昏欲睡,胳膊被蓦地一撞,他手肘一滑,下巴差点磕到桌面,下意识要骂人,嘴巴就被一本书捂住。

左柯让捏着书本一角:"你们家那几只萨摩耶都送出去没?"

段骏鹏摇摇头,伸出两根手指比画着,意思是还剩两只。

段骏鹏他姐养的那只萨摩耶前段时间配种受孕,生下一窝小萨摩耶,他们家一时间成为犬舍,闹腾得不行,陆陆续续送出去好几只,最近才消停下来。

左柯让直言:"给我一只。"

段骏鹏拨开那本碍事的书:"你养?"

左柯让斜睨他:"不行?"

"不是。"段骏鹏掏掏耳朵,险些怀疑自己听觉出问题,"你不是最讨厌狗吗?"

眼前闪过邬思黎从昨晚怏怏不乐到今早的神色,左柯让一阵烦闷,压着嗓子回:"也可以不讨厌。"

// 第三章

公 开

1

下午最后一节课上课没多久,邬思黎再次收到左柯让的消息。

他告诉她,他现在有点事,在她下课前他赶不到学校,叫她自己回家,打车的话车牌号记得发他。

他没说自己去干什么了,邬思黎也没问,还是回一个"嗯"。

下课后,邬思黎和邬念桐同路一段,顺着人群往教学楼外走,在岔路口分别。正是晚高峰,哪里都是人,学生们成群结伴去校外,邬思黎混在其中。

回公寓的29路公交车恰好到达公交车站台,邬思黎没上,漫无目的地站在原地目送着一批又一批人上车。在暮色降临之前,她终于坐上一辆终点站是老城区的公交车。

她暂时不太想回公寓,也不想去医院,每次晚上去看邬思铭,只要左柯让在宁城他都会陪着一起,要是他不在宁城也会跟邬思铭讲一声,叮嘱邬思铭一定要准时向他汇报邬思黎什么时候到的医院,又是什么时候在医院离开的。

今晚她要是自己去医院,邬思铭绝对会察觉出不对劲。

大概半个小时后,邬思黎在老城区前两站下车。

这是一片居民楼,每栋楼仅有四层高,建筑有些年头,墙体出现些许裂缝,不影响居住,只是不太美观,不过对面有一所重点初中,学区房的价值高于一切。

这个时间点正好学校放学,穿着校服的男男女女拥出校门,家家户户开始准备晚饭,天热都开着窗户,一层住户炒菜声清晰入耳。

邬思黎径直走向小区倒数第二栋楼,上了三楼,在包里掏出钥匙插进右手边的门锁。

这是她的家,从小到大生活的地方。

许久没来,除去家具都蒙上一层尘土,一切都还是老样子。

邬思黎绕着屋子看了一圈,闲着也是闲着,她放下托特包,找出块毛巾当作抹布收拾起来。

人一有事忙时间就过得很快，等她将所有房间里里外外都打扫干净，窗外天色已经彻底昏暗。

搁在电视柜上的手机亮起，屏幕上跳动着一串熟悉的数字。

是左柯让的手机号，她没备注，但是记得。

接起来的同时，门被敲响，听筒里是他辨不出情绪的嗓音："开门。"

门被打开，一人在内一人在外，视线对上，左柯让站在略显逼仄的楼道里朝她伸出手："走了，回家。"

他能直接找到这里，邬思黎一点都不惊讶。他们俩的手机开启了位置共享，确定她的行踪对于左柯让而言很容易。

无论怎么样，结局都是会跟他走，邬思黎没浪费时间，拿上包，手搭进他掌心，被他牵着下楼。

楼道不太宽敞，容不下两人并行，左柯让在前，邬思黎在后面。左柯让问她肚子疼不疼，这个问题他在微信上问过三次，她都说不疼。

脚步声错落地响起，左柯让摩挲两下邬思黎的手背。

回公寓一路上，两人都没再说话。一下车，左柯让又牵上她的手，十指相扣。

识别指纹进屋，屋里灯开着，还没换拖鞋，邬思黎先听见一声微弱的狗叫。

很微弱，邬思黎以为自己听错了，没多想，左柯让也没提示她。等走到客厅，她看到茶几旁边多出一个礼品盒，高度到她小腿肚。

盒盖倒在地上，一只通体雪白的萨摩耶冒出头，两只前爪扒在盒子边缘，耳朵耷拉着，胖乎乎的身板挺得笔直。

邬思黎脚步一顿，看着它。

左柯让擦着她过去，蹲下身，揉揉萨摩耶毛茸茸的脑袋，同它一块瞅邬思黎："要不要过来摸摸？"

也不知道是凑巧还是怎么，萨摩耶特配合地又叫了一声。

奶声奶气的，听得人心尖泛软。

邬思黎没抵住诱惑，上前靠近，捏着它其中一只爪子的肉垫。左柯让拎着它后脖颈提起来，将它放到邬思黎怀里。

小小一团趴在她并拢的腿上，四条腿用力踩她想让自己立起来，颤颤巍巍一阵，最终失败倒下。

邬思黎嘴角扬起一抹浅弧，从它头撸到尾巴。

左柯让见她笑了，心情也跟着好了："喜欢吗？"

邬思黎点点头："你买的？"

"不是。"左柯让说，"从段骏鹏他姐那儿要的，刚满月没几天。"

怪不得这么小。

邬思黎二次点头，没再说话，心神都在萨摩耶身上。她动作温柔，萨摩耶被抚弄得开心，翻个身露出肚皮，老实地躺在她腿窝，嘴角咧开。

左柯让挪到她身边，肩膀挨着她，主动搭话："起个名呗，它还是个无名氏呢。"

邬思黎沉吟片刻，摇头，她不会取名字。

"那就叫二哈。"左柯让潦草决定，"它不挺爱笑。"

一只萨摩耶，名字居然叫另一个品种的狗的别称。

邬思黎是真无语，一时都忘记两人之间的矛盾，瞥向他的眼神都带着一言难尽。

左柯让逮空亲了她一下："叫你取你又不取，我取你又不乐意。"

"那就二哈吧。"邬思黎不是很有意见，"反正是你的狗。"

"你的。"左柯让手肘抵膝，支着脸，"专门要来哄你开心的。"

邬思黎眼睫轻眨，垂着眸子，默不作声地揉着二哈的软毛。

她挠着二哈的肚皮，左柯让探指钩住她一根手指，偌大的客厅安静下来，二哈无忧无虑地发出几声表达舒服的呼噜声。

邬思黎在这片悄然中，蓦地想起左柯让帮她解决的第一个麻烦。

邬思黎父亲年轻时挺有眼光，在还没有购房限制时，他拿出所有积蓄再贷点款，一次性在宁城比较好的地段买了三处房子，其中就包括学区房那套，另外两套出租，后来邬思铭生病了，另外两套房子都卖了。

父母带着邬思铭去京北看病，回来的路上遭遇车祸，母亲拼死护着邬思铭，邬思铭才幸免于难。

后来，她二叔想夺走这套房子给自家小孩上学用，是左柯让出手相助，房子才能顺利过户到她名下。

因为邬思铭的病，家底很快掏空，简单办完父母的葬礼，手头所有的积蓄只够邬思铭一次化疗的钱。

高考在即，父母去世，仅剩的一个亲人还身患重病，邬思黎当时举步维艰，如果没有左柯让，她连高考都参加不了，人生估计也不会是现在这个样子。

老话说有得必有失，她得到一些，就注定要失去一些。相比她得到的，她失去的算是微不足道。

所以在她被缠住的小拇指传来一股拉力，她侧过脸，阴影覆向她时，她没有拒绝左柯让的吻。

他亲得温柔且投入。

这实在不是个适合接吻的姿势，两人都蹲着，中间还有一只存在感极强的生命体。进行到一半，左柯让干脆跪在地上，比邬思黎高出半截，他捧着她的脸，又亲了一会儿，终于舍得放开。

他蹭蹭她的鼻尖，倒打一耙："亲了我就不能生气了。"又补一句，"好吗，宝宝？"

054

距离趋近于零,他低喃私语,在征得她的原谅。

邬思黎也小声说:"我没生气。"

这次换成左柯让沉默。

邬思黎明白他在等什么,主动亲了他一下。

这才是会使左柯让安心的回应,他嘴角微扬,正要站起来,T恤胸前的布料往下一坠。他看见二哈前后四条腿分别踩着他跟邬思黎,张着牙还没怎么长齐的嘴咬着他的衣服。

他的手掌再次触到它后颈,把它跟自己的衣服扯开,黑色布料多出来小片不太明显的湿润痕迹。

左柯让嫌弃地"啧"了一声,胳膊一扬想把它丢回盒子里,邬思黎半路截走,重新抱着。对待家里这个新成员,她多少有点喜欢到忘我。左柯让看她两眼,又笑了,去沙发那儿拿了两个抱枕扔地上,跟邬思黎并排坐下。

还没吃饭,左柯让刷着外卖软件点餐:"想吃啥?"

"都行。"邬思黎的手指被二哈放进嘴里喝着,她问左柯让,"它是不是饿了?"

"不饿吧应该。"左柯让专心琢磨着怎么投喂邬思黎,没空搭理二哈的事儿,漫不经心地答,"拿回来前在段骏鹏他家喝了顿奶。"

邬思黎不再指望他,偏过身在箱子里看见还有一个小箱子,装着饭盆、奶粉、尿不湿之类的用品。

她烧了热水冲泡好奶粉,一眨不眨地盯着二哈喝奶。

左柯让订的餐到了叫她吃饭时,她嘴上应着身体却不动,最后被左柯让扛到餐厅。

左柯让原本是想投其所好,送邬思黎一只狗哄她,结果发现他是没事找事给自己寻了个争宠的祖宗回来。

整得他挺郁闷的。

洗漱完,左柯让找了一部电影,跟邬思黎坐在客厅看。二哈挺乖巧地趴在邬思黎腿边,她的手有一下没一下顺着它的毛,另一只手被左柯让把玩着。

邬思黎看到眼皮子打架,左柯让关了投影,横抱起邬思黎回卧室睡觉,至于二哈,不在他考虑范围内,爱干啥干啥去。

2

他们原计划定好端午去海岛短游,结果邬思铭那段时间状态不太稳定,只好暂时搁置。

两人恋爱两年,还真没一起出去玩过,左柯让为这事自嗨大半个月,一朝破碎,他挺不高兴的。

但邬思铭那儿也是性命攸关的大事,还是邬思黎的亲弟弟,他总不能绑了邬思黎走。他对邬思铭没任何意见,就是和邬思黎的旅游梦泡汤,他有点郁郁寡欢。

左柯让在外面跩得跟个什么似的,一回到家,就黏在邬思黎身后唉声叹气,除去邬思黎上厕所,他就像块牛皮糖一样怎么撕都撕不下来。

他嚷嚷着说这是他慰藉受伤心灵的方式,她不耐烦就是虐待他,邬思黎就特生无可恋。

二哈也在一天天长大,刚来时它还没熟悉新环境新主人,表现得很乖巧很懂事,半个月过去,它日益活泼起来。

有次傍晚,左柯让在电脑前忙了一下午,完事后去骚扰邬思黎。

公寓里一大一小两个书房左柯让都给改造成双人共用,有时候作业做烦了,抬头一看她就在旁边,心情都明媚不少。

但是邬思黎并不是很想跟他共用一间书房,他总隔三岔五地闹她,片刻得不到她的关注就上蹿下跳。

比如现在,她写题写得好好的,他非凑过来亲她,门口突然一声狗叫,还挺嘹亮,冷不丁吓人一跳。

他板着脸,揪起二哈后脖颈提溜着关到笼子里,还没返回去,邬思黎就理好衣服出来,说是到它吃饭的时候了,他又认命地冲奶粉泡狗粮。

他不知道第多少次后悔送邬思黎这么个小玩意儿。

总之生活还算平稳。任卓元被甜品店辞退那件事也逐渐淡化,木已成舟,邬思黎也做不了什么,左柯让决定的事情,几乎不会有人能改变。

六月末,航空院从学期初就开始策划的飞行器设计大赛同宁大120周年校庆一起举办。

早上八点,校广播站就播放起慷慨激昂的音乐,大门延伸进来的主路被各大社团占领,扎起帐篷,卖力宣传表演着,每一个宁大学子都穿着专属于宁大的文化衫。

本届飞行器设计大赛不止宁大一所学校参与,国内其余设有航空航天专业的高校皆有参与,包括京大航空院。

九点整,八名跳伞运动员携带旗帜降落在主操场中央,三十发模型火箭齐射冲天,鞭炮礼花绽放,体院的学生们扛着不同学校的校旗围绕着操场奔跑,处处洋溢着青春的肆意潇洒。

宁大本身教职工和学生就不少,今天校庆更是邀请了其他高校来参观,盛况空前,人多车也多,隔壁两条街都已经被封,专门用来停车。

校外的甜品店、奶茶店忙得热火朝天,人手不太够用,邬念桐把宿舍里其他两人都抓过去帮忙,老板娘说工资按每小时三十块钱结算。

揣在口袋里的手机振动了好一会儿,没等到邬思黎接起,又自动挂断。

她清楚是左柯让打来的，便借着去储物间取配料时给他拨回去。

响了两下就被接通，左柯让那边有点吵，他叫她等会儿，几秒钟后嘈杂渐远，他走到安静的地方："很忙吗现在？"

邬思黎猜他是想叫她去看比赛："挺忙的。"

左柯让不无失落："哦。"就没再有下文。

邬思黎有些诧异，按照他以往的脾气秉性，应该是不管不顾地要求她必须要出现，结果他今天就到此为止，邬思黎反而不知所措。

这太不符合他的做派。

她说："我看看吧，要是一会儿订单不多了我看看能不能过去。"

他还是"哦"，只不过声音更低。

邬思黎张张嘴，她也不知道要说什么。储物间的门在这时被推开，邹念桐闪进来："黎宝宝，你找到椰果了吗？"

邬思黎心虚地挂断电话，手机放回围裙口袋里，转身若无其事地看着她："找到了。"

"等下！等下！"邹念桐拦住搬着东西要出去的邬思黎，"我们歇会儿，外面太可怕了。"

邹念桐寻着个空位，一屁股坐下，在空调房里都累出一身汗。她扯着衣领散热，好一通抱怨："我真服了段骏鹏，就这么几百米的路他走一下是会死吗？非要外卖配送，现在骑手都跑不过来了，半天没人接单，最后还得我们自己去送。"

有五百杯的例子在前，这次段骏鹏就下单了五十杯，邹念桐竟然觉得他还挺善良。

真是被虐出毛病来了。

邹念桐愤愤地咒骂："这么大热的天，他懒得跑别人就愿意啊？"

邬思黎默默听到这儿，像是找到一个合适的契机，她呼一口气："做好了我去送吧。"

五十杯柠檬茶做好，装进保温箱里，数量不多，店里人手紧缺，所以就邬思黎自己一个人去送。

她背着保温箱，穿梭在来来往往的人群中，明媚的阳光透过树叶间隙零零散散地落在她肩头。

段骏鹏下单时填写的地址只粗略写着送到主操场东侧，具体位置没有，邬思黎打电话过去也没人接，犹豫片刻只得给左柯让打。

这次时间有些久，快要挂断时，左柯让才接起来："喂，宝宝？"

太阳太晒，邬思黎挪到阴凉处站着："你跟段骏鹏在一起吗？"

他嗓音立刻低了八度，老大不爽："你问他干吗？"

"他订了柠檬水，地址没写清楚，我给他打电话他也没接。"

"就你自己？"

"嗯。"

"找个凉快地儿待着别动，我过去接你。"

邬思黎想说不用，左柯让压根儿没给她机会，电话"啪嗒"挂断。段骏鹏在跟别人组队打游戏进行赛前放松，左柯让一脚踹在他坐着的马扎上。

"就你有嘴。"

天天吃喝没够，这么个狗玩意儿也配他女朋友那么宝贝一人亲自给他送外卖。

段骏鹏一脸蒙地摔到地上，其中一条腿还在半空跷着，不明所以地看向左柯让："你又抽哪门子风？"

左柯让开门出去，撂话："你长得欠抽。"

段骏鹏气笑了，冲着他的背影喊："你这脾气比我女朋友大姨妈还阴晴不定。"

回应他的是门被无情拍上的一声响。

有定位连接，邬思黎所处再偏僻左柯让都能找到她。他根据定位绕到操场南边那栋楼体侧边，看见长椅上放着一个黑红色保温箱，一人蹲在长椅旁边，逗弄着草丛里一只小白狗，体型和二哈差不多大。

左柯让悄无声息地靠近，俯身在她脸颊快速亲一下。邬思黎受惊扭头，左柯让双手撑膝站在她斜后方，弯着腰，勾唇笑着瞅她。

他戴着一顶棒球帽，帽檐的阴影不规则地落在他脸上，五官更加突出。

邬思黎也不知道是没反应过来还是怎么，仰头定定地瞧着他，没动作也不说话。

比赛在即，实在是抽不出空，左柯让最近一周都住在学校宿舍，邬思黎也同样，两人虽然在同一所学校，但是不提前约见，还真碰不到彼此。

左柯让倒是托人给她送过几次东西，有时候是水果，有时候是蛋糕。帮忙跑腿的还是上次那个女生，他们之间达成长期合作，几次三番下来，女生从最初把东西放在她宿舍门口演变至直接交到她手里，什么不着四六的调侃都没有，只是看向她的眼神暧昧又戏谑。

宿舍楼晚上十一点门禁，有次晚上十点半，邬思黎都洗漱完要上床了，左柯让喊她下楼，说是有惊喜给她，结果她见到他后，他就给了她一包糖。

他说是去便利店时，看到这糖包装挺好看，就想送她。他拆开塞自己嘴里一颗，然后低头吻她。

那天晚上，两人在她宿舍楼下的阴影处，接了半个小时蜜桃味的吻。

左柯让食指拨弄一下她的耳骨钉，当初两人一起去打的："干吗这么看我，不认识了？"

"不是。"邬思黎慢吞吞地打量着他，"感觉你好像瘦了。"

就这一句话，就戳中了左柯让莫名其妙的兴奋点。他说宝宝你关心我呀，也不等邬思黎回，就拉起她，推开这栋楼的侧门，拥着她进去，摘了帽子，不由分说一记深吻。

邬思黎又是担心有人经过，又是惦记扔在外面的保温箱，不太配合，但是左柯让一人自娱自乐也挺投入。

实在没办法，她在他腰间挠两下逼着他放弃。

左柯让怕痒，邬思黎清楚地知道他的敏感点在哪儿，就像左柯让也对她很是了解一样。

他弓着背，额头压着她肩膀，笑意满满：" 干吗又欺负我？"

邬思黎脖颈被他头发刺得又麻又痒，往另一边偏去："我还在上班啊。"

"你不想我吗？"左柯让搂上她的腰，把她整个人嵌进自己怀里，"我好想你的。"

他边说边一个劲地用脑袋蹭她，跟二哈的做派极其相似，哼哼唧唧地撒着娇。邬思黎不太能招架得住，她伸手扶着他的腰，朝后推："你不要闹了好不好？"

他斩钉截铁地拒绝："不好。"

邬思黎亲了下他的耳朵，哄着："你们是不是要比赛了？"

飞行器大赛是小组合作模式，段骏鹏他们早早抱紧左柯让的大腿，等着他一人带飞全场。

邬思黎话音刚落，左柯让的手机就响起铃声，段骏鹏打来找人的。

"哥，你人呢？还有两组到咱们了，你带着飞机上天了怎么着？"

楼道里空旷静谧，即便不是扩音都拦不住段骏鹏的大嗓门，邬思黎听得一清二楚，被段骏鹏相声似的讲话方式逗得忍俊不禁。

左柯让见她笑了，两指捏她的脸，在她唇上咬一口，对电话那端的段骏鹏说："这就回。"

邬思黎的脸晒得泛红，左柯让把帽子扣在她头上，她说不要，他说不戴就接着在这儿亲，反正他不要脸。邬思黎只好乖乖戴好棒球帽，左柯让又整理好她颊边碎发，想牵她的手，邬思黎往后一背，躲开。

左柯让也没强求，拎着保温箱带邬思黎去临时休息室。

走过去这一段时间，一组已经完成飞行表演，段骏鹏在休息室门口急得来回踱步，看到左柯让的身影出现在拐角，离老远就迎上去："你干啥去了，咋不等都比完再回来？"

左柯让没废话，将保温箱塞给他："你的。"

段骏鹏这才注意到旁边的邬思黎，"嗨"一声打招呼："貂蝉妹妹。"

或许是情况紧急，段骏鹏没问他们俩怎么会在一起，还有左柯让的帽子怎么跑到她那里了。把保温箱拿进休息室，段骏鹏拜托邬思黎："妹妹，你帮忙把饮料都摆桌上,走的时候把门带上,我们要去比赛了来不及了。"

同组其他人已经先去场地检查参赛样品,段骏鹏留下等左柯让,匆匆交代完,拽着左柯让赶紧过去。

两个一米八几的男生朝着楼道出口跑去,段骏鹏还在唠叨左柯让差点迟到这件事,后者一脚踢过去,两人打打闹闹,逆着光,只有身材剪影最为清晰。

邬思黎目送着他俩离开,将柠檬茶一杯杯整齐摆放好,合上保温箱,关好门。

她快走出操场时,任卓元那一组退场,主持人介绍下一组比赛成员,听见左柯让的名字,她不由自主地停下脚步。

飞行器设计重在能否顺利起飞,在此基础上再增加创意,共设置固定翼、旋翼、火箭三个大类。

左柯让他们组选择的是多旋翼无人机任务飞行,采用3D打印技术制作出机身再拼接。左柯让在主席台上拿着模拟器操控无人机,段骏鹏和其他几人在电脑后观测数据。

挨个圆满完成指定任务后,前一刻还像个好好学生似的无人机突然飞冲上天。

湛蓝的天空多出一抹耀眼的红色。

不用猜都知道这颜色是左柯让定的调,他向来是该张扬的时候绝不收敛。

无人机底部喷出彩色烟雾,在半空拖出艳丽烟带,围绕操场上空旋转一圈后停留在正中央,一条红色横幅从上滑向地面。

广播喇叭里也传出男生清洌干净的嗓音,混合着丝丝缕缕的电流,他身姿笔挺地站在操场最高处,字正腔圆地念诵着横幅上的祝福语:

"2017级航工一班祝宁大一百二十周年生日快乐,愿薪火相传,基业长青。"

与此同时,邬思黎收到他在台上发来的一条消息——

Atopos:借此希望邬思黎每天都能多喜欢我一点。

要怎么形容她对左柯让的感情。

她知道自己与他差距过大,他帮助自己过多,而她能回馈给他的少之又少,不对等的关系迟早会有结束的一天。

她头疼于他的顽劣,时常想要逃离,却又时常为他驻足。

她也只是芸芸众生里的一个凡夫俗子,会被漂亮夺目的人或物吸引。

观赛众人皆在为他们组作品的表演而欢呼鼓掌。

邬思黎低着头,帽檐挡住整张脸,手指悬在屏幕上方许久,最终还是没有做出回复。

3

宁大120周年校庆持续两天，第一天主要是飞行器设计大赛的主场，第二天更类似于文化节，毕业的校友们回来与学弟学妹们分享经验，再同其他优秀校友交流以拓宽人脉，礼堂还准备有各种节目演出。校学生会文创部门趁机推广围绕宁大设计的文创产品，小赚一笔，文创部部长腰杆子都挺直不少。

总之，校庆这两天到处都喜气洋洋。

附近的餐馆、饮品店这两天也是业绩暴涨。

这两天甜品店忙到脚不沾地，邬思黎另外两个舍友过去帮忙都不够用，又去隔壁宿舍薅了两人才勉强维持正常营业。

左柯让对此就很有怨气，他本来是想着比赛结束，不用再住校，可以接邬思黎回家，吃顿饭看场电影，好好过一下二人世界，结果被邬思黎一句"不行"打发了。

宁大是国内Top10里的实力高校，和国外知名院校都有交流合作，校庆第二天，马德里康普顿斯大学那边有老师学生过来参观，邬思黎专业课的教授点名要她陪同。

邬思黎其实没有出国留学或者做交换生的想法，费用太高，她负担不起。

但教授挺看好她，就想能更多地培养她，无论她以后是做翻译还是外贸之类，出国见见世面总是好的。后来，教授知道她家庭情况说帮她申请留学资助基金，被她坚定拒绝后还是不太死心，逮到个机会就想动摇她。

邬思黎实在不好一再拂教授的面子和好意，只能暂时把左柯让往后推，于是她又在学校宿舍住了一晚。

回公寓住谁知道会发生什么，第二天又要早起，她实在不想带着一身要散架的骨头去迎接外国友人。

和前一天因为甜品店走不开而不确定能否去看他比赛时一样，邬思黎以为左柯让会生气耍疯，甚至强硬地带她回去。

但是没有。

他说他订好了餐厅，还在老地方等她。邬思黎犹豫着告诉他自己今晚还想住校以及理由，他沉默两秒，只是先再次明确地将失落表达给她，然后问她忙一天累不累，最后点了夜宵，连带着邹念桐其他三人的一起。

情侣间如果其中一方有事要忙从而取消原计划，另一方理解并接受是件很正常的事情。

可放在左柯让身上，就极为不正常，"顺从迁就"这四个字跟他的适配度几乎为零，邬思黎一切空闲时间必须全部属于他，只有他不在宁城时，邬思黎才有自由支配空闲时间的权利。

这次校庆他们一周就见过一次，邬思黎以为他不会松口，结果他竟然同意了，很令人惊讶。

晚上，她洗漱完躺到宿舍床上，看到左柯让十分钟前发来的消息。

Atopos：在干吗？

邬思黎回一句"刚上床"，过两秒，又问他：你呢？

左柯让发了段视频过来，邬思黎找到耳机戴上点开，映入眼帘的是一件泡在水池里的T恤，紧接着镜头一转，蹲坐在他脚边吐着舌头的二哈出现。

Atopos：它把我的衣服尿了。

简简单单一句话，连个表情都没有，就莫名有委屈含在里面。

邬思黎想笑，继而又诧异于他居然没有直接把T恤丢掉，看样子还准备要手洗。

邬：衣服还要吗？

Atopos：为什么不要？

顶部"对方正在输入"的字样显示出一瞬，手机振动，他弹了个视频电话过来。

邬思黎先抬头看一圈床帘是否拉好，然后接通。

对面一通质问："不是邬思黎，你是不记得这T恤是你给我买的了是吗？"

"说不要就不要，你家钱大风刮来的？"

"你浪不浪费？"

一连三句，砸得邬思黎有点蒙，又有点不知名的心软。

因为是她买给他的，所以得到他的特殊对待。

大概没有人会不喜欢这种独一份的区别。

她摸摸鼻尖，小声回："它团成一团，我看不清啊……"

他语气依旧不见好转："还有你的狗。咱俩不回家这一周，它在家要造反了你知道吗？"

公寓有家政阿姨定时上门打扫，顺便喂狗遛狗，两人这一周还真没怎么回去过，都在学校里忙着各自的事情。第一天阿姨去打扫，一开门满客厅狼藉好像刚被打劫过，等看见角落里叼着拖鞋磨牙的二哈才搞明白状况。

为防止以后说不清，她先给左柯让录了段视频发过去说明情况，左柯让说没事，叫阿姨收拾好垃圾就行。

从那以后，左柯让每天都能收到阿姨的报备信息，内容都是根据垃圾碎片辨认出二哈又损坏了什么物件。

左柯让当时没告诉邬思黎，现在在电话里一条一条罗列着二哈犯下的"罪行"：咬坏他三双鞋、尿了他一件T恤，他俩的杯子打碎一对……

最后，他向她这个狗主人索要赔偿："你得给我一样再买一份，我都没的穿了。"

左柯让的衣服、鞋子少有便宜的，二哈也是当初他带回来的，邬思黎的小金库来之不易，她可不背这个锅，而且他怎么会没衣服穿呢？

她拆台："你衣柜里都满着呢。"

"空了。"左柯让眼睛都不眨一下，"我刚都扔了。"

几分钟前还嚷嚷着她浪费的人又不复存在，邬思黎懒得跟他再掰扯。

左柯让把手机支在洗手台架子上，动作生疏地用手搓着那件T恤，眉头拢着，嫌弃至极。

"你放着吧。"邬思黎说，"回去我洗。"

"不用。"少爷有骨气，义正词严，"自己的事情自己干，我有手有脚还有洗衣机，干吗要你洗。"

她戴着有线耳机，嘴唇贴在麦边，说话都是用气音，像是在悄悄私语。

左柯让才注意到这点，凑近手机，也学着她的语调："宝宝，我觉得你这样跟我打电话好像在偷情。"

邬思黎无语。

"还有人要下来吗？"邬念桐这时在床下喊，"没有的话我关灯啦？"

其他三人都说没有，"啪嗒"一下，整个宿舍陷入黑暗，本就因床帘遮挡的小天地只余视频里左柯让那边的光亮。

邬思黎正要说挂断，左柯让就先开口："行了，你赶紧睡觉吧，明儿不是还要忙？"

他又补充道："别偷着玩手机啊，太黑了对眼睛不好。"

他那边传来潺潺的流水声，侧着脸，边洗衣服边叮嘱她注意事项，与今天上午在主席台上说祝福时的样子完全不同。

很割裂，又很有生活气息。

邬思黎蜷蜷手指："好。"

第二天下午校庆结束，左柯让等在窄巷，接上邬思黎回公寓。一进门，她拖鞋都没来得及换，就被他抱起来，嘴也被他堵住。

左柯让这公寓是一套Loft（阁楼公寓），二楼呈回字形，一楼是厨房、卫浴还有客卧，二楼是主卧、书房，是只属于他们两个人的私人领地。

他托着邬思黎朝二楼走，途中还得时不时停下，用脚拨开扑上来的二哈，并且威胁它未经允许不准踏上台阶一只爪子，不然就把它炖了吃肉。

不知道它听没听懂，反正他一本正经跟狗讲道理的样子把邬思黎逗得趴在他肩膀上笑出声。

因为左柯让这两天倏然冒出来的通情达理，邬思黎有所触动，今天特别配合他。

去浴室清洗完，邬思黎裹着浴袍坐在洗手池上发呆，左柯让帮她吹头发，吹几秒钟亲她一下，然后问："宝宝，你是不是也很想我？"

邬思黎拉回飘散的思绪："嗯？"

他笑："感觉你今天超级配合我。"

邬思黎一向是不接他这种话，低头整理着松垮的浴袍腰带。

左柯让被她可爱到，他平视着她，漆黑的眼里漾着浅浅笑意。

或许是因为气氛正好，或许是因为他的眼神太过专注，总之此刻周遭一切都促使着她产生一种敞开心扉的想法："感觉你最近也挺善解人意的。"

左柯让挑眉："不太懂。"

邬思黎舔舔唇："就，我昨天说可能没空去看你的比赛，还要住校，你都没怎么样。"

"你说可能没空最后还是来了，住校一晚现在也回来了。"左柯让关掉吹风机，挤精油在手心，"而且你住校不是有正事嘛，我再浑蛋在女朋友的前途面前还是有分寸的。"

他侧过脸示意："我挺乖的是不是？"

都凑到跟前来了，邬思黎躲不掉，在他脸颊亲一口。

左柯让心满意足地站直，精油抹在她发梢，记起件正事："想不想出国？"

邬思黎又是一声疑问调的"嗯"，眼睛也回落到左柯让脸上。

"你们专业老师不是挺推荐你出国交换的？"左柯让详细地讲着，"我查了下，除了康普顿斯，巴大也挺好，你现在大二，要想交换就得赶紧准备起来了，钱的事你不用管，邬思铭我也会安排好。"

无论是出于对左柯让的了解，抑或是其他一些隐晦的情绪，他不会允许自己离他那么远。

邬思黎下意识地问："那你呢？"

这个问题又取悦到左柯让，他又亲她一下："我当然是一起去啊。"

"可是西班牙好像不太适合你的专业。"

"你也不用操心我，我过去纯陪读。"

出国就是去深造，他送她去国外读书做交换，寸步不离地守着她，甘愿放弃自己的学业。

格外理所当然，任性又妄为。

邬思黎心里涌出说不清道不明的情绪，好似捆绑她的枷锁又收紧了些许，但又多出些与之相悖的柔情。

左柯让看她看得严，不过一切对她有利的事情他全支持，没得到她回答，他重复地问："要不要去？"

"不想去。"邬思黎摇头，怕他自作主张，抓住他浴袍一角，"我真的不想去，我习惯在宁城生活，不喜欢再去熟悉别的地方。"

她能接受他的帮助，但绝不能接受他的牺牲。

邬思黎一脸认真，左柯让便没再提，点点头："那就不去，我们就在宁城待着。"

她强调："你别偷偷帮我申请。"

他逗她："就偷偷。"

邬思黎皱起眉，左柯让回应她一个吻。

接下来没打算再出门，左柯让本来是想找一身她的睡衣给她穿，视线略过自己那一排衣服时，心头一动，摘下来一件黑衬衣套她身上。

邬思黎在旁边穿衣镜前照着瞅两眼，没说什么，只是抬手将顶端松开的三颗扣子又系上两颗。

她还是头一次穿左柯让的衬衫，她又白又匀称笔直的双腿露在外面，视觉冲击不是一般的大。

邬思黎说她饿了，肚子还应景地"咕噜"一声，左柯让便拿起手机订餐。

他今天精力过于旺盛，点完餐闲着没事开始收拾屋子。邬思黎在床上趴了会儿，想起二哈还没喂，下楼之前找了条运动短裤套上。

一周没见，邬思黎挺想二哈，它埋头吃饭，她就在旁边看着。

比起动不动就拎自己后脖颈的左柯让，二哈更喜欢邬思黎，吃完饭等她帮自己擦完嘴，就拱进了她怀里。

比起刚到家，二哈长大不少，邬思黎两只手抚着它身子，坐到沙发上打开投影看电影，边等外卖送过来。

正在兴奋地打扫卫生的左柯让路过客厅，见二哈窝在邬思黎腿上，两三步过去提着它后脖颈丢地上。

领养的时候没想太多，养了一段时间后，左柯让后知后觉地发现二哈是只公狗，每次它黏着邬思黎，他都老大不爽。

二哈也不跟他对着干，在地上老实待着，等他一走，再爬上沙发回到邬思黎的怀抱。

左柯让再路过客厅，看到二哈返回"温柔乡"后，再次把它揪起来。

于是挺和谐温馨的傍晚时光，就被这一人一狗打破，邬思黎看个电影都不得安生，一会儿左柯让在她眼前晃，一会儿二哈挠她的腿。

弄得她好烦。

门铃响的时候，二哈不知道第多少次钻回邬思黎怀里。

左柯让的大扫除进展到厨房，估摸着是楼层管家送上来的外卖，他戴着手套在刷碗不方便，叫邬思黎去取一下。

邬思黎也没多想，端起二哈一块儿往玄关走，门把手向下一压，门打开，出现在眼前的不是楼层管家，而是另外几张熟悉的面孔。

邬思黎一顿。

站在最前面的段骏鹏看到邬思黎，第一反应是走错了，他下意识地道歉：

"对不起，对不起，没注意楼层，电梯按错了。"

说完，他就一个转身，但对面电梯边上印有的硕大"20"在提醒他就是这层楼。

邬思黎没想过要公开，退一万步说即便要告知别人她和左柯让恋爱的事情，也不该是现在这样一番场景。

她本想着趁他们还蒙圈着以为是找错楼层，悄悄地关上门装作一切都没发生过，结果门只活动了一下，段骏鹏又转回来了。

"不对不对，这就是左柯让的房子，我们家的楼盘卖给谁了我还能搞错？"他絮絮叨叨地分析着，猛一抬眼，"所以现在是什么情况？"

邬思黎出现在左柯让公寓里，穿着一件男士衬衫，一身居家打扮，如果没认错，她怀里那只狗，是左柯让半个月前从他家要走的那只萨摩耶。

左柯让在厨房半晌没等到邬思黎回来，摘下手套过来查看，视线里多出几个不速之客。他脚步微滞，旋即恢复正常，走到邬思黎身边。

他从神态到动作都十分自然，可就像是科幻电影那样叫人觉得不真实。

段骏鹏眼珠子都要瞪出来，身后其他几个朋友同样，有人提第二个问题："你们，什么关系？"

不是揣着明白装糊涂，是真蒙了。

左柯让对现状接受良好，或者说他早就在等这么一个公之于众的机会，他想要光明正大地在邬思黎身边，告诉所有人他是她的，她也是他的。

叫所有人见到他们彼此中的任何一个，都会联想到另外一个。

他的手臂圈住邬思黎的肩膀，贴近她："看不出来？"尾音扬起，像是在炫耀什么稀世宝贝，"我老婆咯。"

4
全景落地窗，暖黄色灯光，客厅墙壁上的投影在播放电影，左柯让揽着邬思黎吊儿郎当又难掩郑重地介绍，邬思黎靠在左柯让身前一愣过后笑得温柔乖巧，一只雪白的萨摩耶横在他们中间。

画面美好得都像是童话故事的大结局。

俊男美女同框确实养眼，也确实般配，但就从来没有任何一个人在此之前将他们两个联系起来。

在所有人的既定印象里，邬思黎和左柯让完完全全就是两个不同世界里的人。

不论什么阶段，所处环境里谁谁最帅、谁谁最漂亮是亘古不变的话题，宁大学生闲得无聊时也会评选什么校草校花之类，最后按照自己的审美随机配对。

邬思黎、左柯让高居校花校草排行榜榜首，也被人说过颜值搭，但后来这种言论冒出点头没多久又销声匿迹。

因为前者太乖太沉默，后者单看长相就招蜂引蝶、放浪形骸。

物以群分，人以类聚，没有一点相同气质气息的人怎么可能搅和到一起去。

偏偏现实就是，他们真在一起了。

门内门外几人面面相觑好一阵。没等到下文，左柯让天生稀薄的耐心告罄，也不问他们不打一声招呼就过来是要干什么，他公开关系的目的达到，眉梢一扬就要关门送客。

这时候呆住的众人终于反应过来，段骏鹏半边身子贴在门上阻止他，嘴里嚷嚷着："我们还没搞清状况呢就轰人？"

左柯让只想跟邬思黎过二人世界，一群狐朋狗友已经没有利用价值，不想他们来打扰："不请自来还有理了？"

段骏鹏依然阻止："我们还不是看你聚会不来、到点就跑，以为你出了什么天塌的大事，所以惦记你过来看看。"

这群人什么德行左柯让还能不知道？

距离他接邬思黎回来已经过去三个多小时，他们才想起来惦记他？

真要有天塌的大事，等他们来他早就被砸死了。

他哂笑一声，杵在门边站着不动。

"好吧。"段骏鹏话锋一转，出卖朋友，"其实是我们玩到一半，瑞瑞说你不跟我们玩没准是金屋藏娇了，所以我们才突击过来看看。"

身边朋友都知道左柯让隐私感很重，平时聚会要么在外面，要么在其他人家里，总之不会进入左柯让的私人领地。

他们这群人有从高中就一块玩的，到大学后又壮大队伍，高中的时候有什么聚会，左柯让即便觉得无聊无趣，偶尔也会参加一下，等到大学更为自由更加开放后，他反倒孤僻起来。

一下课他就往家跑，周末也很少跟他们混，时间一久，大家怎么想怎么不对劲。

今儿晚上本是借着他们在飞行器设计大赛中获得一等奖的引子出去嗨一下，左柯让撂下一句他不去就潇洒走人。

他们去酒吧玩到一半，说起左柯让怎么越来越不合群，是不是不喜欢他们了。

潘瑞阳上周刚谈了个女朋友，一日不见如隔三秋，在酒吧还得捧着手机秒回对方信息，就福至心灵来了句："柯柯家里不会有人吧？"

于是，大家就这么过来了。

没想到一语成谶，还真叫潘瑞阳蒙对了。

至于为什么那么惊讶，是没想到对方是邬思黎。

系鞋带导致最后一个出电梯、只能在队伍末尾张望的潘瑞阳闻言跳脚："段骏鹏！在酒吧里还夸我是睿智军师，到柯柯家门口就出卖我是吧！"

现在不是起内讧的时候，明明就还有更爆炸更重要的事情等着他们挖掘，段骏鹏暂时没理会潘瑞阳。

消息是还没消化完，但不妨碍段骏鹏知道将攻克焦点对准谁，他看向邬思黎："貂蝉妹妹，你看我们一帮人来都来了，总不能就真把我们赶走吧？"

左柯让稍微上前挡住邬思黎，皮笑肉不笑地盯着段骏鹏："你倒是会找人。"

段骏鹏忽略左柯让，歪头越过他去看邬思黎："弟妹？"

称呼改得相当自然。

"来都来了"这种标准劝说话术还真没办法拒绝，何况邬思黎本身就是个好说话的性格。反正都已经暴露，在哪儿被围观都一样，她抱着狗的手肘撑一下左柯让的后背："叫他们进来吧？"

一般情况下，左柯让是唯邬思黎是从的，她同意他们进来，左柯让就侧身空出位置放段骏鹏他们进门。

也不知道这群人兴奋个什么劲儿，跟野猴子下山似的朝里冲，生怕慢一秒钟左柯让就一个变卦把他们拦在门外。

左柯让无语地拽着邬思黎往边上挪，以免他们撞到她。

等人都进去了，主人们还在门口站着。

左柯让合上门，低声对邬思黎说："他们闹起来没完，要嫌烦就告诉我，不想理就不理。"

"不会，就是——"邬思黎摇摇头，二哈正处在人来疯阶段，在她怀里拱来拱去，邬思黎弯腰松手，它撒欢跑去找其他人玩，她直起身，"要不要再点些吃的喝的？家里的东西可能不太够。"

来者是客，又是左柯让的朋友，招待要到位。

"点什么点，他们哪那么大的脸。"左柯让轻嗤，"甭管他们。"

人都在客厅排排坐好，主角还没登场，段骏鹏探着脑袋望过来："你们有啥悄悄话等我们走了再说呗，我们先八卦八卦。"

段骏鹏他们没那么不着调，嘴上吵吵着要八卦，其实并没刨根问底。

等左柯让和邬思黎坐下后，段骏鹏他们一共就问了四个问题：

谁追的谁？

谈多久了？

另外两个问题跑偏了，是肤色挺黑一哥们儿在点烤串，问了句邬思黎想吃啥，有无忌口。

他们也是有分寸感的体面人，占用人家的地盘就不会空手上门。

左柯让先是朝黑哥安浔勾勾手，拿过他的手机，看一眼点的是哪家店，扒拉着菜单问邬思黎想吃什么，邬思黎说没有，他也不再问，自顾自按照邬思黎的口味选菜添加购物车，然后痛快地回答对面一群求知若渴的野猴子：

"我追的她。"

"谈了两年。"

这两个答案足以说明一切。

左柯让是什么人，从小到大身边都没几个异性朋友，别人忙着恋爱的时候，他独树一帜地在旁边做一道亮丽的风景线，三好学生一样格格不入。

现在终于谈了个女朋友，光看在门口那一系列小动作就知道有多护着人，那就不是能随便开玩笑的对象。

他话音一落，就收获此起彼伏的起哄声。

段骏鹏鼓掌喝彩："柯柯，你这保密工作做得太牛了！"

潘瑞阳接话："我这第六感真绝了。我还学啥航工，天桥底下支个摊给人算命得了。"

坐在沙发扶手上留着狼尾的陈耀翻了个白眼："都谈两年了你才发现，你咋不等人孩子两岁了再说？"

安浔在酒吧里喝酒喝得有些口干，下单付完款，想喝水，眼睛往对面一扫，先看见的邬思黎就顺嘴问："弟妹，你家有水喝吗？"

听他们七嘴八舌调侃着的邬思黎突然被点名，"啊"了一声："有的。"

她正要去拿，左柯让按住了她说他去，接着起身从厨房的冰箱里拎了一瓶冰水回来隔着茶几扔给安浔。

就这么一个举动，这群人又发现了新大陆，一个个都开始要这要那，话不对左柯让说，只对邬思黎说。

一会儿跟邬思黎商量说有点热空调能不能调高点，邬思黎点头说行，左柯让就去找遥控器调温度。

一会儿肚子饿问邬思黎有没有零食吃，邬思黎点头说有，左柯让就找出几包零食丢过去。

总之，他们看出左柯让不舍得邬思黎帮他们跑腿，便以邬思黎为引子指使左柯让，乐此不疲。

段骏鹏二大爷一样跷着二郎腿半躺在沙发里，刚啃完烤翅沾着油的手举着："弟妹，有没有餐巾纸啊？"

他向邬思黎提问，眼神却落在左柯让那儿。

餐巾纸就摆在面前的茶几上，段骏鹏一伸胳膊就能够到，他非当睁眼瞎。

他们那点心理活动昭然若揭，左柯让面无表情地扯唇："你没眼珠子也没嘴？不会舔干净？"

段骏鹏指着他跟邬思黎控诉："弟妹，你看看他！这什么态度啊！有这么待客的吗？"

段骏鹏挑拨离间："貂蝉妹妹，你别跟他一起了，我给你介绍更好的。"

至此，邬思黎才总算理解左柯让说他们闹腾不是因为嫌弃，而是在陈述事实。

连二哈都比不过他们，甘拜下风，老实巴交地回到邬思黎腿上趴着。

左柯让危险地眯起眼，拿起纸抽就砸过去："你想死我现在就能满足你。"

段骏鹏"哇哇"乱叫，手舞足蹈间膝盖不小心撞到茶几，开了盖的啤酒倒下一瓶，酒水淅淅沥沥地洒下来，其他人跳起来躲。

左柯让深吸一口气，脸色黑得没法看。邬思黎摸着二哈的白毛窝在懒人沙发里笑，瞥见他皱起的眉头，掌心覆上他的手臂，挨近他："别生气，再收拾就好了。"

周围喧嚣聒噪，喜欢的人在耳边温柔低语，很戳左柯让，他看那群上蹿下跳的人也没那么碍眼了。

他往下一滑，穿进邬思黎的臂弯枕着她的肩膀抱怨："他们好烦啊，乖乖。"

扶起啤酒瓶的陈耀不经意一瞟，看见对面娇夫一样依偎在邬思黎身边的左柯让，牙酸得不行："不是我说，柯柯，你这么大一个头怎么好意思靠着弟妹的？"

左柯让不理他，仰头看邬思黎，像是幼儿园小朋友受了欺负跟家长告状那样："他说我。"

邬思黎脸皮薄，不适应当着外人的面跟左柯让这么亲近，脸颊即刻变红，仓皇地垂下头，声若蚊蚋："你起来。"

左柯让纹丝不动："我不。"

又引来一片啧啧声。

朋友在侧，把酒言欢，目之所及就是青春最好时，但现实生活总不缺戏剧性的转折——

刷着手机玩的安浔一个鲤鱼打挺坐直，张嘴就要骂一句，看向邬思黎那一秒又憋回去。大家的注意力都集中在清扫啤酒还有打趣左柯让那个肉麻撒娇怪，没有注意到他的反常。

食指敲打两下手机，想好借口，安浔捞起茶几上的烟盒，叫左柯让："柯柯，抽烟去吗？"

邬思黎不喜欢烟味，左柯让老早就警告他们要抽烟去阳台，别在屋里污染空气。

他也没多大烟瘾，抽烟、喝酒、打游戏、泡吧、飙车，身边朋友都爱玩的那些他一律不太好奇，邬思黎就是他人生里最大的爱好，没有之一，是唯一。

他拒绝的话到嘴边，在发觉安浔朝自己打了个隐晦的手势后，松开邬思黎："走。"

段骏鹏也说要去，屁股抬到半空又被安浔扣着脑袋压回去，示意他地板上那一摊液体："你先把你造的烂摊子收拾完再说吧。"

推开玻璃门到阳台，安浔把手机递给左柯让，神情肉眼可见地严肃起来："你赶紧！"

左柯让不明所以地接过手机，看清标题的瞬间，懒散神情敛起，周身气场都下沉。

是一个网页界面，风格有些眼熟，左柯让两指一收缩小界面，宁大那个快要无人问津的论坛标识出现在顶部角落。

标题起得很抓眼球，字体硕大加粗——

清纯女神自甘堕落，为金钱不惜放弃底线！

5

标题已经足够精彩，正文内容就几句话寥寥概括，大致意思是楼主偶然几次撞见学校里某个自入学以来就被誉为"清纯女神"的美女时常出入宁城著名豪宅公寓，配有豪车接送。

底下放出四五张照片，基本都是单人照，正脸或侧脸都能一眼看出是邬思黎，她弯腰开车门、拎着东西回公寓的背影。

有一张是双人照，一男生揽着邬思黎的肩膀，在跟她说话，只不过脸被刻意打码，只露出邬思黎清晰的正脸。

最后以"听说"作为总结：听说女神家庭条件好像挺一般，甚至还有困难，父母去世，只有一个生病的弟弟，挺能理解她的不容易，但是辛勤读书这么多年，因为急需用钱就用这种方式解决，真的是为曾经教导她的那些老师心痛。

帖子发出时间是昨天傍晚六点多，早几年的时候各大高校校园论坛风靡热闹，现在大家都刷短视频、玩微博，论坛很少有人去看，所以这条帖子发出来后并没有人发现，后来不知道怎么就在朋友圈里流传开来。

一传十，十传百，最终通过安浔传达到当事人面前。

切进论坛网页，帖子就在主页第一个，评论激增——

1L：朋友圈来的，别的暂且不论，这关系绝对不正当吧。看照片，车总是停在宁大对面那条窄巷子里，要是正经男女朋友为啥不大方点？

2L：她是不是在校门口对面那家甜品店兼职？都傍上大款了还打什么工啊，凹什么励志人设呢？

3L：先不评价这女生怎么样，但是楼主的人品真是烂得不行，给男人和车牌打码，对人女生不管不顾，你别是追求不成因爱生恨借此报复呢吧？

4L：照片上的女生是外语院西语一班的邬思黎，我们一起上过大课，长得漂亮说话温柔，我一女的都喜欢得不行。看照片这男的身材挺好，跟小美女在一起挺般配，不知道楼主在酸什么。

…………

评论什么的都有，大家对待这件事情的看法各异，再加上邬思黎平日与人相处温和有耐心，人缘不错，知道她的基本都在帮她说话，舆论风向并没有一边倒。

左柯让粗略扫完这条帖子，分享到自己微信，将手机还给安浔，他拿出自己的手机，俯身趴在阳台围挡栏杆上。

在网络上，大家就是套上一个虚假外壳，仗着没有人认识自己畅所欲言，如果只是单纯发表看法当然没问题，但总有些人现实生活中不如意，就喜欢站在道德制高点，做一个自诩正义的人用偏激言论随意评判别人。

左柯让很少玩这种东西。外人眼中的他圈子很大，毕竟学校里不认识他的人是极少数，实际上他微信好友就那么几个，他眼光高，不是什么阿猫阿狗都能成为他的朋友。

宁大论坛账号注册有实名、匿名两个选项，左柯让实名注册了一个，头像换成他和邬思黎的合照，在帖子底下评论——

左柯让：车停窄巷里是因为邬思黎暂时不想公开。我们正儿八经恋爱两年，我追的她，不是什么不正当关系，我很喜欢她，评论区那些人嘴巴给我放干净点，匿名账号我也能查出来背后是谁，咱们一个一个算账。

发完，他将帖子转发给联系人列表里的一人。

不确定陆明霁会什么时候看手机，左柯让拨过去一个电话，等了两三秒钟对面接通后，他先叫声哥，然后托对方查一查发帖人和那几个嘴巴不干净的人的IP。

陆明霁顿了两秒，应该是在看左柯让发来的帖子，接着痛快应下："一会儿给你消息。"

就这么简单两句话后，电话挂断，烟也燃到尽头，左柯让直起身，拎过阳台小木桌上放着的烟灰缸，将烟蒂摁灭在里面，拉开阳台门进去。

邬思黎依旧坐在懒人沙发上，二哈趴在她盘起的腿窝里昏昏欲睡，她一手揉着它脑袋，一手捧着手机在看。

听见动静，她瞧了左柯让一眼。

挺有默契的，就这一眼，左柯让便明白她也看到了那个帖子。

帖子是邹念桐转发给她的，宿舍其他两人也都给她发来消息关心。本可以在宿舍群直接问，省时省力，她们每个人却都选择私聊，就是怕另外两人不知情，自己抖搂出去导致邬思黎难堪。

邬思黎没有单独回复，而是点开宿舍群的聊天框：我没事。

以防她们不信，邬思黎对准狼藉不堪的茶几拍了张照片发送。

邬：家里现在好多人在，我都没空管论坛。

邹念桐：［？.jpg］

赵月雯：［？.jpg］

范云薇：［？.jpg］

一连三个问号刷屏。

邬思黎茫然不知：［？.jpg］

邹念桐：不是，邬思黎，你不觉得自己不太地道吗？凭啥段骏鹏他们能跟你们俩聚会，我们娘家人就没有一席之地啊？

赵月雯：就是啊，凭啥？

范云薇：抗议！

邬思黎慢半拍地反应过来自己无意间得罪了人，连忙解释：段骏鹏他们是突然过来的，我们也没有准备。

左柯让坐回邬思黎旁边，看着她群聊，看到这儿，抽走她的手机，按住语音条，手机挪到嘴边，先说他是谁，再道歉是他考虑不周，最后邀请她们改天一起吃顿饭，地点随便她们挑。

语音发出，换来群里一片沉静。

过了一会儿，邹念桐的回复弹出来：饭不着急吃，你还是先把论坛的事情解决，凭啥两人谈恋爱被骂的只有我们黎，太不公平。

赵月雯紧随其后：就是啊，谈恋爱是两个人的事情，美美隐身的男人我们是不认可的。

范云薇附和：也不配跟我们一起吃饭。

对于三人的讨伐，左柯让全盘接受，他捏捏邬思黎的掌心："你这几个舍友人还挺好。"

"她们很照顾我。"

左柯让笑了笑，将手机锁屏扔边上，目光落在对面那群一无所知还在闹腾的人身上，过了一会儿，打了个响指叫他们过来拍张合照。

段骏鹏跟听见什么奇闻异事一样："没病吧，阿让，我们一群大老爷们有啥可拍的。"说着还要去摸他的脑门，确认他有没有在发烧。

左柯让"啧"一声，拍开段骏鹏吃完烤串油乎乎的手："别废话，赶紧拍，拍完都给我发朋友圈。"

一群人云里雾里，安浔作为第一个发现者明白过来左柯让的用意。邬思黎还在，他没多嘴解释，就帮着左柯让招呼其他人。

左柯让还精益求精地调整半天队形，不管怎么变，邬思黎始终在中间，手机卡在支架上，设置成定时，全部弄好后，左柯让按拍摄键，折返回邬思黎旁边，扭头亲在她脸颊。

全场唯一一对小情侣在最前排，段骏鹏他们一群人在后面充当背景板，一个个还都乐呵地摆着 Pose（姿势），倒计时结束，镜头定格。

得左柯让的命令，照片上出现的每一个人都发了朋友圈，随后看到那个爆料帖子，他们就都搞清楚了左柯让为什么会提这么反常的要求。

左柯让这是发动所有朋友给邬思黎撑腰，是在大张旗鼓地告诉所有人，他和邬思黎不是玩玩，是认真在谈，用实际行动去堵那群人的嘴。

送走段骏鹏他们，已经将近凌晨两点。洗完澡，两人同往常每一个晚上那样，左柯让负责吹头发，邬思黎要不就发发呆，要不就玩玩手机。

今晚她的手机被左柯让收走没得玩，他怕她看见那些乱七八糟的评论心烦。

可她一点都没往心里去，她早就预料到两人关系曝光后一定会引发各种关注议论。

这套公寓左柯让到手后，装修大改过，在浴室专门辟出来一块地方留给邬思黎护肤用。

邬思黎背对着左柯让坐在镜子前的软椅上，百无聊赖地抠着睡裙："不用那么麻烦的，我不在意那些。"

"我在意。"左柯让语气淡淡，又不难听出话语中的严肃。

他捧在心尖护着的女朋友，谁都别想说三道四。

邬思黎指尖一顿，转过身。她动作突然，左柯让一时没反应过来，吹风机差点磕到她的头。他蹙眉，邬思黎抬起胳膊，指腹按在他眉心，展平。

左柯让握住她的手，递到嘴边亲一下："这件事你别管，我来处理。"

"好。"邬思黎也没想管，或者说她没有能力叫所有人都闭嘴，但是左柯让可以。

同样的话，不同的人说出，效果就不同。

如果是她说两人是真情侣，别人会认为她是痴心妄想，反观由左柯让说出两人是在认真谈恋爱，这才具有信服力。

这就是她和他的差距，这份差距不只她能感受到，还存在于所有人眼中。

见她愣神，左柯让撩起她一绺头发，用发尾搔她鼻尖："想什么呢？"

邬思黎痒得皱皱鼻子："没什么。"

头发吹到半干，左柯让打开柜子，里面是他给邬思黎置办的护肤品。他并不懂女生这些东西，都是摸索着研究，现在也是有所成效。

新买的两瓶精油，栀子花香和橘香，他叫邬思黎选。邬思黎问他喜欢哪种味道，他说栀子花，感觉跟她气质更搭，邬思黎就选的栀子花香。

自从看到那个帖子后，左柯让的情绪就不算特别好，嘴角微微绷直，话也不多。邬思黎不懂他在不高兴些什么，最先冒出头的猜测是左柯让不愿意其他人知道他们之间的关系，下一秒又否定。

要是不愿意，他今晚不会在他朋友面前承认。

这段恋情，左柯让占据绝对主导地位，但是在公开这件事情上，他并没有话语权。

邬思黎清晰地记得，她说她不想别人知道，想低调恋爱，左柯让就立刻沉下脸，一个礼拜没搭理她。

也是好笑，他们两个恋爱之初，居然是以冷战作为开端。

不过能理解，少爷那么张扬跋扈一人，被当作见不得光的地下情人对待，自尊心肯定会受到打击。

往事历历在目，邬思黎心底一动，她勾住左柯让小腹位置的睡衣扣子："你不开心吗？"

左柯让应了声继而又改口："也不是，就是有点不爽。"

邬思黎问为什么，她坐着他站着，两人对话时她得仰着脑袋，于是左柯让就蹲下去，挺烦躁地说："我们俩的事凭啥这样公开了，我想的根本不是这样。"

虽然他无时无刻不想告诉所有人邬思黎是他女朋友，别有用心的人都趁早滚远点，但是决定权交给邬思黎，他就不会破坏规则。

他是浑蛋，是喜欢擅作主张安排邬思黎的一切，可他答应过她的事情也从未食言。

所以在他的设想里，是邬思黎有一天会主动跟他说：左柯让，我们公开吧。

然后，两人凑一起在相册里精挑细选出一张合照，配上一条文案发朋友圈，得到双方朋友带着震惊的祝福。

这才是他喜欢、所认为的完美流程，而不是被那个半路杀出来的人打乱所有，发的照片还那么糊，还给他的脸打上马赛克，泼邬思黎脏水，他真是气得要死。

处于被动状态的情况使他极其不满，好像他是被逼无奈，明明将恋情公之于众对他来说是一件无比期盼的事情。

他眉头又皱起来，折痕越来越深。

邬思黎颇为好笑，她经常会为左柯让的一些幼稚行为哭笑不得。

她再次撑开他拧成川字的眉心："没关系，结果是好的就行了。"

"不行，过程也要好才好。"

"那怎么办？事情都已经发生了。"

"汪！"二哈不知道什么时候爬上二楼，晃着尾巴进到浴室，蹭一蹭邬思黎的小腿，又扭过身跟左柯让并排。

左柯让不说话，打开吹风机，手指绕着她的长发卷动，满脸都写着不开心。一米八几的大高个蜷成一团蹲在她面前，跟旁边的二哈怎么看怎么像。

左柯让的每一面邬思黎都见过，最招架不住的就是他固执别扭又单纯的样子。

她叹口气，双手捧起他的脸，垂眸看他："我有想过我们要不要公开，一直没有下定决心，也算是对方坏心办好事给了我这个机会。"

　　左柯让一顿，掀起眼皮。

　　邬思黎上半身前倾，在他的注视下吻了一下他，轻声哄："所以过程也算是好的，真的不用在意那些不好的评论。"

　　"阿让，我不想你因为这些不开心。"她又学着他经常做的动作，指腹摩挲他的脸颊，鼻尖蹭了他两下。

　　她发尾滑进他睡衣领口，掠过他锁骨，发间阵阵栀子花的清香钻进呼吸里，左柯让喉结一滚，耳朵微不可察地变红。

第四章 //
矛 盾

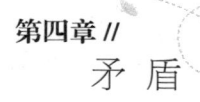

1

宁大每周三下午全校公休,邬思黎上午满课,左柯让九点多才有课。

两人的课表经常有对不上的时候,毕竟不是同专业同班,一般这种情况下,左柯让都会迁就邬思黎的时间,送她去学校,即便他当天没课。

这次,左柯让不再将车停在窄巷,直接开进学校里的停车场,下车牵着邬思黎的手,拿着她的包,两人光明正大地朝外语院教学楼走。

昨天大家先是被爆料帖砸了个猝不及防,紧接着,左柯让连带着他的朋友圈子一起发聚会合照给邬思黎正名,二十四小时还没过去,话题的两位主人公就同框出现,给睡眼蒙眬爬起来上早八的众人打了一剂强效清醒针。

成为焦点的两人心境完全不同,左柯让哼着不知道是什么歌曲的调调,拎着邬思黎的包,和邬思黎十指相扣的手像小朋友那样幼稚地摇晃着。

邬思黎无奈地抚上他的胳膊,制止他:"别动了。"

"哦。"左柯让老实下来。

邬思黎是了解左柯让的,在家吃早饭时就同他商量他们还如往常那样,不要太高调,结果被无情拒绝。

他振振有词地反驳:"大家都知道了我们干吗还要装不认识?

"欲盖弥彰要不得。

"昨晚都高调过一次了也不差第二次。

"我这地下情人都当多久了,再不拉出来晒晒太阳都该发霉长毛了。

"而且我只想送我女朋友上个学又不是想要天上的月亮,这个愿望不过分吧?"

一句接一句堵得邬思黎哑口无言。

于是就出现现在这样一番被人围观的画面。

左柯让这个正牌男友终于从地下转为地上,昨天又被邬思黎哄过一番,今早起床整个人就由里到外散发着一种孔雀开屏的气息。

知道自己女朋友脸皮薄容易害羞,他没表现得太过,一路送邬思黎到她上课的教室。到了教室门口,邬思黎轰他走,他装作听不见,自顾自进去。

他问:"坐哪儿?"

邬思黎答非所问:"你快走吧,一会儿老师要来了。"

他理直气壮:"老师来怎么了,我们又不是早恋。"

彼时,教室里差不多坐了一大半人,眼睛跟装了追踪器似的随着他们两人移动,左柯让脸皮厚如城墙,感受不到其他人的八卦目光,在教室里扫视一圈,最后定在靠窗第五排。

"你舍友在那儿,你是不是跟她坐?"容不得邬思黎否认,左柯让带她过去。

赵月雯、范云薇坐在第四排,邬念桐坐在第五排,旁边是给邬思黎占的座位,三人眼瞧着左柯让走近,以及他身后的邬思黎满脸通红,不约而同地冒出一个想法——

还真挺般配。

昨晚熄灯后,她们开启宿舍夜谈,话题当然是围绕着不住校的邬思黎以及左柯让,比如猜左柯让是怎么追到邬思黎的;他们两个居然谈了两年才被发现,到底是怎么做的保密工作;宁城哪个餐厅最贵啊,一定要狠宰左柯让一顿等。

小情侣在学校、在人前几乎没有过交流,仅是凭借两张脸,她们实在想象不出他们在一起的样子,现在亲眼所见,不自觉产生一种"他们就该属于彼此才不算浪费"的感觉。

"天生一对"这个词语创造出来就一定有它存在的意义,用来形容邬思黎和左柯让好像再合适不过。

到位置后,左柯让将包递给邬思黎,十分友好地跟邬念桐她们打招呼,感谢她们平日对邬思黎的照顾。

邬念桐三人特淡定地点头回应不客气。

思政老师从前门走上讲台,邬思黎再次赶人:"我要上课了,你快走吧。"

"真不用我陪你上课啊?"

"不用!"

左柯让岿然不动:"中午一起吃饭吗?"

"好。"邬思黎急得上手推他,"你快走。"

总算是在上课铃打响前一秒将人成功送出教室,邬思黎还没松口气,思政老师见有人要走,扬声问:"哎,那个男生,上课了你干什么去?"

目光再次聚焦到左柯让身上,他停在教室后门,肩宽挺拔,一手插兜,一手搓搓后颈,迟钝地涌上些不好意思:"老师,我不是这个班的学生,我就来送女朋友。"

话落,教室里顿时沸腾,起哄声此起彼伏。

大学老师和小初高老师不一样,只有在点名时和同学们短暂相识片刻,过后就忘,但这丝毫不妨碍他们八卦。

思政老师朝台下张望:"哪个是你女朋友?"

邬思黎恨不得埋进地缝里,趴在桌上装死,手腕一紧,邹念桐强制帮她举手:"这儿呢老师!这儿!"

思政老师顺着看过去:"有印象,有印象。"

思政这门课不如专业课重要却又必不可少,上课状态多是老师在讲台上唾沫横飞,学生在讲台下玩手机,所以碰到认真听课的学生,思政老师印象挺深刻。

思政老师笑眯眯地夸赞:"小伙子有眼光啊,找个这么漂亮的女朋友。"

"谢谢老师。"瞥到邬思黎一个劲对自己打手势,左柯让适可而止,笑得灿烂又乖巧,"不打扰您上课,先走了。"

教室里氛围正热闹,并没有随着左柯让的离去而熄灭,再这么下去这节课也别想上了,思政老师及时把主场找回来:"好了好了,谈恋爱又不是什么稀奇事,八卦一下就行了,得干正事了。"

众人回身坐正,翻书声稀稀拉拉地响起。

邬思黎慢吞吞地直起腰,翻到指定页面,胳膊被撞了下,邹念桐朝她亮起屏幕的手机努努下巴,示意她。

百分之百是她们仨在群里的调侃,邬思黎点开后,果然印证了她的猜测。

邹念桐:好腻歪,真的。

范云薇:这就是酷哥的反差吗?

范云薇:偶然撞见过这酷哥拒绝女生的场面,连个理由都懒得找,直接一句我不喜欢你结束。

赵月雯:我原先还怕思黎会被欺负,现在看来我们黎宝宝也是有点东西在的。

邬:老师看过来了,别聊了!

邬:上课!

从外语院出来后,左柯让优哉游哉地往航空院那边走。两个学院距离不远不近,宁大绿化面积挺大,阴凉处不少,八点多钟气温不算太热,在接受范围内。

刚到教学楼门口,一阵脚步声逼近。肩膀一重,段骏鹏勾着他脖子从后面跃起,他被压得弯下腰,向前冲了两步才稳住。

"有病趁早去治。"左柯让挣开段骏鹏,揪正歪斜的T恤领口。

段骏鹏再次哥俩好地缠上左柯让,声情并茂地叙述一遍在围观群众那里听来的评论:"我这刚进学校就听人说咱航工院一男士寸步不离一路护送自己女友到教室。"

"把你的手给我拿走。"左柯让目视前方,嗓音慢条斯理地拖着调,"我只有我女朋友能碰。"

段骏鹏发笑:"你在说什么屁话?"

"现在开始咱俩保持距离。"左柯让还没嘚瑟完,"人以类聚,作为一个有女朋友的成功人士,跟你这种不三不四的人混一起,有碍我名声。"

昨晚见过左柯让不值钱的死样子,段骏鹏见怪不怪,拍了两下他肩膀,语重心长地劝告:"让啊,收敛点。"

左柯让也觉得自己有点过头,但就是很开心,嘴角抑制不住上翘。

"说点正事。"段骏鹏正经起来,"发帖人查出来没?"

"嗯。"

左柯让找他表哥陆明霁帮忙,昨晚上陆明霁就把发帖人还有那几条污秽评论的IP整理好发他了。

段骏鹏问:"然后呢?"

左柯让笑意不减,吊儿郎当的做派:"挨个来呗。"

"还以为你今天这么高兴就不计较这事了。"

左柯让一哂,态度摆得明明白白。

昨晚,他发出那条澄清评论后联系了管理员处理,陆明霁查完属地就删了帖子,邬思黎的名字也设置成违禁词,不会被搜索。

这笔账得好好算,发帖人还有评论区那几个一个都别想跑。

他这反应也在段骏鹏的意料之中。左柯让昨晚那一系列把人当祖宗供着的举动,就能知道他有多宝贝邬思黎,怎么可能放任她遭受无妄之灾。

"哎,我再问一嘴。"段骏鹏觑着他神色,"你们家知道你恋爱这事不?"

左柯让无所谓:"知不知道又能怎么样。"

"咱们这圈子什么情况你还不了解?"段骏鹏双手举高表明立场,"首先,我没有看不起貂蝉妹妹的意思,其次她家庭条件不好是事实,最后你俩要真一直走下去肯定得面临一堆问题。"

段骏鹏是真心祝福自己好兄弟找到真爱,但该提醒的也得提醒。他们这个圈子恋爱和结婚是两码事,恋爱随你怎么谈都行,结婚恐怕就得老老实实接受家里安排。

很明显,左柯让对邬思黎那就是直奔结婚去的。以免左柯让太过上头忘记考虑现实,段骏鹏有必要给他打预防针。

上课教室在三楼,电梯口挤满人,他俩没过去凑热闹,去走了楼梯。

左柯让一步三层台阶,迈得轻轻松松:"他们不管我。"漆黑眼睫半垂,扬唇,大逆不道的话张口就来,"我妈又不是白死的。"

左柯让十二岁搬来宁城生活,段骏鹏那时候才认识他,对他家里的事情一知半解。关于他妈离世的原因,段骏鹏隐约在长辈那里听到过一些,不是什么光彩事，当时闹得挺大，算是一个禁忌。

左柯让可以若无其事挂在嘴边，段骏鹏可不敢接这话茬，千言万语在心头盘旋一圈，最终融为一句："你心里有谱就行。"

左柯让"嗯哼"耸肩。

两节专业课上完，最后一节是一班、二班并班的体育课，在航工院隔壁百来米的体育馆上。

体育老师刚毕业两三年，没比他们大多少，都能玩到一起去。热身完毕后，仅有的几位女生去自由活动，男生们凑到一起打球。

左柯让对排球更感兴趣，篮球也会点，只是不怎么打，段骏鹏他们勾肩搭背准备去排球场耍一圈，走出一半发现左柯让不在大部队里，回头一看，左柯让正朝着篮球场那边去。

左柯让将兜里的东西掏干净放在看台上，走近篮圈下那批人，视线轻飘飘掠过队伍中的任卓元："哥几个带我一个呗。"

体育老师："你不都打排球？"

左柯让："换换口味。"

"那来。"

体育老师问他打什么位置，他说前锋。

人数正好够分成两支队伍对打，抽签决定队伍分配，左柯让抽到和任卓元一组，左柯让毫不避讳地当着众人的面提出换组："老师，能换一下吗？我不想跟他打配合。"他手指向任卓元，对应话里的"他"。

左柯让语气漫不经心，像是随口一说，可指向性又太过明显。

众人一静，眼睛缓缓滑向另一边，任卓元站在原地神态自若，完全不在意左柯让的敌对，反而善解人意地一笑："我没意见。"

于是，左柯让就换到另一方前锋的位置。

哨声响起，裁判抛球到半空，双方中锋起跳抢球，任卓元那队中锋稍快一些，球到他们那边。

任卓元打后卫，球到他那儿，他寻找恰当时机传球给前锋。左柯让提前预判出任卓元的运动路线，一个闪身截断，篮球落入他手中，借此用力撞了任卓元一下，站姿错位，左柯让露在衣领外的双环项链甩到任卓元耳朵，任卓元的耳朵瞬间变得又红又烫。

任卓元动作受到影响，前后停顿不到一秒钟，左柯让就顺利投进一个三分。

看台边围观的段骏鹏几人手掌拢在嘴边，捧场欢呼："柯柯好帅！"

左柯让大步倒退着，下巴微抬，睨向对面的任卓元，懒散地吹一记口哨。

任卓元放下捂着耳朵的手，大方地回以一笑。

剑拔弩张的气氛初现端倪。

不是什么正规比赛，就是随便玩一玩，图一个乐呵，大家打得都挺随意，所以左柯让的刻意针对就变得格外显眼。

左柯让几乎是在压着任卓元打，只要任卓元沾到球，不出两秒左柯让就会抢过来。上半场快要结束，计时器发出蜂鸣声的那一秒钟，左柯让脱手，篮球径直砸向任卓元。

力道巨大，又快又猛，任卓元躲避不及，眼前一黑，鼻梁骤然一痛，人也被这股力冲得踉跄后退，跌坐在地。

众人在球场上急速奔跑的脚步被这一出变故强行暂停。体育老师三步并作两步上前，拉住左柯让，厉声斥责："左柯让，你要造反吗？"

段骏鹏他们也赶紧过来。

温热的液体从鼻腔里流出，任卓元粗糙地抹了下，仰头看着左柯让："阿让，我应该没惹你吧？"

"我敢这么整你，就代表我有证据。"左柯让居高临下地站在任卓元面前，歪头打量着他，"再装就没意思了。"

任卓元不解地摇头："我听不懂你在说什么。"

"跟踪偷拍好玩吗？"

"想拉邬思黎下水又怕得罪我，所以只给我打码。"

"你是不是觉得我不会为邬思黎出头？"

"敢做不敢当，只会在背地里搞小动作，一个男人玩这套，真的，我觉得挺烂的。"

左柯让不疾不徐地揭露真相，其他人先是一脸蒙，然后惊讶，再到鄙夷。

任卓元倒没有特别蠢，他注册发帖的手机号是找黄牛买的临时号码，不需要登记身份信息，按理说是追查不到他头上。但陆明霁顺藤摸瓜还是查到了一些信息。

体育老师对论坛帖子的事情也略有耳闻，捋清楚前因后果，还是挡在他们中间，告诫左柯让别冲动。

左柯让叫他放宽心，并说明自己不会打架，拂开他掣肘自己的手，屈膝蹲下，同任卓元视线持平，好声好气地商量着："我只是希望你能公开给邬思黎道个歉，然后就再也不要出现在她面前，这不算为难你吧？"

任卓元一条帖子将邬思黎推至风口浪尖，那左柯让就以牙还牙。任卓元不是喜欢玩阴的嘛，左柯让就偏把他拉到阳光下暴晒。

怎么胡编乱造恶心她的，就怎么把这份恶心吞回去。

"其实你这人也挺有意思，小组合作每次都跟我们一起，我没上课还主动借我笔记，段骏鹏忘写作业你也主动借他抄——"

"你好像很想融入我们这个圈子，但是很可惜，你永远都不够格。"左柯让慢慢笑出声，轻蔑又不屑，"邬思黎也不是你配招惹的人。"

左柯让探指点他心口,下达最后警告:"记住了,记心里,别再去倒她胃口。"

2

一整个上午,每节课课间都会有人找到邬思黎,说自己不该不清楚事实就随便发表评论,以后绝对不会再发生这种事,希望能得到她的原谅。

大多数是这个流程,且不是单独叫邬思黎出去,当时教室里有多少人算多少,就当着他们的面诚恳道歉。

坐在她周围的三个舍友近距离观看全程,顺便帮忙检阅他们态度是否良好。

又送走一个,邬念桐倚在桌子上鼓掌:"真行,真爽,真解气。"

赵月雯和范云薇也赞同地点头,昨晚帖子才开始传播,管理员就开启禁言模式,她们只来得及反驳一两句,一口气在胸口堵了整晚,现在可算是消散干净。

"我有点好奇,你男朋友咋找的他们,咋都一个个这么乖。"范云薇从前排转过来,趴在邬思黎桌上,"脸上也没挂彩,难不成是内伤?"

"不不不!"赵月雯竖起一根手指晃晃,神秘莫测地半眯起眼,"据说左柯让背景挺牛,根本不用自己动手,一两句话的事,比如——"

她不熟悉左柯让,只能凭借想象编词造句,半仰起头:"你要不给我女朋友道歉,就收拾东西从这所学校里滚蛋!"

邬念桐挠挠额角,伸手摆正赵月雯歪斜的脑袋:"雯雯,咱少看点言情小说脑残剧行吗?这多少有点不现实。"

赵月雯不服气:"那你们说是怎么回事?"

"当事人说说。"邬念桐把问题抛给邬思黎,戳她胳膊,"你男朋友咋搞的?"

"我也不知道。"对于她们的好奇心,邬思黎爱莫能助,"他叫我别管,他来解决。"

她话音刚落,手机"叮"一下,提示有新消息进来。邬念桐她们仨不约而同地朝亮起来的屏幕看,莫名有种预感是左柯让发来的,催着她快问问,满足一下她们过盛的八卦欲望。

邬思黎拗不过她们,识别人脸解锁。三人怕涉及邬思黎的隐私,很有分寸感地先挪开眼,等邬思黎问完,手机摊桌上给她们看,她们的脑袋又齐齐凑一起。

Atopos:都去给你道歉了吗?

邬:嗯。

邬:你怎么跟他们说的?没打架吧?

左柯让回复：没有啊宝宝，我都跟他们好好商量来的。

三位吃瓜人士看到这条消息，暧昧眨眼，异口同声拉着长音："宝宝——"

邬思黎立刻盖住手机，脸有些红："你们别叫！"

"好好好，我们闭嘴。"范云薇掰她的手，"宝宝别挡，我们还没看完。"

邹念桐也上手抱住邬思黎，阻止她乱动。

左柯让的解释同时发了过来：就查了查他们那些人的烂事，不来道歉我也曝光咯，我们的事是造谣，他们的可都是事实。

好一个好好商量。"威胁"两字都撑人脸上了。

不过对待这些人也没必要留情面，左柯让的做法不过是正当防卫而已。

"可以。"邹念桐身为娘家人表态，"小左办事不错，顺利通过考验。"

"那商量商量吃啥呗。"赵月雯对吃饭这件事更感兴趣，"新街口那边新开了家串串店，巨香！"

范云薇白眼翻上天，她随便卷起一本书当作话筒："我请问，你看的偶像剧里哪部是写男主请女主朋友吃饭去吃串串的？高大上一点好吗？"

赵月雯眨眨眼，比手势："OK。"

下午全校放假，上午第四节课下课，结束课程的学生们三两结伴走出教学楼。就在这时，一条道歉声明帖由论坛转发至朋友圈，是一段三十秒长的视频。

视频中的男生戴着眼镜，挺干净书卷气的长相，鼻梁贴着一个创可贴。

"我是2017级航工二班的任卓元，因我不明事情真相，前两天在学校论坛擅自发布不良信息，跟踪偷拍造谣同校女生私生活混乱，给对方造成一系列伤害，对此我深感抱歉……"

统一下课时间，哪儿哪儿都是人，其中有一个看到朋友圈就会传递给身边所有人，都不用再费事切换去论坛评论，即刻就能和同伴当面吐槽——

"航工二班的啊，那就更能理解为啥单独给左柯让打码了，嫉妒又怕被报复。"

"我记得他和邬思黎还在同一家店一起兼职，而且平常上课他还经常跟左柯让同组，背地里捅人家俩刀子捅得可真利索。"

"不过这个道歉视频有点过了吧，这样一搞他以后应该挺难了吧。"

"你这圣母心泛滥得也有点过了吧，他不先造谣生事会得到这个结果吗？他污蔑人女生的时候咋没想过女生以后会不会难以生活？"

"就是，自作孽不可活。"

…………

道歉稿是左柯让审阅过的，段骏鹏问过他为啥不把任卓元喜欢邬思黎这点加上去。得不到就毁掉这个理由动机更有说服力，更能为邬思黎博同情和好感。

左柯让不同意，任卓元是个什么东西，他不想以后别人提起邬思黎就能联想到任卓元，进而牵扯出这桩破事。

而且同情和好感这两样，邬思黎也不需要。

总之，沉寂许久的宁大校园论坛最近这两天因为这件事又热闹了一把。左柯让在朋友圈发合照将事情发展推向高潮，任卓元这条道歉视频则是作为结束，这场闹剧就到此为止。

有几天没有去看邬思铭，左柯让提前订好午饭，和邬思黎去医院陪邬思铭待了一下午。晚上约好请邹念桐她们吃饭，他们傍晚六点钟从医院离开。

范云薇再三强调要高大上，她们现在代表的不是自己，而是邬思黎，绝对不能在左柯让面前丢份。于是，三人下午在宿舍叽叽喳喳讨论半晌，聚餐地点最后定在新街口一家有包厢的大排档。

段骏鹏他们听说左柯让今晚要请邬思黎的舍友吃饭，吵着也要去。未免被拒绝，理由找得还挺得当，说他们这群兄弟不去，就左柯让一男生跟四个女生一起吃饭太过尴尬。

于是，最后聚餐队伍多出十来号人。等在包厢落座，饭局的两位主角坐在中间，双方朋友分坐在他们两边，现场一度有种由邬思黎和左柯让牵线搭桥促成两批人联谊的感觉。

左柯让那边明显人数多，所以界限划分也不是特别清晰。邬思黎肯定挨着左柯让，另一边是邹念桐，范云薇坐在邹念桐、赵月雯中间，赵月雯另一边是人高马大的安浔，剩下大半张桌子都是左柯让的朋友。

比例悬殊。

双方会晤，一开始都琢磨着要端着点、庄重点，毕竟是一顿包含特殊意义的饭局。做完自我介绍后，段骏鹏、潘瑞阳一唱一和调节气氛，绝不让一丝一毫的尴尬局面产生。邹念桐她们也很配合，问问题就答，答完再反抛回去一个问题，这么你来我往，包厢里就没有片刻安静的时候。

到这时候，一切都还挺正经。

烤串小炒之类的菜品陆陆续续端上来，段骏鹏拿着起子将桌上一瓶瓶冰啤酒撬开。

酒就是个标志，一口接一口下肚，若有似无的拘谨消失，一个个都抛弃掉矜持稳重的外壳，逐渐放飞自我。

段骏鹏横跨半张桌子，抱着酒瓶从靠近门口的位置插到邬思黎和邹念桐之间的空位，带着满脸疑惑问邹念桐自己哪里得罪过她，她为什么讨厌他。

左柯让正戴着一次性手套给邬思黎剥小龙虾，脚伸到邬思黎凳子底下，卡着横杆把她连人带椅往自己边上勾，远离段骏鹏。

邬思黎顿时有点蒙,惊呼一声,去扶左柯让,稳住身体后,龙虾肉递到嘴边,她咬着吃进去。

余光一晃,是段骏鹏在突然扩大的空间里没坐稳直接跌在地上,邹念桐以为他要碰瓷,"噌"一下站起来,说我不讨厌你。

段骏鹏没喝多,但有些许上头,抓着她手腕拽着她重新坐下:"你不讨厌我你对我翻什么白眼,我都看见两次了!"

邹念桐拒不承认,咬死是他喝多了眼花。

段骏鹏突然哭起来,说自己第一次碰到邹念桐这么莫名其妙的人,讨厌他不讲清楚理由就算了还反过来污蔑他。

邹念桐目瞪口呆。这哥们儿眼泪说来就来,学什么航工,应该去电影学院学表演,影帝奖杯分分钟是他囊中之物。

邬思黎也吓了一跳,扭头瞅左柯让:"他哭了。"

左柯让简单地解释:"失恋了,甭管他。"

范云薇手边也有几个空酒瓶,不确定她喝了几瓶,但看她反应就知道喝了不少,拉着赵月雯一起跟安浔划拳,一条腿还特豪迈地踩在凳子上,衬得赵月雯这位御姐都娇小起来。

一个包厢,好几个戏台。

就在这么个鸡飞狗跳的环境里,这场饭局的二位主角早就被人遗忘。左柯让乐得不被打扰,谁也不看谁也不管,稳如泰山地给邬思黎剥虾投喂,邬思黎边吃边新奇地享受着现在的热闹。

她性格内向,从小到大没什么朋友,每天放学都赶着回家帮父母照顾邬思铭,从来没有跟朋友出去玩过,减少一大部分加深关系的机会,感情自然而然变淡,社交软件手机号一换再换,上大学前的那些朋友有的失去联系,有的则变成偶尔出现在点赞列表里的一个头像。

和左柯让以前偷摸着恋爱,他也更喜欢和她单独相处,所以这种场景邬思黎是第一次体验。

不用再担心晚一刻回家会遭到父母的批评,也不用考虑压在肩上的责任,此时此刻她只是一个上完一天课和朋友出来放松聚会的普通人。

她在沉重枷锁中窥探到一丝自由的气息。

"嗒"的一声,一只盛着汤的白瓷碗放在她面前。邬思黎掉转视线,看见左柯让戴着红绳的手徐徐收回。

哦,对,她还有一个男朋友,并且附加在她身上的一份束缚来源于他。

可眼前所见的温馨幸福也是因他产生。

邬思黎盯着那碗汤半响没动,左柯让打个响指唤她:"想什么呢?"

"没什么。"邬思黎摇头,拿起勺子舀汤喝。

这家大排档烤北极贝一绝,左柯让夹过来一个,弄干净覆着的辣椒姜丝,送到邬思黎嘴边。

地上的段骏鹏哭累了,还有点饿,抬头一看自己好兄弟格外贤惠地在喂女朋友,凑过去:"阿让,我也要吃小龙虾。"张大嘴巴,"啊——"

左柯让就一个字:"滚。"

段骏鹏被骂,打个酒嗝嘴一撇又要哭。邹念桐刚被他整得脑瓜子嗡嗡响,迅速在桌上拿起一片烤面包塞他嘴里,堵住他即将倾泻的哭声。

潘瑞阳这时才发现段骏鹏在哭,一点不顾及兄弟面子,大声嚷嚷起来,恨不得昭告天下。左柯让那边都知道段骏鹏失恋分手这事,于是饭桌上各玩各的几拨人又统一起话题,聊着感情问题。

还不是干聊,配着真心话一起玩,问题就是谈过几段、印象最深刻的是哪一位、为什么分手等。

大家都有那么点经验可讲,酒瓶转到左柯让,他还在剥虾,只眼皮子掀了下确认自己是否中招,又垂眸继续忙:"不好意思啊,没分过手,我跟我老婆初恋。"

平淡的语气里透露着一种"别太羡慕"的优越感,听得人只想揍他。

段骏鹏昨晚上分的手,正是创伤严重阶段,最为受刺激,跳起来就扑向左柯让。左柯让一边应付他,一边叫邬思黎躲远点,别被碰着。

一顿饭吵吵闹闹吃了将近三个小时,要不是有些人住宿舍得赶门禁,估计还得有下半场。

左柯让也喝了点酒。吃饭的地方就在公寓附近,他不知道又抽哪门子风,不叫代驾不打车,非要跟邬思黎手牵手步行回家。

夏季的宁城就像一个火炉,酷热难当。路灯一盏挨一盏,满街梧桐树笔直矗立,树叶在晚风吹拂下沙沙作响。

两人十指紧扣,漫步在街头。这个天气呼吸都能出汗,他们掌心相贴,没一会儿就泛起潮湿。

邬思黎嫌不舒服,要松开,左柯让攥着她手腕在自己T恤上胡乱一擦,又扣住。

邬思黎拿他没办法,随他去。

他有选择性洁癖,选择性是指对除邬思黎外的人都会洁癖发作。

地面上,他们的影子也亲密,沿着路灯往前走,影子从清晰到模糊再到清晰。

3

能考入宁大的学生不是不学无术的泛泛之辈,大家都还有自己的事情要忙,无非就是闲暇时看个乐子,造谣一事掀起的波澜很快能趋于平静。

生活还在按部就班地进行,非要说有什么不同,那就是西语一班的同学们经常能在本班课上看见左柯让的身影。

他不是送邬思黎来上课，就是来陪她上课。每次两人一出现，手绝对十指紧扣着，邬思黎的包也总是在左柯让肩上，就和普通谈恋爱的小情侣一样。

这么一来二去，左柯让理所当然成为西语一班的编外人员。

左柯让没有想再拓展另一门专业的打算，陪邬思黎上课就坐她旁边打游戏，玩够了就趴桌上看着她养养眼，然后再搞点小动作吸引她注意力，戳她胳膊、揪她头发、桌子底下的腿有节奏地撞她，种种行为就很小朋友。

学生们大多知道左柯让是邬思黎的男朋友，但老师们不清楚，有次上西班牙文学史的课，邬思黎好好在记笔记，左柯让手欠，勾着她头发搔她的脸，被讲台上的老师看个正着。

"那男生！"老师手指左柯让，"上课不好好听讲干什么招惹人小姑娘！"

前排人回头，后排一哥们儿举手报告："老师，人招的自己女朋友。"

"女朋友怎么了？女朋友就可以随便打扰了？"老师眼睛一瞪，"来，你起来说说，西班牙戏剧的奠基人是谁？"

隔行如隔山，PPT上每一个字拆开左柯让都认得，但拼凑在一起与天书无异。他一脸蒙，本能地去瞅邬思黎。邬思黎别过头，切断跟他的眼神交流。

得，女朋友见死不救。

其他人也都在看戏，左柯让孤立无援，只好跟老师承认他不会。

"我看你挺闲，这段内容抄二十遍下课交上来。"老师点击鼠标，PPT切换至问题答案那一页，批评教育一句，"身为家属就得有家属的自觉，陪女朋友来上课不帮忙也别帮倒忙。"

左柯让虚心接受："知道了，老师。"

"坐下吧。"老师强调，"自己抄啊，二十遍。"

老师敲敲讲台唤回同学们的心神，讲课继续。左柯让坐下，见老师不再看这边，拽下邬思黎还挡着脸的手，她上翘的嘴角露出，左柯让也笑了。

"还真不管我。"

邬思黎小声道："谁叫你老乱动。"

她找出笔和纸给他："快抄吧，再耽误下课要抄不完了。"

左柯让指尖挠她掌心撒娇："不帮我分担分担啊？"

"不。"邬思黎一本正经，"自己的事情自己做，你说的。"

"行。"左柯让用手机对着PPT拍张照片，拿笔开始写，悠悠叹口气，"女朋友都不心疼我，我好可怜。"

邬思黎随口安慰："抄完就不可怜了。"

左柯让莫名被她的敷衍逗笑，抓着她手递到嘴边咬一下。

这种平淡日子过得倒也温馨有趣。

进入梅雨季，宁城隔三岔五就下场雨，空气中飘浮着潮湿颗粒，皮肤黏糊糊的一点都不干爽，叫人片刻不想离开空调房。

　　这天下午，两人都没有课，段骏鹏他哥一朋友新开了家台球馆，就在大学城里，今天开业，招呼他们过去玩。

　　邬思黎要去甜品店打工，左柯让没事干，准备去坐坐。

　　一帮人成群结队往校门口走，段骏鹏、潘瑞阳他们在前面打闹，左柯让在后面给邬思黎发消息报备行程。

　　Atopos：你下班前我就回来。

　　对面回一个"好"。

　　左柯让不满意了，明知这是邬思黎的一贯作风，但他就是觉得太冷淡，指腹按着键盘，刚打出"亲亲"，"我"字还没拼完，"嗖"一下，邬思黎又发来一条。

　　邬：［亲亲.JPG］

　　准确预判他的想法。

　　光标移动，他删除输入框里的消息，找个一模一样的小表情回复她。

　　还没发送，前面段骏鹏突然止住脚步，回头叫他："阿让。"

　　左柯让抬头，见段骏鹏面露些许担忧，他不解地挑眉，余光纳入一抹身影，侧头望去，一顿。

　　停靠在马路边的那辆低调的黑色轿车里，车窗全降，男人穿着简单的白衬衣，容貌与左柯让有七八分相似，长年身居高位不怒自威的成熟气质却甩他一大截。

　　左继坤隔着段距离看向左柯让，一句话没说，只打开车门，往另一侧挪个位置，示意他上来。

　　左柯让所有情绪瞬间敛起，在原地站了一会儿，收起手机抬腿朝那边走，擦过段骏鹏的肩膀时，淡声道："先走了。"

　　段骏鹏点头："有事打电话。"

　　左柯让应了声，两三步走到车边，矮身坐进去，关门升窗。车子在同一时间启动，在段骏鹏他们面前驶过。

　　安浔他们都是大学才和左柯让认识的，并不了解他家里的情况，也是第一次见到左继坤，凭借长相判断出是左柯让的父亲。

　　"那是柯柯他爸吧？他们爷俩也太像了。"

　　"我咋感觉柯柯跟他爸关系不咋好呢，吵架了？"

　　这问题一抛出，所有人都瞅着段骏鹏。他和左柯让认识时间最长，大家潜意识认为他会知晓更多。

　　自车开走，段骏鹏的表情就一直挺凝重。他上一次也是第一次见到左继坤还是在初中，跟刚才那幅场景一样，左柯让和他放学约着出去玩，结果左继坤等在校门口，把左柯让接走。

后来左柯让连续三天没去学校，还没个消息。段骏鹏不由得担心，去他在学校附近的公寓找他，人倒是在家，就脸上青一块紫一块带着伤，一看就是挨了打。

左柯让当时挺正常，心情什么的都不错。段骏鹏问他怎么没去学校，他笑着指了下自己的脸，说他这样太丑，不想被别人看见，影响他的帅气形象。

他没主动讲原因，段骏鹏就不问，但是结合左继坤的出现以及在长辈那里听来的信息，能猜到他们父子俩关系并不好。

再大些，认识左柯让的时间越来越久，他透露出的只言片语更加印证段骏鹏的猜想。

段骏鹏颇为烦躁地向后撸一把头发，叹气："阿让跟他爸，也就是血缘关系上的父子。"

车子平稳地行驶在街道上，挡板隔开车厢前后，父子俩分坐在两边，左继坤双腿交叠，双手交握，靠着椅背闭目养神。

左柯让胳膊肘支着车窗槛，屈指抵着太阳穴看外面，想起还没回邬思黎消息，他按解锁键，屏幕一亮紧接着又暗下去。

手机没电自动关机了。

他不想找左继坤借充电器，非必要他一句话都不想跟左继坤多说。窒闷压抑的气氛缓缓蔓延，左柯让心生厌烦，耐不住打破僵局："找我什么事？"

左继坤嗓音低沉："先去吃饭。"

左柯让轻呵："下午两点半，你吃哪门子饭？"

他话中带刺，左继坤也不恼，准确来讲是懒得搭理他。左继坤只需要通知左柯让，不是在同左柯让商量，并且给出的选项里没有"拒绝"。

十分钟后，车子在一家私房菜馆院里停下，左继坤提前有预订，报出包厢号，服务生领着过去。落座后，左继坤点了三道菜，左柯让坐在对面一言不发，服务生询问他要吃些什么，左柯让摇头说不用。

左继坤合上菜单："他不吃，那就这些。"

服务生："好的，您稍等。"

等人退出去，包厢里只剩他们父子俩。左柯让看完一出热闹似的鼓两下掌："左部就是左部，自个儿吃顿饭还这么大阵仗。"

左继坤皱眉："你少跟我阴阳怪气。"

"受不了还叫我过来。"左柯让慢条斯理地给自己倒一杯水，"你这不自作孽。"

嘴唇碰到杯口，左柯让意味不明地一笑："忘了，你作孽时候多了，不差这一次。"

左继坤："你要不会跟我好好说话就再滚去国外待两年。"

说好听是"待"，实际是流放。左柯让六岁那年母亲车祸去世，他被左继坤扔到国外将近两年。当时两家乱成一团，左继坤装得一副好形象，对外说是送他出国散心，每个月给他打点钱维持生计，其他一切不闻不问，就叫他自生自灭。

左继坤用父亲的身份压他，左柯让就有样学样："你要嫌奶奶活得久，你就再扔我一次。"

左继坤不待见左柯让这个儿子，但对父母是真孝顺。如果不是老太太千叮咛万嘱咐，他结婚这种大事得由他亲自且当面告诉左柯让，他根本不会来宁城。

左柯让算是拿捏住左继坤的七寸，左继坤压下怒气，尽量冷静下来，在随身携带的公文包里掏出一份请柬："下周周末回京北。"

暗红色烫金纹样昭示着这封请柬的含义，左柯让两指捏住一角，翻开。

左继坤和一陌生女人的名字出现在上面。

给自己亲儿子送再婚请柬，有意思。

左柯让这下是真觉得好笑，甚至还笑出声："背景查清楚没？别婚后又蹦出个初恋跟人跑了。"

话音一落，迎面一只茶杯径直砸过来，左柯让看得清楚，但他没躲，既然他敢开这个口，就无所谓会得到什么后果。

眉心一阵钻心的刺痛，"啪嗒"一声，茶杯掉在地上四分五裂，温热液体流到眼皮上，左柯让不甚在意地抽了张餐巾纸擦拭。

白色纸巾被溢出的鲜血染红。

再待下去没意义，左柯让将纸揉成团丢在餐桌上，起身，左继坤没拦他。这个时间不是饭点，上菜很快，服务生敲门送菜，左继坤拆开湿巾擦手："你奶奶希望你来参加，周六那天我要在现场看到你。"

血没止住，又开始往下滑，左柯让再次抽了张餐巾纸按住："我奶奶更希望我高兴。"

左继坤轻松地撂话："那你应该不希望我去找你女朋友的麻烦。"

台球馆开在大学城中心最好的一处位置，一共两层，一楼空间最大，摆放着十几张台球桌，二楼有一个小型吧台，两张台球桌，专门供相熟的朋友来玩。

段骏鹏到地方后就一屁股坐在沙发里，摩挲着下巴想事情。

左柯让跟他爸那要死不活的关系也不是一两天了，以前没人诉说，现在可不一样，左柯让身边有邬思黎，照他恋爱脑那个劲儿，邬思黎简直就是他的救命良药。

而且不都说，男性脆弱的时候最容易博得女人心疼，段骏鹏要通风报信，左柯让一准能得到好处，到时候还不得给他磕头谢恩？

思前想后纠结一个钟头，段骏鹏给邬思黎发了一条消息。

不是周末，甜品店今天订单不多，但是有货送过来，她们几人都忙着搬货。

在卡车和店铺中间往返十几趟，她们总算将所有配料都放到储物间。吴敏累趴在桌上，邬思黎对着单子清点货物数量，围裙兜里的手机振动一下，肯定是左柯让又无聊了，她暂时没管。

等清点完毕，确认无误后，邬思黎才查看消息。

居然不是左柯让，而是段骏鹏。

公开恋爱在家里聚餐那晚，她和段骏鹏他们几人都加了好友，还是左柯让率先张罗的，万一他不在宁城的时候她出事，还有别人能帮忙。

段骏鹏：貂蝉妹妹，阿让下午没跟我们去打球，他爸过来把他带走了，估摸他今天心情会不太好，你多安慰安慰他。

朝夕相伴两年，邬思黎即便没见过左柯让家里人，也能在日常生活中捕捉到蛛丝马迹。

她知道他们父子关系紧张。回复完段骏鹏，她给左柯让拨电话，"嘟嘟"两声忙音后是冰冷机械的女声提示对方已经关机。

还有五分钟下班，左柯让说过会来接她，他从来不会迟到，如果要她等会提前告诉她，结果现在他手机关机，人也没出现。按理说，他那么大个人怎么都不会出事，可人与人之间一旦产生感情和羁绊就很难做到理智。

邬思黎摘下围裙，匆匆往架子上一挂，拿上包，边向门口走，边交代："我有事先走，货都点好了，你们记得和钱姨说一声。"

4

邬思黎不知道要去哪里找左柯让，他们两个了解彼此的性格，清楚彼此的喜好、口味，但也仅限于此。

或许只是单方面仅限于此，毕竟她的事情左柯让动动手指就能查得底朝天，她是没有那个相对应的能力去调查左柯让。

她第一反应是先回家，夏天天黑得晚，大片火烧云在天际铺陈，染成绚丽红色，客厅地板上都拖拽出金灿灿的光芒。

听见开门声，二哈摇晃着尾巴疾驰而来，脑袋亲昵地蹭着邬思黎的小腿。它快三个月大了，模样一点点脱离满月时的圆钝，两只三角耳竖起来，可爱一如既往，只是少了些憨态。

邬思黎换拖鞋的空当摸它两下，进去后每间屋子挨个找一圈，没有见到左柯让，她茫然地站在客厅中央，直到手机响起一声提示音，是某个软件的自动推送消息，她后知后觉想起两人连接的定位。

她点开查找软件，左柯让的头像在地图上闪烁一下就消失不见，估计是所在地信号不好。福至心灵一般，锁屏又被按亮，看到那串日期数字，邬思黎再次出门。

出小区打到车，上车后，邬思黎报地址："师傅，去西郊墓园。"

公寓到西郊墓园有点距离，赶过去的途中，邬思黎两次尝试给左柯让拨电话，无一例外收获到"对方已关机"的回答。

又赶上晚高峰，堵了一会儿车，出租车停在墓园入口时是晚上七点差一刻，马上要到墓园关门时间。

邬思黎一路小跑着迈过一层又一层台阶，她知道具体位置，径直朝最里面去。

西郊墓园是宁城占地面积最大的墓园，依山建造，旁边紧挨烈士陵园，绿化覆盖率达80%，又是晚上，气温有所下降，一座座贴着黑白照片的石碑整齐矗立，配合着将暗未暗的天色，阴森又诡异。

邬思黎没空害怕，因为焦急，整个人都有些躁动。

她是担心左柯让的。

最终，她在从上往下数第二排中间的位置，看到一抹身影。他盘腿坐在地上，手肘分别支着大腿，脊背微弓，低着头，有那么几分颓废。

邬思黎缓了缓因奔跑而变得急促的呼吸，走过去。

左柯让正前方的墓碑上贴着一张女人的黑白照片，眉眼间的神韵和左柯让如出一辙。

——陆若青之墓。

是左柯让的母亲。

两人恋爱没多久，左柯让就带她来祭拜过他母亲。她感情史再空白也知道这个流程走向不对劲，她问过为什么，左柯让当时笑嘻嘻又挺郑重地说是来见家长。

自那以后，每年清明节他们都会一起给她父母以及他母亲扫墓。

感知到有人靠近，左柯让抬头，邬思黎恰好走到他旁边，他不自觉一笑："你找到我了啊？"

邬思黎点头："我找到你了。"

借着莹莹灯光，她看见左柯让右边眉毛横亘着一道突兀又狰狞的伤口，血不再流，边缘红肿不堪，长度快要延伸至太阳穴。

邬思黎皱眉："怎么弄的？"

左柯让言简意赅："刺了我爸两句，他砸的。"

她来得仓促，什么都没带，就冲陆若青鞠一躬，然后站直，转身，小腿碰到左柯让膝盖，朝他伸出手："走吧，回家了。"

左柯让抬头，握住她的手掌，邬思黎一拽，他借力站起来。过道能容纳得下三人并行，但左柯让选择跟在邬思黎身后，由她牵着自己，朝山下走。

"我手机没电了，不是故意不回你消息。"

左柯让垂着眼，盯着邬思黎的落脚点，争取分毫不差地踩着她的脚印。

"嗯。"脚步踉跄一下，邬思黎无奈地止步，"你不要老踩我。"

左柯让无辜样："我不是故意的。"

"你跟我并排走。"

"不，我就想在你后面。"

面对左柯让的无赖，邬思黎总会妥协："那你别踩我。"

左柯让强调："说了不是故意的。"

他又一脚踩到邬思黎鞋后跟，怎么都不像是不小心。

左柯让不禁笑出声，再三保证："我真不是故意的，可能坐久了腿不怎么受控制。"

邬思黎不说话，低头看一眼自己的鞋子。她穿的白色帆布鞋，后跟处多出三道黑色印子。

左柯让快速补救："回家我给你刷干净。"

他做出的所有承诺邬思黎都相信他能完成，唯独跟家务沾边的——

她问："家里鞋刷放在哪儿你知道吗？"

左柯让想说当然知道，他好歹给家里做过大扫除，话到嘴边蓦地记起上次他收拾屋子还是一个月前，期间家政阿姨来过好几次。

他改口："那送干洗店，我出钱。"

马上到墓园关门时间，守墓人拿着手电筒进行下班前检查，在阶梯通道看到一男一女，催促他们快点离开。

没再耽误，两人加快步伐下山。走出墓园，邬思黎叫了一辆车，界面显示还有十分钟到达。

腰间一紧，身体一轻，她眨眼间落在花坛上，跟左柯让身高差距缩小。两人面对面，左柯让展臂抱住她，侧脸枕在她肩膀上，鼻梁紧贴着她脖颈。

他蔫巴巴的，无精打采："好累啊乖乖。"

平时揉二哈揉习惯了，邬思黎下意识去摸左柯让后脑，是和二哈柔软毛发完全不同的触感。她反应过来，改变策略去搓他耳朵："车马上就来了。"

左柯让敏锐地捕捉到她那一瞬间的停顿："你刚刚是不是把我当二哈了？"

邬思黎否认："没有。"

左柯让"哼哼"两声，搂紧她的腰，在她肩窝处用力蹭两下。他又放开邬思黎，视线自她眼睛滑向鼻尖、再到嘴唇，凑过去亲一下，最后执起她的手，话题抛得令人衔接困难："我爸再婚了，这周六办婚礼，今天他来找我就是说这事。"

没有铺垫，没有前期渲染，只是平淡地告知她这件事。

邬思黎挺蒙的，不知作何反应。还未想好该怎么回应他，一束车灯扫过来，墓园选址都略偏僻，这个时间点不会有车无缘无故经过这里，左柯让解锁邬思黎的手机，对照一下车牌号，是他们打的那辆。

拉开后排车门，邬思黎先坐进去，左柯让紧随其后，一上车就跟卸掉骨头似的靠在她身上。

郊区开往市区，路灯一盏盏在窗外掠过。因为刚才那个消息，一种莫名的沉默产生，邬思黎目视前方，望着挡风玻璃走神。左柯让挽着邬思黎的胳膊，把玩着她的手指。

他捏着邬思黎一根食指戳自己的脸颊："我饿了。"

邬思黎下巴抵着他的额头："想吃什么？"

"想吃面。"左柯让补充，"你做的。"

邬思黎说"好"。

回来比去时要快不少，到小区门口，邬思黎扫码付款，下车后左柯让还跟在她身后，明明就可以并排走。邬思黎也没管他，他经常会冒出一些她无法理解的想法。

二哈在玄关处迎接，邬思黎少见地没有抱它，越过二哈去洗手间洗干净手，折至厨房下面条，期间嘱咐左柯让把伤口处理一下。

没等到人来管自己，二哈急得绕着它空空如也的饭盆团团转。它跑去玄关等待也不是因为想念二位主人，而是因为超过它每晚进食的时间，它快要饿死了。

左柯让全程围观邬思黎是怎么忽视掉她的宝贝爱狗，愉悦地吹声口哨。二哈由此将目光盯向他，冲过来咬着他裤腿，以微弱到能忽略不计的力气拖着他，到达自己的地盘。二哈用鼻子拱自己的饭盆，嗷一嗓子，示意左柯让快喂它。

它饿得恨不得追着自己尾巴啃。现做它可能等不及，左柯让在上层置物架取下一袋搭配好的即食餐包撕开，倒在它饭盆里。

二哈立刻埋头干饭，"哼哧哼哧"吃得巨香。左柯让蹲下身，屈指弹弹它的耳朵："还是我比较重要，她急着给我做饭都没注意到你。"爱怜地点两下它脑袋，"哈哈，你好惨。"

二哈忙着填饱肚子，没空搭理他，随便他怎么攀比。左柯让自娱自乐一波，又跑去厨房黏着邬思黎。

邬思黎长发扎成低马尾，拿了一个鸡蛋打进煮锅里。

沥水篮里有一把小青菜，左柯让走过去要洗，邬思黎拦住他："是洗好了的。"

"哦。"左柯让就拧开水龙头洗手，边抽纸擦水珠，边歪头看她。

过了一会儿，他又移到她身后，圈住她的腰，依赖地拥着她。

青菜放进锅里，邬思黎拿着筷子搅拌，稍侧脸："消毒擦药了吗？"

"想你给我弄。"左柯让装傻撒娇很有一手，"我不会。"

"疼不疼？"是一句废话，可邬思黎只能想到这种关切方式。

"超疼。"他卖惨，"你是没看见，我当时都被砸哭了，眼泪啪嗒啪嗒地掉。"

邬思黎不信。他对她耍宝逗趣，但碰上左继坤，他骨头硬得很。

她问："婚礼要去吗？"

"去呗，反正我也没什么感觉。"

左柯让没讲左继坤用她威胁自己的事。这是他们父子俩之间的斗法，跟邬思黎没关系，不能牵扯到她。

邬思黎做了清汤面，两只陶瓷碗里是兑好的佐料，面条煮熟，她先舀出几勺面汤再捞面，拌好后让左柯让端去中岛台。

就是很普通的一碗面，根本没有什么技术含量，左柯让吃下第一口，就声情并茂地夸赞邬思黎手艺好棒。在他眼里，邬思黎的存在本身就是值得左柯让炫耀的事情。

吃完一顿简单晚餐，碗筷放进洗碗机，邬思黎拉着左柯让在客厅沙发坐下，找出医药箱给他消毒涂药。

消毒水浸湿棉签，邬思黎小心翼翼地在他伤口边缘擦拭。像是怕她紧张，之前还嚷嚷疼的人等到她真动起手反倒安静下来。伤口附近是干涸的血迹，一看就没怎么上心对待，随便擦一下草草了事。

邬思黎习惯左柯让的无法无天，全世界都要以他为中心，所以当她在墓园找到他，见他一身落寞地坐在母亲墓碑前时，心里突然腾升一股郁气，直到现在都没有疏解，甚至还有变本加厉的趋势。

她无意识地抿起唇，神情也变得严肃。

左柯让就绕着她发梢玩了一会儿，再一抬眼瞧见她上药上得生了气，嘴巴一撇，喊道："好痛啊宝宝，我需要你的安慰。"

他在装，且演技很拙劣。

邬思黎前倾，亲一下他的唇，又轻轻朝他的伤口吹气。

左柯让扬着嘴角笑，竟然觉得左继坤这爹当得也不是很差，至少为他儿子的幸福生活出了一份力。

他挑起邬思黎一绺发丝，嗅她发香："我是不是没跟你说过我家里的事？"

邬思黎全身心都在处理他伤口上："没。"

"我现在告诉你，你听完不许嫌弃我。"

邬思黎一顿，看着他："好。"

"我妈是在跟她初恋外出的路上出的车祸。"左柯让沉吟良久，找到一个合适的切入点开始讲述，"那时候我爸妈还没离婚。"

5

陆若青和左继坤的结合是联姻的败笔。

"恋爱随便谈，结婚听家里"，这是他们那个圈子里不成文的规定。可感情向来不可捉摸，爱情来了就是来了，地崩山摧都挡不住。

陆若青大学时谈了段恋爱，是初恋。男方普通家庭，长相清秀，性格很好，陆若青一见钟情，追求大半个学期才把人拿下。

陆若青是个集万千宠爱的大小姐，脾气火暴，初恋男友却从来不觉得她脾气差，温柔耐心地包容着她。她和别人吵架无论对错，他总是坚定不移地站在她这一边，等她气消了火灭了再讲道理安慰她。

忽略家世，两人是最最般配的一对情侣。

可家世就是最重要的一个因素，就像圈子里大多数人那样，陆若青要走的路早就规划好了——大学一毕业听从家里安排联姻，意味着她毕业就要和相爱四年的初恋男友分手。

其实他们两人都知道他们这段恋情只是一时欢愉，不会开花结果。

她反抗过，但结果就是被断掉经济来源，找工作处处碰壁，和男友挤在还不如她卧室卫生间大的出租屋生活，甚至还差点牵连男友父母丢失工作。

她的一次叛逆，换来所有人不得安宁。最终，她不得已回家，乖顺地接受安排。

联姻对象是京北左家，在一些公众场合陆若青见过左继坤，年纪轻轻就成就无数，手腕强硬，能力出色，容貌也无可挑剔。

左继坤具备一切令异性心动的条件，妥妥的天之骄子。

但陆若青心里有人，就是天神下凡她都不为所动。

为了能使大家生活都恢复正轨，陆若青压下心中的委屈怨愤，老老实实地跟左继坤结婚。

左继坤对陆若青也没感情，他是个孝子，同意结婚不过是图父母开心满意。婚后两人相敬如宾，是一对标准包办式夫妻。需要一同出席的场合里，他们是最亲密的爱人，回到家后，是互不打扰的陌生人。

左家家风严明，培养出的儿子品行端正，不乱搞，无不良嗜好。陆若青的初恋男友毕业后回老家发展，联系切断，再爱也沦为过往。

日子这么过下去还不算难挨。

婚后半年，陆若青怀孕。几个月后，左柯让在万众期待中出生，这其中当然包括陆若青和左继坤。

左柯让的出生就代表着他们任务圆满完成，再也不用日日相对，机械性重复没滋没味的夫妻生活。

左柯让被父母所期盼,却不被父母所爱。

他打小就是在老宅由爷爷奶奶带大,一周一次的家庭聚餐上才能见到于他而言陌生的父母,生疏地喊一声爸妈。

老话说隔辈亲,父母缺席他的人生,但是爷爷奶奶的付出弥补了这份空白,左柯让的童年生活过得也算顺遂美好。

变故发生在他六岁那年。陆若青有次不知道怎么,估摸是心情好,突发奇想去接在少年宫上兴趣班的左柯让回家,半路他想吃冰激凌,陆若青停好车带他去店里买。

在那家冰激凌店里,陆若青时隔多年第一次遇见初恋男友。

分手时没有撕扯,心平气和,所以重逢后,他们好像都还是彼此记忆中最美好的样子。

彼时,左柯让并不知道那个男人和陆若青的关系,以为是母亲的朋友,他们坐下来叙旧,他就在旁边吃冰激凌,听着他们互相问候你过得怎么样、最近在忙些什么。听那个叔叔夸自己长得很可爱,他礼貌地回以一笑。

再听见母亲顺势问他孩子多大了,然后那位叔叔说他没有结婚,之后空气像是被按下暂停键,凝滞又干涩。

左柯让在这时吃完冰激凌,被陆若青几乎是迫不及待地拉走。回家的路上,陆若青魂不守舍,两次差点撞车,左柯让冷静地阻止他妈再碰方向盘,给司机打电话来接。

每个人心中都有秘密,左柯让想。

就像他曾经无意中撞见过左继坤喝醉酒,在老宅他的卧室里小憩,半梦半醒间喊着一个人的名字,垂在身侧的手里拿着一幅相框,照片上的女人留着利落短发,穿着警服笑颜如花。

对陆若青来说,那个叔叔或许就是她的秘密。

久别重逢,其中一方还不曾结婚,停留在原地苦苦守候,烈火重燃是很正常的事情。

从那以后,左柯让见到陆若青的次数多起来,他每次去少年宫上兴趣班都是陆若青接送。她不再像以往那样冷漠,时常带笑,偶尔还会和其他宠爱孩子的母亲一样亲昵地揉他的脑袋。

左柯让很小的时候就感觉出父母的貌合神离以及对他的疏冷,天真地问过爷爷奶奶为什么,他们面不改色地骗他说爸爸妈妈很恩爱,只是工作很忙,压力太大。

左柯让不相信,于是在连续和陆若青相处一个月后,他认为和妈妈关系拉近,再次问出这个他没有得到真正答案的问题。

陆若青直言:"因为爸爸妈妈之间没有爱情。"

"爱情"这个词太过抽象,七老八十活了一辈子的人都不见得能诠释清楚,更别提大字不识几个的小屁孩。

左柯让等量代换,他理解"没有"的概念,有时候去买东西时店员就会给他这个答案,然后他就会空手而归。

"没有"是件很可怕的事情。

左柯让又问:"那你们为什么还会在一起?"

陆若青没有顾忌他还是个小孩子就胡诌借口欺骗他,而是明明白白地告诉左柯让这个家庭的黑暗面。

"因为爸爸妈妈必须在一起。"

左柯让皱起眉:"我不喜欢这个'必须'。"

他还不懂成年人的无奈与妥协,被爷爷奶奶娇惯长大的他只懂喜欢和不喜欢,想要和不想要。

不想要的谁也别想塞给他,想要的就必须要得到。

这是他认可的"必须"。

陆若青没有再深入跟他争辩什么,只是摸摸他的脸,笑得欣悦又满不在乎:"你长大就明白了。"

在弄明白这个"必须"之前,左柯让先搞懂了另外两件事。

第一件事是冰激凌店的那个叔叔是陆若青的初恋男友,因为要和左继坤结婚而分手。

第二件事是左继坤醉酒时缅怀的那个女人是他的初恋女友,在一次执行任务中殉职。

原来他的父母都有各自真正喜欢的人。

但是都没有在一起。

好可惜。

左柯让是真的替他们惋惜。

后来随着长大,他逐渐了解这个圈子里利益至上的准则,越是了解就越不能接受这种利益捆绑,"陆若青和左继坤的傀儡人生到底有什么意义"成了左柯让世界里的未解之谜,他每琢磨一次就坚定一份信念,自己以后绝对不要走他们这种路。

他无法想象这种无趣乏味的人生如果没有一个真心喜欢的人陪伴在身侧是什么样子。

纸总有包不住火的一天,陆若青有一次和初恋男友外出,被左继坤的同事撞见,晚上两人回家就爆发了一场剧烈争吵。

原来在陆若青和初恋重逢的当天,左继坤就已经得知,甚至早在陆若青跟他结婚后,她的每一次出行,左继坤都了如指掌。

他不爱陆若青,并不影响他监视她。

这是出于掌控欲，左继坤需要身边人在他面前完全透明，以便将来发生意外他能快速做出反应。

如果陆若青没有被熟人发现，害他丢面子，那段地下情会持续更久一些。

争论不休，左继坤甩了陆若青一巴掌，一旁的左柯让这时才插进去，护着陆若青，劝左继坤有话好好说，别动手。

左继坤看向他，怒意一顿，转变至森冷。

当时情况紧急，左柯让没有多余的精力去分辨左继坤眼神所传达的含义。

陆若青又一次跟初恋外出，在盘山公路不幸发生连环车祸，好几辆车都连人带车滚至崖底，当场身亡，陆若青他们就在其中。

车祸太过惨烈，甚至登上了社会新闻。家里乱成一锅粥，左柯让在参加完陆若青的葬礼后被连夜送往国外。

目的地是一座偏僻小镇。他没有护照，通信设备全部被收走，有保镖看守，一周后有个穿白大褂医生打扮的人过来，保镖公事公办说进行DNA检测需要他配合。

左柯让终于明白为什么陆若青和左继坤第一次吵架那晚，左继坤会那样看他。

左继坤是在怀疑他的身份，怀疑他是否是自己亲生。

哪怕左继坤对陆若青的行踪一清二楚，哪怕左柯让同他的相貌可以说是一模一样，他依旧怀疑。

左柯让小时候见到左继坤的次数也很少，每次父子相见，左继坤都会抽查他的学习情况，隔三岔五会打电话给他，用两分钟的通话时长来关心他的学习。

左柯让误认为那是左继坤表达父爱的方式，父亲只是不善言辞，总归还是爱他的。

抽血针刺破皮肤扎进血管的那一刻，他彻底醒悟。左继坤不是爱他，只是把他当成人生里必不可少的一件物品，一旦这件物品产生瑕疵或者不称他心，就能随便丢弃。

他无意间成为陆若青出轨的帮凶，从而导致左继坤人生污点的形成，所以他就势必要承受左继坤的嫌恶与厌恨。

陆若青也是一样，她突如其来的母爱只是想利用他掩人耳目，拿他作为她和初恋男友密会的挡箭牌。

他是因为要满足其他人的私欲而存在，左柯让觉得自己像个笑话。

化验结果是什么左柯让不关心，他问保镖自己什么时候能走，保镖摇头说不知道。他几乎过着与世隔绝的日子，没想过逃跑，门口那两个人高马大的保镖他打不过，就不白费力气。

既来之则安之地过活着很无聊，可他不敢也不想死，为那样一对不负责任的爹妈寻死觅活太不值当。

左柯让不做赔本买卖。

很烂的一个家，很烂的一堆事，左柯让讲给邬思黎听的时候完全以旁观者的角度叙述，在她涂抹药膏时喊两声疼，叫邬思黎亲他；说到压抑部分他没个正行，又来一句我好伤心，紧接着向邬思黎索吻。

气氛被他搅得乱七八糟，根本沉重不起来。

二哈吃饱喝足，见他们两个连体婴似的，也要占据一席之地，费尽力气爬上沙发，钻进他们两个之间的空隙里。

"怎么哪儿都有你。"左柯让轻啧，"你属针的，见缝就插？"

左柯让习惯性揪它后脖颈想把它丢下去，遭到邬思黎遏止。她掌心压着他手背，领着他揉搓二哈，于是左柯让选择暂时容忍它。

"然后呢？"故事还差一个结局，邬思黎问他，"然后你怎么回来的？"

两人交叠在一起的手光秃秃的，左柯让怎么看怎么不满意，想着买个对戒来戴戴，他京北一朋友有专业渠道，等改天研究一下。

他粗略地测量着她无名指的尺寸："爷爷接回来的。"

陆若青的死太突然，又是婚内出轨，哪儿哪儿都是一团乱麻，谁都没顾得上左柯让。一切恢复平静后，左老爷子发现不对劲，派人一调查，才知道自己孙子被软禁在国外，忙不迭接他回来。

左柯让外公后来也听闻这件事，勃然大怒，怎么都没想到左继坤会干出这种事，飞去京北跟左家那边谈判，要带左柯让回宁城。

左家不同意，双方都想争夺左柯让的抚养权。左继坤还在，在法律层面上左柯让理应由他抚养，争执结果是左柯让还留在左家。

左柯让十一岁那年，左继坤来老宅，父子俩爆发争吵，左继坤失手把左柯让推下楼，造成他小腿骨折，陆老爷子借此顺利带走左柯让。

他怎么小小年纪遭遇就如此坎坷，邬思黎听得郁闷，她拨弄着二哈的耳朵："然后呢？"

左柯让复制粘贴她的动作，拨弄着二哈另一只耳朵："然后我就来宁城了。"

然后我就遇到了你，在那个室闷燥热的午后。

不过这件事左柯让不打算告诉邬思黎，可能是暂时也可能是永远，他说不清缘由，或许是在等一个契机。

就像促使他们公开恋爱一样的契机。

虽然邬思黎小时候过得也不怎么样，父母重男轻女，还经常道德绑架她，但至少他们是真心相爱，家庭关系没他家那么扭曲，她也从来没受到过身体伤害。

如果要比惨的话，左柯让好像略胜一筹？

邬思黎不喜欢左柯让过得不好，他不该是这样。她环住他肩膀拍拍他的背："都过去了，会越来越好的。"

"有你陪着我就会越来越好。"左柯让亲一下她的耳朵。二哈的空间受到挤压，它边嗷嗷叫边挣扎逃窜，左柯让顺势托着邬思黎起身，走向浴室，"我今天这么难过，你是不是得哄哄我？"

他们在浴室胡闹了两个多小时，左柯让先给邬思黎收拾干净，抱她到卧室，再折回浴室打扫。

床头柜上的电子钟显示晚上十一点半，还有半个小时就零点整。

左柯让背着身在浴室里，邬思黎爬起来轻手轻脚走过，去楼下找手机。现在这个时间大多数店铺都打烊关门，可供选择不多，邬思黎在营业中的店铺里挑了家评分最高的，下单店里仅剩的一个六寸蛋糕，备注加急配送。

左柯让清理完，一转身瞅见邬思黎，一边往楼下走，一边"宝宝、宝宝"地喊。邬思黎扬声说在客厅。

投影打开，放着一部电影，左柯让看一眼片名，经典老电影《时空恋旅人》。他坐到邬思黎旁边，抱起她放自己腿上："不睡觉？"

邬思黎忍下哈欠："不困。"

二哈这只傻狗没个眼力见儿地又跑过来，攀上邬思黎，娴熟地在她怀里找到一个舒服位置团成团，二人一狗叠叠乐似的窝在沙发里。

电影看到二十来分钟，门铃响起，邬思黎在左柯让疑惑前解释是她点的外卖，左柯让理所当然地准备去取，邬思黎压住他的肩膀，把二哈丢给他，穿上拖鞋说她去。

左柯让没多想，电影暂停，跟二哈大眼瞪小眼一两秒，恶语输出："你真的很讨厌。"

尾音还没落完，明亮的视野骤然一黑，左柯让下意识站起来要去找邬思黎，投影幕布在昏暗中越发清晰的画面提醒他并不是停电。

玄关处脚步声逼近，烛火先一步闯入左柯让的视线，成功令他身影一滞，邬思黎双手捧着蛋糕缓步走到他面前。

店家在她下单后抱歉表示数字蜡烛已经没有，只能赠送普通蜡烛，花样简单的蛋糕中央插着一根蜡烛，火苗在他们中间跳动，映照着彼此。

七月十二日是左柯让的生日。

邬思黎看过他的身份证，记得这个日子。

他从来不过生日，每年生日对他来说都与平常最普通的一天无异，邬思黎也没擅自做主给他庆祝过什么，她一向在左柯让面前把握得好分寸，左柯让可以随意插手她的任何事情，她不会。

可是在今天，听他讲完那些事情，邬思黎不想再刻意压制什么，循规蹈矩久了,越界一次是被允许的。

左柯让说不许自己嫌弃他,这简直是个多余的要求,她怎么会有这种想法。

在他的注视下,邬思黎涌现出紧张:"太晚了订不到更好的蛋糕,你将就一下。"

"你不过生日,我能猜到一点原因。我每一年的生日你都会给我庆祝,所以我也想给你庆祝一次。"

左柯让缄默不语,出色的五官在闪烁的烛火下更加深刻,眼瞳漆亮,一瞬不瞬地盯着邬思黎。

"婚礼,我陪你一起去。"她嗓子有些许干涩,吞咽一下润喉,又舔唇,"蛋糕如果你不喜欢的话,我下次——"

"邬思黎。"他打断她的发言。

左柯让很少直呼她的名字,每一次在他口中听到"邬思黎"三个字像是一种变相承诺。

"我是不是从来没说过我喜欢你?"

邬思黎再次跟不上他话题的跳跃速度:"嗯?"

"我说——"他脸有些热,大概是被蜡烛烘烤所致,徐徐展笑,语气轻缓地告白,"我喜欢你。"

邬思黎看起来呆呆的样子:"啊?"

左柯让不再重复。告白是件很珍贵的事情,他数次表达喜欢都不如这一次来得郑重,物以稀为贵,他得省着点。

他用食指刮起一点奶油,抹在邬思黎鼻尖:"以后每年生日都给我庆祝吗?"

他从未掩饰过对她的感情,邬思黎一直谨小慎微,将之归类为心血来潮的兴趣。

但此刻是真是假,又有几分真心几分逗弄都不再重要,邬思黎愿意相信此刻的他是一万分诚挚,坚定不移的念头因此而产生动摇。

于是,邬思黎点头说好。

于是,左柯让吹灭蜡烛。

// 第五章
选 择

1

周五下午,两人就两节课,他们打算去京北待两天,周日回来,于是就简单收拾了一个小行李箱,放在左柯让车里。

外语院和航空院虽不远不近也是有些距离,左柯让说下课了来接她。两人同一时间下课,邬思黎不懂他在折腾什么,拒绝了他的提议,约好直接在校门口见。

邬思黎走出教学楼时,被他们班代理辅导员叫去帮忙。时间还充裕,不差这一会儿,她发消息告知左柯让一声,让他稍微等一会儿。

她去了后发现是整理几份资料,挺着急的,辅导员一个人忙不过来,而且辅导员也是正要下班结果被一个电话半途召回,看见邬思黎就顺手逮过来。

辅导员比他们大个四五岁,没啥代沟,不像老师,更像他们的一个大姐姐,跟邬思黎一人一台电脑并排坐一起敲键盘。

"嗒嗒嗒"的打字声带着一股掩饰不住的怒气:"都下班了还要弄这些破资料,不知道年轻人要约会吗!"

辅导员有一个交往稳定的男朋友,前不久刚订婚,经常在朋友圈发合照,羡煞旁人。

"你是不是也有约会?"辅导员蓦地想起什么,扭头看邬思黎,"太着急没想起来你有男朋友这事,我应该找个单身狗来的。"

邬思黎笑了笑,表示没事。

工作足够枯燥,辅导员苦中作乐,八卦起来:"我撞见过你们两个在学校里亲热哦。"

上扬的尾音,戏谑的语气,成功令邬思黎从脸颊红到耳朵。

她闷不吭声。

自打公开以来,邬思黎在学校的时间左柯让也不由分说地霸占,如果不是校内不允许学生开车,而航空院到外语院无论是步行还是坐校内公交车都远超十分钟,左柯让恨不得课间十分钟都要跑去找一下邬思黎。

午饭要一起吃,然后随便找一个操场绕着消食,左柯让再有什么比赛活动会光明正大地在观众席最好的位置占一个给邬思黎,即便她有可能没空。

抓到个机会,他就一遍遍地向所有人宣告他们是男女朋友,他们在谈恋爱这码事。

现在连老师都略有耳闻。

都怪左柯让,邬思黎在心里默默记他一笔。

辅导员"嘿嘿"笑:"你跟你男朋友手牵手,他趁你不注意亲了你一下哦。"

小情侣稀松平常地在操场散步,女生正面走男生倒退着,手勾在一起,不知道在聊什么话题,说着说着,男生突然俯身吻了下女生脸颊,后者惊慌失措地看四周,前者吊儿郎当欣赏小女朋友被逗得害羞的模样。

添加校园滤镜的画面有种独特的魅力,辅导员虽然还在学校里工作,但是身份的转变带动心境变化,她每次看到学校里青春朝气的男男女女都会感慨不已。

"真好。"辅导员感叹,"我上学的时候也这么美好过。"

她吁口气:"可惜了。"

邬思黎是比较规矩的人,辅导员再怎么调侃她,她潜意识里还是把对方当作老师来看待。和老师聊感情多少有些尴尬和局促,但人家话题都开了,她不好不搭茬:"可惜什么?"

"可惜分手了呀。"

邬思黎指尖悬在键盘其中一个键帽上:"不是现在这个吗?"

"嗯?"辅导员反应了一会儿,"当然不是。"她好奇,"为什么会这么认为?"

老师私底下会不会八卦学生暂且不知,学生们反正是会八卦老师,尤其是感情方面,辅导员又天天在朋友圈晒照,总会有人嘀嘀咕咕。

邬思黎不参与,不过八卦送过来她也会听一耳朵。

据赵月雯总结,辅导员学生时代有个极为恩爱的男朋友,男生追她的时候声势浩大,摩天轮升至顶点放烟花秀、直升机撒玫瑰花瓣等诸如此类,又土又浪漫的招数。

再加上,人只有对非常喜欢的人或物才会经常分享出来,他们便顺理成章地以为,出现在辅导员朋友圈里的男人就是她那个男朋友。

"哎呀,不是,你们误会了。"辅导员说,"那个毕业就分手了,这个是家里介绍的。"

不知道是被某个词戳中还是礼貌延续话题,邬思黎又问道:"为什么分手呢?"

"不合适。我们门不当户不对的,恋爱还行,再往下就走不下去了。"辅导员停下动作,视线虚无地凝在前方某一点,而后又一笑,"我前段时间还听说他结婚了,也是家里介绍的。"

邬思黎欲言又止,想不出这句话要怎么接。

辅导员俏皮地眨眨眼:"不过没关系,有些人相遇就是用来错过的。"

旁观者清,辅导员没有正面对着她,仅一个侧脸,邬思黎还是清晰地看见她短暂流露出的怀念。

辅导员或许释怀,或许没有。

那又能怎么样,他们都已经开启了新的生活。

所有资料半个小时搞定,邬思黎和辅导员道别。

办公室在二楼,不值得等电梯,邬思黎边回复左柯让的消息边下楼,在拐角处没注意,不小心撞到一个人。

"不好意思。"她先道歉,再抬头,一愣。

是任卓元。

论坛帖子那件事过后,邬思黎再没见过任卓元。学校这么大,同一个专业的碰上都难,更别提他们跨学院的。

左柯让当初找到钱姨辞退任卓元这件事,邬思黎对他是有内疚的。他造谣自己那事邬思黎没生气,只是想两人扯平了,后来左柯让叫他给自己公开道歉,邬思黎又觉得好像亏欠他点什么。

左柯让没做错,他护着女朋友无可指摘,是她性格使然。

但好像也没什么好说的,邬思黎略一颔首,右移一步要离开。擦肩而过时,她听见任卓元说:"你们不会有结果的。"

不用他说,邬思黎自己心里有数。她不喜欢跟别人讨论感情,更何况是任卓元这个身份敏感的普通同学,邬思黎脚步不停,继续下楼。

没有得到意料当中的反馈,任卓元不甘心地握住她的手腕,一个用力拽回她:"你以为他是真心喜欢你吗?他们那种人无非就是找个消遣,身边女人一堆,腻了随时都能一脚踹开,你们不是一个世界的人,你跟我们才是一类人。"

他越说越激动,口不择言:"他家里也不会同意他跟你这个没爸没妈,只有一个拖油瓶弟弟的人在一起!"

他自以为是的教育和对邬思铭的轻贱终于引起邬思黎的反感,她脸色渐冷:"我跟左柯让不是一类人,跟你更不是。"

任卓元的话里可有太多槽点,明里贬低她暗里讽刺左柯让,但邬思黎无意与他纠缠,恰好楼上有脚步声响起,她顺利挣脱他的桎梏。

但还是要纠正些什么,邬思黎看向他,眼神中带点锋芒。

"你知道你和他的区别在哪儿吗?"她发问,却不需要任卓元回答,"左柯让从来不会觉得我不配,更不会觉得我弟弟是拖油瓶。"

校内公交车的起始站在正门口东侧五十米，邬思黎下车，一眼就看见等在阴凉处的左柯让。

他穿着白T恤、黑裤，姿势松垮地站着，一边肩膀压低，低头刷着手机，另一只手闲闲地搭着旁边行李箱的拉杆。

邬思黎立在原地，多少还是受到影响，辅导员和任卓元的话来回在脑海中冲撞，她踌躇不前。

左柯让似有所感一样地望过来，见到她歪头挑眉，不解她在发什么呆。

邬思黎收敛起杂乱纷扰的情绪，迎着左柯让的目光一步步朝他走，刚到跟前就被人捏住脸。

左柯让一针见血："谁惹你不高兴了？"

"没有。"

"没有你绷着嘴，我每次一惹你你就这样。"说着，左柯让还生动形象地模仿一遍。

邬思黎一顿，她还以为自己掩饰得足够好，结果在左柯让眼里全是破绽。

不想再惹是生非，她驴唇不对马嘴地问他："婚礼，是不是会见到你爷爷奶奶？"

"是啊。"左柯让多机灵一人，立刻就品出她的言外之意，"紧张啊？"

邬思黎垂下眼，睫毛扑闪："有点吧。"

她清楚自己给出什么样的理由能够打消左柯让的疑心，所以牵扯出这个话题，是为隐瞒和任卓元对峙的真相，但她也是真的有些紧张。

原本没考虑那么多，是邹念桐她们听说她要去京北陪左柯让回家办事情，一个个吱哇乱叫，眼睛里冒粉红泡泡。

邬思黎在某些方面着实迟钝，当初头脑一热见不得左柯让孤军奋战，提出和他并肩战斗，愣是没顾及其他。

在邹念桐兴奋地问出"你们是要见家长了吗"的问题后，她才反应过来。

左继坤的婚礼，左柯让的亲人当然都会出席。她陪他一起，可不就意味着要见家长。

邬思黎在这方面丝毫没有经验，邹念桐她们课也不听了，埋头在网上查女方第一次见家长要做什么准备，再一条条总结好灌输进她脑子里。邹念桐甚至还要给她妈发消息询问，被邬思黎手疾眼快地拦下。

这么一弄就吵得她不由自主地忐忑起来。

"因为这个啊？"左柯让果然没有怀疑，反而还挺嗨。他凑近亲一下邬思黎的嘴角，分开不到半寸又亲第二下，"这么在乎我呢？"

邬思黎跟左柯让相处久了，脸皮多少变厚点，不过仅限在家里只有他们两人的时候，在外她还是不习惯和左柯让太亲密。

她捂住他的嘴，挡下他第三次亲吻："你先别亲。"

左柯让听话地站直站好，拉着邬思黎的手："没什么可紧张的，我爸你甭管，其他人也甭管，我就跟爷爷奶奶最好，我喜欢的他们都喜欢。"

他捏她掌心："一切有我，你就当是过去玩一圈。"

这两年的相处，邬思黎已经在潜移默化中对左柯让产生依赖，他说一切有他，她就能奇迹般地踏实下来。

"现在去买礼物还来得及吗？"邬思黎颇为懊恼，连这个基本礼貌竟然到现在才想起，"航班改晚点呢？"

"我都准备好了。"左柯让拍拍行李箱拉杆，"到时候你送出去就成。"

行李都是左柯让收拾的，今早拎出来时，邬思黎还纳闷他们只是去两天为什么还要带这么大个箱子。

"那我们要跟爷爷奶奶住吗？"

手机振动两下，左柯让解锁，软件界面显示网约车即将抵达约定地点，左柯让先牵着邬思黎过去："住我外面的公寓。"

2

他们先去医院看了下邬思铭，才出发去机场。航程两个小时，晚上九点钟落地京北。

一下飞机，左柯让就接到电话，对方告诉他已经等在出口。他们坐上摆渡车到机场大厅拿行李。

邬思黎在飞机上睡了一觉，人还有点懒，乖乖跟在左柯让旁边走，懵懵懂懂的模样简直不要太可爱，左柯让轻易被俘获。他圈着邬思黎的肩膀，把人往怀里带，屈指爱不释手地蹭着她的脸颊。

过了一会儿，邬思黎扒拉开他的手："热。"

听出她的嫌弃，左柯让不爽地控诉："飞机上你靠我睡了一路怎么不说热。"

邬思黎没说话，捂着嘴打个哈欠，同时主动牵住左柯让的手插进他指缝，在他手背上蹭两下，从善如流地安抚着炸毛的少爷。

然后，左柯让就被哄好了。

正往前走着，一个男人突然出现拦在邬思黎面前，大晚上还画蛇添足地戴着副墨镜，个子挺高，衣品挺好，他把手机递向邬思黎，屏幕显示着二维码。

"美女，加个微信呗？"

邬思黎本就没彻底清醒，现在更是一脸呆滞。左柯让就在身边，他俩还保持着十指紧扣，只要不是瞎子，都能看出他们是情侣，怎么都不会不识趣地当着正主的面要伴侣的联系方式。

她第一反应是去看左柯让，后者"啧"一声，行李箱脱手推过去。

左柯让下巴微抬："杜思勉，你有病就去治，别跑出来到处骚扰人。"

被点名的男人"唰"一下摘掉墨镜:"怎么跟哥哥说话的呢,有没有点礼貌啊。"

左柯让嘴巴挺毒,撑起人来一绝:"礼貌这高贵的东西给你们多余。"

原来是认识的人,交流时口吻还很熟稔。

邬思黎松了口气。

明明小时候长得挺可爱,粉雕玉琢一团子,怎么长大后是这个样子?杜思勉翻了个白眼放弃跟他交流,转攻邬思黎:"妹妹,这人脾气这么烂怎么追到你的?"

杜思勉树立起"伸张正义"的好标签,一副"你尽管说我替你撑腰"的态度:"是不是胁迫你了?"

左柯让无语,拽着邬思黎后退半步划清界限:"他脑子不好,离他远点。"

"左柯让。"杜思勉表情一变,一板一眼,"你真的很没有礼貌。"

左柯让闲散地睨他:"所以呢?"

杜思勉二次翻白眼,伸出手正正经经地跟邬思黎打招呼:"妹妹你好,我是杜思勉。"

他补充身份:"左柯让他哥,你叫我思勉哥哥就行。"

左柯让在京北的这帮朋友圈里,他岁数最小,和其他人差个一两岁。年龄压制着,一群人成天"弟弟、弟弟"地喊他,自诩为哥哥,结果半点哥哥的样子都没有。

左柯让甩一巴掌在杜思勉手背上:"你要不要脸?"

他都只能在某些特定时刻听邬思黎喊哥哥,杜思勉这傻子怎么敢提这种要求的?

杜思勉平静地摇头:"脸是啥东西,不了解。"

左柯让的朋友们都挺像活宝,邬思黎忍俊不禁,同他虚握一下:"你好,杜思勉。"

"知道。"杜思勉恢复笑嘻嘻的样子,"左柯让早就跟我们说过了。"

铃声响起,杜思勉看一眼来电显示,挂断没接,主动拎过他们的行李箱,带他们去停车场:"走吧,再磨蹭他们该等着急了。"

家世背景影响朋友圈层,左柯让的朋友家里或多或少跟他家沾点关系,左继坤再婚他们肯定在邀请之列,好几天前就在群里艾特左柯让问他什么时候回京北。

左继坤这人根本不值得左柯让特意请假,所以就订了周五晚上的航班,不过正巧赶上其中一朋友庆祝生日,顺便给对方接风洗尘。

都是一群夜猫子,邬思黎平时在家睡觉也不算早,左柯让就想着带人认识认识他这边的朋友,但邬思黎这一路都在睡,怕她还困,他征求她意见:"回家睡觉还是过去玩玩?"

人家过生日他们扫兴不去不好，邬思黎做出选择："去玩吧。"

左柯让点头说行："无聊了我们就走。"

杜思勉忘记把车停在了哪里，领着他们七拐八绕兜半天圈子，在左柯让不耐烦的催促下，拨了个电话，叫对方开启位置共享，沿着地图找过去。

左柯让不留情面地吐槽："你这脑子趁早干预吧，别老年痴呆了。"

"左柯让，我是看妹妹在给你留面子。"杜思勉边根据地图角标的移动辨认路线边回击，"你别逼我把你幼儿园大班了还尿裤子的事抖落出来。"

邬思黎溢出短促的一声笑，紧接着掌心最柔软的部分被重重一捏。

左柯让面无表情地觑她一眼，又皱眉盯向杜思勉："你语言系统紊乱了？"

"哦，不好意思，不是故意的。"杜思勉意识到自己一不小心嘴快吐露出心声，故作惊恐地扭头，"你不会要杀人灭口吧？不会吧不会吧？"

有病。

左柯让低声跟邬思黎解释："他胡编乱造的你别信。"

这下发出笑声的人换成杜思勉，一个字没说，又好像什么都传递出来了。

左柯让照着杜思勉后肩幼稚地捶一拳头："你是不是想打架？"

杜思勉搬出免死金牌："你再打我，我还讲你黑历史。"

左柯让吃瘪，一侧脸见邬思黎闷头在笑，更为郁闷地深呼一口气，就不该同意杜思勉这个不靠谱的来接机。

终于找到停车位，一辆黑色的车端端正正停在车位最中央，一个子高挑的女生双腿交叠着倚靠在副驾驶座的车门上。

见人走近，她一顿奚落："自己停的车都不记得位置，你说你蠢不蠢？"

杜思勉任劳任怨跑着腿还挨着骂，委屈到想哭："你们一个两个就仗着我脾气好随便欺负我！"

对于杜思勉的表演，居可琳习以为常，她拨开他赶他去一边哭，被挡在他身后的邬思黎暴露在眼前，居可琳吹声口哨，冲她摆摆手："嗨，乖宝宝。"

这腻歪的称呼喊得左柯让眉心一跳："你别这么恶心。"

居可琳莫名其妙："不是你这么叫的？"

左柯让脸不红心不跳："我叫得不恶心。"

居可琳一噎，半晌才给出评价："但你人挺恶心。"

和杜思勉一样，居可琳先嬉皮笑脸再对邬思黎正式进行自我介绍，完事后四人上车前往酒吧。

机场到市中心将近一个半小时车程，全程开下来挺累。来机场是杜思勉开车，回去是居可琳替他，车速快且稳，邬思黎坐在后排观赏着她换挡打方向盘，利落又漂亮。

左柯让察觉到，掰着她的脸面向自己："别看她，她没我好看，看我。"

前面两个人被恶心到失语，邬思黎直接不想理人。

到酒吧是晚上十一点钟。

场子早就热起来，酒都喝完一轮，寿星醉成一摊烂泥躺在沙发上。左柯让和邬思黎身为这场局的另一拨主角当然逃不开被灌酒。

小情侣一经亮相就吸引了所有人注目，虽然早在左柯让朋友圈看到过邬思黎的照片，但亲眼所见又是另一种感受。

没想到左柯让那么一放浪不羁的逆子居然喜欢乖乖女这种调调。

他们象征性给邬思黎倒了一杯度数最低的鸡尾酒，等她喝完就集中火力对付左柯让。

在场还有几个女生，是其他人的女朋友或者带来拓展人脉的女伴，她们很有眼色地拉着邬思黎玩游戏。

邬思黎是第一次来夜场酒吧，游戏方面纯纯一菜鸟，接连输了好几把，喝了几杯鸡尾酒，在上头之前及时刹车，退出游戏。

也不知道二哈在家里怎么样了。

自从左柯让把二哈带回家，邬思黎就有了第三份惦念，摸出手机点开监控软件，观察起二哈的行踪。

左柯让在和杜思勉他们玩闹时也没有降低对邬思黎的关注，她一向后靠到沙发上，他就马上凑过去，用手背蹭她的脸："喝多了？"

"没有。"她脸颊有些烫，他手凉，贴起来很是舒服，她转过脑袋，换一边降温。

她好像一只黏人的小猫，左柯让笑着戳她的脸："回家？"

杜思勉招呼左柯让的声音隐约传进耳朵，邬思黎松开左柯让的手，推他："你去玩你的吧，不要老是看着我。"

"不要。"左柯让把她的碎发别在耳后，"我喜欢看着你。"

邬思黎鼓鼓腮："我不喜欢。"

其实是有些醉意的，不然邬思黎不会讲出这种类似泄露她抑制在心底的怨愤言语。

一杯酸奶不期然贴到邬思黎另半边脸颊，居可琳神出鬼没闪现，她站在邬思黎身后，睇向左柯让："你把人当贼看呢，都是熟人又丢不了。"

有更加冰凉的降温利器，邬思黎果断抛弃左柯让，杜思勉、齐靖帆他们已经过来抓人，揪着左柯让防止他逃酒，左柯让只好拜托居可琳照顾邬思黎。

居可琳比了个"OK"的手势，从沙发后面绕到前方，在邬思黎旁边坐下，不经意扫到她的手机屏幕，诧异地问："这是你跟左柯让养的狗吗？"

邬思黎点头："一只萨摩耶，叫二哈。"

"好名字。"居可琳挑眉笑，话锋一转，"难以置信左柯让还会再养狗。"

邬思黎被吊起好奇心："嗯？"

"你不知道吗？"

"知道什么？"

居可琳诉说着一件往事："左柯让小时候养过一只流浪狗，后来被他爸当着他的面从二楼丢下去摔死了，他留了阴影，很长一段时间见到狗都会有应激反应。"

就像偶像剧中，男女主之间总会对对方有所隐瞒，而他们的朋友会在特定时候化身为助攻，或无意或有心地透露出男女主埋藏在心底的秘密。

而现在，居可琳就是领到助攻身份卡牌的那一位NPC。

居可琳做出总结陈词："他因为你能再次接受，他应该很喜欢你。"

3

凌晨两点才散局。

邬思黎是第一次喝酒，在此之前她并不知道自己酒量深浅，也不知道自己喝醉酒之后是什么样子。

左柯让同样，他没有灌自己女朋友酒的变态癖好，所以当邬思黎第三次反应得慢吞吞的时候，他终于确定她喝醉了这件事。

稍微回忆一下，邬思黎一共喝过三杯低度数鸡尾酒。

大家都喝了酒，要么打车，要么叫代驾。时间又晚，左柯让残存的那点兄弟情以及良心使得他没要求杜思勉送，打了一辆车带邬思黎回公寓。

两人坐在后排，邬思黎靠在左柯让肩膀上，左柯让一手摸着她的脸，另一只手里握着一听在便利店随手买的冰可乐，没喝，就包裹着易拉罐，等皮肤温度凉下来，擦干水珠，跟邬思黎脸上的那只手进行替换。

可乐也就是放在冷饮柜里，不是全冻成冰，很快就趋近于常温状态，邬思黎的脸还是很烫，敏锐地感受到左柯让掌心温度变高后，就不满意地甩开。

等个两秒钟，他没再覆过来，她疑惑地抬头。

她没化妆，平时也不怎么化，此刻脸颊酡红，狐狸眼雾意蒙蒙，嘴唇水润。

"嗯？"一个字的反问像把钩子似的把左柯让钓得死死的。

左柯让从未见过喝醉酒的邬思黎，新奇又无措，但不妨碍他接下来的言行。他将可乐藏起来，两只手交握，垂眸看着邬思黎："我给你降半天温了，好累。"

邬思黎现在大脑一片糨糊，转动起来有些费劲，还是："嗯？"

"你是不是得给我点报酬？"左柯让循循善诱，怕她不懂，压低脖颈，在她唇上印一下做示范。

左柯让唇也凉，邬思黎找到另一个能令她舒服的东西，都不用再分辨左柯让在说什么，自动扬起头追随过去。

吻越来越深，她也越来越向角落里扎，她在后视镜里本来就是死角，左柯让还是抬手捂住邬思黎暴露在外的那边脸。

凌晨街道寂静宁谧,左柯让胸腔里心脏跳动的声音格外明显。

左柯让强行扯回理智,手掌盖在邬思黎后脑将她按向怀里。

五分钟后,出租车到达公寓,这么一会儿的工夫,邬思黎就睡着了。

外来车辆不允许入内,只好停在门口。左柯让先下车,从后备厢拿下行李箱,背着邬思黎朝最里面那栋楼走去。

他上次回京北为了陪奶奶是住的老宅。公寓很长一段时间没来过,物业管家在今天上午安排了保洁打扫,喷了香氛驱散一下尘土味道,开门进屋,空气里是清淡的花香。

左柯让换了拖鞋,行李箱随意扔在墙角,径直带邬思黎去主卧,把邬思黎放在床上,脱掉她的鞋,去浴室洗干净了手,要给她换睡衣时想起衣服都在行李箱里,又去玄关取。

他再返回主卧,走前在床上好好躺着睡觉的人此刻呆呆地坐在床边。她听见脚步声,循声望去,跟左柯让对视两秒钟,张开手臂:"要抱。"

吐字清晰,尾音绵长,像在撒娇。

左柯让耳朵一热,他都有点怀疑邬思黎到底喝的是酒还是什么药,真的太会拿捏他。

他走过去还未来得及弯腰,她两条胳膊就缠上他的腰,侧脸贴在他小腹上。

左柯让拽开邬思黎,在她面前蹲下去,将她手臂搭在自己肩膀上,仰视着她。卧室里没开灯,走廊里灯光照进来,左柯让笑得有些温柔:"怎么回事啊,喝个酒就给我换了个女朋友?"

话说得吊儿郎当的。

邬思黎往前趴,靠近他,嘴唇正对他眉心,于是就在那儿落吻,向右偏移,埋进他肩窝,收紧手臂圈住他。

"左柯让。"她说,"我抱抱你,你别难过了好不好?"

左继坤的婚宴在晚上。没人定闹钟,邬思黎一觉睡到下午两点多,手机放在枕边,按亮屏幕看到时间后,她以为是自己眼花。

昨天在酒吧是玩到挺晚,但她不贪觉,印象里睡到下午才醒还是第一次。

去酒店前,左柯让开车带邬思黎去了一家化妆室做造型。他给邬思黎挑了件衬她气质的人鱼姬金粉色礼服,长发半扎,搭配发饰,真像是漂亮的小人鱼。

邬思黎第一次打扮成这样,觉得太过隆重。她又不是主角,怕抢风头,左柯让不在乎别人,他只考虑邬思黎。

"我女朋友这么好看,就是要他们羡慕。"

别人羡慕不羡慕暂且不知，去酒店的路上，左柯让倒是隔几秒钟就瞥一下邬思黎，有点挪不开眼。

就这么一路开到酒店，邬思黎挽着左柯让的臂弯进场。

左柯让身为亲儿子来参加亲爹婚宴却跟普通宾客没啥两样，递请柬，登记签名，然后在西装内衬口袋里掏出一个红包丢桌上。

邬思黎没想到他还准备了份子钱，颇为惊奇，捏捏他手臂内侧，悄声问："里面是多少？"

左柯让懒懒地比画一个"五"。

五万看厚度不符合，邬思黎猜测："五千？"

好像也有点薄。

"给他那么多钱干什么呢，钱又不是大风刮来的。"大少爷这时候又节俭起来，丝毫不顾及周围还有其他人在，落落大方地报数，"塞了五块。"

邬思黎轻眨眼，而后一笑。

因为是二婚，婚礼规模不算大，但是该邀请的人一个不差。邬思黎和左柯让来得有些晚，大部分人基本上到齐，与其他桌的人满为患相比，前排最中央那张圆桌只坐着两个人，很是格格不入。

仪式进入最后倒计时，宴会厅里灯光暗下去，只留舞台上一束灯。左柯让全场打量一圈，牵着邬思黎直奔那儿去，还有两三步远时，邬思黎看清两位老人银灰色花白的头发，意识到他们的身份，指甲不自觉一抠，在左柯让手背上抓出两颗月牙。

就在这时，其中一位老人已经发现了他们，估计是想在入口处找人，不承想一转身就看到他们，一愣后忙朝他们招手。

左柯让拉开老太太边上的椅子，示意邬思黎坐下，站在邬思黎身后对老太太介绍："我女朋友邬思黎，您见过的。"

什么时候见过？怎么就见过的？

一个接一个问号冒出，邬思黎的疑惑才升起，手一暖。老太太握住她，留下岁月痕迹的容貌慈爱亲切，细细瞧着邬思黎，夸赞："长得真漂亮，比照片好看。"

是了。左柯让在朋友圈发过他们合照，现在他们各自的圈子里不会还有人不知道他们在谈恋爱。

邬思黎礼貌地微笑："奶奶好。"

另一道目光投过来，不用左柯让再引荐，邬思黎有身为小辈的自觉："爷爷好。"

奶奶笑眯眯的，爷爷却不苟言笑，不过在邬思黎打完招呼后，从口袋里拿出一个扁盒递给邬思黎。

是见面礼。

邬思黎肯定会推拒，左柯让直接替她接过来。

司仪上台，宣布仪式即将开始，闲聊中止，偌大的宴会厅里安静下来。

左柯让坐到邬思黎另一边，是全场离舞台最近的地方，左继坤和新娘依照流程挨个上台，宣誓、交换戒指、喝交杯酒，和所有婚礼一样的项目。

左柯让坐在台下看着，有光束扫过，他的神情显得晦暗不明，邬思黎在他掌心轻挠，下一秒就被攥紧。左柯让倾身覆到她耳边："这婚礼办得太土了，也不知道是哪家婚庆公司，以后我们结婚绝对避开。"

他的畅想很是遥远，邬思黎没接话，爷爷奶奶还在，她推开他过于靠近的脸。

左继坤的威胁历历在耳，虽然今天是他婚礼，他那么好面子一个人不会搬起石头砸自己的脚，自己如实赴约，他的目的也达成了。但左柯让还是寸步不离地守着邬思黎。

爷爷奶奶年纪大了，受不了吵闹，仪式礼成吃完饭就先行离开。左柯让难得回京北，这次又带着邬思黎，杜思勉他们就操持着再组个局玩一玩，有些人还被父母押着社交没能脱身，已经获得自由的几人在宴会厅门口的一张桌子边坐下等着。

左柯让下楼去送爷爷奶奶，邬思黎有居可琳他们陪着。居可琳今晚心情不太好，眉宇间凝聚着一股郁气，手机进来两个电话她都没接，五分钟后跟邬思黎交代一声马上回来，就提着裙摆出去了。

杜思勉在几步外面对着墙壁打电话，电话那头是谁不知，打得他挺暴躁，踢墙来泄愤。

邬思黎暂时变成一个人，她没背包，手机在左柯让那儿，没得玩，便拿起桌上一根筷子蘸点饮料在空盘子里乱画，托着腮默默观察着这个属于左柯让的世界。

衣香鬓影，觥筹交错，而她是误入的外来户。

直到一道磁性男声突兀落下："左柯让不在？"

邬思黎一怔。

左继坤携新娘站在她后方。据说新娘也是和左家门当户对的家世，不知道是不是左继坤所爱，但这次没有人再逼迫他。

那场以陆若青死亡作为终结的失败婚姻就像是一座长鸣警钟，敲在所有人心里。

邬思黎起身，犹豫两秒，没开口叫人。

对左柯让不好的人，她都不待见。

"别紧张。"左继坤喝了不少酒，在酒精的作用下他姿态放松，领带都不如在台上时紧绷，"我不会为难一个小姑娘。我只是想来告诉你一件事情。"左继坤手指向斜对面一角，"那个穿红色裙子的女生。"

邬思黎看过去。

"是我给左柯让挑选的结婚对象。"

4

女生一袭红色晚礼服，挽着身边长辈的胳膊，端着酒杯，举止得体大气。

瞧见他们这边，对方隔空遥遥对左继坤稍举酒杯示意，待视线扫过邬思黎，从容一笑。

对方在这种场合里游刃有余。

而邬思黎天生就在圈子以外，她要融入，首先要被圈子以内的人接纳。

左继坤不用多言一句，只是那样指给她看，足以胜过千言万语。

"你们终有一天会分手。"这是必然结局，所以左继坤才没有出手干涉，"如果可以，我希望到那天是由你来提出分手。"

邬思黎不懂。

且不说她还是个未出社会的稚嫩的大学生，比不得左继坤一半城府，单论他这个要求就令人费解。

她问为什么。

左继坤无所谓在邬思黎及新婚妻子面前袒露荫翳心声，这点左柯让随他，父子俩都敢于直白表达。

"左柯让很在乎你，如果你提分手，他应该会痛苦。"

左柯让的自我定位没有错，于左继坤而言，他不是儿子是物品，是属于左继坤的物品，左继坤的掌控欲不允许这个"物品"背叛自己。

包括陆若青也是。

陆若青同初恋旧情复燃出轨，已经车祸去世，左继坤总不能去找一个死人算账，所以一并转移到左柯让身上。哪怕左柯让是被陆若青隐瞒利用，但是左继坤不会在乎过程，他只看结果。

左柯让无心帮助陆若青也是帮助，那就是触犯到左继坤的底线，就要接受惩罚。

分析完左继坤的心理，邬思黎按着餐桌的手指用力到泛白，叛逆心在瞬间被激发，尽管她清楚是以卵击石："如果你判断失误呢？"

如果我们不会分手呢？

"天真是一种很好的品质。"左继坤目光淡漠，是上位者的睥睨审视，邬思黎的故作镇定他一览无余，轻笑，"有些话对你一个小姑娘来说可能太残忍。"

他似是不忍，又毫不犹豫如实挑明："你以为左柯让为什么能拿出大笔钱找资源找人脉给你弟弟治病，他靠的是他自己吗？"

不是。如果他也像邬思黎一样是个普通人，每天为柴米油盐发愁，他们这段恋爱都不会有开始,更别提结果。

"他拥有的一切都是基于两家给他的,就该担起责任。"左继坤举例子,"就像你必须照顾你弟弟一样。"

小姑娘好像还不太清醒,左继坤有必要给她敲一记警钟,丑话说在前面能免去很多麻烦:"如果你们执意要在一起,他会一无所有,你弟弟的病也就没得治了。"

那边面对墙角打电话的杜思勉被气得不行,一个激愤扭头看见他兄弟的爹在跟他兄弟的女朋友说话,下意识地骂出口,听筒另一端的女生一愣,转而更为蛮横地控诉。

杜思勉没工夫再陪她调情,匆匆撂话:"晚点儿给你打。"

挂断电话,杜思勉大步迈向邬思黎,双手乖巧地交叠在身前:"左伯伯,阿姨。"

左继坤哪能看不出杜思勉的动机,他心里好笑,面上不动声色:"思勉。"

提醒到这里,左继坤觉得自己足够仁至义尽,拿出东道主姿态:"你们年轻人好好玩,我们就不打扰了。"

全程沉默的新娘这时夸赞起邬思黎:"小姑娘今天打扮得很漂亮。"

他们若无其事地相携走远去别处继续同宾客应酬,仿佛在邬思黎这处的停留只是她的一场错觉。

杜思勉关切地问:"没事吧?"

他们这帮人都清楚左柯让父子俩不睦,用脚都能想到左继坤不会跟邬思黎说什么好话。杜思勉宽慰她:"不用往心里去,左柯让不会听他爸的,别受影响。"

邬思黎牵了牵嘴角:"我没事。"

长时间施加压力的手麻木失去知觉,指缝边缘有血丝渗出,她卸了力道,搓捻着指腹缓解。

他们不愧是父子,威胁人的招数都如出一辙。

只不过比较起来,左柯让总是嘴上说说,左继坤是真的会付诸行动。

归根结底还是她自己太过软弱无能,才总是受制于人。她可以慢慢成长,再慢慢挣脱禁锢。

日子总会越过越好,明天总不会比今天更差。

前提是,邬思铭的病会给她时间。

答案显而易见。

抑或是,她放弃邬思铭,不再背负他的命运,她可能会轻松很多。

但左继坤说得对,邬思铭是她的责任,也是她在这个世界上唯一的亲人,她理应承担,也无法坐视不理。

邬思黎垂着眼出神。杜思勉才认识她一天,还没熟悉,拿捏不好分寸就没再多嘴，站在边上陪她，眺着电梯方向等左柯让回来。

过了一会儿，邬思黎开口请求："别告诉左柯让。"

杜思勉看着她，片刻后说："好。"

刚答应完，他就在心里默默跟邬思黎道个歉，他恐怕要阳奉阴违。这件事左柯让必须得知情，是他爸为难他女朋友，他要被蒙在鼓里留他女朋友一人承担，那不地道。

要说，但不能是现在人多嘴杂的时候，左柯让那个劲上来一准掀桌，在场宾客都能有一出大戏观赏。

等到酒吧，杜思勉找个买烟的借口不着痕迹地拐走左柯让，去便利店买了一包烟。结完账，杜思勉给左柯让一根，自己也点一根。

杜思勉将打火机递到左柯让嘴边，见他只是夹着烟把玩："不抽？"

左柯让摇头："邬思黎不喜欢烟味。"

杜思勉感慨："那你很喜欢她。"

左柯让挑眉："为什么要复述一遍事实？"

"闲的。"杜思勉贫一句嘴，抖抖烟灰，扯到正题上，"你送爷爷奶奶下楼的时候，你爸找邬思黎了。"

左柯让散漫的态度瞬间收敛："干什么了？"

"就说话，说什么不知道，当时我在打电话。"杜思勉防止他一个上头就直接杀过去，先拉着他的胳膊，"邬思黎叫我别告诉你，估计是不想你担心，但我觉得你有知情权。"

"你去问邬思黎，她肯定不说，也别一个着急去找你爸对峙，惹怒你爸都没好果子吃。"杜思勉推断着，"婚宴上那个穿红裙的女人你看到没？"

"没。"

左柯让眼里只有邬思黎，其他异性跟萝卜白菜没任何差别。

"孙家的小女儿，他爸跟你爸同级。"杜思勉一直在京北，左柯让在宁城，有些消息可能不及时，他得帮忙操这份心，"这些路数你得清楚。"

左柯让脸色沉郁，眉眼下压。

杜思勉再次强调："反正你别冲动，别乱，先稳住邬思黎，其他一切都好说。"

婚宴上嘈嘈杂杂，是结交拓展人脉的场合，不适合话家常，爷爷奶奶临走时叫他们第二天中午回老宅吃饭。两人早早就起床，去老宅陪老人家。

大概是左柯让事先叮嘱交代过，爷爷奶奶都没有问邬思黎关于家里的情况，左柯让马上大四，爷爷跟他聊毕业后的打算。

小时候，陆若青和左继坤就争抢过左柯让的人生规划，前者想他学商进公司，后者想他读警校。左柯让哪个都没选，辟出第三条路，报的航空航天工程专业。

左柯让说大概率会进研究所。

爷爷没什么意见,孙子有计划就行。

奶奶则是跟邬思黎聊各种明星八卦,所知比邬思黎这个年轻人还要全面。邬思黎想要是赵月雯在,她们一定能成为忘年交。

吃完午饭,爷爷安排司机送他们去机场,他们是下午四点回宁城的航班。

也就离开两天,再次回到熟悉的地方,邬思黎竟然生出一种久违的恍惚感。

一开门,一道白色影子飞驰而来。邬思黎被撞得后退,左柯让在后面揽着她的腰稳住她,抬腿隔开二哈。

他骂:"傻狗。"

二哈亢奋一"汪"。

"傻狗。"

"汪!"

"傻狗。"

"汪!"

…………

一人一狗幼稚地进行着跨物种交流,从玄关持续到客厅。这两天都是家政阿姨来定时喂狗,上飞机前,邬思黎给阿姨发消息说今晚不用再过去,他们已经回程,现在正好到二哈的饭点,邬思黎去厨房给它煮饭吃。

二哈甩着尾巴黏在邬思黎脚边。

左柯让拎着行李箱去楼上卧室收纳归置,两分钟后下来,气势汹汹地杀到厨房。二哈像是预判到他是来抓自己的,忙不迭拱进邬思黎双腿和橱柜之间的空隙里。

邬思黎不明所以:"怎么了?"

左柯让神情难看:"它在衣柜里撒尿了。"

邬思黎"啊"了一声:"没事吧?"

二哈是个两面派,在左柯让面前调皮捣蛋,在邬思黎面前温顺乖巧,这就导致左柯让跟她告状二哈又干出什么令人发指的事情时,邬思黎不太相信。

即便证据都捧到她眼前,她都能跟个昏君一样,完全做不到客观公正。

左柯让冷着脸:"它就尿的我放外套那柜子。"

衬衫和T恤他俩放一起的,夹克和羽绒服这种外套都有各自单独的衣柜,二哈损坏的是左柯让的衣服。

二哈每次拆家都会避开邬思黎的东西,都是左柯让遭殃。自打二哈来家里后,左柯让的鞋全部更换过一批,以前的都被它咬坏了。

现在,二哈又盯上他的衣服。他越想越来气,硬来会伤到邬思黎,左柯让按兵不动一会儿，在二哈放松警惕迈出试探性脚步，冒出一颗脑袋后，一把揪住它后脖颈。

二哈落网，嗷嗷直叫，蹬着爪子挣扎扑腾。左柯让毫不心软，拢住它的嘴，手动闭嘴，又警告邬思黎不许偏心眼，不许插手，他非要二哈把它造的孽给舔干净。

话放得狠，左柯让却不会那样做。

他其实很喜欢二哈。

二哈吃穿用度一切都是最好的，专门在楼下腾出一间屋子作为二哈的娱乐房，虽然他总是嚷嚷二哈是邬思黎一人的狗，他不会管。

专门用来给二哈做饭的小煮锅里放着西兰花、胡萝卜、鸡肝之类，煮熟之后捞出来碾成颗粒加入少量碘化盐，在这期间，楼上衣帽间的争吵声没有断过。

左柯让用人话教训二哈，二哈用狗语反驳。

语言不通都能吵到一起，也是服气。

听着听着，邬思黎就笑起来。

——"他因为你能再次接受，他应该很喜欢你。"

——"如果你们执意要在一起，他会一无所有，你弟弟的病也就没得治了。"

两道不同的声音同时撞进脑中，邬思黎搅拌动作缓滞。

很搞笑。

她在所有人眼中都是手无缚鸡之力的存在。

偏偏所有人都要她来做选择。

5

临近期末，本学期大部分课程都告一段落，邬思黎周一全天没课，左柯让反而一改之前的悠闲，最后这半个月的课表排得挺满，周一从"早八"上到"晚五"，不明白他们学院怎么搞的。

邬思黎准备陪邬思铭一整天，跟左柯让同一时间出门，一个去医院，一个去学校，同一个大方向但是不顺路。

她打车到医院，手里拿着左柯让昨晚提前订好的早餐。病房里，邬思铭刚起床不久，邬思黎推门时，他正擦着脸从卫生间里出来。

邬思铭头顶光秃秃，毛巾捂着他下半张脸，闷声闷气："姐，你怎么来这么早？"

"今天没课。"邬思黎进屋，将早餐放在小茶几上，打开窗户通风换气。

邬思铭闻言先笑："一整天都没？"

邬思黎点头。

邬思铭欢呼一声,毛巾一扔,搂住邬思黎的肩膀蹦跳两下。

邬思黎要是全天没课的时候,就意味着邬思铭能有一整天和姐姐相处的时间,是不可多得的事情。

邬思铭正是发育阶段,邬思黎早就有所察觉,肉眼还看不太出来,这下一靠近,邬思铭竟然比自己要高出半个头。

得病没有影响他长个子,只是较于同身高的其他男生来说邬思铭身材要瘦弱不少。

邬思黎手掌摊开在头顶平移滑向邬思铭,粗略测量:"长高了好多。"

邬思铭下意识想接一句裤子都短了好多。转而一想,他要这么说,邬思黎又会大包小包给他买衣服,他在医院里用不着打扮,那点钱他更愿邬思黎给自己花。

话到嘴边咽回去,邬思铭又挺了挺腰杆,双手扶着她两边肩膀,一本正经道:"姐。"

以为他是有要事,邬思黎也正色:"怎么了?"

然后,邬思铭蹦出三个字:"你好矮。"

邬思黎默不作声,拍了邬思铭一巴掌,坐到茶几边解外卖包装袋。

邬思铭笑嘻嘻的,坐在她对面的单人沙发里,掰开一双一次性筷子递给邬思黎,边吃饭边把这两天积攒下来的事情一件一件拿出来讲。

邬思黎每次来医院,邬思铭都有数不尽的话题。

一顿早饭,姐弟俩快两个小时才吃完,还有点撑,等医生查完房,姐弟俩去楼下小花园遛弯。

走了差不多半个小时,找到一张空椅坐下晒太阳,邬思铭突然开口:"姐,你是不是有心事?"

邬思黎刚在花坛边缘的杂草丛里薅了几株狗尾巴草。小时候,她经常用狗尾巴草编兔子,多年不练习,手法有些生疏:"没有。"

"姐,我有没有跟你说过?"

"什么?"

"你在我眼里演技很差。"

狗尾巴草编兔子有手就行,邬思黎还是出了个错。

邬思铭自顾自猜测:"跟柯让哥吵架了?"

邬思黎还是说:"没有。"

"那就是跟柯让哥有关系。"

邬思黎开始反省自己演技是不是真的很差,她神情和语气明明都再正常不过,邬思铭怎么就能这么断定。

她闭嘴不言。

"是他家人不同意吗?"

邬思铭只能想到这个原因，毕竟他们姐弟俩的情况很难会有家庭不介意，没有人会登上一艘正在沉没的巨轮，即便左柯让有钱，他家里也不是冤大头，心甘情愿被拖累。

"不是。"邬思黎又一次否认，"你别多想。"

去京北之前来医院时，她没告诉邬思铭具体是要去干什么，就是不想他操心多虑。

"你不想说我就不问了。"邬思铭从她手里拿过编到一半的兔子，她心不静，这么简单的手工都编得乱糟糟的，邬思铭拆开重新弄，"我希望你能跟柯让哥好好的，他对你好，这样如果以后有一天我不在了，也有人能照顾好你。"

邬思黎皱眉，厉声道："你别瞎说。"

"你不爱听我就不说了。"邬思铭三两下编织好一只胖乎乎的兔子，送给邬思黎，"姐，你不要什么都闷在心里。虽然我可能不懂，但我能做一个合格的听众。"

邬思黎摆动着狗尾巴草根茎，兔子的两只毛茸茸耳朵旋转起来。几米外的草坪上有小孩子在追逐打闹，斜对面那张长椅上坐着一对花甲年岁的老夫妻，再远一些，一家三口拿着各种各样的检查报告单从大厅出来，父母愁眉苦脸，孩子不谙世事。

医院总是幸福和痛苦并存。

许久许久，邬思黎喃喃低诉："我们不会有结果，早晚会分手。"

邬思铭不问为什么。每个人都有每个人的计划，根据自己对这个世界的见解再结合自己的观点量身定制出一套属于自己的理论，旁观者能提出建议，但没有资格要求更改。

或许是姐弟间心有灵犀，邬思铭能猜到邬思黎在忧愁些什么："如果早晚有一天会分手，那在没分手之前就好好享受还在一起的日子。"

邬思黎嘟囔着吐槽："你这是拖延症。"

"我现在活着就是在拖延啊。"往往都是病患比家属心理更强大，更能直面自己得病的事实，"姐，其实我现在把每一天都当作是最后一天在活。"

邬思黎脸一板又不乐意听这些丧气话，邬思铭叫她少安毋躁："我第一次做移植手术以为手术完就好了，两年后复发了，现在合适的骨髓还没找到，就算找到了也不能保证彻底治愈。"

生活就是这样，不知道什么时候就给你一记迎头痛击，意外和明天哪个先到来永远都是未知数。

邬思铭不会想太多，多活一天都是他赚的，如果因为死亡这一个既定结果而错过在这之前的朝霞夕阳，太得不偿失。

"人生下来就都只有死这一个结局，或早或晚而已，要是都纠结结果，那干脆一开始不要出生好了。"邬思铭这么劝邬思黎,"你和柯让哥今天还在一起就只考虑今天,明天醒来还没分手再做当天规划也不迟,下一秒会发生什么谁都不清楚,过好当下就好。"

小小年纪开解起人来还一套一套的。

这些道理邬思黎都懂,但人有时候就需要一个台阶,或者是背后的一只手,来推动自己做出决定。

"对不起,姐。"邬思铭话锋一转,低头丧气的模样,"我又说你不爱听的了,你打我吧。"

他在逗自己活跃气氛,邬思黎很给面子地笑了笑,扶正他坐好,歪头枕在他肩膀上,手里还在把玩狗尾巴草兔子:"那我也提前跟你道个歉,我们不会一直在一起,要辜负你的期望了。"

"你不开心才是辜负我。"邬思铭说,"我对你唯一的期望就是你要开心。"

邬思黎对邬思铭的感情很复杂,她爱他,又排斥他。他很无辜,小时候邬思黎单纯地以为是弟弟的出生夺走了她的一切,压根儿没想过是父母本身就偏心。

她嫌憎邬思铭,邬思铭却很黏她,"姐姐、姐姐"地跟在她身后叫个不停。父母在场时,邬思黎会耐着性子温柔回应,父母不在场,她就漠视不理,甚至恶语相向,说他很烦,说她很讨厌他,叫他离自己远一些。

邬思铭会慌里慌张地跟她道歉,把自己认为所有最好的东西都拿出来哄她。他从来不会记仇,就算邬思黎上一秒动手推倒他,下一秒对他笑一下,他就能拍拍屁股站起来再次活蹦乱跳。

父母加注在他身上的过多爱意不是他刻意争抢,可他却要忍受她的冷漠和疏远。

到现在,邬思黎都没能在与邬思铭的相处中找到一个完美平衡点,偶尔还会克制不住用"伤敌一千自损八百"的方式出言讽刺邬思铭。

邬思铭每次心疼她辛苦不想再治病的时候,她心情舒畅就会好好说话,心情不好就讥嘲是自己抢了他的人生他的命运,欠他的她该还。

等看到邬思铭苍白彷徨的脸色,她又生出无尽懊悔。

"嗯。"邬思黎鼻腔涌上一股酸涩,她及时闭上眼,"你也是。"

邬思铭是弟弟,亦是哥哥。

她永远都不会放弃他。

中午,左柯让想来医院找姐弟俩吃午饭,他下午两点还有课,医院到学校一来一回路上就要耗费半个多小时,太折腾,吃饭也吃不踏实。邬思黎要他在学校解决,左柯让出乎意料地同意了。

不止这一次,还能追溯到更早。

校庆开始，左柯让的强硬态度陡然发生变化，不再是说一不二，而是有商量的余地，邬思黎不愿意或者不允许的事情，他都没再做过。

邬思黎不知道缘由是什么，但走向是好的。

下午两点多是医院每周例行组织的一次全科大检查，各级医师、护士长、进修医生、实习生都要参加，碰到什么特殊病例，会当场讨论学习交流。

队伍挺庞大，大家统一穿着白大褂、戴口罩，单露出一双眼睛。这么一扫过去除了身形不同，都长一个样子。

所以当队伍中某个医生将目光投向邬思黎，对视上后还冲她点头示意，眼睛微弯，似乎在笑时，邬思黎就很纳闷。

她在记忆里搜索良久，都没能找出一点印象。

琢磨着对方可能是认错人了，她没太多想。查房结束，她礼数周全地送医生们出去，邬思铭催她快过去，他们电影看到一半，正是精彩环节。

电影是系列片，一共五部。姐弟俩整个下午都靠在一起，一口气把五部全看完，到邬思铭吃药的时间，邬思黎去水房接热水。

散发着热气的水流直线落入保温壶里，水声潺潺，不停歇地看一下午电影，眼睛有些干涩。邬思黎掌根抵住眼睛揉按，根据水声判断差不多要接满，她睁开眼，关上水阀，盖好保温壶出去。

踏出水房，一道陌生男声喊出她的名字："邬思黎？"

邬思黎应声回头，来人穿着白大褂，是几个小时前查房频频看向邬思黎的医生，不似在病房里人多，走廊空旷，她直白地看着他的胸牌。

——血液科：魏书匀。

脑海里划过什么，速度太快，邬思黎没抓住："你是？"

魏书匀眼睛又是一弯，摘下口罩，果然在笑："不记得我了吗？思黎，那我可要伤心了。"

一张青涩稚嫩的脸与眼前这张重叠，邬思黎惊喜且迟疑："陈匀哥？"

魏书匀笑容加深："看来没有彻底忘记我。"

魏书匀家以前住在邬思黎家对门，是邻居。他比邬思黎大四岁，小时候经常带邬思黎一起玩。邬思黎初一那年，魏书匀父母离婚，他由陈匀改名魏书匀，随父亲搬到苏城。没多久，他母亲变卖房子也搬离了原来的地方。

那时候他们还小，都没有手机，魏书匀给邬思黎留下他父亲的电话号码，字条后来邬思黎还不小心弄丢了。

断联多年，没想到还有再见面的一天。

魏书匀接过她半抱着的保温壶："给我吧。"

邬思黎拒绝都来不及，跟着他往病房那边走："陈匀哥，你什么时候回来的？"

她还是习惯叫他旧名。

"前两天，被分配到人民医院实习了，以后有什么需要随时找我。"

"没什么需要的，你忙你的就好。"

"这么见外？"魏书勺翻起旧事，"小时候一受委屈就跑来找我时怎么没想这么多？"

邬思黎被调侃得脸一热："没有吧。"

"看来是想不认账。"魏书勺摇头失落，"思黎学坏了。"

"没有。"邬思黎更加不好意思，改口应好，"那就麻烦陈勺哥了。"

魏书勺复又笑："不麻烦。"

他说："思铭的病历我看了，指标都挺正常，你别太担心。"

这种安慰邬思黎听过数遍，她不嫌烦，每听一遍仿佛就多一丝希望。

"对了。"魏书勺脚步一停，掏出手机，"先加个好友，不然我怕一会儿忘了，最近记性不太好。"

邬思黎在搜索栏输入自己的微信号，点击添加，将手机还给他："我手机在屋里，等下回去同意。"

"好。"魏书勺像小时候那样，熟稔地摸摸她的头发，"不急。"

冷不防的触碰，邬思黎条件反射一躲，魏书勺手滞在半空，融和的气氛衍生出点点尴尬。

意识到自己反应过大，邬思黎有些局促："对不起啊，陈勺哥。"

魏书勺放下手，温声道："要道歉也是我道歉，是我唐突了。"

邬思铭的病房在走廊东尽头，西尽头电梯"叮"一声到达，几个人先后出来，逐渐分散向不同地区，只有一道轻而缓，能忽略不计的脚步声逼近。

覆盖过魏书勺最后一个字音，清沉男嗓响起——

"邬思黎。"

落日余晖在西尽头玻璃窗透进来，左柯让逆光站着，单手揣兜，另一只手食指勾着车钥匙，神情莫辨。

魏书勺感受到落在自己身上的锐利眼神。

一两秒钟后，左柯让眸光转向邬思黎，抬手："过来。"

第六章
结 束

1

电影第五部进度条走到百分之八十的时候，就已经是左柯让的下课时间，算算路程，左柯让差不多在这个时间到医院。

不过被魏书匀这个意外人物打个岔，邬思黎忘记了这码事，现在看见左柯让，有那么点茫然。

而左柯让已经率先给出行动。他提步朝邬思黎走来，本就没几米距离，眨眼间走到她旁边，圈住邬思黎的手腕，沿着她掌根滑进她指缝，紧扣。

认出魏书匀拎着的保温壶，左柯让瞥一眼魏书匀的胸牌，记住他的名字，神情自若："谢谢魏医生了，给我吧。"

都是男人，魏书匀当然懂左柯让在宣示主权，将保温壶交给他，主动自我介绍："魏书匀，思黎的朋友。"

左柯让保持着良好风范，淡笑地和他握手："左柯让，思黎的男朋友。"

同样的格式，仅一字之差，身份就有所差异。

亲密程度高下立现。

互相认识完毕，左柯让侧头问："思铭自己在病房？"

邬思黎应一声。

"那回去吧。"左柯让向魏书匀道别，"先走了。"

不等或者是不需要魏书匀回答，语毕，左柯让牵着邬思黎往病房去，邬思黎连忙补上一句"陈幻哥再见"，称呼落入左柯让耳中，他不动声色。

两人步调一致，背影相称般配。魏书匀收回目光，推下架在鼻梁上的眼镜，意味不明地笑笑，转身离开。

前方，左柯让习惯性摩挲着邬思黎的手背。邬思黎眼观鼻鼻观心，余光观察着左柯让，不确定他有没有看到魏书匀摸她头发那一幕，根据之前他把任卓元在甜品店搞走的经验来判断，他如果看见，应该不会这么淡定。

可他最近表现又着实算得上温顺。

邬思黎垂在身侧的另一只手蜷起，正要开口，左柯让抢先："邬思铭那儿还稳定？"

"挺好的。"邬思黎一顿,又问,"怎么了?"

"在想能不能带他出去吃个饭。"左柯让为小舅子的情况发愁,"天天待在病房里,怕他憋坏了。"

总是闷在同一个地方,心态再好再会自我调节,也免不得厌烦,又是在医院,不利于身心健康。

邬思黎平常是不敢自己一个人带邬思铭出去,万一出什么事,她一个人会慌得要死,有左柯让在,她才安心:"应该可以,问问医生。"

于是,两人又拐去护士台询问。今天是护士长值班,规定他们九点之前必须回来,得到保证后才放行。到病房告诉邬思铭这个消息,小屁孩高兴得不行。

他们上次带他出去,还是两个月前。

又是姐姐陪一整天,又是能出去透气,邬思铭觉得他就是世界上最幸福的人,没有之一。

换好衣服,邬思铭戴上棒球帽、口罩,兴致勃勃地就要冲出去。左柯让揽着他的肩膀把人在门外拦下:"你要这么跑,咱就别去溜达了。"

邬思铭一秒稳重下来,狗腿地讨好:"姐夫,咱有话好好说,可不带威胁。"

自从上回左柯让帮邬思铭买玩偶哄好他朋友后,左柯让在场时,"柯让哥"这个称呼就光荣退休,邬思黎第一次听邬思铭叫左柯让姐夫,眼睛都瞪圆了,他们俩一喊一答很是自然,倒是显得她大惊小怪。

"我们要放假了,你老实听你姐的话,我就天天带你出去。"左柯让交换条件,又慎重地补充,"医生允许的前提下。"

邬思铭点头如捣蒜。邬思黎收拾好东西,手机装进挎包里,关好病房门,抬眼看见左柯让和邬思铭勾肩搭背笑着等她的画面,莫名恍惚。

心底最柔软的地方在瞬间膨胀,胀得她莫名想哭。

她生命里重要的人屈指可数。

她立刻垂下眼,遮掩泛红的眼圈,动作自然地拉上挎包拉链,肩膀一紧,邬思铭搂着她插进自己和左柯让中间,手在他们仨头顶比画着:"一个'凹'字。"

邬思黎就今早讲了下邬思铭长高这事,他这一整天隔三岔五就要跟她比比身高,不知道有什么好嘚瑟的。

邬思黎嘴角耷拉下去,推着邬思铭往前迈一步:"走廊没那么宽,别并排走。"

对于女朋友把亲弟弟"抛弃"而留下自己这个行为,左柯让极为得意,悠闲地甩起车钥匙,就要去拉邬思黎的手。小姑娘躲开,也在他后背一推:"你俩一起走吧。"

下午第三节课时左柯让就订好了餐厅,他准备晚上带邬思铭出来吃饭,临江的包厢,能俯瞰大半个宁城的夜景。

"贵"一字就显示在明面上,不过邬思铭没有扫兴地畏首畏尾什么都不敢点不敢吃,选择出来玩,就大大方方地享受,不然弄得大家都有压力。

他开心,邬思黎就会心情好,最后连带着左柯让也高兴。

即便是小屁孩,邬思铭也是个活得很通透的小屁孩。

吃完饭,是晚上八点钟。邬思铭出来一趟不容易,一分一秒都不能浪费,避免去人多拥挤的地方,左柯让决定带他去兜风。

车子沿着梧桐大道匀速行驶,车窗全降,邬思铭趴在车窗框上,贪恋地看着每一处街景。邬思黎在倒车镜里看着他,置于腿上的双手紧紧合十,指甲抠着虎口,不知不觉加深力道。

蓦地,驾驶座那边伸过来一只手,她手背一暖。左柯让轻缓地捏着她指关节,待她放松下来,钻进她掌缝,分开她绞在一起的手,包在自己掌心。

快到十字路口,路况稍杂乱,左柯让目不斜视,却在第一时间注意到邬思黎的情绪变化,无声地抚慰她。

怕邬思铭发觉,邬思黎徐徐呼出一口气,反裹住左柯让。

晚上九点,他们准时将邬思铭送回医院。出去玩了一趟,邬思铭非常满足,整个人都神采奕奕。邬思黎和左柯让走后,他洗完澡躺床上精神得睡不着觉,又爬起来翻出一张卷子刷题。

医院回公寓只要十五分钟,马路上车辆较之去吃饭时的晚高峰减少一大半,车内放着音乐,晚风迎面吹着,惬意又舒服。

邬思黎学着邬思铭那样,望着在眼前掠过的风景,前方路口是红灯,左柯让轻踩刹车,在前方那辆车后停下。

"咔嗒"一下,左柯让在中控储物槽里拿出手机,解锁,"嗒嗒嗒"打字。

一首歌播完,两秒钟切换空当,邬思黎发呆结束。想起几个小时前在医院被打断的事情,她扭过脸:"陈匀哥,就是魏书匀是我小时候的邻居。"

左柯让落在屏幕上的视线移向邬思黎。

邬思黎坦然地与他对视:"他分配到人民医院实习,你来之前我们才见面。"

左柯让云淡风轻地道:"知道了。"

邬思黎目不转睛地瞅着他,有点蒙,也有点愣,还有点疑惑——是"就这样就这么顺利?"的不敢置信,就挺可爱。

左柯让解开安全带,越过中央扶手箱,亲了下她的嘴唇,指尖戳戳她的脸颊:"怎么这么呆?"

"你怎么……"她欲言又止。

"怎么什么？"左柯让像是她肚子里的蛔虫，精准猜中她的心理活动，替她把话说完整，"怎么这么好说话？"

　　他这反应不能说不对，也是邬思黎所希望的，但他真符合她期待了，她一时反而消化不过来。

　　拿捏不准左柯让的想法，她说："你别误会。"

　　"嘀——"红灯转绿，后面等候的车辆鸣笛催促。

　　"不会误会。"左柯让坐回去，拽过安全带重新系好，踩油门发动车子，"我百分之百相信你。"

　　但是别人就不一定了。

　　左柯让一手把着方向盘，一手杵在车窗檐，屈指抵着太阳穴，嘴角勾着冷漠弧度，目露几分玩味。

　　回到家，二哈一如往常在门口做迎宾，见到邬思黎就往她身上扑，毛茸茸的尾巴甩到左柯让小腿，跟眼里没他这人似的，视若空气，理都不理。

　　邬思黎换好拖鞋半弯下腰，胳膊一伸，二哈就接收到指令，自发地跳进她的包围圈。

　　又快到邬思黎的经期，左柯让去厨房煮红糖水。

　　他厨艺烂得一塌糊涂，但煮红糖水这项技能倍儿熟练。

　　前两天他们去京北，昨天回来，今天又都不在家，二哈黏人黏得紧，叼着球缠着邬思黎陪它玩。邬思黎坐在坐垫上，球扔出去，二哈就倒腾着爪子跑去捡，再交还到邬思黎手中。

　　就这么周而复始。

　　看它无忧无虑地蹦蹦跶跶，是一件很解压的事情。

　　邬思黎把球一次抛得比一次远，一个没控制好，球砸到阳台落地玻璃，反弹回来，眼瞅着就要砸到邬思黎，人也没反应过来，也不知道躲。

　　头顶一道阴影笼下，左柯让手挡在邬思黎脸前方，稳稳接住那颗偏离轨道的球。

　　邬思黎仰起脑袋往上看，左柯让低头朝下看。

　　两人在彼此眼中都是倒转后的样子。

　　左柯让点点她额头："你说从地球到火星的距离能有你反射弧长吗？"

　　他好会嘲笑别人。

　　邬思黎不接茬，摊开手掌："球。"

　　"太晚了，别玩了。"左柯让拿着球的手背在身后，"去洗澡，你明天早八。"

　　二哈见他将球藏起来，大嗓门又发挥作用，怒吼左柯让。邬思黎被吸引地偏过头，站在通往二楼的第五层台阶，看见一人一狗交锋的场景，见怪不怪地上楼。

　　都好幼稚。

他想起当初去段骏鹏家里选狗，想着邬思黎性子比较静，也挑一只温良的，别吵到她。在仅剩的两只中，段骏鹏按照他的要求推荐了这一只，说性格乖驯。

好，然后他听了，领回来了。

结果呢？

它是真烦，左柯让按按耳朵，眼睛下睨：“你再叫我真的会把你炖汤喝。"

邬思黎不在，左柯让又这么凶，二哈极会审时度势，川剧变脸它修炼得炉火纯青，换上一副段骏鹏口中的乖巧面具，靠近左柯让，蹭着他裤腿，叫声都温柔起来。

这种现象不是第一次出现，左柯让说它一句没出息，球掷出去，代邬思黎接着陪它玩。

"嗡"一声振动，茶几上的手机亮起，左柯让分去一个眼神，锁屏界面显示出微信图标，他拿起来，面部识别成功解锁。

他们俩的手机里都存有对方的面容ID，密码也都知道。

邬思黎从未翻过左柯让的手机，左柯让却不同，他三天两头就会查看一下有没有乱七八糟的人给邬思黎发些什么乱七八糟的短信消息。

他打开微信，消息列表置顶是他，他自己设置的。

仅次于他之下，是一个昵称是一个云朵emoji（表情符号）的对话框，他直觉这玩意儿男人可能也有，左柯让看见这朵云脑海里蹦出的第一个名字就是魏书匀。

什么破昵称，这么土。

他点进对话框。

云说：听护士说你带思铭出去玩了，现在到家了吗？

云又说：今晚我值班，刚去病房看了眼思铭，他跟你一样一开始都没认出我，我变化应该没有很大吧？

什么叫"你"带思铭出去玩，自动忽略他的存在？

值班就值班，搞什么报备？

这人以前长成怪兽了吗，变得谁都不认识。

不认识就不认识，非上赶着相认？

就这么两句话，一堆槽点，跟错题集似的，哪儿哪儿都是毛病。

左柯让轻嗤一声，二哈叨回来的球塞他手里，他随便一扔打发它。

拇指长按消息条，干脆利落地点击删除。

……………

二哈不小心把它的水盆踢翻，还溅了左柯让一身。红糖水煮好后，左柯让在楼下给二哈擦了半天屁股，收拾完估摸着他赶不上给她吹头发，他上楼去主卧衣帽间拿了睡衣，又敲浴室门叫她自己吹干头发，他着急去洗澡。

邬思黎头发挺长,她自己打理的时候少之又少,吹到半干就懒得再管。在对待自己的事情方面,她不如左柯让有耐心。

出了浴室,床头柜上摆着一杯红糖水,边上是两部手机,红糖水还有些烫,她坐在床边喝一口歇一会儿,慢慢悠悠。

"叮"一声手机响。

两部手机都屏幕朝上,邬思黎下意识看过去。亮起的锁屏壁纸显示出是她的那部,她拿起来,指腹触到微信浮窗,面部解锁后自动跳转到微信界面。

消息列表的名字都十分陌生,邬思黎转而想起左柯让昨天下午在飞机上无聊,给两人换了同样的壁纸,她拿的是左柯让的手机。

她准备放回原位时,又是"叮"一声,置顶聊天框下面的对话框进来新消息。

她很随意地一瞥,就瞥到魏书匀的名字。

心重重一跳。

她第一次,没问左柯让,私自查看他的手机。

准确来说是一份以魏书匀名字命名的文档,里面详细记录着魏书匀的所有资料,从出生到现在。

邬思黎浏览到底,退出,在列表里看到张世良伯伯的备注,再次点开。

张世良是人民医院院长,邬思铭转院到人民医院,左柯让就是拜托的他帮忙。

因为是长辈,对话框很干净,所有消息一览无遗。

Atopos:张伯伯,你们医院新来的那批实习生里是不是有一个叫魏书匀?

张世良伯伯:这个我还没留意,我打听一下。

间隔半个小时,对方回信。

张世良伯伯:是有这么一个人,上周五刚分过来,你问他干什么?

红糖水还剩半杯,邬思黎连着手机一起放回床头柜。

左柯让找人调查魏书匀的时间点是今天晚上九点二十五,他们在医院回家的路上,或许恰巧就是邬思黎在解释,而他明确表示相信她的那个时候。

伴随着越发清晰的脚步声,左柯让出现在主卧,他随意擦着头发:"我洗完了宝宝。"

形容不出具体是什么心情,像是有种尘埃落定的踏实感,她神情平静,明知故问:"你为什么要调查魏书匀?"

2

毫无预兆的一句质问。

左柯让擦头发的动作停下,毛巾半搭在脑袋上:"看我手机了?"

他的重点不在什么魏书匀这种路人甲身上,而是在邬思黎在没有知会他

131

的情况下看他手机这件事上。

然后，他就莫名其妙地嗨起来。因为邬思黎之前始终固步自封不越雷池一步，左柯让就是把他的秘密撑她眼前，她都能闭眼装瞎子。

左柯让不喜欢她对他有这种分寸感，而如今她跨过那道无形的界限，做出改变，左柯让就挺乐呵。

邬思黎只吹干发根，发尾还湿着，左柯让走近，见状板着脸："你懒不懒，就吹一半。"

随着他的挪动，邬思黎目光上移，重复道："为什么要查他？"

"随便查查。"

头发这么半干半湿着不舒服，而且她快来例假，更不能受凉，左柯让去主卧浴室取吹风机。

"那么详细的资料是随便查查吗？"邬思黎起身跟在他后面，"你不是说没有误会、相信我吗？"

她音量逐渐递进，克制着怒意："你给张院长发了消息，是不是又要像任卓元那样把他弄走？"

"你怎么总是这样啊左柯让，是不是只要跟我有牵扯你就会针对他？"

放置吹风机的抽屉合上，吹风机插进插座，左柯让去拉邬思黎："先吹头发。"

"啪"的一声脆响，邬思黎一巴掌拍开左柯让伸过来的手。他抬抬眉，温柔恬静的姑娘倔强地站在他一步之外，眼里流露出浅薄的失望。

左柯让捕捉到，气场一沉："相信你，是只相信你，不包括别人。"

他说："没有想把他弄走。但是，你再这么激动的话，我不敢保证会做什么。"

吊灯明亮的光粗糙地勾勒出他的轮廓，将他的身影投射在邬思黎脚下，她所有的盘诘他逐个回答，嗓音徐缓："我也很好奇，为什么你总是因为一些无关紧要的人跟我生气。"

前有任卓元，后有魏书匀。

搞定一个，他把他那些阴暗的占有欲打包扔进角落，因为邬思黎不喜欢，会不高兴，他不想惹她难过。

好不容易感觉出他和邬思黎的感情迎来转折，在慢慢加深，结果又冒出来一个。

还给他上了强度，这次是青梅竹马。

那边他爸整出来的什么联姻对象还在解决当中，才有些眉目。

外忧内患，他是什么天选倒霉体质吗？

他只是想跟邬思黎好好谈个恋爱再到结婚，身边每一天都有她陪伴，再说长远点，等百年后他们同穴埋葬，过完这一辈子就完事。

他就这么点期盼，又不是要什么天崩地裂海枯石烂，怎么就这么难。

不愿意再为这些糟心事影响到他们，左柯让尽力压下心头翻滚的躁郁，再次伸手，决定权交给邬思黎："太晚了我们不吵了乖乖，过来吹干头发我们去睡觉。"

邬思黎后退一步。这是她能想到能做到的，唯一的抗争方式。

"你看了我跟张院长的聊天内容对吗？"左柯让无奈至极，"那你有没有看到他跟我说适合邬思铭的骨髓找到了的消息？"

像一盆冷水浇下，旺盛的怒火在瞬间熄灭。

一句定生死。

邬思黎执拗拧着劲儿，左柯让也死心眼，掌心一直朝向她，等她牵。

最终，手放上去，邬思黎顺着左柯让收拢的力道走到他面前。

邬思黎有些不敢置信："真的找到了？"

"聊天记录都在，不信你自己去看。"左柯让先打了预防针，"是说可能合适，具体还得看配型结果再决定。"

"好。"

针锋相对的局面顷刻间扭转。

邬思黎头发湿的部分少，两三分钟就全部吹干。将吹风机搁到一边，左柯让捧起邬思黎的脸，低头亲她。

他低声恳求："不吵架好不好？我不喜欢跟你吵架。"

左柯让太懂她需要什么，他掌握着她的命脉，就注定每次争执不下时，她不会是胜利者，而是屈从的弱势方。

邬思黎看着他，抬起胳膊环抱住他的腰，回馈他一吻："好。"

大学的期末考都是各个学院自行安排的，左柯让那边还有课在上，邬思黎这边考试通知就已经下发。

左柯让他们班有一项科目考试是手工实操。他周二上午上课，下午泡在实验室，邬思黎跟他行程差不多，只不过下午她有一场西班牙文学史的考试。

中午左柯让去找邬思黎吃午饭，下午各自忙碌，晚上去医院看望邬思铭。

一路上，邬思黎都在担心会不会碰见魏书匀，左柯让要是一个不爽，指不定会干什么，所幸没有，她松了口气。

骨髓那事暂且没告诉邬思铭，怕他空欢喜一场。

至于那场围绕魏书匀而爆发的简短冲突，同以往一样，被高高拿起又轻轻放下。

邬思黎是有些沮丧的。左柯让的改变她都看在眼里切实感受得到，她坚定想要逃离的想法因此有所松动，尝试着去相信他，打开心扉。

可是左继坤对她一番施压，左柯让又暴露本性，好像谁都可以主宰她，唯独她自己除外。

唯一值得欣慰的是，邬思铭的病可能会迎来转机。

及时整理好情绪，邬思黎照常生活，照常与左柯让相处，只是将那颗不安分活跃的心重新封存起来，不再贪得无厌。

周四这天，两人都是早八的课。

早饭是左柯让出去买的，算计好时间提前起床，邬思黎洗漱完再吃，温度正好。

牛肉蒸饺饱满多汁，邬思黎在边角咬一小口，吸着里面的汤汁。左柯让开口说他下课后有事要去沪市一趟，开车去，当天去当天回。

邬思黎嘴里嚼着蒸饺，没法回话，含糊地应声点头表示知道。

左柯让特地跟早餐店老板强调不要虾皮，老板还是没记住，一大把虾皮不要钱似的丢他那份鲜肉馄饨里，他托腮挑拣着："你怎么都不问问我是什么事。"

"什么事？"

"不告诉你。"

无语。

邬思黎去夹第二个蒸饺。

左柯让卖关子："你亲我一下我就告诉你。"

邬思黎吃着蒸饺不吱声，左柯让在桌下的腿伸直，小腿毫无章法地撞着邬思黎的腿。

邬思黎夹起第三个蒸饺递到左柯让嘴边，转移话题的方式生硬无比："快吃饭吧，一会儿要迟到了。"

得。左柯让吃掉邬思黎的投喂，老实下来。

左柯让先送邬思黎去教室再回航空院上课，下课后又送她到医院，然后前往沪市。

医院一楼大厅六部电梯前都排着长队，角落里那部电梯前的队伍人相对少一些，邬思黎站过去，还是等了一个来回才乘上。

电梯上升，挨个在指定楼层停下，到达第十层又一个人下去，只剩下邬思黎自己。原以为接下来就能直通十五楼，不想又停在十一楼，门向两边打开，邬思黎和电梯外的医生打个照面。

魏书匀见到她就笑："思黎。"

邬思黎正常回应："陈匀哥。"

前几次来医院都没再看见魏书匀，邬思黎一边庆幸一边担忧是不是左柯让又背着她搞小动作。她还不敢直接问左柯让，生恐触到少爷逆鳞，引得他变本加厉，昨天无意中听护士闲聊提起魏书匀，她悬着的心才放下。

魏书匀踏进电梯，邬思黎后退一步。

他习惯性去按电梯按键,见十五楼亮着,慢半拍想起邬思黎就是去十五楼,收回手:"好几天没看见你了,最近是不是忙着期末考?"

邬思黎模棱两可:"是有几场考试。"

"上次给你发消息你没回,我就猜到你是在忙。"魏书勺合上文件夹,签字笔别在白大褂胸前的口袋上。

邬思黎迷茫一怔:"什么时候?"

"就我们第一天见面那次。"魏书勺一副我就知道的表情,"果然是忙忘了。"

邬思黎清楚地记得自己没有看到魏书勺发来的消息,她的手机只有她和左柯让能解开。

未曾有印象的消息显而易见是被左柯让清理掉了。

这种强势且恶劣的行为,是左柯让的风格。这才是真正的左柯让。

都不知道该如何形容此刻的心情,魏书勺连理由都替她找好,邬思黎顺着这个方向答:"不好意思陈勺哥,最近确实有点忙。"

"没关系,毕竟考试重要,我就是找你闲聊两句。"

电梯到达十五楼,魏书勺手绅士地挡在电梯门边,示意邬思黎先走。

一前一后出电梯,魏书勺要去办公室,同行一段路,他随口问:"你男朋友没一起来?"

"没。"邬思黎别过碎发,"他今天有事。"

"听说思铭转院治病都是他一手包办的。"魏书勺真如兄长一般欣慰,"他对你不错。"

邬思黎笑了笑。

"哦,对,上次我见他好像对我有点敌意。"魏书勺苦恼叹气,为这事他发愁了好几天,"是不是他误会了什么?需不需要我解释一下?"

"没有没有。"邬思黎连忙摆手澄清,"他没误会,你别多想。"

"真的吗?"

"当然是真的。"

"好吧,你说我就信。"魏书勺又恢复开朗状态,"思黎总不会骗我。"

欺骗者邬思黎心虚地眨眼,怕耽误魏书勺工作,也怕两人交流太过熟悉传到左柯让耳中又生事,正打着结束语腹稿,拐角一个护士小跑过来。

"魏医生,主任找你,打你半天手机都没接就打到我这儿来了。"

魏书勺掏出手机,五个未接来电:"不好意思,我静音了。"

"马上来。"魏书勺想揉邬思黎头发,念起她上次的躲避,手臂抬到一半又垂下,"那我先走了,有空请你吃饭。"

请吃饭可能是客气话,但是邬思黎没应,只做道别再见。

宁城到沪市开车三个小时。不是节假日，高速路不堵车，一路通畅，左柯让到沪市是下午一点。

车载导航的机械女声汇报着路线，目的地是在外滩的一家咖啡厅。

他挺顺利地找到一个停车位，操作丝滑地倒进去，下车关锁。

三个小时都维持同一个姿势，着实难受，左柯让手抚着后颈转动脑袋活络着僵硬的肌肉，边推门进咖啡厅。

咖啡厅门口悬挂的风铃清脆悦耳。

给临近门口那桌顾客端上饮品的服务员应声转身，面带微笑："欢迎光临，请问几位？"

左柯让个高腿长人挺拔，凭借身高优势很快锁定位置，一指："找人。"

"好的，您请。"

靠窗最后一处沙发卡座处，一位穿着一身洋裙套装的女人坐在那儿，做着裸粉色美甲的手捏着汤匙，搅动着她面前那杯咖啡。

左柯让径直走去，在女人对面落座，跟随在后的服务生问他要喝什么，他说柠檬水就好。

点单完成，服务生撤退，左柯让一个字的废话不讲，开门见山："我不会联姻，劝你最好跟我统一战线。"

女人放下汤匙，丝毫不介意左柯让的直白："你是不是还不知道我的名字？"

"不好意思。"左柯让从神情到语气皆漠然，"并不关心。"

女人伸出手："蒋希瑶。"

左柯让八风不动，一点没有要跟她有肢体接触的打算。这时，柠檬水送来，他拿起玻璃杯喝了一口水润润干涸的嗓子。

挺好喝，挺清爽，回去可以给邬思黎带一杯，左柯让想着。

转而想起三个小时的车程，还有快到她经期的日子，遂放弃。

蒋希瑶不在意地一笑，收回手，衔接他第一句话："为什么不会，我们都还没有相处过。"

左柯让姿态散漫，手臂松垮下垂："没兴趣。"

蒋希瑶笑了笑："可我们还没有相处过你怎么就能肯定对我没兴趣？"

这女人真磨叽，揣着明白搁他这儿装糊涂。

还是太委婉了，左柯让不吝啬再耿直一些："不是没相处才没兴趣，是我压根儿就没兴趣跟你相处，你懂？"

蒋希瑶油盐不进："那怎么样你才能感兴趣，我往那方面靠拢一下。"

"我只对我女朋友感兴趣。"左柯让再次提升一个难听等级，"你就是投胎重开都靠拢不了，死心吧。"

蒋希瑶完美无缺的表情终于一僵，刹那间又调整好："你约我见面是为了向我诉说你有多爱你女朋友吗？那我明白了。

"但是阿让，我以为生在我们这种家庭，你早就明白我们存在的意义。"

她谆谆善诱："我们的婚姻不是我们能随意做主的。"又提出建议，"如果你真的很喜欢你现在的女朋友，我们结婚后你可以继续和她来往，圈子里很多形式夫妻，我没意见。"

蒋希瑶说话时左柯让就听着，咬着吸管喝柠檬水，等她沉浸式树立完乖女贤妻人设，他讥诮扯唇。

"首先，别叫我那么亲近，我们不熟。

"其次，少拿那一套狗屁不通的言论教育我，我不是你学生。

"第三，我要结婚就只会跟我女朋友结，要不就一辈子不结。

"最后，你以为你是谁？你有什么资格有意见？"

他条理清晰地撑回去，又敲两下桌面："认不清自己，出门右拐卫生间去照照镜子。"

和别人结婚，把心爱的人当小三养着，搞笑呢？

无知者无畏，但她未免太过无畏。

"要不是看你是个女人，"左柯让又敲两下玻璃杯，"这杯水能泼你脸上。"

见面伊始就竖起友好标牌的蒋希瑶再也忍不住，她冷下脸："不管你同不同意，你爸和我爸已经在商量我们的事了。"

"如果我爸知道他现在就能当个便宜爷爷，"左柯让似笑非笑，"这事还商量得下去吗？"

蒋希瑶强装镇定："你什么意思？"

邬思黎要兜圈子，左柯让会觉得是情趣，乐意陪着演，换成别人他是真不耐烦："有些话点到为止你懂我懂就好了吧，非要我把彩超单摆你面前你才能不装傻？"

蒋希瑶面色一白。

"我爸最讨厌别人骗他，我也不是你们家能糊弄的人。"

左柯让从杜思勉那儿得知左继坤找了邬思黎后，就在忙着调查蒋希瑶，他们那个糜烂的圈子里，能有几个纯洁无瑕？就算底子干净也总会有软肋。

怎么着都能成为谈判筹码。

托他慧眼如炬的福，蒋希瑶还真有点把柄。

她高中就在国外留学，这几年玩得那叫一个嗨，各种聚会都有她的身影，去年谈了个华人小男友，感情挺稳定，今年毕业回国前分手，半个月前，她出现在私人医院妇产科。

搞不懂她脑回路怎么长的，居然找他来当接盘侠。

有什么蠢病一样。

还是他看起来比较傻？他越想越无语。

突然就很想邬思黎。

蒋希瑶吸气欲言,左柯让不想再听她洗脑,他赶着回家找邬思黎,也不知道魏书匀有没有趁他不在,拉着邬思黎打感情牌追忆往昔。

他抬手止住蒋希瑶:"你爸很疼你,所以麻烦你回去说你不同意。"

蒋希瑶缓过劲儿来,颇为好笑:"你要我帮忙,态度还这么横?"

"是你不地道在先。"左柯让认真地警告,"而且你贬低我女朋友,我很生气。"

"如果我拒绝你呢?"

原来自己是关键人物,左柯让有求于她,蒋希瑶开始控场。

"随你。"左柯让耸肩,一点不紧张,"你要执意进我家门,那你怀孕这事儿我现在就捅出去,反正我不嫌丢人。"

他户口本配偶那一栏只能是邬思黎,要不就空着,反正谁都别想鸠占鹊巢。

手机推到桌子中间,他点开相册,手指在屏幕上滑动,一张张翻过照片,蒋希瑶在国外参加派对的、去妇产科检查的,还有两三张和不同男人接吻的。

应有尽有。

蒋希瑶笑容顿失。

在她要抢夺之前,左柯让更快一步收回手机,在虎口转一圈,主导权又转回他手上:"好心劝你别站我对立面,把我逼急了大家都没有好果子吃。"

喝完最后一口柠檬水,还剩小半杯冰块,他撂杯走人。

3

吃完中饭,医生查完房,邬思黎去甜品店兼职。今天订单数量一般,不会很闲也不会很忙,几人一边工作一边闲聊。

吴敏最近恋爱进入冷淡期,恨不得二十四小时都黏在一起的甜蜜阶段过去,男生逐渐恢复到以前的生活,空暇时间不再给吴敏打电话发消息,而是呼朋唤友组队玩游戏。

两人见不到面时,也不再秒回吴敏,见到面时又手机不离手。

水龙头开到最大,吴敏发泄般冲洗着器具,小臂溅满水珠。她大声抱怨道:"刚在一起'宝宝宝宝我爱你',时间一久都'我也要有自己的生活'。做到始终如一很难吗?"吴敏瘪着嘴,"我昨天还看见他给同城美女点赞评论。"

"男人都这样。"邹念桐现身说法,以自己做例子,"我初恋追我的时候天天能一大早爬起来给我买早饭,说好大学要考一起,但是他滑档去了苏城,他们开学军训一个礼拜后我去找他。"

邹念桐注重互动，提问："你猜我在哪儿找到的他？"

吴敏小心猜测："宾馆？"

"答对了！"邹念桐打个响指，"你真是个聪明宝宝。"

最后一个包装袋套好，她环胸靠在吧台上："所以说，男人这种生物就不能给予厚望，爱到最后全凭良心。"

吴敏怅然若失地点点头，又看向邹思黎："思黎，你男朋友也这样吗？"

邹思黎还没张嘴，邹念桐就先替左柯让撇清关系："不不不，那还真不是，我们黎挑男人的眼光还是不错的，左柯让遇上搭讪的女生真就无动于衷，'我有女朋友'这句话经常挂在嘴边，那么长时间了还很黏我们黎。"

左柯让每次给邹思黎订外卖，都会稍带着邹念桐她们。拿人手短吃人嘴软，邹念桐她们仨在外就是"邹左"头部CP粉，坚决捍卫两位正主的感情。

邹思黎没在朋友圈高调过，不过自从公开，左柯让每次来接她不会再在窄巷里等，要么进店，要么站在店门口，等她走到身边，必须牵好她的手才能走路。

不需要太多佐证，就这一点，吴敏便信服邹念桐的话。吴敏挤眉弄眼："我们黎宝宝看着温温柔柔的，没想到训起男人来这么有实力。"

邹思黎不擅长应对这种暧昧戏谑，干巴巴又词穷地否认："没有。"

她真的没有做过什么，至少她自己这么感觉。

还有五分钟下班，全部清理完剩余小料，邹思黎转身，视线不经意在门外扫过，看见坐在店外石墩上的左柯让。

他双腿大剌剌地敞着，什么都没干，就隔着玻璃门遥遥瞅着她，直勾勾的，还带着笑。跟她对视后，他唇线明显拉高。

邹思黎无端联想起二哈，她出门再回家，二哈就是这个样子在等她。

她发微信给他：怎么不进来？

邹思黎掏手机时，左柯让就点开微信，看完消息，他无声地冲她摇头。

五分钟后打卡下班，吴敏积极地第一个跑出去，路过左柯让面前，"咦"了一声，她着急去赶公交车，匆匆打个招呼就跑了。

邹念桐和邹思黎一同出来，见到左柯让，邹念桐松开挽着邹思黎的手，说完再见就朝学校里去。

在这期间，左柯让始终坐在原位，邹思黎走过去："刚回来吗？"

左柯让抱住她的腰，脸埋在她小腹上："开了好久，好累。"

他抓起邹思黎的手腕，放在自己头顶："你快心疼我一下。"

左柯让头发挺硬的，又是寸头，实在不适合揉，邹思黎顺着他后脑滑到他脖颈捏着，另一只手捻着他耳朵。

她手很软，左柯让很是喜欢，两人就这样待了一会儿。

车停在马路另一边，他们横穿到对面，邹思黎上车，左柯让一打方向盘驶入主干道,还特神经地来了一句:"带老婆回家咯!"

他们和订的餐同一时间到家门口,吃完饭,邬思黎去洗澡。洗完后,左柯让抱她回卧室,给她吹干头发,然后她就缩进被窝睡觉,屋里开着空调,被子盖过她下巴,整个人陷进床里。

左柯让怎么看怎么觉得可爱,拿手机拍张照片留存,快门刚按下,屏幕弹出来电界面。

是左继坤。

没备注,左柯让连他号码都没存,但记得这串数字,直觉是和那什么破联姻有关,左柯让关掉卧室灯,去楼下接听。

果不其然,左继坤一上来就问:"见过蒋希瑶了?"

左柯让坐在沙发上,捞过茶几上的烟盒:"嗯。"

左继坤好奇:"你们俩私底下达成了什么交易?"

陆若青去世后,每一次跟左继坤见面、通话,左柯让都能加重一次自己商品化的认知。

他都能查到的事情,又怎么会难倒左继坤,但左继坤就是不查,因为左柯让不值得左继坤浪费时间,就是正好出现蒋希瑶这么个合适的人,能给左柯让添堵,所以左继坤不做犹豫地塞给他。

说不上难过,左柯让对此早就免疫,左继坤也不值得他付出情绪。

"这就不劳您费心了。"

"没有蒋希瑶也会有别人。"左继坤笑,平淡的语气像是在嘲笑他不自量力,认不清现实,"我说过,这是你生在这个家里该承担的责任。"

一楼客厅同样关着灯,落地窗外是远处的阑珊灯火。

左柯让看向远处:"到底是我该承担的责任,还是你自己过得不痛快也非要我不痛快?"

张口闭口就是责任,把自己的私欲裹挟在里面来道德绑架他。

可真够道貌岸然。

"重要吗?"左继坤教导着,"阿让,起因和过程从来都不重要,重要的是结果。"

他叹息:"你还是太年轻。"

左柯让不屑一嗤。

"好好珍惜和你那位小女朋友在一起的日子吧。"左继坤送上祝福并夸赞,"小姑娘长得挺漂亮,希望你们一切顺利。"

"嘟——"电话挂断。

左柯让融在一室黑暗中,敛着眸,手肘撑着大腿。

突然有抓地声响起,二哈在睡窝里爬起来走近左柯让,蹲在他脚边,脑袋一歪靠在他身上,大概是察觉到左柯让心绪不佳,以这种方式陪伴他。

邬思黎在的时候,一人一狗就特爱争抢她的注意力,特爱吵架;等到邬思黎不在,一人一狗又能和谐共处。

左柯让撸它的毛:"我没事。"

二哈抬起一只前爪,左柯让摊开掌心,它放上去,进行一次友好握手。

又在客厅坐了一会儿,左柯让上楼去,从后面抱住邬思黎,胸膛贴着她后背,掌心覆在她小腹处,唇挨着她脊骨。

邬思黎睡梦中察觉到床在动,闻到葡萄柚的味道,辨认出是左柯让,潜意识往他怀里挪。

左柯让鼻尖钻进她发丝里:"邬思黎。"

她迷糊地应:"嗯?"

他低喃:"好爱你。"

骨髓移植配型检测结果出来,匹配成功,可以进行手术。

邬思黎得知这个消息后,在孙朗丰办公室愣怔好半晌。幸亏有左柯让在,不然她短时间内真给不出回应。

邬思铭最初检查出白血病,邬思黎和父母都做过配型,都不行,亲属之间配型都如此艰难,更何况是无血缘关系的陌生人。

成功率不到十万分之一。

这样渺茫的概率一朝实现,邬思黎发傻正常,左柯让也很高兴,虽然他动不动就拿邬思铭威胁邬思黎,但是每次邬思铭一有情况,他从没推诿过,忙前忙后尽心尽力。

他知道邬思黎很爱这个弟弟,这也是她在这世上仅剩的唯一亲人,他得帮她守护好。

确定好手术时间,邬思黎才将这个好消息告诉邬思铭,他听后直接在病床上跳起来,搂着邬思黎、左柯让蹦跶半天。

他的笑容里藏有几分遗憾,只是其他两人都沉浸在喜悦中,没能第一时间发觉。

就在一切都尘埃落定,胜利在望时——邬思铭的病情突然恶化。

是张世良亲自给左柯让打的电话。

彼时,邬思黎正在上本学期最后一节专业课,教授在讲台上侃侃而谈,她记着笔记,没留意到在课桌边缘徘徊的中性笔,一不小心碰掉。

"嗒——"

"咚咚——"

笔落地声和敲门声一同传进邬思黎耳中。

左柯让出现在教室前门,神色凝重:"老师,我有急事找邬思黎。"

都等不及教授同意，他边说边往教室里走，直奔邬思黎座位，拉她起来，交代她旁边的邹念桐帮忙收拾一下课本、电脑之类的，然后就带走了邬思黎。

左柯让步子迈得快，以往他都会迁就邬思黎，这次没有，邬思黎心跳不自觉加快，手心冒汗。

她听见自己的声音好像在颤："怎么了吗？"

左柯让想做到婉转，可是很难："邬思铭情况不太好。"

赶去医院的那段路，邬思黎很迷茫。她脑子很空，什么内容都想不起来，什么内容都放不进去，提线木偶一样被左柯让牵着下车、上楼，最后站到手术室门口。

鲜红色的"手术中"提示牌刺目至极。

左柯让将邬思黎安置在走廊长椅上坐着等，任何安慰在此时都是徒劳，他紧扣着她的手，沉默地陪着她。

邬思铭以往也有过突发状况，但是这次，邬思黎心慌到顶点。

不知道具体过去多长时间，总之很漫长，灯灭门开，孙朗丰出来。邬思黎第一时间站起来，腿一软又跌回去，左柯让半扶半抱着她。

孙朗丰摘下口罩，神情严肃："不太好，移植提前吧。"

邬思黎嗓子像是塞着一团棉花，吸干所有水分，干涩肿痛。

左柯让不断地抚着邬思黎的后背，替她回答孙朗丰："您看着安排。"

"好。"孙朗丰欲言又止，最终什么都没有说，离开抓紧去安排手术。

捐献者不用住院，做好一系列检查，等待通知就行，结果电话打过去，是无人接听的状态。

怎么都联系不到人。

邬思铭数次被下病危通知书，而捐献者却销声匿迹。异基因配型成功难乎其难，手术会有备选方案，但是捐献者没有替补，一拖再拖，最后一次下完病危通知书，孙朗丰叫邬思黎和左柯让换上无菌服进去。

邬思铭戴着氧气面罩，头发早在一次又一次的化疗过程中掉光，但他总说自己光头的样子很帅。

见到邬思黎，他弯唇笑，声音虚弱混沌："不哭，姐。"

邬思黎都没意识到自己在哭，邬思铭这么一提，她胡乱地去抹，反而越擦越多。

她跪在地上，邬思铭触手可及，他费力地抬手在她眼底揩了下："姐，我不喜欢你哭，我觉得你笑的时候最好看。"

邬思黎说不出话，只在摇头。

"孙医生跟我说，捐献者找不到了。"邬思铭叮嘱，"我的身体我知道，就算能移植也没太大用。姐，我们不怪人家。"

"好。"邬思黎快速擦着眼泪，以免模糊邬思铭的面容，"不怪。"

"柯让哥。"邬思铭目光缓慢转向床边另一个人,"我姐姐很好的,我只认识你也只相信你,以后就全拜托你照顾我姐姐了。"

他一只手被邬思黎攥着,另一只手虚虚握成拳,左柯让会意,同他轻轻一碰拳,完成男人之间的承诺。

邬思铭有千言万语想跟邬思黎讲,可是到嘴边只汇成一句话:"对不起,姐。"

小时候父母堆在他碗里的鸡腿,要求邬思黎把他放在首位,因为他而一再责怪为什么得病的不是邬思黎,对邬思黎冷眼相待。

很多很多都对不起。

所以邬思黎将怨气发泄在他身上,无论用何种方式,他都从来没有怪过邬思黎,他只怪自己不争气,不能扭转父母的想法。

邬思黎一直在为他牺牲,他还是辜负了邬思黎的努力。

他再次道歉:"姐,对不起。

"如果有下辈子,我还想做你弟弟。"

"嘀——"

心率检测仪发出通知,起伏的曲线戛然变直。

4

葬礼挺冷清的。自从邬思铭生病,家里亲戚或多或少疏远了,怕找上他们借钱,邬思铭也没什么朋友,一系列流程都十分简单。

葬礼都是左柯让操持的。

那天之后,邬思黎就没再说过一句话,对一直以来照顾邬思铭的医生、护士们表达一番感谢,收拾完邬思铭的东西后,回老城区的房子住了几天,直到葬礼结束。

孙朗丰后来跟他们说,邬思铭的病情其实早在今年开春就在走下坡路,那时候可移植的骨髓还没有找到,只能保守治疗,但他不想邬思黎担心,求着孙朗丰还有护士们瞒下来。

邬思黎听后很平静,应该说她已经没有多余的力气去难过。悲伤到极点大脑会自动开启保护机制,她只觉得很困,想睡觉。

左柯让帮她和学校请了假,自己也请假不再去学校,每天寸步不离地守着邬思黎。

就连没心没肺的二哈都彻底乖顺,一改之前的耍宝大吵大闹,受到邬思黎感染,成日耷眉耷耳闷闷不乐的。

邬思黎不吃不喝,整个人肉眼可见地消瘦了。左柯让一个着急,脾气上来就冷了脸。

"你还要拿邬思铭威胁我吗?"邬思黎坐在床上,没什么生气的样子,淡然地同他对视，"可他已经不在了。"

左柯让愣怔在原地，半晌后无措地解释："我没那么想。"

他怎么想于邬思黎而言不重要，她搓搓眼睛："你别管我了，我饿了自己会吃的。"

她说"谢谢"，然后躺下，被子拉高，翻过身背对着左柯让。

他看着她的背影许久，把粥放在床头柜上，没再打扰。

等到第七天，邬思黎蓦然好转，她梦见了邬思铭。

梦里，邬思铭很是严肃地批评教育她一顿，说他不喜欢她这么郁郁寡欢，他希望姐姐开开心心、健健康康地生活下去。

于是，邬思黎就重新打起了精神。

邬思铭葬礼后没多久，宁大开始新一年的暑假。最后一门考试，她没能去参加，和辅导员还有专业老师沟通好，申请下学期补考。甜品店那边，她暂时不太想去，她现在心情还没调整好，硬要去兼职万一出现失误影响到人家生意，她会内疚。

本来要辞职，但钱姨说先给她放一个月的假，反正暑假大家都回家店里不怎么忙，少她一个没关系。

邬思黎就在家里看书学习，逗二哈玩，或者跟左柯让靠在一起看电影。

就这么风平浪静地过了几天，左柯让见她情绪还算不错，怕她天天看到自己会烦，便把她那三个舍友接到公寓里陪她，他抽空去了趟医院。

医院里每天都在迎来送往，有新生命诞生就会有旧生命离去，医生护士们习以为常，对生死一事看得比较淡。

再次看见左柯让，孙朗丰再次表示惋惜。左柯让想要捐献者的资料，但是医院有明文规定不得透露任何信息，左柯让没强求，寒暄几句就离开了。

拿到捐献者资料也没什么用，本就是一种公益行为，人家的东西，临时反悔说不给，谁都没立场去怪罪。

他只是想做些什么。

等电梯时，左柯让买了最快一班去京北的机票，付款成功后有人闯入他的余光，偏头看去，是两个月前新调到十五楼的那个小护士。

她露在口罩外的眼睛微弯："是左先生吧？"

左柯让点头。

小护士做出一个稍等的手势，匆忙跑回护士台，在工位抽屉里翻找出一个信封，折回去递给左柯让："这是思铭拜托我交给你的信。"

左柯让接过，确认一遍："给我的？"

"对，给你的。"小护士强调，"不是给他姐姐的。"

这么一句话，左柯让就明白这封信邬思铭不想邬思黎知道。

"好，谢谢。"

小护士说不客气:"当时没能找到合适的机会,后来我给您打过电话您没接。"

"抱歉,最近家里有些事。"

"理解理解。"小护士真心祝愿,"希望姐姐能尽快走出来,思铭最不想他姐姐不开心了。"

左柯让收紧手,信封出现一丝折痕,他赶紧松开,低声应了一句。

电梯到达十五楼,小护士摆手再见。左柯让踏进电梯,垂眸看着信封,轻飘飘一张纸在此刻重达千斤。

他竟然没有勇气打开。

坐到车里,他将信封妥善放进储物柜里,开车前往机场。

三个小时后,他落地京北,杜思勉来接机。今天太阳大,杜思勉那副骚包的眼镜名正言顺地挂在鼻梁上,揣兜靠在车上。左柯让的身影出现在出口,他悠悠闲闲地直起身:"半个月前不才回来?这么快就想我了?"

左柯让没理,抽走他手里的车钥匙,绕到驾驶座上车。杜思勉见状不对劲,嬉皮笑脸一收,快速拉开副驾驶车门坐进去,唯恐慢一步,左柯让一脚油门蹿出去。

"咋了?"杜思勉摘掉墨镜,"出啥事了?"

"没。"左柯让不欲多言,在导航上输入目的地。

还挺凑巧,左柯让开到左继坤居住的小区外时,刚好一辆连号牌的黑色轿车驶出。

左柯让瞥一眼杜思勉系好的安全带,交代他坐稳坐好。杜思勉还云里雾里着,就听他又来一句:"车撞坏了赔你。"

紧接着,左柯让一脚油门,引擎发出轰鸣,车子离弦箭似的前射。

"当——"一声巨响。

车身一阵震荡,杜思勉脑子还没反应过来左柯让的意思,身体先接收信号,抓死安全带,强烈的推背感带着他往前扑。

他这边还没反应过来,驾驶座的车门打开,他隔着挡风玻璃看见左柯让下车。

左柯让快步朝被撞的那辆车走去,整个人周身充斥着一股肃杀的狠劲儿,将后排的人拎出来,不等对方站稳,一拳挥过去。

左柯让揪着对方的衣领抵在车上,屈肘卡着他脖颈,厉声逼问:"是不是你干的?"

值班室里的保安顷刻而出,杜思勉在看清左柯让压着的男人是谁后,眼还冒着金星就解开安全带跑了过去。

杜思勉上手拽着左柯让,这人在盛怒状态下力气大到恐怖,杜思勉撼动不了分毫。

左继坤在一线这么多年,身手哪是左柯让这个半吊子能比的,小腿缠住他的一勾,瞬间挣脱左柯让的钳制,把他撂倒,挨的那一拳也还了回去。

左继坤丢开他,咳嗽两声抹下嘴角:"你真出息了,左柯让,都敢打你老子了。"

左柯让跌在地上,杜思勉冲到他们父子俩中间,嚷嚷着"叔叔冷静",扶起左柯让,又拦下他要揍人的举动。

左柯让赤红着双眼瞪着左继坤:"是不是你干的?"

"你发什么疯!"左继坤整理好褶皱的衬衫,眉头皱着,"跑过来又是撞车又是打你老子,我好脸给你给多了是吗?"

左柯让额头青筋暴起,字音咬得很重:"那个联系不到的捐献者是不是你从中作梗?"

杜思勉使出吃奶的劲儿制止他,差点都要蹲下去抱他的腿了,嘴里叨叨着"哥,你冷静"。

左继坤莫名其妙:"什么捐献者?"

"你装什么?"左柯让当左继坤在装傻,旁边一圈人在围观,他不在乎被人看戏,"邬思铭那儿等着救命,好不容易找到配型成功的骨髓,手术当天人不见了。"

左柯让质问:"你敢说跟你一点关系都没有?"

左柯让撞车时避开驾驶座,陈鸿卫没啥大碍,左继坤过会儿有个会议要参加,昨天他把车开走,今天过来接。

缓过那股眩晕,陈鸿卫就下车要帮忙,认出左柯让后又退到一边。即便左继坤和左柯让势同水火,他们也是亲父子,不是他一个外人能插手的。

兜里手机在响,陈鸿卫掏出来一看,是催左继坤赶紧去开会的电话,他这才上前汇报。

"知道了。"左继坤又看向左柯让,"我现在没空搭理你,趁早滚回去,别在外头丢人现眼。"

左继坤对候在旁边的保安们打眼色:"拦着他。"说完转身上车。

没有得到答案,左柯让不死心。一群训练有素的保安人墙似的严防死守,他一对多毫无胜算。杜思勉使出吃奶的劲儿制止他,等左继坤的车开远,杜思勉拽着左柯让回车里。

车没报废,还能开。

杜思勉一路开到他们常去放风的山头,一个刹车停下,"咯噔"一下,摇摇欲坠的前保险杠终于支撑不住掉了下去。

杜思勉没管,两边车窗降下,清凉山风涌进。他越过中控打开副驾驶那边的储物柜,翻出来一枚创可贴递给左柯让:"没事吧?"

左柯让没要,转而去拿烟,抖出来一根点上。

杜思勉叹了口气:"说说吧,咋回事?"

左柯让靠着椅背,半眯着眼,目光虚无,沙哑地开口:"邬思黎她弟白血病,前段时间去世了。"

他又补充道:"捐献者手术前跑了。"

消息冲击力十足,杜思勉好半天没出声。

杜思勉犹豫地问道:"你怀疑是你爸搞的?"

山风有些大,烟雾熏到眼睛,生理性眼泪溢出,杜思勉又关上窗户:"不是哥们儿,咱们先冷静一下,事先声明,我不是帮你爸说话啊。"

他举起手发誓:"医院有规定不能泄露捐献者资料,你爸他怎么暗箱操作?就算你爸有办法搞到资料,这事要是爆出去他还不完蛋?"

杜思勉旁观者清,条理清楚地分析:"虽然这话不咋好听,但我觉得你爸再怎么想搞你也不会搭上自己的前程。"

山风一吹,左柯让体内的躁动因子得到平复。他回想着左继坤刚才一系列的反应,不似作假,是真不知道他在说什么。

左继坤那人走一步算三步,得失不成比例的事情他不会干,他热爱他的职业与加身的荣耀,绝不允许有任何污点产生。

左继坤有无数种正当手段拆散他和邬思黎,的确不至于这么下作。

再怎么看左柯让不顺眼也不会以牺牲自己、葬送整个左家为代价。

第三根烟点燃,铃声响起,是左柯让的手机。

没有来电备注,一串地是京北的号码。他不想接,杜思勉觑他,就很神奇,杜思勉直觉这通电话不一般,自作主张地接通,然后开了免提。

一道陌生男声经由扬声器传出,他先自我介绍:"柯让,我是陈鸿卫。"

左继坤的下属,左柯让认识,他上小学时放学陈鸿卫还接过几次。

左柯让应:"陈叔。"

"是这样,你说的那件事队长叫我查了下。"陈鸿卫毕业后就一直是左继坤带,是上下级也是好搭档,他习惯称呼左继坤为队长,"前段时间我们出任务碰到一女孩,她家里出了事急需用钱,被人骗着去捐骨髓,队长了解完情况给了那女孩一笔钱救急,那伙骗子现在还在局里关着,她应该就是你说的那个捐献者。"

陈鸿卫稍顿:"听说你女朋友的弟弟去世了,节哀。"

电话那端,左继坤的讽刺忽远忽近:"告诉他以后把事情搞清楚再找人算账,别跟条疯狗一样到处乱咬。"

"嘟"一下,左柯让切断电话,手机扔进储物槽。烟燃到根部,指间皮肤传来灼烫感,他掐灭烟头。

怎么说?他能怪谁?

是能怪那女孩识人不清被骗,还是能怪左继坤出手相助?

左继坤一次好心拉回一个差点误入歧途的女孩,却间接影响到邬思铭的救治。

可是孙朗丰又说,邬思铭早就是强弩之末,就算移植成功,依照他的身体素质也有很大概率会出现并发症。

怎么都逃不开那一个结果。

邬思铭的离世就是一场必然的遗憾。

一切都是命运在捉弄人。

"送我去机场吧。"左柯让疲倦地合上眼,"我回家。"

来回九个多小时,回到宁城是晚上八点多。宁城傍晚六点就开始下雨,中雨,因为是夜晚,可见度不高。

雨刮器不停歇地忙碌着,左柯让给邬思黎打电话,嘟嘟的忙音回荡在车厢里,直到自动挂断,左柯让再打。

一连三个都提示无法接通,他心头涌上一股不安,又挨个给她三个舍友打,同样没人接。

定位显示邬思黎在家,他一路飙回公寓,只有傻不愣登的二哈,邬思黎的手机放在客厅茶几上,压根儿没带。

左柯让正要出去找人,玄关一阵窸窣,就那么两步他都是用跑的。邬思黎推门进来,浑身湿漉漉的,被雨从头到脚淋了个透,看见左柯让牵牵嘴角:"回来了。"

"去哪儿了?"左柯让蹙着眉,表情挺凶,语气倒是温柔,过去牵她,"手机不拿,伞也不带。"

"忘了。"邬思黎冰凉的手汲取着左柯让掌心的温暖,"下楼去送邹念桐她们,顺便走了走。"

那为什么她们也都不接电话?

疑问盘旋在嘴边,左柯让选择咽下去。

他去浴室往浴缸里放热水,催邬思黎:"你去冲会儿热水再来泡。"

左柯让洗干净手,蹲在浴缸边调试着水温,T恤背后也有一大片湿润。邬思黎就靠着洗漱台瞧着他的背影。

中央空调关着,室内挺闷,他湿透的衣服紧贴在身上,从骨子里散发出冷意。

半天没听见动静,左柯让回头,见邬思黎站在原地不动,他站起来,水珠顺着他指尖向下滴,在瓷砖上溅出水花。

邬思黎今天穿的是件白衬衣,左柯让走到她面前解她的扣子,眼睑低垂:"怎么傻里傻气的。"

邬思黎瞅着他,不发一语,扣子开到第三颗,胸口位置。她问:"你是回京北了吗?"

"嗯。"左柯让虽然没告诉她他出门去做什么了,但定位连着,没想瞒着她,一五一十全盘托出,"去找左继坤来着。"

他将陈鸿卫的话转述给邬思黎,被骗那女孩杜思勉下午去找过一趟,他下飞机后收到杜思勉的消息,陈鸿卫没有撒谎。

邬思黎恍然点头:"这样。"

左柯让不动声色地打量她。

理智上左继坤是对的,但又有几个人能做到不感情用事?不说邬思黎,就他在回宁城的路上都在想,如果那个女孩成功捐出骨髓,邬思铭是不是还会有一线生机。

"我没事。"邬思黎敏锐地感知到左柯让的探究,"我谁都不怪。"

邬思铭嘱咐过她不要怪别人,更何况左继坤和那个女孩都没有做错。

左柯让也不知道还能再说什么,在这种时候言语最是苍白。

邬思黎抬臂搂住他肩膀,踮脚吻他。

从浴室到主卧再到相连的书房,落地窗外暴雨如注,屋内灯火通明。

主卧一团乱,没法再睡,左柯让带邬思黎去的客卧。或许是换个地方睡不踏实,半夜,左柯让猝然惊醒,床边一片空。

邬思黎不在。

他掀开被子,拖鞋都来不及穿就出去找人,楼梯下到一半,慌乱的神情一顿。

邬思黎环着腿坐在客厅那面落地窗前,背影寂寥,手里夹着一根烟。

左柯让放轻脚步过去,茶几上他的那盒烟半开着,他揉一下她的头发坐在她旁边:"怎么醒了?"

"做了个噩梦。"邬思黎把烟给他,抱怨,"好难抽。"

左柯让笑,接过侧身按灭在茶几烟灰缸里。

他又去摸她的手,有些凉。他扯过沙发上的毯子裹住她。

雨已经停了,后半夜整座城市都陷入深眠,零星几点灯光在浓重夜色里孤立无援。

两人安静地坐着,二哈不知道什么时候醒了,从自己窝里转移到他俩脚边趴着。

好久好久——直到邬思黎打破沉默。

"左柯让。"她喊他名字,"你还记不记得我们是为什么在一起的?"

危险来临前,人是能预知到的。

就如此刻,邬思黎这个话头一起,左柯让本能地逃避。他答非所问:"端午我们说好出去旅游没去成,正好暑假我们找个你想去的地方散散心。"

邬思黎平心静气地叙述着他们的开端:"我们一开始在一起,是因为你帮了我很多，但现在……"

"我不想听。"左柯让仓促打断，"你别说了。"

她依旧转过脸："我们分手吧。"

左柯让置若罔闻，权当耳边风，计划起出游："去海岛吧，我们之前定的就是去海岛。"

"我们分手吧。"

"还是去爬山？"左柯让提出方案又否定，"算了，别去了，你这体力不行。"

"我哪儿都不想去。"邬思黎坚持，"分手吧。"

她一共说了三次，一次胜过一次坚定。

左柯让心跳杂乱无章，稳着声："理由。"

"我们没必要再继续下去了。"邬思黎心底空落，是急速下坠带来的失重感，"你花的钱我都有记录，会还给你的。"

"不需要。"他话接得很快，盖住她的尾音，"不需要还。"

不想无意义地争辩，邬思黎已经做出决定，还是回答他："好，那就不还。"

他紧盯着她："也不分手。"

她摇头。

"不分手。"左柯让搬出邬思铭的遗言，"我答应邬思铭要照顾好你。"

邬思黎眼睫颤动："人都不在了，承诺也没用了。"

左柯让死不松口："我不喜欢食言。"

"如果不是为了邬思铭，我根本就不会跟你在一起。"邬思黎直视着他的眼睛，"你守着我这么一个人不值当，我们不合适的。"

她这么一个漂漂亮亮的小姑娘，嘴巴却毒，扎得人生疼。

"值不值当我说了算。"

哪怕被利用他也心甘情愿，只要邬思黎能陪着他，他不介意做她的踏脚石。

"我们不是一路人，硬凑在一起只会浪费时间。"邬思黎摇头，慢声细语，"我不想浪费了。"

"怎么就不是一路人？"左柯让注视着她，昏茫夜色下彼此面容都模糊，他深呼吸，态度尖锐，"我不会去联那什么狗屁姻，不会跟别人结婚，你要因为邬思铭怪左继坤，我把他绑了你揍他一顿出气。"

他现在根本没有理智可言："或者随便你怎么样都行。"说着，他就站起身。

"左柯让！"邬思黎急忙拉住他，毛毯滑至手肘，"你能不能成熟点，别总这么幼稚？"

"能。"左柯让反攥着她手,目光如炬,"我哪儿你不满意,你说出来我都能改。"

他有要求,他说但你得陪着我。

邬思黎又摇头。在这段感情里,她身心俱疲,邬思铭去世,牵制她的最顽固的枷锁已经不在,她不想再委屈自己。

"就非要分手是吗?"

"是。"

"我不同意。"

邬思铭去世后,左柯让一句重话都没对邬思黎说过,千依百顺,时间一久,他觉得邬思黎可能忘记他骨子里的强势了。

这段时间以来的谨小慎微和脉脉柔情尽数收回,取而代之的是冷漠偏执。

"我什么都可以答应你。"他说,"但这件事没有商量的余地,我并没有给你随时喊停的权利。"

左柯让拨开邬思黎黏在脸颊的发丝:"我知道你最近心情不好,'分手'这两个字我当没听过。"

"你只能在我身边,和我在一起。"他低颈亲吻她的唇,鼻尖亲昵地相抵,"所以别想着离开我好吗?"

他俯身抱住她:"我不能接受的。"

5
左柯让把他俩一起关起来了,就关在公寓里。

在邬思黎提出分手被左柯让驳回后,她的手机、电脑,包括左柯让的,总之一切电子通信工具通通被他收起来了,网线掐断,楼层管家每隔两天会送一次生活必需品。

邬思黎生气又无奈,每次她都以为就这样了不会再过分了,左柯让总能刷新她的认知。

但是多少在意料之中。

他也不娱乐,睁开眼睛就是盯着邬思黎。无论她干什么,他都在旁边看着,墙上的时钟显示到饭点了,他就去研究怎么做饭,做好就端到她面前,晚上搂着她睡觉,第二天再重复过着这样的生活。

邬思黎感觉自己就像困在笼子里的金丝雀,可以透过窗户看见外面的景色却怎么都触及不到。

近来宁城天气很好,阳光明媚,邬思黎喜欢躺在阳台的躺椅上晒太阳,不知不觉睡着,醒来之后第一眼就能看见左柯让。

他坐在另一张椅子上,托腮瞅着她发呆。

不知道他保持这种状态多久了,邬思黎跟他的视线撞在半空,好半天他才有所反应。

他起身去厨房端来一盘洗好的水果，三两下剥掉荔枝的外壳，喂她。

邬思黎偏过头，无声拒绝。

左柯让举着手："很甜的。"

"我不想吃。"邬思黎压抑许久的情绪顷刻爆发，她坐起来，面露不耐烦，"为什么你总是强迫我，尊重别人的意愿对你来说很难吗？"

没想到她会突然激动起来，左柯让愣了下，饱满水润的荔枝肉滚落掉。

"一个星期了。"他说，"这是你跟我说的第一句话。"

最初邬思黎吵过闹过，左柯让一律不予理会，她就懒得再抗争，硬碰硬她永远不是左柯让的对手，便单方面冷战。

"不想吃就不吃。"他垂下眼皮去捡，丢进垃圾桶，"我只是觉得挺甜的，想让你尝尝。"

"就是这样，就是你觉得好就要塞给我，根本不管我喜不喜欢。"

"了解了，我改。"左柯让抽湿巾擦干净手，去牵她，"你别生气。"

邬思黎躲开他的手，收进毯子里，舒了一口气，躺回椅子里，望着渐渐降临的夜色。

一周以来的首次交谈不欢而散。

她不说话，左柯让也不说。周围太过静谧，邬思黎又开始昏昏欲睡，她最近除了吃就是睡，精神状态比邬思铭刚离开那阵好像还要消沉。

左柯让目不转睛地看着她，解开自己手腕上那根红绳，动作轻缓地在毯子里摸到她的手腕，给她戴上。

邬思黎正昏昏欲睡，迷糊间感受到左柯让又在摆弄她，没力气挣扎，勾一下手，咕哝："什么？"

"保平安的。"左柯让系好绳扣，摩挲着她的手背，"戴着吧。"

他语气中带着商量："行吗？"

左柯让说他会改，邬思黎一点都不信，在她的潜意识里左柯让习惯强势，并且会一直保持下去。

懒得再废话，晚风一吹，胳膊露在外面有点冷，她又缩回去，闭上眼睛。

等她彻底睡着，左柯让小心翼翼地倾身，在她眉心落下一吻。

他低下头，茫然无措地盯着某一点发愣。

他倏然想起邬思铭托护士转交给他的那封信还没看，当初拿回来后就把信放在了书房。

左柯让轻手轻脚起身，从书桌最后一层抽屉最下面翻出那个信封后，又回到阳台打开。

邬思铭写字很烂，左柯让说过数次叫他练练字，每次看他卷子还得配着他翻译才能认出他写的什么内容。

而这封信,字迹工整,一笔一画都极为用心。

柯让哥:

　　展信悦。

　　如果有一天你看到了这封信,我应该已经不在了,但是不要难过!人固有一死,我拖着一身病活了这么多年,早就超值了。

　　我知道你对我所有的好都来源于我姐姐,我很高兴,也很感谢你能把我姐姐放在首位。我们爸妈从我出生起就很偏心我,有意无意地给姐姐造成了很多伤害,她没有被亲生父母坚定地选择过,所以总觉得自己做什么都不配。

　　我姐姐是个很拧巴的人,她不会表达。小时候,她不开心还会拿我撒气,越长大她越闷,什么都憋在心里,你别看她温温柔柔的,实际上性格比谁都刚强,她吃软不吃硬的。

　　每次我惹她生气,撇撇嘴,示示弱,她就心软了。(给你传授下经验^_^)

　　所以如果你们以后有了什么矛盾,希望你能迁就她一下。我姐姐很少有随性自由的时候,现在我不在了,她能减少一大半负担。

　　我不知道姐姐有没有跟你说过,据我了解她应该不会说,但是我感觉她很喜欢你。

　　以后就拜托你了,我把姐姐交给你,有你照顾她,我很放心。

　　再见!

邬思铭留

还不足一页信纸的内容,左柯让将近一个小时才看完。

他沉沉地吐一口气,沿着折痕叠好信纸,塞回信封里装好。

邬思黎再次醒来,不清楚具体是几点。窗外天色浓稠,皎皎月亮高悬,她睡得有些蒙,揉揉眼睛,看见手腕上多出来一条红绳。

隐约记起是左柯让在她临睡前戴上的,说是保平安。

红绳是他小时候,他奶奶去京北的一家据说很灵验的寺庙里吃斋半年求来的,这么多年他从未离身。

现在,他将这条红绳给了她。

"醒了?"邬思黎抬着手腕,还没放下,左柯让就从她上方冒出来,"饿不饿?"

邬思黎仰头看他。左柯让在笑,很单纯诚真的一个笑,仿佛两人之间从未发生过龃龉,邬思黎有一瞬被迷惑。

她点头:"有点。"

"那去吃饭。"左柯让理顺她睡得乱糟糟的头发,"我新学会了一道菜,超难。"

他拿走邬思黎身上的毯子,牵着她的手去餐厅。

邬思黎醒来的时候正好,饭菜也是刚做好。这一周以来,左柯让厨艺突飞猛进,他毫不谦虚地夸赞自己:"我觉得我现在能去应聘七星级酒店厨师长了。"

餐桌上摆着三菜一汤,全部符合邬思黎的口味。她最近胃口其实不太好,每餐都吃得很少,但现在莫名饿得慌。

他俩面对面分坐在餐桌两边,慢条斯理地吃完一顿饭。左柯让眼巴巴地望着她,朝空盘子努努嘴:"我是不是天赋型选手?"

熟悉的自恋模样,熟悉的"我最牛"的语气。

真的恍惚。

邬思黎都险些怀疑一个月来经历的种种是她做的一场梦。

她点头:"是。"

左柯让笑了,叫邬思黎去跟二哈玩。他收拾着餐桌,碗筷放进洗碗机,不确定邬思黎要不要吃水果,但他还是洗了一盘端到客厅。

邬思黎坐在沙发上,腿边有一个医药箱。左柯让见状,心一提:"拿这东西干吗?"

邬思黎拉他坐下,拨开医药箱的卡扣,取出碘伏和棉签,捧着他的手仔仔细细消毒清理他食指指背被刀划出来的那道伤口。

"不小心切到的。"左柯让觑着她,犹豫再三,卖个惨,"好疼的。"

邬思黎清理着伤口,淡声道:"下次还是请阿姨做吧。"

她没有亲他,也没有哄他,左柯让眼神一黯:"好。"

几乎是切掉了一小块肉,挺触目惊心的,邬思黎倒出药粉用纱布裹好,然后问:"你是打算关我一辈子吗?"

"没有。"左柯让嗓音轻,嗫嚅地回,"不是。"

邬思黎神色淡然:"你这样做,只会把我推得更远。"

"那又怎么了。"他小孩子赌气一般,"反正怎么样你都不会喜欢我。"

既然不喜欢,那一直在他身边就好了,他要求不多的。

"我喜欢你。"邬思黎系出一个蝴蝶结,抬眼直视左柯让的眼睛。他的眼睛很漂亮,狭长的丹凤眼,她很少敢与他对视,担心会被看穿心底的秘密。

"左柯让。"她真挚告白,"我是喜欢你的。"

怎么会不喜欢呢。

在她最是困难无助的时候,他为她扫清一切障碍,是她最坚固的靠山。

他一次又一次坚定地选择她,无论怎么样都无条件地站在她这边。

这样的左柯让，她怎么会不喜欢。也正因为喜欢，所以她更需要离开他。

"我们之间是不平等的，如果我不喜欢你怎么样我都无所谓，可是我喜欢你。"她拨弄着蝴蝶结，指尖偶尔擦过他掌心，"我贪心，我想要一段平等的、我能平视你的关系。"

邬思铭在信里写邬思黎喜欢他，左柯让半信半疑，邬思铭或许是忧虑自己有一天会放弃邬思黎，使用这种好听的话来套牢自己。

可怎么会呢？

他永远都不会放弃邬思黎。

但是现在邬思黎亲口承认她喜欢他，在他们之间产生隔阂的此刻，给了他最难忘的回忆。

错愕散去，他急忙回："是平等的。"

他万分迫切："我们是平等的。"

"不是的。"邬思黎缓缓摇头，"我身边出现的每一个异性都会被你调查，甚至针对，而你能接触的异性，我从来没有资格插手。"

"怎么没有，你——"

邬思黎打断他："你听我把话说完好吗？"

他像一只垂头丧气的小狗："你说话不好听，我不想听。"

"任卓元发帖造谣我之前，他没有做错任何事，他只是表现出对我的一点喜欢，他没有表白，我也没有越界，你就把人弄走。

"魏书匀也是，小时候他帮过我很多，待我亲近一点，你就几乎把他从出生到现在的信息都查了个透。

"我们两个每次吵架，你都会用邬思铭威胁我，逼我妥协。"

桩桩件件，邬思黎都列举得明白。稍稍一顿，她垂下眸："我好像很重要，重要到牵扯着许多人的命运，我不顺着你就会有人倒霉，你给我造成的感觉是——我是一个很糟糕、很不幸的人。"

左柯让喉结上下轻滚，他想说不是，你不要这么想，可他发不出一个音。

"邬思铭出生之前，我爸妈对我一般，我安慰自己他们性格本身就是那样。邬思铭出生之后，我见到了完全不一样的父母。

"我爸妈对他喜爱的万分之一我都赶不上，邬思铭七岁那年查出白血病，我听到最多的一句话就是为什么得病的不是我。

"所以我一直以为自己是个很糟糕的人。

"而现在这份感觉里，有你的参与。"

"我不想这样了。"她吸吸鼻子，疲倦不堪，"好累的，真的。"

这些真心话，邬思黎从来对任何一个人提起过。她习惯埋藏在心里，因为父母不在意，说出来也不会得到想要的结果。

而等她终于遇到一个她愿意袒露心声的人，竟然同时在预示着他们的分别。

"我改。"左柯让声线也不稳,尾音收得又快又急,眼眶红成一片,"你不满意的我都改,我保证。"

"你不会的,你不相信我,也不相信你自己,我不想再妥协了。"邬思黎手背一重,温热的泪滴晕开水痕。她看向左柯让,看见他在哭,心口撕扯得生疼,她在他眼下一抹,"我总说你幼稚,其实我也不够成熟,我们真的不适合再在一起了,至少现在不适合。"

她和左柯让已经走入一个死胡同,身前是墙,身后是彼此相互作用下切断出的万丈悬崖。

进退为难。

分开是对他们都好的选择。

邬思黎跪坐起来,手臂环抱住他:"我们先分开吧,阿让。"

她满是赤诚:"在相爱之前,我们先成为更好的人吧。"

当晚,邬思黎搬出公寓回到老城区住。

二哈留给左柯让,她什么都没带走。

距离大三开学还有半个月,在这期间,她找到房产中介,准备卖掉名下的这套房子,然后联系教授表达有想要去做交换生的想法。

教授非常欣慰,开学后就立刻筹备起帮她申请出国交流学习的助学金。她不太了解其中流程,总之审批走得很快。

老城区的房子虽然年份久,但是学区房,不愁卖。在她走之前,中介联系她找到了合适的买家,买家的女儿还有两年上初中,得提前做好准备。

交接手续都办好,买家得知她马上就要出国,叫她先住着,等她走后他们再搬也来得及。

出国前一天,她请邹念桐她们吃了一顿饭。

她在群里发消息说请客吃散伙饭,三人劈头盖脸就是一顿辱骂,说要是吃散伙饭她们就不去,她们不允许散伙。

邬思黎哭笑不得,连连改口。

宿舍其他三人都知道她和左柯让分手的事情,尽管平日里不停地夸赞小左同志这好那好,一分手,左柯让于她们而言就是纯陌生人,提都不提一句。

邬思黎酒量极浅,不过邹念桐她们点的一打啤酒上来后,她还是贪嘴地喝了两杯。

聚餐后半程,邬思黎不甚清醒地坐在椅子上看着她们仨嬉笑打闹。

她脑海里不期然地蹦出另一幅画面,还没反应过来,眼泪就先流出来。

范云薇吓一跳,拿过抽纸给她擦:"咋了咋了,咋哭了?"

邬思黎不想她们忧心,指着桌上那盘撒满辣椒面的烤串:"辣的。"

"那快别吃了。"赵月雯撤走，又狐疑地拿起一串试吃，"有这么辣吗？"
当然没有。
邬思黎只是想起她和左柯让公开后请双方朋友吃饭的场景。

她们边吃边聊，从大一见面一路怀念至现在。这顿饭依依不舍吃了三个小时堪堪结束，吃饭的地方离老城区近，送走她们仨，邬思黎溜达着回家。
夏季凌晨十二点后，街道上的人只有零散几个，有一截路的路灯报废还没修好，邬思黎倒是一点都不害怕，她淡定地穿行着。
"咔嚓——"像是木板被踩裂的声音。
邬思黎回头，一只野猫飞速蹿过。
她在黑暗里站定片刻，抿抿唇，若无其事地转身。
航班是第二天中午十二点，邬思黎八点钟起床，先坐高铁去沪市，由沪市飞往马德里。
路上有点堵车，到达高铁站时间正好，没有任何空余量，她过安检检票，找到座位坐下。
她选的F座，靠窗。
她放好行李箱，窝在椅子里怔忪几秒钟，掏出手机，点开置顶联系人。
邬：送到这儿就可以了，你回去吧。
邬：开车小心。
发完消息，她戴上耳机和眼罩，与世隔绝。
十分钟后，列车启动，由慢到快加速。
深褐色的车窗膜很难看清车厢内部，但左柯让就是知道邬思黎坐在哪儿。
他的目光随着前行的列车移动，直到连车尾都消失。
全部列车都发走，站台空无一物，工作人员见左柯让站在原地不动，上前询问："先生您好，有什么需要帮助的吗？"
左柯让收回视线："没有，谢谢。"
踏上出站的电梯，他彻底与邬思黎背道而驰。
宁城今年的夏天好似格外炙热，天气预报隔三岔五发布高温预警，提醒广大市民注意防暑。
开车回公寓的路上到处都是盎然绿色，生机勃勃，梧桐树枝繁叶茂，斑驳阳光钻进树叶间隙铺洒满地。
路口红灯，他踩刹车停稳。
穿过斑马线的一行人中，有一对年轻小情侣，一对相携相伴的老夫妻，有一家三口，还有几个人孤身独行。
左柯让就坐在车里看着他们一个又一个地走出他的视野。
红灯变绿的最后几秒钟，他拿起手机。

没有声嘶力竭的吵闹,真正打败左柯让令他投降答应分手的原因是邬思铭的那封信、邬思黎的坦诚,还有她那一句恳切的喜欢。

原以为只要她在他身边,其他所有都能忽略。

可真见到她不开心,他也没劲了。

他点开置顶聊天框。

Atopos:一切顺利。

Atopos:再见。

Atopos:再见。

一共两遍再见。

她没说的再见他要补上。

他们一定会再见。

盛夏结束,又一年凛冬要来临了。

第七章 // 重 逢

1

五月中旬，春末夏初。

下课铃打响，邬思黎跟学生们说完再见，装好电脑，拿上包离开教室。

教授周末两天携全家去隔壁市短途游，周末晚八点返程，半路不幸车胎爆胎，停在前不着村后不着店的地方，叫拖车救命，一系列流程忙完回到马德里市区接近凌晨。

教授年纪大了，熬了几乎一个通宵身体支撑不住，睡觉前给得意门生发消息救急，喊她今天上午帮忙去学校代课。

之前她也代过好几次。大一新生们活泼开朗，和她关系处得还不错，不知道从哪儿打听到这是她在马德里的最后一天，即将回国，每个人都准备了一份小礼物送她。

邬思黎来上课前两手空空，肩上只挂着一个托特包，下课后收获满满。

她出校门后穿过一条马路去乘坐地铁。

马德里夏季的干燥与宁城的湿润完全相反，街道上方遍布着拼织在一起的五颜六色的巨型三角遮阳天幕，这是马德里人民为即将到来的炎热夏日所做的准备。

这是邬思黎在马德里生活的第四年。

也是最后一年。

到 Anton Martin 市场，她上二楼。

西班牙人作息一般都比较晚，早上十点钟才开始上班，下午两点至五点是餐厅午餐时间。

邬思黎推开一家网红餐厅的门，一眼看到正对门口坐在窗边的赵月雯。赵月雯一直巴巴地盯着门外，见邬思黎一进来，她立马招手。

邬思黎差一步到餐桌，赵月雯就迫不及待地扑过去，一把抱住她："想死我了宝宝！"

邬思黎笑着回搂她："我也想你。"

"那你说，"赵月雯松开她，逼问，"我们仨你最想谁？"

"嗯?"

小时候没经历过"爸爸妈妈你最爱谁"的世纪难题,长大后好朋友给补上了这个空缺。

赵月雯不依不饶,抓着她的手摇晃她的胳膊:"你说你说你快说,你最想谁?"

本着"就近原则",谁在眼前就选谁,邬思黎眨眨眼:"你。"

赵月雯稍偏头,按着一只耳朵里的蓝牙耳机,嘚瑟道:"听到没?"

邬思黎不明所以,赵月雯将另外一只耳机塞到她耳朵里,刚戴上就听见邬念桐的冷嘲热讽:"赵月雯,你被组织开除了,顺便再转告邬思黎叫她别回来了,组织也不欢迎她!"

范云薇那边网不好,卡壳机器人似的蹦出两个字:"同意!"

"好的,没有问题!"赵月雯丝毫不收敛,反正山高皇帝远,"那我们就去过二人世界了,不打扰你们了哈。"

她拍拍邬思黎:"宝宝跟她俩说再见。"

邬思黎配合:"再见。"

耳机里安静两秒钟,接连响起两声挂断语音的"哔"声。

赵月雯耸耸肩:"恼羞成怒了。"

邬思黎笑笑,摘下耳机还给赵月雯。她上课前手机调成静音免打扰模式,三人在群里开语音她没能察觉到,于是就闹出这么一出戏码。

在餐桌边坐下,两人先点餐,确定好吃什么后才闲聊。

邬思黎讲课讲得口干舌燥,喝口水润润嗓:"你晚上几点的飞机?"

赵月雯比画一个"八"。

邬思黎早就对马德里这座城市熟悉非常,她主动提出当导游:"那我们一会儿吃完饭我带你逛逛,再送你去机场。"

赵月雯摆手:"不用送,我到时候回酒店跟我老板一起。"

"你老板也来了吗?"邬思黎记得赵月雯说只有她自己。

赵月雯翻了个白眼:"两个小时前刚到,在酒店里补觉呢。"

邬思黎想起赵月雯和她老板的那些爱恨情仇,下意识地问:"在你房间里吗?"

"嗯。"赵月雯痛快地承认,"他非说我来马德里是来私会别的情人。"

赵月雯现在从事外贸行业,一周前去巴塞罗那出差,想着指不定下次再见邬思黎是什么时候,出差结束有一天空余,她转而来马德里找人小聚。

她那小心眼老板不放心,她前脚到马德里,他后脚就连夜赶了过来。

起因是她昨晚上跟同事们例行庆祝,在酒吧里喝嗨了搭着一西班牙帅哥热舞,被同事当作日常分享拍视频发到朋友圈,老板第一个点的赞。

工作以来,一天二十四个小时,赵月雯有二十个小时都在吐槽她老板。

最初其他三人以为她是真讨厌她老板，结果吐着吐着，某天她突然在群里说她和她老板好上了。

就这样，这段崎岖的关系开始了。

不怪同事"打小报告"，同事也是无心，因为赵月雯和她老板是地下情，还不是正经恋爱，至少赵月雯是这么定义的。

邬思黎虽远在马德里，却从未缺席过她们三人的生活。

大四那年，邹念桐焦虑怕找不到工作，毅然决然加入考研大军，研究生毕业后光荣成为一名私立学校的老师，整日和一群富家子弟打交道，十二三岁的年纪比她二十四年的人生还要精彩，导致她天天在群里吐槽，说她小时候家里要有这条件，分分钟上哈佛。

范云薇在大三就接触自媒体，大四毕业时全网粉丝加起来超五百万，是个小有名气的Vlog（视频日志）博主，经常收到各大品牌方的礼品，再转送给她们。

赵月雯零基础做外贸，到处飞来飞去。

四人不管多忙，每天都会在群里发一个表情包告诉彼此：我还活着。

视频和语音偶尔打，她们也想约着吃一顿饭，但总是定不下来合适的日子。毕业工作以后，总是有很多身不由己。

所幸还有朋友陪伴，开心了就在群里报喜，难过了就在群里发疯。

餐品陆陆续续地端上来，赵月雯边摆弄餐盘位置，边问："想好了回国后直接去京北？"

邬思黎点点头："大后天就入职了。"

"要不要这么卷啊？"赵月雯这个懒虫对于邬思黎的勤奋表示强烈谴责，"摆烂这种人生态度也很可贵的好吗！"

邬思黎扎起披散的头发，露出纤细的脖颈："闲着也是无聊。"

邬思黎一个月前确定好回国的日子，便着手在国内翻译公司投递简历，基本都选在京北。虽说西语加其他任意一门专业打配合才是王炸，但邬思黎没什么喜欢的专业，出国以后她越来越会给自己松绑，不想做的事情就不做，不想给自己增加难度，没再辅修，专注钻研西语。

她成绩漂亮，又有留学经验，在马德里这几年参加过几次大大小小的国际活动，找工作不是难事。

一个星期前，京北那家她最为期待的翻译公司同她进行了一场线上面试，她当即就收到了入职通知。

"行吧。"赵月雯甘拜下风。

她拿勺子搅拌着海鲜烩饭，瞥一眼邬思黎，还是没憋住："我能问你一个问题吗？"

"什么？"邬思黎见她吞吞吐吐，好奇心吊起，"你问。"

"就是，"赵月雯拉着长音，问题又抛得极快，"你和左柯让这些年还有联系吗？"

挺猝不及防的。

这几年，邬思黎没有在身边人口中听到过一次左柯让的名字，赵月雯她们也自动将脑子里关于邬思黎和左柯让谈过的事情团成团丢出去。

就好像于她们而言，邬思黎和左柯让从未在一起过。

但她并没有清除记忆，也不觉得陌生："有。"

赵月雯又问："上一次联系是啥时候？"

"半年前。"邬思黎和盘托出，"他祝我生日快乐。"

两人算是和平分手，联系方式都没有删。

这四年来，他们两人之间仅有的交流，就是在彼此生日那天发送一句毫无特色的"生日快乐"。

除此之外，同列表里其他安静躺尸的好友无异。

半年前。

赵月雯舌尖滚过这三个字。

没等到下文，邬思黎看着她："怎么了？"

说长不长说短不短的一个期限，赵月雯又踌躇起来，可是话题已然起头，与其含含糊糊，不如将所见如实相告，交给邬思黎自己判断，万一是她多想呢？

"我出差之前和同事在京北逛街，撞见左柯让去了婚纱店。"赵月雯不禁紧张，"和一个女人。"

她无意探听邬思黎的心事。她们宿舍四人在感情方面都有一定分寸感，谁要是宣布恋爱那是会刨根问底，谁要是宣布分手，本人不说她们就不问。

邬思黎当初分手也是一样，赵月雯她们自始至终没有问过为什么。

但眼神是个很可怕的东西，它会出卖泄露主人最隐晦的秘密。

他们在一起时，赵月雯在邬思黎望向左柯让的眼睛里，看到过和她含蓄性格相悖的喜欢。

当年分手后，邬思黎就立刻出国了，四年过去没有开启过哪怕一段感情，回国入职首选还是京北。

可能是出国时机正好，可能是没有遇到合适的人，可能是京北更适合发展。

邬思黎的一切决定都有一种为自身考虑的可能，但或许也还有一个共同原因——

她还喜欢左柯让。

如果这个"可能"成立，赵月雯更加不敢隐瞒。

邬思黎短暂一愣，转瞬间又恢复平静："是吗？"

她语气自然，甚至有几分漫不经心："那挺好的。"

大家都在社会的锤炼下越来越学会掩藏，又许是邬思黎充满爱意的眼神仅左柯让在身边时可见，赵月雯拿捏不准邬思黎现在的态度，抓耳挠腮，舔一下唇，最后问出关键问题——

"你还喜欢他吗？"

2

尖锐且直白的提问。

赵月雯开口前，邬思黎正好将一块鳕鱼丸送进嘴里，她理所当然地得到几秒钟缓冲，咽下去后正要回答，服务员端来最后一道巴斯克甜品。

一番打断，不了了之。

吃完饭，邬思黎领着赵月雯在市区闲逛。傍晚六点钟两人分别，一个去酒店，一个回公寓。

邬思黎来马德里后搬过好几次家，这间公寓是她住过时间最长的一间，一室一厅一卫，二十几平方米，空间不大但很温馨。

她刚进家，拖鞋都还没换，门就被敲响。

她打开，是Diego（迭戈）。

Diego也是康普顿斯大学的学生，读大三，长相挺俊秀的西班牙帅哥。

邬思黎两年前搬到这栋公寓楼住到他隔壁，在这之前，他们俩在学校社团也经常见面，只不过成为邻居后才逐渐熟络起来。

他站在门外，邬思黎侧身邀请他进屋。他摇摇头，越过她肩膀看到她摊在客厅地板上的行李箱，失落终于掩饰不住："真的就要走了吗？"

邬思黎应了一声。

Diego手里拿着一个包装精美的巴掌大礼盒，递给她："离别礼物。"

怕她拒绝，Diego先劝说道："就当是留个念想，我们毕竟还是朋友，对吗？"

邬思黎收下礼物："谢谢。"

本是想着送完礼物就好，真正见到邬思黎后，Diego生出不甘，刨根问底："你回国，是因为你喜欢的人吗？"

"什么？"

Diego道出他不小心窥探到的秘密："之前有次社团聚餐，你喝醉酒后在看和一个男生的合照。"

他问："他是你喜欢的人吧？"

短短几个小时，邬思黎经历两次同样的问题。

她同样沉默不语。

Diego是明知故问，醉酒后躲在角落里偷偷翻看一张又一张的照片，那样小心那样在意，怎么会不是喜欢的人。

他又做出无谓的假设:"如果我早一些跟你表白,你会不会跟我在一起,会不会留下来?"

前两天得知邬思黎要回国的消息后,Diego 着急忙慌地告诉她他的心意,结果显而易见。

"不会。"邬思黎毫不迟疑,给出肯定答案,"我不会永远留在这里。"

或早或晚,她总要回国,总要回去。

邬思黎坦然地看着他:"你很好,但是很抱歉。"

被发好人卡的 Diego 苦涩一笑:"我明白了。"

他张开双臂:"能抱一下吗?"

邬思黎大方上前,跨过门槛拥住他。

Diego 也保持着绅士风度,手臂虚虚拢在她肩膀位置:"祝你一切顺利。"

尽管他不想承认,还是说:"你们看起来很般配。"

"谢谢。"

送走 Diego,邬思黎什么都不太想干,走到客厅一脚踩上沙发,膝盖一弯,人窝进沙发里,捞过一个抱枕抱着。

衣服什么的都提前邮寄回国了,她就留了一个小号登机箱,等明天出发前再收拾最后一批小件物品。

盯着纯白色天花板发了一会儿呆,她爬起来去洗澡,洗完头发吹到半干就倒到床上睡觉。

她也没怎么睡,一直半梦半醒的,第二天早上五点钟被闹钟叫醒,精神还挺振奋。

她洗漱完整理好行李,最后环顾一圈这间公寓,检查完没有东西落下,钥匙留在玄关鞋柜上,关好门,前往机场。

马德里直飞京北要十三个多小时,漫长的航程,舷窗外的天空中云层缭绕在附近,仿佛触手可及。

出国四年,她一次都没有回去过,现在有点近乡情怯。十几个小时内,她看完了五部电影,帮教授批改了十几份学生作业。

干的事情不少,都是机械化流水账的运作,没一件进到脑子里。

邬思黎没有觉得难熬,甚至在快要降落时产生些许惶恐。

她随着人群往外走,到转盘处取行李。

邹念桐在宁城,范云薇受邀在沪市参加活动,赵月雯昨天分别后飞港城,京北这边没有邬思黎的朋友,入职的翻译公司本是打算安排人来接她,但她不习惯麻烦陌生人,婉拒了对方的好意,自己打车回公寓。

公寓是赵月雯老板帮忙找的,赵月雯半个月前知道她要回国,包揽下找房子这项任务,转手甩给她老板,她老板是京北人。

机场人来人往,邬思黎完全没察觉到后面有人在跟,在她坐上出租车离开机场后,杜思勉结束视频录制,拇指一松,视频发送出去。

点开视频又欣赏了一下,杜思勉"啧啧"笑着打字:柯柯啊,你看看这姑娘眼不眼熟?

他又发了第二条:我怎么看着有点像你前女友呢?

发完,杜思勉胳膊支着行李箱拉杆站在路边等人回复,半天过去一点反应都没有,他卡着两分钟的节点撤回。

司机开着车到他面前,接过他的行李放进后备厢。杜思勉拉开后排车门,与此同时手机振动,一看来电显示,他就笑了,雀跃地接通:"柯柯呀?"

机场在郊区,还没到早高峰,凌晨时分的京北还在沉睡中,天色昏昧,是和国外完全不同的景色。

邬思黎到达公寓门外,还没录入指纹,她用钥匙开锁。

进屋后,她打开灯,家里都已经打扫干净,一应布置全部按照她的喜好来,赵月雯办事是真靠谱。

她在四人群里报个平安,又私信赵月雯表达一番感谢,人家甩个翻白眼的表情包,叫她别这么肉麻。

明明昨天见面还生扑她,她道个谢就嫌弃起她。

京北与马德里时差约七个小时,邬思黎在飞机上一直没能睡着,早就忘记时差这东西。此刻踏进家门,活跃的心跳平复下去,困意如山倒,她强撑着洗了个澡冲走一路风尘,卷着被子就沉沉睡去。

一觉睡到晚上八点,邬思黎被饿醒,闭着眼睛赖床,在继续饿着和起来去觅食两个选项之间徘徊许久,最终被肚子的一声"咕噜"叫打败。

京北的夏季也很干燥,夜晚比白日凉爽,邬思黎适应良好,换上简单的白T恤、黑裤,头发随意扎成低马尾,钥匙勾在食指上,出门。

某软件推荐一家铜锅涮肉不错,评论区图片拍得很有食欲,邬思黎搜了一下位置,十五分钟路程,在国贸那边,不算远,就打了个车过去。

铜锅涮肉是京北特色,邬思黎来的这家好像还是京北总店,人巨多,她排完号去隔壁奶茶店买了杯冷饮边喝边等,一回来旁边那对情侣不知怎的吵了起来,女生扭头就走,男生抓着头发烦躁地在原地转一圈,追上去前随手将他们的号码纸塞给离得最近的邬思黎。

"送你了,姐。"

邬思黎人都是蒙的,服务员恰好出来叫号,她低头看一眼号码纸,是刚才那对小情侣的号。

就,她还挺幸运?

见她是一个人,店员领着她到一个双人位小桌前。

小桌前方有一个超大观景盆栽,完美挡住了她,不特意探头看,根本发现不了盆栽后面还有一人。

但偏偏就有人善于发现，邬思黎误食用来调味的小米辣，整张脸被辣得通红，接连灌了好几口冷饮入嗓，缓解火辣，一道惊讶的男声在头顶响起。

"邬思黎？"惊讶紧接着转变成惊喜，"貂蝉妹妹？"

好久远的一个绰号。

邬思黎掩着唇循声望去。

段骏鹏在距她两步外，隔着徐徐上升的热气看着她，特自来熟地坐到她对面："什么时候回来的啊？"

邬思黎抽张餐巾纸擦嘴："今天。"

"自己来吃？"

"嗯。"

以前没少被左柯让带着和他朋友们吃饭，又是校友，邬思黎礼尚往来地问候："你怎么在京北？"

段骏鹏土生土长一宁城人。

"来找柯——"晃着车钥匙的手一停，他改口，"来找人玩。"

大学毕业后大家都各奔东西，为前程为生活奔波，时间不由自己支配，能特地来京北找人玩，关系非同一般。

段骏鹏那个"柯"字话音，邬思黎也捕捉到了，但她神态自若，点点头表示了解。

不算特别熟，又多年没见，寒暄两句就完事，段骏鹏起身告退，他走出一步又折回来："要不上去包厢一起吃？"

他想起网上划分出的孤独等级："不都说一个人吃火锅是五级孤独吗？"

邬思黎笑一笑："不打扰了，我孤独完了。"

她一整天没吃东西，吃一点就饱了，被小米辣误伤的那一口就是收尾。

段骏鹏没强求，看她要走，问："回家？"

邬思黎想消消食："再逛逛。"

"行。"段骏鹏挥手，"拜。"

邬思黎也挥手道别。

目送着人出去，段骏鹏对着她的背影录了段三秒钟的视频，发给左柯让。

段骏鹏：还堵着呢，哥们儿？

段骏鹏：这就失之交臂了？

段骏鹏：是不是缘分已尽的征兆啊？

段骏鹏：她一人来吃的火锅，我还邀请她一起来着，人家说不了。

段骏鹏：刚问貂蝉妹妹，她说她今天回来的，她跟你说过吗？

段骏鹏：你俩还能有以后吗？

六连撑。

有时候看客的意难平要比主角强烈得多，当初两人分手，段骏鹏唏嘘了好一阵，跟自己失恋似的。这下电影的两位主角都在同一座城市，他又长吁短叹地遗憾。

他越想越难过，在眼底揩一下并不存在的眼泪，等不及左柯让回复，拨了个语音电话。

"叮——"

界面弹出窗口：对方没有加您为朋友，不能语音通话。

段骏鹏：哈？

出了火锅店，邬思黎沿着街道散步，跟着导航走回了家。她的作息彻底乱套，也懒得纠正，又找了一部电影窝在沙发上看，后半夜两点多钟困了才去睡觉。

早上八点钟，她坐高铁去宁城，十二点钟出站，直奔西郊墓园。

她父母和邬思铭都葬在这里。

买来的花束挨个摆在他们的墓碑前，邬思黎不擅长表达，也没什么要说的，就安安静静地陪他们坐了一会儿，然后去到上数第二排中间，将一束纯白色百合花放在陆若青墓前。

鞠一躬，离开。

宁城老城区的房子在她出国前就已卖出，她在宁城没有落脚点，来时就将回京北的高铁票买好，这么一折腾，晚上才回到京北。

这下生物钟总算是调整好。

翌日，邬思黎去 RS 公司报到入职。

RS 是国内首屈一指的翻译公司，专为各大国际活动提供翻译服务，公司地处 CBD，二十二层的写字楼里 RS 占据最上方的二十二层。

她跟前台说明来意，前台拨打内线电话，不一会儿，翻译部经理就亲自过来带她去办理入职手续。

经理是个四十多岁的女人，叫初雅。之前面试时，她就是主面试官。

初雅对邬思黎印象非常好，小姑娘温温柔柔不咋呼，瞅着就是能脚踏实地干活的好苗子。

还有一点原因——

她说："我也是康普顿斯毕业的。"

邬思黎并不惊讶："我知道，校官网杰出校友里有您的照片。"

如果不是初雅主动提及，邬思黎估计永远不会攀校友这个关系。

念及这一点，初雅好感更甚。

从人事部出来，在去翻译部的路上，初雅大致给邬思黎讲了下公司各部门的情况，剩下的等她亲身体会。

原想着第一天入职会轻松一些,不料才到工位还没坐下,初雅就下达了任务。

"十点钟在北航有一个航空展博会,下午是航天工程研讨会,需要同声传译,你在国外留学的时候也参加过这种活动,应该没生疏?"

邬思黎很快进入到工作模式:"没。"

"行。"初雅对此非常满意,"那你一会儿和老胡一起去。"

老胡今年二十八。至于为什么年纪轻轻就被冠以"老"字,是因为他在不用外出的时候从不用心打扮自己,二十八岁活出八十二岁的松弛心态。

他嘴还特碎,去往北航的路上就没停止过叨叨。虽然是和邬思黎第一天认识,也是第一天做同事,但他一点都不拘谨,从今早上吃的那颗茶叶蛋没有昨天的咸,聊到初雅今天的鬓发两边弧度不一样。

话题极其跳跃,熟稔程度仿佛同邬思黎相识好几年。

这么个麻雀一样叽叽喳喳的人,等到北航下车后,瞬间切换一副面貌,正经得不行。

上午是展博会,他们翻译人员作用不大,就是跟着参观队伍参观飞行表演,中午在北航食堂吃饭,下午两点钟研讨会正式开始。

邬思黎和老胡提前进入到会议厅二层最后排的传译室里,戴上耳机进行同步口译。

邬思黎本身声音偏柔,在这种正式会议场合,她会刻意压低声线,显得比较有力。

耳机里是会议现场各位发言人各有特色的声音,邬思黎游刃有余地根据演讲者的内容翻译成西语传达出去。

托她读书时铆足劲争取奖学金的福,即便最初对西语没什么兴趣,也万分认真地对待专业课。

同传译员只要翻译出演讲者内容的 80% 就是合格,邬思黎能达到近 90%,老胡这个前辈都不禁佩服。

直到——耳机里响起一道熟悉的声音。

心跳有一瞬失序。

邬思黎下意识地抬起眼,透过传译室玻璃向外看。

会议厅着实大,她在最后面,底下会场内坐着的人全部背对传译室,最前排右手边有一抹模糊身影。

是他。

邬思黎瞬间辨认出,动作有一秒钟停滞,旋即摆正心绪继续翻译。

左柯让的发言钻进耳中,一下又一下地敲打着邬思黎的耳膜,经由她润色、转述。

中场休息时,邬思黎和老胡都摘掉耳机,一人去洗手间,一人出去抽烟。

现在时间属于她自己,她就控制不住地回想。

水流冲刷在手背,暖着她冰凉的手。

"这种学术会议我是参加得真难受,为了保持形象不能瘫着不能跷二郎腿,折磨死我算了,不就迟了个到,至于给咱们动用这种酷刑嘛。"一男人抱怨完寻求认同,"阿让,你说老头是不是很过分?"

另一人懒洋洋的调子:"你是连续半个月迟到。"

"那你呢?"前者再次试图策反,"你没迟到没犯错,派你来干啥?"

后者不要脸地回:"我长得帅吧,门面担当。"

"滚啊!"

会议厅大楼的男女厕所正对着,中间是共用洗手池。邬思黎低垂着眼睫,两道截然不同的男声由远及近送到她耳中。

辨认着脚步声,邬思黎关掉水阀,转身。

于是,她顺理成章地和走到她身后的左柯让对视。

眼睛在这一刻自动打开对焦模式,只有眼前的那个人,周围所有都虚化。

他头发长了些,但还是寸头那一类型,鬓角削短,在经年累月的沉淀下,眉眼处愈加浓烈,锋芒毕露的迫人气势有所收敛。

他穿着正装,身姿挺拔,成熟又陌生。

她早就准备好会随时偶遇,可真到这一刻,准备再怎么充足都是徒劳。

左柯让平淡地和她对视,嘴角上扬,是还未消减的笑意。

高子言着急去上厕所,又是个神经大条的,愣是看不出两人间不一样的氛围,急匆匆地跑进了男卫生间。

就这样,共用洗手池这片地方只剩下他们。

邬思黎也变了很多,黑长直烫成微卷,化着淡妆,狐狸眼清媚澄澈,气质娴静淡雅。

好像胖了些,但更漂亮了,依旧是他喜欢的样子。

他审美很简单,就是邬思黎。

左柯让从未预设过重逢场景,他知道他脑海里构建出的无数种画面都不及真正见面时那一刻万分之一的心动。

然后,他上前一步,裹着创可贴的拇指和食指捏着一片创可贴给她:"贴一下吧。"

他向下瞥一眼她穿高跟鞋的脚:"破了。"

3

左柯让伸着胳膊,衬衫袖口处露出一截手腕,戴着一条编织红绳。

分手后,邬思黎将红绳还给了他。

意义太重,在当时那种情况下她无法心安理得地接受。

新生活新面貌，第一天上班开个好头，邬思黎从衣服到鞋都穿的新款，也是没想到今天就会外出，上午踩着高跟鞋逛展览，脚后跟有点磨伤。她想着中午吃完饭找个商店买创可贴，结果吃完就直奔会议厅，没空去买。

没扭捏矫情，邬思黎拿过创可贴："谢谢。"

左柯让像模像样："不客气。"

共用洗手池算是个休息区，有排长椅，邬思黎走过去坐下，朝向左柯让那边的头发别到耳后，双腿交叠，脱掉高跟鞋，用脚尖勾着。

她穿着一身职业装，包臀半身裙，坐下后腰臀线条完美勾勒，小腿绷直，高跟鞋在她脚尖一荡一荡，明明坐姿正常，哪儿哪儿都正经，左柯让就是看得眼发热。

他想跪她跟前，握着她脚腕踩自己腿上或者其他地方，帮她贴。

"嚓"一下——打火机滑落滚过的声音。

左柯让侧身对着邬思黎，点燃一根烟。

他站在通风口处，烟向另一边飘，吹不到邬思黎那儿。

邬思黎想提醒他楼内好像不允许抽烟，抬头看见吸烟区的标志就在左柯让头顶，话咽回去，撕开创可贴包装，贴在破皮的脚后跟。

就在她琢磨要走还是再留一会儿，留下又该以什么正当理由时，左柯让淡声问她："什么时候回来的？"

就像是许久未见的老同学之间随意问候，没什么不一般的情绪。

邬思黎重新穿好高跟鞋："前天。"

左柯让咬着烟在吸，含混地"嗯"了一声。

第一个话题就这么聊完，左柯让的烟还剩一半，他有事干，邬思黎没有，除了刚才递创可贴时两人有眼神交流，左柯让始终没有正眼瞧她。

不能影响心情，研讨会还有后半场，她得精神高度集中，起身准备告辞："我——"

话才说了一个字，左柯让手机响了，他给邬思黎打个手势，叫她稍等，他接通电话。

这处卫生间离会议厅较远，较近的那处人多，邬思黎不想挤，左柯让他们来这儿估计是一样的原因。

这里暂时就他俩，清静，通话音量开不大也挺清楚，高子言"嗷嗷"着呼救："阿让，你在外头吗？"

不等他答，第二句："你去买包纸给我送进来呗，我吃坏肚子了。"

第三句："最好再给我找一盒止泻药，我怕一会儿我半途窜稀，可拉死我了让让。"

左柯让满脸无语，他按着音量键降低声音，嫌弃道："你说话文雅点行吗？"

邬思黎就搁边上呢，这不有损他形象吗？

那边又说了什么邬思黎没再听到，她抿唇抑住笑，勾下耳后的头发挡着自己。

左柯让的朋友都挺搞笑的，有这些朋友陪在他身边，他应该不缺开心。

左柯让余光瞄到邬思黎垂着脑袋，不耐烦地应了句"知道了"，挂断，又睇向邬思黎："想说什么？"

"嗯？"邬思黎抬起头，"没什么，我要回去了跟你说一声。"

"走吧。"左柯让扬扬下巴，"顺路一起。"

于是，两人同行，中间隔着一拳头距离，不远不近。

四年空白，只有每年两次生日问候，着实是太过生疏，他们以前有很多话聊，左柯让经常逗她，而现在，他们之间说什么都显得越界。

高跟鞋踩在瓷砖地板上发出的声响是仅有的背景音。

左柯让不习惯穿皮鞋，衬衫西裤配黑白色德训鞋，稳重又有点散漫不羁的调调，他也不咋喜欢穿正装，觉得束缚，但这种场合人人都正儿八经的，就他穿T恤、大背心不合适。

这双德训鞋邬思黎瞅着眼熟，像是她之前给他买的。

也不排除是左柯让后来自己又新买的，毕竟他很喜欢这牌子。

这么杂七杂八地想着，蓦地，手肘一紧，人被拽着往右跟跄一步，肩膀撞到一堵温热胸膛，小腿挨过左柯让的西装裤，半个身体都靠进他怀里，后腰抵着他小腹。

他嗓音落下："看路。"

左柯让小幅度后退半步，松开她的手臂。

触碰还不到两秒钟。

他攥过的手肘还保留着他的力道，他一撤，邬思黎有那么点无所适从，心口微涩。

她张张嘴，还未道谢，差点撞到的那人眼睛在他们俩身上来回一扫，两条眉毛齐齐一挑。

没忘记正事，老胡叫人："走了思黎，带你去见几个人。"

"哦，好。"邬思黎没看左柯让，只稍侧头，"我先走了。"

左柯让瞧着她卷翘的睫毛尖尖："好。"

邬思黎跟老胡离开。

左柯让目送着她走远，碰过她的那只手摩挲两下。

老胡是带邬思黎去认识几个同传前辈，一番交流后就各自回到自己负责的传译室里，继续研讨会下半场的工作。

散场是下午五点，老胡可算有机会八卦，一上车他就求问心切："你和航天局那哥们儿?"他挤眉弄眼,"怎么回事?"

凡事发生,必有痕迹。

谈过恋爱的情侣间会有一种莫名的氛围,别人一看,就一想法:这两人绝对有过事。

老胡在通往卫生间的走廊里看见邬思黎和左柯让,第一感觉就是这样。

邬思黎也从容:"前男友。"

是有所猜测,但当事人这么痛快,老胡还是"嘶"了一声。他开着车,给副驾驶的邬思黎竖起大拇指:"妹妹,你这眼光挺牛啊。"

这话,邬思黎不太会接:"还好。"

"初恋?"

"嗯,本科时候谈的。"

"咱公司不是专门承接这种活动嘛,好几个小姑娘看见那哥们儿都说帅,有个胆大的上去要微信,雄赳赳气昂昂地去,失望地回。"老胡一男人都认为左柯让是真帅,咂咂舌,"你俩——"又止住,"算了。"

邬思黎不解:"什么算了?"

"就是,"老胡是个憋不住话的,"想问你俩还有可能没,后来又一想那哥们儿有女朋友了。"

他拍自己嘴一巴掌:"我也是欠,你别往心里去妹妹。"

邬思黎摸一个人性格摸得挺快,这一天相处下来,知道老胡是个什么样的人,工作时头脑高度集中,放松时就是真放松,纯说话不过脑子,没啥恶意。

邬思黎不动声色地打听:"我倒是没听说他有女朋友,很久没联系了。"

"好像都到谈婚论嫁阶段了。"老胡回忆着,"要微信那同事后面有次在首饰店看到过他在选戒指。"

RS 挺人性化,不强制加班,任务完成后就可以走。

回到公司,整理下今天研讨会的资料留存,又布置好工位,邬思黎下班回家。

她还没买车,只能坐地铁。

她戴上耳机,刷码进站。赶上晚高峰,地铁站里人密集到喘气都困难,不用抓扶手,怎么停车都不会跌倒。

邬思黎想着等到周末去 4S 店逛逛,她在国外留学这几年和在宁大差不多,兼职、奖学金、活动比赛,还清左柯让给邬思铭治病的钱后还剩一些,买辆代步车绰绰有余。

只不过京北这个路况,开车不见得比地铁快。

就这么个无聊的问题,她纠结了一路。

回到公寓,迎接她的是一室黑暗。

国外几年都是如此。

没有等在门口甩着尾巴的二哈,也没有与她大部分时间同进同出的左柯让。

她开灯换拖鞋进屋,把从小区门口便利店买来的便当放在茶几上,她绾着头发去浴室洗手,后又返到客厅,盘腿坐在地毯上拆开便当吃饭。

她把平板电脑架起来找了个辩论赛看。

这两天倒时差倒得她胃口不是很好,便当吃一半就饱了,她含着吸管有一口没一口地喝着果蔬汁,一个半小时的辩论赛视频看完,喝空的果蔬汁扔进垃圾桶,她去洗澡。

她心血来潮,洗完澡竟然有雅致拾掇头发,吹到半干涂精油,抹完又吹两下就罢工不干。

好麻烦,真的好麻烦,胳膊还很酸。

她皱起眉拔掉吹风机,钻进被窝睡觉。

她心绪不佳,躺在床上翻来覆去睡不着,光怪陆离的梦一个连一个,她人仿佛分成两半,一半在亲身经历着梦中的事情,另一半以第三视角观看。

她浑浑噩噩到凌晨,"嗡嗡"的响动吵醒她。

她眯着眼从床头柜上捞起手机,过亮的屏幕刺得眼酸,她又赶紧闭上,没看来电显示,凭借肌肉记忆滑动接听。

还没出声,听筒那端甩来一句——

"我发烧了。"他嗓子哑哑的,"给我送盒退烧药来高子言,我这儿没有。"说完就挂断。

邬思黎愣怔几秒。

手机界面退回到桌面,她又点开最近通话,左柯让的名字赫然在列。

时隔四年,她再次接到他打来的电话。

但这通电话是错拨。

邬思黎掀开被子就要下床,记起赵月雯说他去过婚纱店,还有老胡说他有女朋友的事情,又顿住。

电话打回给左柯让,无人接听,不晓得是不是烧迷糊了。

她犹豫片刻,找到段骏鹏的微信,拨去语音通话。

好半响,他才接通。

"谁啊?"段骏鹏特暴躁,"天还没亮呢!"

"不好意思,对不起,我是邬思黎。"邬思黎简短地阐明来意,"左柯让刚才不小心把电话打到我这里来了,他说他发烧了家里没药,你还在京北吗?麻烦你去看看他吧,或——"者你告诉一下他女朋友。

话还没说完,段骏鹏直截了当一句:"不在!"

邬思黎为难:"啊?"

段骏鹏脑瓜子转得飞快，嘴皮子也贼溜："真不凑巧，我昨天刚回的宁城。"他出着主意，"这样吧，貂蝉妹妹，我把他家地址给你。"最后拍板，"就这样哈！"

他又夸张地打个哈欠："困死我了，我地址发你啊。"马上挂断。

段骏鹏随后发来一连串消息，有左柯让小区地址，具体到门牌号，还有家门密码。

以及两条叮嘱，第一条：到了你也别敲门，输密码进去就行了，万一他真烧得不省人事也开不了门。

第二条：没事的话就不用告诉我了，不是很想知道。

就，蛮令人费解的兄弟情。

邬思黎回复一个"谢谢"。

那边嚷嚷着困死的段骏鹏一下子振奋，他一个鲤鱼打挺在床上坐起来，酒店房间半拉的窗帘外是京北凌晨时分的景色。

他打电话给左柯让，第一遍没接打第二遍，即将自动挂断的时候，通话成功。

"有屁就放。"

段骏鹏笑嘻嘻地问："真发烧了柯？"

"那不然？"

"很严重？"

"干什么？"

"一加一等于几？"

"你有病？"

段骏鹏支着下巴："就想测测你是不是真烧糊涂了，怎么就那么凑巧电话打到貂蝉妹妹那儿求助呢。貂蝉妹妹说你打错了，你是打错了吗？"他啧啧啧，"哎，你到底是求助还是求偶呢？"

左柯让问："你怎么知道？"

段骏鹏答："找我要地址来着啊。"

左柯让裹在被子里的神色不豫。她怎么还要去问别人，又不是没来住过。

段骏鹏故意扰乱他："她不想去拜托我去看看你，我在路上了马上就到，柯你坚持住！"

"滚蛋。"左柯让骂，"滚回去！"

距离邬思黎上班还有四个小时，她洗漱完换上职业装，装好东西，出门打车去左柯让家。

邬思黎家在市中心附近，左柯让就住在市中心，不堵车十五分钟。

这套公寓邬思黎来过，也住过两晚，没想到左柯让回京北后是住在这里。

他也可能是图省事,懒得再选新家。

在小区门口保安亭登记好信息,到楼前又犯难,她没有门禁卡,进不去楼内。一筹莫展之际,万幸有物业在值班,见她面生,隔着门玻璃问她是谁。

邬思黎又说明一遍缘由,物业开门放人进去,还贴心地帮她刷了电梯。

二十楼,宁城住过的那套公寓也是二十楼。

这个点少有人起来,直达二十楼,邬思黎跨出电梯,不用对应门牌号,一梯一户,电梯门正对面就是。

敲两下门,邬思黎再打电话,没人开门,没人接听,她这才输入密码。

门一拉开,一团白影杵在玄关位置,身体后倾,做出随时准备冲出的姿势,喉咙里发出低吼。

然而在看清是邬思黎后,戒备顷刻间消失,二哈惊喜地嗷了两嗓子,生猛地扑向她。

萨摩耶是中型犬,几十斤的体重一砸过来,普通人真遭不住。邬思黎在二哈鼻子快要碰到她时迅速作出反应,竖掌做出停止手势。

二哈果然一个急停。它兴奋地原地转一圈,凑近邬思黎,毛茸茸的脑袋一个劲拱她,能把人心都拱化。

四年不见,它长大好多。

左柯让不定时会在朋友圈发一下二哈的照片,邬思黎每一张都有保存。

她蹲下身,抱住二哈。

它尾巴都要晃飞。

一人一狗好一番久别重逢,邬思黎险些忘记自己来这里的目的,直到里面卧室传出一声闷响。

邬思黎暂缓同二哈的亲近,打开鞋柜,里面备着几双一次性拖鞋,还有一双女士拖鞋,她拿出一双一次性拖鞋穿上。

她寻着声音找到主卧,房门半掩,宽大的黑色双人床上被子凌乱,隆起一道弧度。左柯让趴着在睡觉,脸朝门口,眉紧蹙,一条胳膊耷拉在床边,地板上有一只歪倒的空玻璃杯。

许是要喝水,不小心碰掉的。

邬思黎忙走进去,站在床边弯下腰,没有看到体温计、耳温枪之类的东西,手心覆上他额头,真是一片滚烫,下午他发言时嗓子就不太正常。

"左柯让?"

"左柯让?"

她皮肤凉,贴着特舒服,左柯让在昏睡中给出反应,摸着她的手背挪到自己的脖子,哼哼:"好难受啊,宝宝。"

4

邬思黎掌根被按在左柯让喉结上,他说话时她能清晰地感受到他喉结滑动的轨迹。

他脖子温度好像比额头更高,烫得她想躲。

她的手抽不出来,他按得重。

黏着她在脚边坐着的二哈见状,一个猛扎去拱左柯让。邬思黎捂住它脑袋向后推,食指竖在唇边比嘘:"二哈别闹。"

二哈就趴在地上不动。

不确定他有没有认错人,他这个温度烧迷糊也正常。

邬思黎挣动一下,对方力道减弱。她缩回手,左柯让呼吸平缓,像是醒过来一刹又烧得昏睡过去。

带来的药在床头柜上,邬思黎抠出一粒退烧药,想起没有水,又把药丸放下,捡起地板上那玻璃杯去厨房找水。

左柯让一年四季都喝冰水,要不就常温,之前倒是严格把控她的冷饮摄入,管着她养生,轮到自己就怎么爽怎么来。

生着病家里也没点热水。

不能耽误太久,邬思黎先烧小半壶热水,找新杯子倒半杯开水兑半杯温水回到卧室。

她在床边蹲下,隔着被子拍左柯让:"左柯让?

"醒醒,起来把药吃了。"

不乐意被吵,左柯让一个扭头,后脑勺对着邬思黎,抵触意味很重。

恋爱那两年,左柯让一生病就特难缠,喜欢故意跟她作对,第一遍喂药绝对不吃,就得她好声好气哄着劝着,用他的话来说就是享受她拿他无可奈何的过程。

得亏他体质好,不容易生病,不然她会烦死。

怎么使他老实,邬思黎当然有招,搓搓他耳垂,再捏捏他后颈,他就跟顺毛狗似的。

这是两年恋爱以来她由左柯让引导着总结出的经验。

就是以他们俩现在的身份不合适,她只能温声劝:"吃完药再睡,你烧得太严重了。"

左柯让反手把被子拉高,盖过脑袋。

邬思铭吃药的时候都没他这么费劲,二十多岁的人还不如十几岁的小屁孩。

邬思黎无语地上手去拽他的被子:"起来吃药左柯让,你别像小孩子一样好不好。"

被子登时压得更紧,人还往床里面挪,本来在床边一下子变到床中间。

放纵他随心所欲恐怕会烧成傻子，邬思黎不得不屈起一条腿跪在床上，用被子做隔挡，凭感觉摸到他后颈捏两下："你先起来吃药，吃完药我就不烦你了。"

她哄："听话好吗？阿让。"

裹在被子里的人没再有动静，邬思黎试探地抓住被子一角，左柯让刚在被子里翻了身，俯趴的姿势转为仰躺，烧得脸红的他嘴唇更红。

卧室窗帘就拉了一半，初升的熹微晨光在地板反射出一道白光，左柯让撑着身子坐起来，眼才一睁就被晃得又合上，出于本能寻求庇护，偏头靠向邬思黎，脸埋进她肩窝。

邬思黎穿着衬衫，扣子严丝合缝系到最顶一颗，单薄布料没能阻隔左柯让滚烫的体温，鼻息无孔不入地钻进她衣领，拂过她皮肤，激起一层小疙瘩，短硬的发茬剐着她耳郭，是细密的疼和痒。

勾连着她心跳都些微加快。

左柯让开口，嗓子哑得像在沙砾上滚过："药。"

邬思黎一低头，下颚蹭过他耳朵，停下不敢再动，手递过去："这儿。"

胶囊在她掌心，他攥住她腕骨，送到嘴边，唇磨着她手心，轻微的湿濡感，他启唇抿走那一粒药片。

一套连招整得邬思黎晕头转向。

他抬起头，又要："水。"

水杯在左柯让身后的床头柜上，邬思黎上半身前倾去拿，两人距离拉近，邬思黎披散在肩后的长发荡到前方，发尾扫在他臂弯，独属她的馨香涌入。

左柯让牙齿一松，咬在齿间的药片滚到舌上，苦涩浸染味蕾，他很想吻邬思黎。

忍住。

邬思黎靠向他拿到水杯再后退分开，前后用时不到两秒，左柯让已经在脑中演练过一遍他们再次接吻时他要怎么做。

他就着她的手喝下半杯水，咽下那粒药片，苦涩冲淡，但想吻她的念头没有消失。

邬思黎问他："还喝吗？"

左柯让摇头，有气无力地又将额头压回她一侧肩膀，捉起她另一只手贴在自己一边脸颊："头疼。"

邬思黎一根筋："你躺下睡一觉，睡醒就好了。"

敷衍他的那一套方式还是一点没变，还跟以前一样。

左柯让扯唇无声地笑笑，偏过头避开邬思黎咳嗽两声，蹭着她脖颈："睡不着，好难受。"

邬思黎抚着他脸的手一弯，指甲划过。左柯让呼吸一顿，覆上她的手背。

太轻了,他想她重一点。

抓他、挠他,在他身上留下由她制作的痕迹。

不过还是得避开他脸,要是留疤毁容就配不上邬思黎了。

他带着她手上移,按在自己太阳穴:"揉揉。"

邬思黎就打圈转两下,两人现在这姿势不方便她使力:"你躺下吧,躺下我给你揉。"

左柯让乖乖向后仰。

然后,邬思黎就后悔做了这个决定。

左柯让上半身赤裸,胸膛随着呼吸上下起伏,腹肌沟壑分明但不夸张,被子斜斜地盖在他精窄的腰腹处。

他眼睛又红又湿润,直勾勾地盯着她。

刚有被子遮着,邬思黎又不敢乱看,不知道他压根儿没穿衣服。这下直白地暴露在她眼前,邬思黎人都是蒙的,迅速拉过被子将他从头到脚都盖住。

左柯让猝不及防被盖住,才缓过劲的咳嗽卷土重来。

又不是没看过,至于反应这么大嘛,左柯让腹诽。

视觉受到冲击,邬思黎第一个念头就是挡住,呆坐床边。二哈过来用鼻子戳她的腿,她平复着心神,挠挠二哈的下巴,随后发现床上那人还闷着,忙又掀开被子,露出他的脸。他乖乖躺着,一动不动。

"你不憋得慌吗?"

左柯让看着邬思黎,眼睫轻扇:"你不是不想看见我吗?"可怜巴巴的样子。

邬思黎错愕:"我没有。"

左柯让举实例:"那你把被子丢我脸上。"

她小声辩驳:"你没穿衣服啊……"

"我穿裤子了啊。"他理直气壮,"而且我在自己家。"

讲不过他,邬思黎闷不吭声。

左柯让执起她手晃了两下:"你跟我道个歉,我就原谅你。"

又不是她的错,这个要求属实无理且过分,可一对上他那双眼,邬思黎就败下阵来:"……对不起。"

"没关系。"左柯让极为随和。邬思黎走后这几年,他自我感觉脾气都好很多,捏着她食指按在自己太阳穴上,"你答应我的。"

邬思黎力道适中地捻着他太阳穴,帮他缓解头痛。

她侧坐在床上,不一会儿就腰酸起来,调整一下坐姿,揉按暂停。昏昏欲睡的左柯让猛然惊醒,他一把攥住邬思黎的手腕,黑眸盯向她。

邬思黎吓一跳:"怎么了?"

左柯让眼里闪动着不明情绪:"你要走吗?"

"不啊，"邬思黎愣怔眨眼，"我换个姿势，这么坐不舒服。"

左柯让瞧见她歪七扭八的身体，确实很别扭，他叫邬思黎靠着床头坐，揪着枕头扔到一边去，动作自然地枕到她腿上，握着邬思黎手放回原位："不许停。"

邬思黎继续承担起照顾病号的责任。

左柯让卧室窗帘遮光效果极佳，穿过缝隙投射在地板上的光束在缓慢偏移。房间内光线半明半昧，空调输送着冷风，二哈守在邬思黎脚边，左柯让呼吸越发均匀。他实在是强撑太久，烧得精神不济，此刻躺在邬思黎怀里，她的气息包围着他，再没有比这更安心的时刻。

他很快沉睡过去。

床头柜摆着电子时钟，显示着现在是八点十分。

邬思黎九点上班，左柯让公寓到RS步行就十五分钟。

邬思黎贪心地再多留十分钟，垂眼细细打量着左柯让，他睡觉时浓烈的攻击性消减，模样挺乖。

她指尖小心触他睫毛，下移，悬在半空虚点他鼻尖再到嘴唇。

十分钟飞快而过，邬思黎托起左柯让脑袋放回枕头上，掖好被角，静悄悄地退出卧室。

来厨房烧水时，她看到厨房里东西还挺齐全，但左柯让从来不会关心这些做饭用具，不知道是谁给他添置的，也不知道他有没有给别人做过饭。

她心不在焉地淘米加水，大火转小火，二十分钟煮出一小锅小米粥，盖好盖子焖着。

做完这一切，她准备离开。

二哈一路追到门口，堵着不想她走。邬思黎俯身摸摸它："以后我再来看你。"

虽然并没有这个以后。

到RS，距离九点还剩五分钟。

邬思黎囫囵吃完在楼下咖啡店买的菠萝包，投入新一天的工作中。

今天不用外出，她主要就是熟悉一下公司内部情况，处理初雅交给她的资料。

几乎没有一刻停歇，不然她一没事干就会惦记左柯让。

"他有女朋友"这五个字在心里滚过一遍又一遍。

左柯让开展新恋情她并不意外。

网络上之前流传着一句热评：除了电影里，没有人会等你四五年，说白了感情就是不联系就没有的东西。

是这样。

再深再热烈的感情都挡不住时间冲刷。

当初分手,她一没说什么时候回国,二没给和好的希望,等待一个充满未知数的人,是傻子。

他再找新人,开启新生活,无可厚非。

邬思黎不怀疑左柯让以前对她的喜欢,但过去这么久,再见面他或者是有不甘心,想扳回来一局。

他今天是真烧糊涂了也好,装不清醒也好,就只有这么一次。

那边,左柯让一觉睡到中午十二点才醒,吃过药发了一身汗,可算是退烧了。

他鼻尖还若有似无地萦绕着邬思黎身上的味道,她不爱喷香水,应该是洗发水、洗衣液之类的香味。

是统一的栀子花香调,气味还残留在房间里,人却不在。

左柯让知道她要上班,但还是不免有些失落。

现下退烧,脑子清醒,他不由得东想西想。

邬思黎的探望或许只是出于人道主义关怀——毕竟她回京北工作没有告诉过他,段骏鹏都和她打过照面,她不会猜不到段骏鹏会向他通风报信,他身边有谁还不清楚她在他这儿的分量?但她自始至终没有联系他。

如果不是在研讨会碰面,如果没有他刻意跟随制造出的偶遇,他们不知道猴年马月才能见到。

这么一推论,邬思黎选择京北,好像算不得什么有效依据。

但是,万一呢?

左柯让起床坐在床边,深入研究着邬思黎如今对他到底是怎样的感情。

想了半天,他也没想出个所以然。他叹了一口气,拿上换洗衣服去浴室冲澡。

半响后出来,一身神清气爽。

毛巾挂脖子上,他边擦着头发边解锁手机准备点外卖。

昨天下去研讨会结束后,他感冒加重,后半夜烧起来,就特别想邬思黎。他半死不活趴床上捧着手机在"找"和"不找"之间犹豫了一个多小时。

天还没亮,他不想打扰邬思黎睡觉,可他又觉得今天他要是见不到邬思黎真的会死掉。

他是病号,是能任性的。

这么劝解完自己,电话拨出去了。

他还没摸清她内心具体的想法,所以装作打错电话求助。

挂断后,他就陷入惶惶不安的状态里,忐忑于她会不会来。

这要搁以前,他哪会这么迂回。

心飘在半空，在听见门口响动，以及二哈疯一般叫唤后，他才踏实。

想到这儿，左柯让看一眼在客厅一角"哼哧哼哧"吃饭的二哈。

他上去一脚踢它屁股上："你真的很烦。"

"是来看我的你一个劲往旁边凑什么凑，显你了？"

"我不想养你了。"

"你去找别人家吧。"说完，他就走。

二哈"嗷嗷"两声，似是在骂他神经，转过脸接着吃饭。

左柯让选好外卖，正要付款，去厨房冰箱里取水喝时，就瞅见中岛台上多出来的一个八角锅。

他从来不用这玩意儿，家里厨具都是奶奶来看他时买的。

切换到微信，置顶 Amosar 的聊天框果然有一条未读消息：煮了小米粥，你发烧吃些清淡的。

那点儿失落烟消云散，取而代之的是满腔欣喜。

他的试探到此为止，兴高采烈地倚着中岛台回信：宝宝，我晚上去接你吃饭好吗？

发送。

下一秒灰色小字弹出：

对方开启了好友验证，您还不是他（她）好友，请先发送好友验证。

邬思黎下班前一个小时，收到魏书匀的消息，说他已经到京北，邀请她晚上一起吃饭。

出国这几年，邬思黎和魏书匀联系没断，时常会聊个天，关系虽不如小时候那样亲密，但还算不错。

回家也是一个人，省得胡思乱想，邬思黎答应下来。

魏书匀要走她公司地址，说到时候来接她。

傍晚六点钟打卡下班，邬思黎一出写字楼，就看见等在门口的魏书匀，个子高挑，戴着眼镜，气质温和，见到邬思黎，笑着挥挥手。

结伴的同事冒着精光的小眼神望向邬思黎，她好笑地介绍："我哥，魏书匀。我同事，佳佳。"

佳佳是邬思黎隔壁工位的女生，性格大大咧咧，一天下来，两人处得挺熟。

魏书匀礼貌地同佳佳握手。

佳佳眼睛还在滴溜溜地转："哥哥，你俩的姓氏为啥还不一样？"

魏书匀说："表兄妹。"

这个世界上相信男女间有纯友谊的人还是少数，解释起来怪麻烦的，而且也不一定管用，两人对外都说是表兄妹。

这么一来就不再有误会。

"哦哦哦，不好意思。"佳佳平时为人处世挺有趣的，闻言就鞠一躬，"我为我的龌龊道歉。"手机在此时振动，提示她公交车还有两站，她说完再见就跑没影了。

魏书匀笑："你这同事还挺有意思的。"

邬思黎赞同："我也这么觉得。"

魏书匀侧过身引路："走吧，车停那边路口了。"

"好。"

两人肩并着肩下楼梯，不清楚魏书匀说的什么内容，总之邬思黎听得挺开心，两人相谈甚欢的样子。

左柯让就在街对面看着，他们朝反方向越走越远，他脖子都要扭断。

再也看不见，他转回去坐正。

5
魏书匀的车停在 RS 的上一个路口，怕邬思黎找不到具体在哪儿，所以他才去门口接。

到车边，邬思黎拉开后排车门坐进去。

副驾驶座的女人闻声回头，笑容亲切灿烂："思黎。"

齐肩短发，戴流苏耳环，干练飒爽的长相。

邬思黎回以微笑："苏禾姐。"

"怎么看着你又瘦了。"苏禾眼睛上上下下地扫视着她，"脸比上次见你尖了。"

"没有吧。"邬思黎最近两天是没怎么好好吃饭，还一直在奔波，但她照镜子反而觉得自己脸圆了不少，"我还感觉胖了。"

"瞎扯吧你。"苏禾手伸向后方捏她脸，"快胖点才好看，第一次见你那时瘦得跟麻秆一样。"

苏禾是邬思黎在康普顿斯的学姐，相识于一场社团聚会，当时聚会上的几个亚洲面孔都围在一起聊天，苏禾为人热情，见她独自一人在桌边站着，就主动过去攀谈，一了解她们竟然都是宁城人。

异国他乡找到自己的同乡，自然而然就亲近起来。

苏禾读的牙科专业，毕业回国，入职宁城人民医院。医院科室那么多，不见得所有人都认识，但就是很凑巧，某一天邬思黎在魏书匀朋友圈的点赞列表里看到共同好友苏禾的头像，才知道他们认识，然后在一年后同时刷到两人官宣恋情的合照。

邬思黎不禁感叹：世界真小。

她出国前，曾和魏书匀见过一面，他表达过对她的好感，只是好感。

童年玩伴那么要好，分别时又那么匆忙，再次相见，魏书匀是有遗憾的，想着怎么能弥补一下。得知她已有男朋友，男人那种恶劣的占有欲作祟，他耍了个心机，挑拨离间过他们的感情。

这些心理活动魏书匀都一五一十交代给邬思黎，彼时她正处在一个非常糟糕混乱的时期，听后淡淡一应，就算翻篇。

她出国后，和魏书匀也就在节假日互相问候一下，再顺着聊两句近况，最频繁那阵是魏书匀向她打听苏禾的过往以及喜好。

十句话里有十句围绕着苏禾。

有这个引子在前，邬思黎先入为主认为是魏书匀追求的苏禾，后来苏禾告诉她并不是，是自己先追的他。

邬思黎不懂他们之间的弯弯绕绕，但不妨碍她送上祝福。

魏书匀对她有过好感一事，她有想过要不要跟苏禾讲，不过那时他们已经在一起，讲这些似是而非的话又不对劲。

苏禾却告诉她，她知道这码事，魏书匀最初拒绝她就明白说过基于她和邬思黎的关系，他们不会在一起。

邬思黎分别在不同时间、不同场合与他们二人结交，怎么都不是后来者，谁都怪不到她。

再说，没必要为一个男人同好友产生隔阂。

去年国内国庆放假，苏禾和魏书匀调休调出来几天假，去马德里找邬思黎玩，约着等她回国他们再庆祝，于是就有了今天这顿晚饭。

苏禾和魏书匀定好今年国庆举办婚礼，苏禾喜欢的那家婚纱摄影店只在京北有一家店面，他们这次来就是为拍婚纱照。

他们对京北都不太熟，问邬思黎有没有什么特色美食店，邬思黎更是个半吊子，从家到上班那一条路还没完全摸透，更别提推荐，就只知道一家："我前两天吃过一家铜锅涮肉，还不错。"

"这家？"苏禾在地图上搜索出位置，"你吃腻没？"

"没。"邬思黎上次去食欲一般，都没怎么吃。

两个女人商量好，魏书匀没资格插嘴，他就是个司机，只负责开车。

到达涮肉店，正是饭点，人满为患，排个号显示前面还有二十桌，预计等待一个半小时左右，附近就是商圈，苏禾问邬思黎要不要去逛逛，邬思黎说好。

怕过号，魏书匀留下排队。

苏禾是个很会犒劳自己的人，努力工作一段时间就要奖励自己一个礼物，她说生活已经够剥削她，她必须得对自己好一些。

到商场十分钟后，苏禾就拿下一个包包。

邬思黎没什么购物欲，就纯陪逛。

商场里各大品牌云集，都不用选，挨个进去看。逛到第五家时，苏禾看上一件外套，去试衣间试。邬思黎想着邹念桐生日在下个月月初，趁这次出门她顺便选好礼物，在饰品柜台前仔细挑着，肩膀冷不丁被人一拍，邬思黎回头。

一高一矮两个女人站在她身后，其中一位邬思黎算熟悉。

"我就说在外面看着像你。"居可琳手腕叠戴着三只镯子，打招呼摆手时磕碰在一起发出叮当脆响。

她笑眯眯地道："好久不见了。"

邬思黎也笑："好久不见。"

居可琳问："什么时候回来的？"

邬思黎算算日子："快一个礼拜了。"

"左柯让知道吗？"

"知道。"

居可琳眼睛一亮："那你们是不是能把婚礼提上日程了？要不要一起办？"

邬思黎困惑地"啊"了一声。

"我要结婚了，一个人办婚礼太无聊了，我们一起多好玩。"居可琳怂恿邬思黎，"有兴趣吗？"

被她搭着肩膀的娇小女人扔开她胳膊："你能不能别跟广场上发健身传单的人似的，见人就问有没有兴趣。"

居可琳又搭回去："这是你和司琮也结婚早，不然我也拉上你。"

覃关第二次扔："说了别搭我。"

居可琳非对着干："你又不长个了我搭一下怎么了。"

身高是硬伤，覃关拧不过居可琳，放弃挣扎，双手环胸，一脸拒人千里之外的冷漠。

不怪司琮也一碰到覃关就上头，征服她是挺有成就感。居可琳心满意足，复看向邬思黎，给她俩互相介绍："覃关。"

"邬思黎。"

然后，她总结一句："你俩的男人同一个品种的。"

这是什么话。

邬思黎想说她和左柯让没有关系，但对面覃关一句"你好"截住她的话头，邬思黎颔首也回一句"你好"。

居可琳还不死心，卖力宣传："有兴趣吗？"

邬思黎逮到机会澄清："我们没和好。"

"没和好？"这下蒙了的人轮到居可琳："没和好他挑什么戒指，一个人搁那儿自嗨呢？"

居可琳有邬思黎微信,虽然不聊天,但邬思黎发朋友圈点赞列表必有左柯让,她是能看到的。

他俩当初分手左柯让没细说,他回京北后杜思勉等人问起,就一句"我们分手了"打发众人的好奇心。前不久,居可琳和李京屹搭左柯让顺风车去挑戒指,左柯让也跟着下车,在店里看得那叫一个认真。

结果怎么回事?没和好?

覃关这下是真不想理居可琳了,她情商就足够低,没想到身边这人更低:"闭嘴吧你。"

居可琳挑眉:"我怎么了?"

话题走向一个扑朔迷离的角度。

邬思黎回味着居可琳透露出的信息。

左柯让不是藏着掖着的人,如果有女朋友,居可琳不会不知情。

她又提到戒指,那就说明,左柯让恋情还是空窗期。

邬思黎心底松一口气。

苏禾试穿完外套,不太满意地脱下,来找邬思黎:"去吃饭吧思黎,魏书匀来电话说到我们了。"见她面前站着两个女人,"朋友?"

邬思黎点头:"嗯。"

苏禾邀请:"吃饭了吗?一起?"

居可琳婉拒:"不了,我们吃过了。"

邬思黎同她俩道别:"那我们就先走了。"

两人异口同声:"拜拜。"

等人走了,居可琳戳覃关:"你干吗叫我闭嘴。"

覃关一巴掌拍开她的手:"戒指没准不是给她挑的,你先嘴欠说出去,尴不尴尬?"

"这你就不知道了吧覃关,左柯让第一次带邬思黎见我们那时候你们还在波士顿,没看到左柯让宝贝人那样,跟司琮也对你一个德行。"

居可琳有理有据:"你没听杜思勉说过左柯让为她还跟他爸打过一架,真动手的那种。"

覃关瞥她:"你怎么不拿你举例子。"

居可琳耸肩:"我怕你误会我在炫耀。"

"有病。"这是覃关的口头禅。

"他爸后来还想他联姻,他直接在老宅当着他爷爷奶奶的面把腿摔折了。"居可琳旁观者清,"看着吧,左柯让身边最后那人要不是她,他能一辈子单着。"

"哎,我好像忘了给魏书匀买衬衫。

"算了，吃完饭再说吧，反正他也不着急。"

"思黎，我们该往哪边走来着？"

苏禾挽着邬思黎絮絮叨叨地说着话，没一句得到了对方搭茬，她在商场里不记路，眯眼瞧着前方五六十米外的指示牌。

"是走这个口吧？"

还是没人应。

她侧过头，见邬思黎耷拉着眼睫，表情挺淡，唇微抿，典型的愣神状态。

"思黎？"苏禾又叫一遍。

"邬思黎？"第二遍。

"邬思黎！"苏禾晃她。

"啊？"可算把人丢失的魂唤回来了，"怎么了？"

苏禾指着近在咫尺的商场出口："是不是这个口出？"

邬思黎往两边扫一眼，确认："是。"

于是，苏禾就放心地朝外走。到了室外就知道怎么回火锅店了，商场右手边是专门划出来停放电动车和自行车的露天小停车场，再外围是人行道和非机动车道，她们去火锅店要穿过这一段比较混杂的地方。

一哥们儿特立独行地逆着方向骑车，铃铛"叮叮当当"拨弄着，嘴巴也不忘充当喇叭提醒周围众人："注意啊注意！"

两侧人纷纷避开，偏就苏禾边上那姑娘不动如山，幸好苏禾手疾眼快，拽人一把，免于一场祸事。

"你怎么回事？"苏禾一个脑瓜崩弹上邬思黎，"这么失魂落魄的干什么呢？"

"没。"邬思黎揉揉额头，挺疼的，"就在想事情。"

苏禾还没顺势问在想什么事情，邬思黎就先一步抛出个问题："苏禾姐，你是怎么追陈匀哥的？"

"干吗？"苏禾把她扒拉到里面，"你要追谁？"

"前男友。"邬思黎稍顿，轻吸一口气，"你问过我为什么不回宁城而是来京北。"

第一次同外人吐露心声，她有点羞赧又坚定："是因为他在京北，我来找他。"

不清楚心情是不是会影响病情，左柯让又发烧了。

他从 RS 回家后倒床上就睡，烧得浑身难受也不想睁眼，要不是段骏鹏，他真会烧成傻子。

想着兄弟终于抱得美人归，段骏鹏八卦致电，电话一接起来就听见那边咳嗽得肺都要咳出来一样，他意识到不对，一问才知道邬思黎压根儿不在。

他上门去探病，好哥们儿烫得感觉能自燃，他连忙拽人起来去医院吊水。

输液室有空座，左柯让在角落坐下，拉高衣领，下半张脸缩进去，倦怠地合着眼，手背扎着输液针，双腿敞着，向后靠在墙壁上假寐。

段骏鹏用一次性纸杯接热水回来，递给他："喝点吧。"

左柯让拿过去，输液输得嘴里发苦，喝没味道的白水想吐，他抿两口就握着纸杯不再动。

"貂蝉妹妹就真舍得把你扔下？"段骏鹏狐疑，"还是你厌恶人家了？"

"我什么时候厌恶过她？"左柯让闷声闷气，"我只会厌恶你们。"

段骏鹏默然一阵，还是好奇："那你到底怎么人家了？人家大早上给我打电话的时候真的挺着急的。"

"我哪知道。"左柯让脑子里都是一团乱线，人一回来他就屁颠屁颠贴上去，借着生病的由头得到邬思黎那份心疼，还没怎么高兴就被打入冷宫，他也很纳闷。

段骏鹏帮兄弟一块琢磨着这个女人心，灵光一闪，他一拍大腿："你是不是认错她了？邬思黎说你是错打到她那儿的。"

"我是把人糊弄过来了。"左柯让为他的智商发愁，"但我没瞎。"

段骏鹏追问："那到底咋了？"

"不知道。"左柯让烦躁不堪，"闭嘴。"

"你别不知道啊，你不能死因不明啊。"段骏鹏掏出手机，"那我替你问问。"

纸杯放旁边窗台，左柯让拦住段骏鹏："别问了。"

段骏鹏一脸问号："为啥？"

"她不愿意。"左柯让嗓音低，"别问了。"

段骏鹏看稀罕物似的："不太像你的作风啊柯。"

哪是不像，根本就不是。

左柯让摇摇头，不欲多言："别问。"

他是真心话，但段骏鹏这人有时候就是脑子没转过来，左柯让越说别问他越以为左柯让在口是心非。

朋友是干吗的，不就是关键时刻出来为朋友保驾护航的吗？

段骏鹏完美形成一套自己的逻辑，觑一眼左柯让，见他垂着脑袋，稍微侧过身，便找到邬思黎的微信一顿呼救。

段骏鹏：妹啊，左柯让烧还没退呢？

段骏鹏：我刚给他打电话，他怎么还跑医院输液去了？

邬思黎收到信息时，饭才吃到一半。

她点开一看，立马拿起手机。

邬：他还没退烧吗？
段骏鹏：我也不知道啊，这不问你呢。
段骏鹏：你没跟他在一起？
面前火锅翻滚着热气，香味四散，邬思黎无比心虚。
邬：没。
段骏鹏：那你现在方便去看看他吗？他一个人孤苦伶仃在京北，我真怕他一个不小心没了。

段骏鹏可劲往惨里说，又点到为止：你走后，他跟他爸闹矛盾把腿摔断了，这几年工作强度又大，昼夜颠倒熬通宵是常事，身体素质不太行，以前没这么多病的。

她嘴里的东西登时失去味道，味同嚼蜡。

左柯让这群朋友大多都没个正行，满嘴跑火车，大学时段骏鹏不小心被一辆电动车剐到胳膊，在他们群里嗷嗷叫自己出了车祸要死了。

一群人赶到医院，才发现就手臂被划个口子，还没到医院血就止住了的那种。

不排除段骏鹏有夸张成分，因为漏洞也很多。

左柯让的爷爷奶奶都在京北，"孤苦伶仃"这词就不适配他。

但喜欢一个人，就是明知是套路还心甘情愿上钩。

对面苏禾见她好好的又愣起神，在她眼前打个响指："怎么啦？"

邬思黎撂下筷子："苏禾姐，我有点事先走了，下次我请你们。"

魏书匀在门口冷饮柜里拿完饮料一侧身，就看到邬思黎背影急匆匆，走得飞快，他叫都叫不住。

他坐回苏禾旁边："她干什么去了？"

"不知道。"苏禾猜，"去实践了吧。"

魏书匀云里雾里："什么实践？"

苏禾捞起一漏勺牛肉，神秘莫测："欲擒故纵。"

助攻完毕，段骏鹏没忘记自己现在应该在宁城，他起身拍了拍左柯让："我临时有点事要走，你一个人行吗？"

又不是三四岁小屁孩，左柯让能自己照顾自己："嗯。"

"那你到家告诉我一声啊。"叮嘱完，段骏鹏深藏功与名，直接撤退。

左柯让戴上耳机，在歌单里随机选一首播放，好死不死，是那首有着他和邬思黎共同回忆的歌。

想切歌，手指悬在按键上方，迟迟没有落下，最后颓然地靠回去。

他后脑勺抵着墙，头晕得像在坐三百六十度旋转的大摆锤，双眼紧闭，黑睫轻颤，打眼一瞅就"憔悴"两个字。

邬思黎赶到医院时，看到的就是这个样子的左柯让。她上前，掌心再无顾忌地触摸他额头，还是烫，但比早上她去他家里那阵要好很多。

左柯让睡得不安稳，邬思黎手撤回去后，他才后知后觉地睁开眼。

迷离中看见一道人影，他都分不清梦境跟现实，前倾着扑过去。

邬思黎接住他，左柯让鼻尖戳着她小腹，嘟嘟囔囔："你怎么才来啊，我等你好久了……"

不知道他这句话有没有其他含义，邬思黎听得心口一窒。

她摘掉他耳机，捻着他耳垂："还很难受吗？"

左柯让夸张地道："都要死了。"

邬思黎语气温柔："睡一会儿吧，我陪着你。"

她就这么保持着站立姿势，任由左柯让倚靠，边上就是墙壁，她借着力，倒也不是很累。

她一瞬不瞬地盯着输液瓶，二十几分钟后，药液见底，她抬手按墙上的呼叫铃，喊护士来换药。

护士两手空空而来："这瓶输完就没有了，拔针了啊。"

"好。"邬思黎站的位置正好挡着左柯让扎针的手，她慢慢推着左柯让往后倒向墙壁，给护士腾出空间。

之前扎针的是个实习生，左柯让不幸成为小白鼠，手被连扎好几次，他长相又一副挺难惹的样子，生着病脸色难看，小护士就更紧张，磨蹭半天，最后是带教老师扎的针。

发青的地方被胶布遮住，护士一不小心压住，一阵刺痛唤醒左柯让。

他捏捏眉心，揉一把眼睛，视线清明起来，准备回家，不经意瞥到墙边一人，一怔："你怎么在这儿？"

左柯让就是单纯地惊讶她在，不过他现在蹙着眉，怎么看都有点不欢迎的感觉。

医院冷白色灯光照得人肤色惨白，两人一站一坐，仅有一步之遥，但就是这一步，仿佛是道无形沟壑，隔绝开他和她。

邬思黎低眸凝着他："段骏鹏说你来医院了，托我来看看。"

"我告诉他别叫你。"左柯让真不知道说什么好，他沉郁吐气，"没打扰你吧？"

"没。"邬思黎拿起放在另一边空椅上的包，"走吧，我送你回家。"

她没准是在约会途中跑过来的，出于人道主义关怀而已，左柯让一遍遍告诫自己不要越界，勉强压下心底那些晦暗情绪。

那样不好，她不喜欢。

"不麻烦了，我自己回就行。"

他以前从来不会考虑这些，总是一副唯我独尊的派头。

邬思黎是该高兴他的改变，但心里又为这份生疏而不舒服。

隔阂不是一朝一夕能消除的，他生着病，当务之急是回家休息，邬思黎按捺住情绪，没纠缠："好。"

左柯让身体快于大脑指令做出动作，攥住她的手腕。

邬思黎停下脚步，侧过脸，发梢在胸前一荡："怎么了？"

"你吃饭了吗？"左柯让绞尽脑汁，"我请你吃个饭吧。"配上自认正当的理由，"谢谢你照顾我。"

第八章 //
和 解

1

从医院出来，两人去吃的潮汕菜。

左柯让生病一天都没怎么吃东西，饮食得清淡。

餐馆装修挺有潮汕那边的风格，一张张大小不一的圆桌错落摆放，红色折叠椅，墙壁上是用红色对联纸张手写出的毛笔字菜单。

在靠窗一张双人桌坐下，左柯让问邬思黎想吃什么。

邬思黎看了两眼菜单，答非所问："你还是喝粥吧。"

她绑起头发："我煮的小米粥你喝了吗？"

"好，都行。"左柯让都有回应她每一句话，"喝了。"

第一次干喝粥喝到撑。

邬思黎倒了一杯水推给他："喝点水。"

她在他嘴唇一瞥："起皮了。"

左柯让舔舔唇："哦。"

这家潮汕餐馆点单需要手写，邬思黎撕下一张挂在桌边墙上的白纸，握着笔在纸上写下菜名以及需求备注。

左柯让托腮在对面看着她，一旦她写完一项停顿，有要抬头的迹象，他就镇定地移开视线，再配合着低咳、捏后颈、抽纸巾擦桌子这一系列掩耳盗铃的小动作。

菜单写完要自己送到点单窗口，邬思黎一搁笔，他就伸手，邬思黎避开："不用，你坐着吧。"

她起身走向窗口，左柯让就巴巴地瞅着她，像第一天去幼儿园的小朋友在等人来接。

邬思黎交完菜单，从冰箱里取出一瓶橘子汽水，吃火锅吃得她口渴，左柯让一见她要回来，垂下眼皮装模作样地玩手机，顺带清除一下未读消息。

段骏鹏两分钟前发来慰问：咋样哥们儿？貂蝉妹妹过去没？

Atopos：谁叫你自作主张了，我没说别问？

余光扫见邬思黎的身影，缩在衣领里的下半张脸像有自主意识一样昂起，露出鼻子，邬思黎从他身边走过，他闻到栀子花的味道。

段骏鹏的消息这时候进来：口是心非一阵差不多就得了，你还演上瘾了。

啧，这人太不讨喜。

一瓶橘子汽水送到面前，他撩起眼帘，邬思黎手指要碰不碰地拢着瓶身，瞅他："我拧不开。"

"哦。"左柯让即刻就熄屏手机扔桌上，拿起汽水一旋瓶盖，打开递给邬思黎。

挺凉的，而且汽水这东西也不健康。

左柯让计算着日子，不确定邬思黎这几年例假日期有没有变化，如果没有，也就还有不到一周。

欲言又止。

邬思黎从桌边杯桶里拿出一根吸管，插进瓶口里咬着喝。左柯让目光落在手机上，注意力却全在邬思黎那儿，眼瞅着半瓶汽水下去，终于忍不住："喝点行了，不凉吗？"

邬思黎"哦"了一声，将汽水挪到一边。

这么痛快，给左柯让一种她就在等他开口劝阻的错觉。

其他桌都热热闹闹在聊天，就他们这儿安静得像是相亲现场，干坐着不是回事，左柯让稳住阵脚，若无其事地问："你是下班就去医院了吗？"

"不是。"邬思黎不甚熟练地撒着谎，担心眼神会出卖自己，垂眸，尽量做到自然，"段骏鹏给我发消息的时候我在约会。"

约会。

他早就亲眼见到，可听她亲口承认，又是另一番感受。

左柯让喉咙发干，喝了口水润润。

点的砂锅粥端上来，只有单人份，邬思黎叫服务员放在左柯让那边。

左柯让问："你不吃？"

"我吃过了。"邬思黎还是渴，涮肉挺咸，去拿空杯的手半路微不可察地一顿，拐向左柯让的杯子，喝了口水，"所以这顿饭不算，你欠我一顿。"

左柯让人有点呆，她用着他的杯子喝水，他们还有下一顿饭还能再见面，这些一时不太好消化。

约会那事被他抛诸脑后。

邬思黎催促："吃吧，一会儿凉了。"

"哦。"左柯让低头舀粥。

吃完饭快晚上九点半，邬思黎明天要上班，左柯让也要回去休息，他最近挺忙，他们团队就他一人因病缺席，每人各自负责一部分内容，缺一人进程就停滞不前。

出餐馆在路边拦了一辆出租车，邬思黎先坐进后排，左柯让还想着要不要去坐副驾驶座,邬思黎就往里面挪了一个位置,车门也没关,左柯让就立马做出选择。

左柯让坐在门边,邬思黎同他有一拳距离,两人膝盖时不时碰撞,一个拐弯后干脆挨在一起。

邬思黎像是没察觉到,举着手机在工作群打字回复收到,左柯让也装不知情,就那么腿贴着腿,隔着两层布料感受着彼此皮肤的温度。

先送邬思黎回家,她小区安保一般,出租车可以直接开到楼下,车门只有左柯让那侧能打开,他先下车再是邬思黎。

站在车边,左柯让那句"再见"即将脱口,就感到脸一暖,邬思黎的手覆上来,再转至另一边,然后到额头,左柯让整张脸都被她摸了个遍。

"还是有点热。"邬思黎一条一条地嘱咐,"回家多喝点热水,尽量别洗澡,要还发烧就打电话给我。"

她的手好软。他好久都没有牵过了。

左柯让神游天外。

邬思黎捏他的耳垂:"听到没?"

左柯让比邬思黎高二十多厘米,杵她跟前挡住了后方投射的路灯,身体将邬思黎笼罩,他眸光烁烁:"听到了。"

"那我上去了。"

"你住几楼?"

"十二。"

"好。"

邬思黎刷门禁卡进楼,再进电梯,身影退出左柯让的视野。电梯门闭合,她提着包包的手心满是潮湿,反手用手背碰碰自己脸颊,有点热。

她今天有化妆,有粉底液遮盖脸红得不会太明显。

苏禾好像有千里眼,掐着点发来消息:实践第一步怎么样?

邬思黎倚着电梯墙壁:还可以吧。

苏禾:加油!

苏禾:男人不能靠追的,得钓得勾引,你记住!

楼外,左柯让仰头观察着,十二楼灯亮后他才上车,跟出租车师傅报完公寓地址,支着脸看窗外。

这一整天跟做梦似的,他从头到尾复盘一遍,在邬思黎和他有肢体接触的情节片段反复回味。

他从外套兜里抽出手机,在联系人列表一滑,找到李京屹的微信。

之前李京屹和居可琳感情还未明朗闹着别扭,李京屹说只要居可琳乐意他做什么都没问题,左柯让当时觉得这人脑子有病。

现在——

Atopos：我有点理解你了。

李京屹许是正没事干，回得挺快：嗯？

Atopos：我觉得地下情也没啥不好。

李京屹：[省略号.JPG]

Atopos：我觉得邬思黎还是喜欢我的。

李京屹：[省略号.JPG]

Atopos：你别老打省略号，快跟我分析分析。

李京屹：你觉得半天，人家这么觉得吗？

李京屹：居可琳叫你别自嗨了。

左柯让"嘁"一声。

他们都不懂他，只有邬思黎懂。

当晚，左柯让没再烧，第二天醒来，微信里有一条未读信息，来自置顶。凌晨六点钟。

Amosar：退烧了吗？

Amosar：我临时出差，去沪市，一周后回。

这是又把他加回来了。

想删就删，想加就加，当他没脾气啊，还搞报备这一出。

睡一觉人清醒不少，他可不会像昨晚那样晕头转向，下巴戳进枕头里，挡住上翘的嘴角。

Atopos：好。

Atopos：知道了。

昨天请一天病假，没去上班，活儿都堆到一起，左柯让全天都泡在各式各样的数据里，看得头昏眼花，一直干到晚上九点，积攒的工作才全部解决。

他没着急回家，仰头枕着椅背望着天花板放松，还边转着椅子玩。

高子言比对完最后一组数据，眼镜往桌上一扔："解放！下班！"

他伸个懒腰，见左柯让一身悠闲："忙完了还不回家？"

左柯让懒洋洋地"嗯"一声："就回。"椅子还在转。

高子言一把按住，趴在他头顶的椅背上："让啊，你快找个女朋友吧，总这么孤家寡人的也不是回事啊。"

他劝："张院他女儿多好一姑娘，你真一点都不心动？"

左柯让掀眼看他："你媒婆附体了？"

"我这不关心你人生大事嘛。"

"不必，谢谢。"

"别客气。"高子言真心实意地问，"你到底喜欢啥类型的啊？"

左柯让冥想几秒，勾唇总结："喜欢会玩我的。"

高子言："我说真的。"

左柯让："就是真的。"

"那你口味挺特别。"高子言也就没事找事嘴欠一下，不过这么一聊，他还真想起件事，"二十号张院六十大寿，见到你你又有得烦了。"

"叮——"左柯让放在桌上的手机一亮，他没骨头似的坐正，捞过手机解锁。

他手机列表里女性好友屈指可数，就那么几个还都跟他一个圈子，都有男朋友，一点可八卦的素材都没有。

没什么稀奇的，高子言从他椅子上站直，回工位关电脑。

本想着等左柯让一起出门，但那人没点自觉性，他电脑关到一半，左柯让就拎上搭在椅背上的外套朝外走。

高子言没错过他看手机时嘴角扬起特荡漾一弧度，高声问："什么情况啊你？"

左柯让没回，就摆摆手示意。

从单位到公寓二十多分钟，左柯让在限速范围内开到最快，到家后先去浴室洗澡，浑身上下都拾掇得干干净净，然后去客厅沙发特懒散地一坐，回信。

Atopos：在家。

Atopos：没事。

在这之上，是四十分钟前邬思黎问他在不在家，有没有事，要不要打视频的消息。

两三秒钟过后，对面的视频邀请弹出来。

"我正好洗完澡。"邬思黎那边画面在摇晃，随着她话音落下，定格。

姑娘湿着头发，小脸素净淡雅，裹着一条浴巾弄成抹胸样式，锁骨沾着几滴淋漓水珠，发尾打着卷压在浴巾边缘。

开屏一个暴击，冲得左柯让眼发晕，他"啪"的一下把手机反扣在大腿上。

昨天他还说邬思黎矫情，又不是没看过，没必要避之不及。

如今轮到他自己，还真不是那么简单的事，是他太过想当然。

士别三日当刮目相看，他就一天没见邬思黎，她昨天还低至谷底的情商怎么就一下子飙升到他招架不住的高度了？

空气急速燥热起来，左柯让找到空调遥控器调低温度。

"左柯让？"轻柔的嗓音从扩音器传出，"你人呢？"

"这儿呢。"翻过手机，左柯让无比镇静，"二哈把手机碰掉了。"

他随便扯出二哈来背锅，忘记二哈对邬思黎的吸引力，话一出口后悔都来不及。

"它干吗呢?"邬思黎边涂着护肤品,边瞅左柯让,"我想看看它。"

"它——"

左柯让想胡诌二哈刚自己开门溜出去玩了,就冒个话音,在阳台自娱自乐的二哈听着声就跑了过来。

脑袋挤进镜头里,毛茸茸的耳朵蹭着左柯让的脸,吐着舌头一哈一哈地喘着气,见到邬思黎就"嗷嗷嗷"地叫。

左柯让一只手攥住它嘴:"吵死了。"

"它是不是太胖了?"邬思黎前天再见二哈就被它厚重的体型惊到。

"天天吃那么多又不动能不胖吗?"

二哈不服左柯让的桎梏,甩着脑袋想挣脱,左柯让控制着它,声线不太稳:"猪一样。"

萨摩耶的智商相当于五六岁的小孩,听得出好赖话。左柯让一说它像猪,二哈立马不干,还动爪子要拍他。

这幅场景真是久违。

邬思黎倒见怪不怪,一人一狗上辈子没准是仇人,这辈子凑一起三天一小吵五天一大吵。

"你是不是不经常遛它啊?"

"你别冤枉人。"左柯让不认这罪,"是它不跟我出门。"

二哈这狗胜负欲挺强,特容易亢奋,它又胖,左柯让单手还真难制伏它,手机"当"一下磕在茶几上,牵连着邬思黎搁在洗手台的手机都滑倒,差点掉进水池里。

她捡起来,不得不插进他们的战争里,无奈地沉声道:"别闹了行不行?再闹我挂视频了。"

很神奇,一人一狗真的都不闹了。

二哈跃上沙发,钻到左柯让身后,伏在他肩膀上,和左柯让出现在同一镜头里。

邬思黎是正事,左柯让勉为其难地忍受二哈的腻歪。

邬思黎又把手机放回原位,头发都偏到一侧用梳子梳着:"等我出完差,我每晚都带它出去走走吧,太胖也不好。"

左柯让说胖,二哈就打,邬思黎说胖,它就郁闷地呜咽,活惹人心疼。

这狗怕不是绿茶精转世。

左柯让没搭理它,它不是重点,重点是:"每天来我这儿?"

邬思黎梳头发的动作一顿:"不方便吗?"

左柯让矜持着:"不一定每天都方便。"

邬思黎没不满,也没问不一定的原因,只说:"不方便的时候你告诉我。"

左柯让一挑眉:"成。"

就这么没啥营养地聊着,聊一天三餐吃的什么,工作忙的什么,有没有什么趣事,左柯让看着邬思黎的头发由湿变干,浴巾换成睡衣,人从浴室躺到床上,而邬思黎眼中的他一直在原地不动。

邬思黎支撑不住打个哈欠,左柯让叫她去睡觉。

挂断视频前,两人互道一声晚安。

邬思黎在沪市这几天,两人每晚都如此,左柯让下班回家,邬思黎回酒店,都是洗完澡就打视频,二哈也总是凑热闹,但每次安分不到一刻钟就跑走自己去玩。

二十号,邬思黎出差第五天,也是最后一天。

左柯让前一晚告诉邬思黎这晚他要去参加一个前辈的生日宴,估计视频要推迟些打,邬思黎恰巧也要去聚餐,两人就分别维系着自己的社交圈。

礼物早就备好,下班后,高子言搭左柯让的顺风车去酒店给张院庆寿。

左柯让毕业后回京北进入航天局,一开始就是张院带他,正儿八经的得意门生,亲传弟子。

张院还想亲上加亲,撮合左柯让和他女儿,介绍是介绍了,他女儿也挺喜欢,但左柯让不松口,不同意,问就是已经有女朋友了。

可这么多年这么多双眼睛盯着,大家都没见过左柯让身边有过类似女朋友的可疑人物。

所以今晚,张姝白再一次拦下左柯让,质问他自己到底是哪里不好,怎么就入不得他眼。

张姝白是和邬思黎完全不同性格的人,她热情奔放、敢爱敢恨,幸福美满的家庭成就了她的出众条件。

在任何人眼中她都是一百分的完美女生,但是左柯让不属于这一类"任何人"。

"我真的有女朋友了。"

左柯让按亮手机,转向张姝白,屏保是他和邬思黎大学时期的一张合照,二哈才几个月大,小小一只,邬思黎双手举着它,妥妥一张全家福。

"你真的有?"张姝白瞪圆眼睛,"不都说是假的吗?"

"她之前在国外,我们分手过一段时间。"左柯让并不隐瞒,"现在我们又和好了。"

"睁眼说瞎话"这项本事左柯让真是修炼得炉火纯青。

反正邬思黎不会认识张姝白,有一个人认为他是就算一个。

出门在外,身份都是自己给的。

张姝白痛心疾首:"好马不吃回头草。"

"我不是好马。"左柯让从善如流,"而且是我巴不得她吃我这颗回头草。"

"不是很想听。"张姝白捂住耳朵,"你的发言太扎人心。"

左柯让自工作以来，张院就是按照接班人培养的他，他知这份恩情，至于小自己六岁的张姝白，他始终把对方当成一个不成熟的小妹妹看，这几年他性格圆滑许多，不似上学时那么尖锐。

张姝白也不是真心喜欢他，就是觉得他长得不错，带出去挺有面子，是好胜心和一些人之常情的虚荣。

种种因素相加，左柯让待张姝白可以说是和善，不然按他以前那狗脾气，不喜欢连个眼神都不会多给，张姝白说不定还会被他撑哭。

小姑娘耍性子，左柯让也不打算哄，他不会哄除邬思黎之外的女性："那我先走了。"说完就迈腿。

张姝白连"哎"三声，两手并用抓住他胳膊，噘嘴抱怨："你有女朋友了我怎么办？我都放话出去说我有个巨帅的男朋友，下个月我过生日我最讨厌的那个女生也来，你这不是啪啪打我脸吗？"

现在的小孩都能这么吹牛的？

左柯让先拨开她的手，再回想他大学时是不是同样这么一言难尽，没啥印象，邬思黎倒总嫌他幼稚，那应该也好不到哪儿去。

"我都没答应过你，你在外面瞎说什么自己有男朋友。"他好气又好笑，"再说你生日还邀请你讨厌的人来干什么，添堵呢？"

"那我又没说我男朋友是你，我就说我男朋友是个大帅哥。"张姝白无赖地撒泼，"我不管，你赶紧想办法把这个漏洞给我补上。"

要不怎么说什么锅配什么盖，张姝白这种叽叽喳喳的女生左柯让真欣赏不来，邬思黎那种文文静静的他最爱。

这个理想型设定里，文静是附加，邬思黎是不可或缺的唯一条件。

他被张姝白吵得头疼："等你过生日那天我叫人来给你撑场子，你看上哪个哪个就是你男朋友，行吗？"

张姝白沉吟片刻，点头："也行。"

她伸出小拇指："拉钩。"

左柯让敷衍地碰了两下打发。

高子言是个朋友圈高频率分享者，来酒店之后把朋友圈当成直播现场，平均两分钟两张图片一条视频地往朋友圈更新。

他总有很多稀奇古怪的想法，他朋友圈发的内容大家都看得津津有味，左柯让评价他不应该学航工应该去学设计。

RS有几位员工有高子言的微信，佳佳是其中一位，聚餐中途习惯性刷两下朋友圈，看到高子言最新一条视频的一个画面，暂停。

佳佳跟邬思黎八卦："你看这帅哥没？"

邬思黎在嗦粉，聚餐这家大排档的花甲粉丝煲很对她胃口，碗里的粉丝都送进嘴里，她分神睨去一眼。

是左柯让,他正低头和一个女生在说话。两人小拇指缠着。

"你上班第一天外出的那次博览会就是他们航天局主办的,这哥们儿是他们局草。"提起这个搞笑绰号,佳佳"咯咯"笑两声,"这女生是他前上司的女儿,他们一家子都特喜欢这哥们儿,他上司特想把女儿嫁给他,不知道是不是好事将近。"

邬思黎默默听着,没什么太大波动。

左柯让向来受欢迎,有才有貌有家世,到哪儿都是香饽饽。

她是真没有太往心里去,视频拍得挺清楚,左柯让望向女生时眼里的情绪很平。

她只是有些不太高兴,她不喜欢有人打左柯让的主意。

好像不止有些,是很不、很不高兴。

在这一刻,她恍然发现她对左柯让的占有欲要更加强烈。

以往碍于他们糟糕的开始、身份的差距,她压抑着内心,不得释放,久而久之她都骗过了自己。

她身边的异性会被他调查,她厌恶他的偏执,不代表她就能以平常心看待有人觊觎左柯让。

魏书匀不是左柯让,苏禾教给她的那些套路不全部适用于左柯让,她不能一概而论。

于是,揣着这种心情,聚餐结束回到房间,邬思黎一个冲动,订下最快回京北的一班航班机票。

到机场了,她才想起跟佳佳说一声,佳佳都丈二和尚摸不着头脑,不明白她怎么这么急就跑机场要回去。

"你晚上喝了酒啊,自己一个人真的没事吗?"佳佳在床上爬起来,"要不这样,你等等我我陪你一起回。"

"我没事,你不用来。"邬思黎坐在深夜机场大厅里候机,突然生出倾诉欲,"佳佳,我感觉我是个很双标的人。"

"啊?"佳佳更觉得奇怪了,"怎么啦?"

"就是,"邬思黎斟词酌句,"我喜欢一个人,受不了他对我强势,但是我看到他身边出现别人,我就想用他对我的方式对他。"

有点绕,佳佳品读两遍,回答:"这不是很正常吗?我们都是双标的人,只允许自己不允许别人,不要太为难自己,不要太苛责自己。

"你不能容忍他身边出现别人才是真的喜欢他,喜欢一个人就是一件小肚鸡肠的事情,大方都是留给无所谓的人的。"

是这样的,她对什么都无所谓,唯独对左柯让不行。

"今晚的机票你记得回去申请报销。"佳佳神秘兮兮地压低声音,"再容我八卦一下,你喜欢的人是谁啊?"

"吃饭的时候你给我看的那个人，"邬思黎吸口气，"就是我喜欢的人。"
她又补充："是我初恋。"

两个小时后，邬思黎落地京北，此时已经是凌晨两点。
邬思黎出机场打车直奔左柯让的公寓。
登记完，公寓楼物业好巧还是上次那一位，还记得她，轻易就放行。
她站到门前，才顾虑起时间太晚，左柯让在睡觉。
要不她偷溜进去？会不会不太好？
但是佳佳说不要太苛责自己。
短短一秒，邬思黎做出决定，手伸向触控屏，数字显示出来，她输入密码。
可视线模糊，怎么都输不对。
就在她焦躁到沮丧预备放弃时，紧紧闭合的门蓦然打开。
左柯让穿着一身睡衣出现在门后，讶异于门外的她。
邬思黎蒙眬地看着他，半晌，叫他名字："左柯让。"蹙眉，"你很烦。"
莫名其妙被批评的人一愣，而后笑了，笑容很浅，但蔓延至眼底："邬思黎。"
他扶着门把手，姿态吊儿郎当的："你是不是喝多了？"

2
邬思黎在外留学那几年常有聚会活动，次数一多，她酒量多少锻炼出来一点。
今晚的聚餐是世博会主办方请客，几家耳熟能详的饭店都被否决。大家都不想在吃饭的时候还碍于高雅的环境而拘谨着，挑来挑去最后定在一家人气火爆专吃海鲜的大排档。主办方那边还好面子，觉得不能叫他们忙活一天就吃这么接地气的东西，带了一瓶干红葡萄酒。
他们那一圈人就占据着最大的桌子，吃着烤串海鲜喝着高档葡萄酒，还都是在世博会现场直接过去，衣服都没换，一个个西装革履，露胳膊挽袖子坐在满是烟火气的地方，场面特割裂。
邬思黎没喝过红酒，干红初尝时偏酸涩，喝第一口她还不太能接受，等回味品出微甘，她就越来越上瘾，边吃边喝下去大半杯，喝完当时没啥感觉，回酒店、去机场，甚至在飞机上她都还好，直到站在左柯让公寓门口，她才有些晕。
红酒后劲大，这点邬思黎不太了解。她在国外啤酒能喝三四瓶，量是今天下肚红酒的两三倍，她坚信自己没喝多，度数差异被她置之脑后。
她摇头："没有。"
左柯让握住她的手腕，拎上她的行李箱带人进屋，淡淡酒气涌入呼吸：

"不是明天才回来？"

他关上门，揉着邬思黎的掌心，是与印象里如出一辙的柔软，没放开，就牵着，另一只手去开鞋柜。

"那是大家一起。"邬思黎一个字一个字地往外蹦，"现在是我自己。"

"偷跑回来的？"左柯让拿出备着的女士拖鞋，蹲下身去脱邬思黎的高跟鞋，再套上拖鞋。

左柯让就是睡到口渴起来找水喝，听到门口窸窸窣窣的响动，要不是有监控可视屏，他非把邬思黎当成窃贼。

他自己家他肯定熟悉布局，没开灯，就客厅里为二哈装了两盏声控小夜灯，省得它半夜醒来害怕。

"嗯。"邬思黎在满是黑暗里瞅左柯让影影绰绰的轮廓，借着声控灯微弱的光芒看清拖鞋样子，甩掉，"我不穿这个。"

左柯让是没有女朋友，那又不能证明什么。

苏禾说过，一切没有明确表态的事情，都要做出最坏的预设。

不知道是给哪个异性准备的，她不要穿。

第二次碰到邬思黎醉酒，左柯让不至于太过抓瞎，虽然时隔久远。

酒鬼不讲理正常，他没问为什么不穿，掌心托着她的脚："地板凉，你不能光脚。"

邬思黎靠在门板上，再摇头："我没要光脚。"

左柯让顺着她的目光低头："要穿我的？"

"嗯。"

"行。"

这可太好办，她要他给她就是。

左柯让换上双一次性拖鞋，把自己的换给邬思黎，他刚摸过鞋，就没再碰她。

他站起身，面露纳罕："你醉成这德行怎么混过安检的？"

邬思黎眉头又皱起来："说了我没醉。"

"好好好，你没醉。"左柯让不予争辩。

连续三个"好"字落在邬思黎耳中就润色出一层敷衍一层不耐烦。

她一个不爽，垂直蹲下，以实际行动宣泄她的不满。

他们认识到今年是第六个年头，分开四年，恋爱两年，左柯让第二次见到邬思黎喝醉酒的样子，在玄关时他还特胸有成竹，觉着有过一次经验，这次怎么都能应对。

然而，她不按常理出牌，两次醉酒两种模样，左柯让次次都是新体验。

他饶有兴致地也跟着蹲下："你干什么呢？邬思黎。"

她在展现她不开心啊，还问她在干什么。

邬思黎小小地翻个白眼："在当蘑菇。"

左柯让记得邬思铭说过，邬思黎其实是个挺有脾气的人，过去长久得不到重视，以及被强行加注过多不属于她的责任，使得她学会掩藏真实的自己。

左柯让见过她的沉闷，她的无助，却没见过她任性。

好像喝醉酒后的邬思黎，更会表达她的诉求。

左柯让瞧着稀奇，语气含笑又轻柔："你大半夜从沪市飞过来找我，就是来我这儿当蘑菇？"

"也不是。"邬思黎目光如有实质，从他眉毛到眼睛再到鼻子，把左柯让看得心头敲起密集鼓点，然后圈住他脖颈，单腿向前一跪，在他唇上吻一下，"是这样。"

左柯让的兴奋因子还没调动起来，那边二哈被闹醒，看见邬思黎不亚于看见棒骨头，颠颠地跑到他俩中间，挤走左柯让，鼻子往她脸上顶。邬思黎也是个喜新厌旧的，揉着它脑袋夸它好可爱，一把拥住就不撒手。

她那么爱不释手，左柯让很是吃味，也有一万个意见。

后来者居上呗。

他尽心尽力讨好她，到头来被一只狗压一头。

正要分开如胶似漆的一人一狗，邬思黎抱着二哈看向他，双眸迷蒙："左柯让，我好渴。"

争宠搁置，左柯让去外间卫生间洗干净手，再去厨房倒水，重新回到邬思黎面前，递给她前又反悔，收回水杯，迎着邬思黎困惑的眼神，指下二哈又指向自己："我和它你选谁？"

邬思黎难以抉择："都要。"

"不可以，只能选一个。"左柯让威逼利诱，"不然不给你水喝。"

那他都这么搞，岂不是只有一个答案。

邬思黎极为识时务："选你。"

左柯让摊开手掌："那你现在要不要乖乖去跟我睡觉？"

邬思黎对其中两个字异常敏感，手放在他掌心："好。"

就这么把人撬走，二哈被无情地抛弃。

进主卧后，左柯让踢上门，水喂到邬思黎嘴边，她喝下半杯，说好困。

"那就睡觉。"

"可我还没洗澡。"

醉酒的人不能洗澡——这话左柯让没敢说，怕她又表演一个蘑菇蹲，就改口："家里热水器坏了，洗不了。"

她不太乐意："那我不舒服。"

"先忍忍，明儿一早我就找人来修。"左柯让不洗澡绝不上床的生活原则到邬思黎这儿统统作废。

他去衣帽间拿出一条睡裙叫邬思黎换,邬思黎不接,就盯着他身上的睡衣,左柯让意会,脱下来给她。

邬思黎这人喝完酒后挺豪迈,不讲究害不害羞,当着左柯让的面反手一拉拉链,裙子滑落至地,倒整得左柯让挺羞涩,眼睛不知道往哪儿看,下意识地仰头望天花板。

左柯让咳嗽两声清清嗓,去衣柜翻出来一件T恤穿上,扯两下衣摆盖住。

睡衣板型宽松,两人体型差又大,邬思黎都不用解他睡衣扣子,一钻一套就完事。

"我好了。"邬思黎站在原地,他的睡衣她当睡裙穿,袖子又肥又大跟戏服似的,长鬈发柔顺地垂在胸前,看起来巨乖一个人。

左柯让过去拉她手,领着她去浴室。她踩着他的拖鞋"啪嗒啪嗒"响,到洗手池前,他一样样拿出洗漱用品,都是邬思黎在用的。

公寓是他一人在住,却处处都有他们两个人的痕迹。

衣帽间里一年四季的衣服、一应洗漱用品,他都会时常更新添置,不确定邬思黎什么时候会回来,但他随时都有准备好。

袖子一层层给她卷好,他帮她卸完妆,洗脸刷牙她自己来。

左柯让等在一边,邬思黎洗完脸刚擦干水珠,他那欠劲又上来,把手弄湿,屈指朝她脸上弹。

他总爱这样捉弄她。

左柯让歪着头靠在墙边笑得蔫坏,这副模样跨越时空与四年前重叠,邬思黎神情一瞬恍惚,攀上他脖颈,拉下他,踮脚第二次吻他。

缠绵地吻了一会儿,邬思黎退出后,就止步于此。

没等来下一步,她小声询问。

"不行的乖乖。"左柯让说着他都不信的正经屁话,"明天我还要上班。"

他从来都抵抗不住邬思黎的,她喝醉会断片,他不想趁人之危。

之所以不进一步,是他时刻都谨记分手前,邬思黎对他的那一番内心剖白。

邬思黎的委屈他有在理解,他自以为是的行为于她是枷锁,他没有学会带着尊重去爱一个人。

这四年他经常想,如果他不那么自我,他们或许就不会分开。

躺在床上,邬思黎主动钻进他怀里,左柯让侧身搂住她,理好她头发,避免压到。

邬思黎没头没尾地开口:"我有个同事叫佳佳。"

"嗯。"左柯让听着,"然后呢?"

"她有你那个同事的微信。"

"高子言?"

"不知道叫什么。"

"那不重要。"左柯让手指绕着她一绺头发玩,"你继续说。"

"她看到了你同事发的朋友圈,你在和一个女生——"邬思黎拽过他一只手,钩他小拇指,"这样。"

"是我老师的女儿。"左柯让解释,"比咱小好几岁,当妹妹看的。"

邬思黎的关心点在——"你喜欢她吗?"

"你别一喝多就能没良心。"左柯让揪她脸,"我喜欢谁你不知道?"

他声音低沉,挺凶的。邬思黎眨巴下眼,扬起下巴亲他:"你别生气。"

他是想拿乔的,又舍不得:"我没生气。"

"那她喜欢你吗?"邬思黎原封不动叙述着,"佳佳说他们一家人都很喜欢你,想你们俩结婚,是真的吗?"

"假的,别信。"左柯让强调,"不是我亲口告诉你的都别信。"

邬思黎醉酒后拧巴劲都没了:"你有没有女朋友?"

这问题真给左柯让整无语了。

"我有。"他面无表情,"但她四年前跟我分手了。"

邬思黎表示同情:"那你好惨。"

他不跟一个醉鬼计较。

没有比这再好的时机,左柯让预备趁火打劫:"你问我这么多也该我问你了吧。"

邬思黎打个哈欠:"你问。"

左柯让想问她对魏书匀是个什么感情,有没有在一起,在一起的话打算什么时候分手。

第一个问题他动动手指都能查清楚,但他没那么做,邬思黎在马德里这几年,他再想她都没有找人打听过。

都是因为她不喜欢。

他承诺要改,不是空话。

问题盘旋在他嘴边不敢问,左柯让活了二十五年头一次这么怂。

青梅竹马的情分简直绝杀,他没信心比。

"你和魏书匀——"

他这儿惴惴不安着,怀里人头一偏脸一埋,睡着了。

不是?问完她想问的,就不管他了?

这什么人?

3

邬思黎上午十一点睡醒,卧室里就她一人。

二哈在床边趴着,不吵不闹地守着她,尾巴在地板上扫来扫去。

邬思黎见到它怔了两秒，零星记忆回笼，想起昨晚自己在酒精促使下的冲动行为。

这次她没怎么断片，对话大多数都有印象，是些没什么营养的内容。

就一个有点意义，她问左柯让张姝白是谁。

后面……她好像就睡着了？

宿醉引发头疼，她翻个身，被子拉高到眼下，呼吸间是清新的葡萄柚味道。

手在被子里探出，掌心朝上，二哈脑袋自动放上来。

它真的好胖，毛发顺亮。左柯让养护它很用心。

邬思黎撸着狗缓神，床头柜上的手机"叮咚"响，她伸胳膊一捞，是苏禾的微信。

她说自己又来京北了，问邬思黎有没有空，要不要一起吃个午饭。

出差完，邬思黎他们这批人有回程当天的一天假期，闲着也是闲着，邬思黎赴约。

置顶有来自左柯让的未读消息。

Atopos：裙子洗好烘干了，早饭在桌上，凉了微波炉热一下。

Atopos：我去上班了。

邬思黎回个"好"，起床去洗澡。

她身上还有酒味，亏得左柯让能忍受。

洗完澡吹干头发，她给二哈弄完午饭就要出门，今天太阳毒辣，气温高达四十摄氏度，不想挤地铁，打车也可以，但——

邬思黎看了一眼时间，该是午休时间，她给左柯让发消息。

邬：你还有闲置的车吗？

左柯让秒回：你要开？

邬：嗯。

Atopos：钥匙在客厅茶几第一层抽屉里，你挑吧。

邬：好。

Atopos：都在负一楼地库。

邬：好。

他就没再回，也没问她要去干什么。

她拉开抽屉，里面有三把车钥匙。男人对车有种天生的迷恋，邬思黎觉得有一辆代步就够用，买多也是浪费钱，左柯让之前跟她提过他有一朋友专门玩车的，车比他多得多，那才叫一个烧钱。

没记错的话，好像是居可琳她未婚夫。

邬思黎对车没研究，随便拿了一把钥匙。坐电梯到负一楼，门口右手边第三辆车标和钥匙上一样，邬思黎试着按解锁，车灯还真就闪烁两下。

上车调整好座椅，在导航里输入地点，邬思黎开车前往目的地。

她们约在一个音乐餐吧，苏禾挑了二楼靠窗的位置，点好餐，正百无聊赖地瞅着窗外，不经意就看见邬思黎在一辆巨拉风的越野车上下来，她吹声口哨。

等人上楼走到对面，她又是一记口哨："真是人不可貌相，妹妹你长这么乖私下里居然玩越野。"

邬思黎笑，坐下："不是我的。"

苏禾了解邬思黎，她这人边界感重，借车开还是这种百十来万的豪车，要关系一般她绝不会动。

苏禾也是知道点内幕，第六感叫她锁定答案："前男友的？"

邬思黎点头。

苏禾问："这就和好了？"

"还不算。"邬思黎用在左柯让身上那点招数，都是在苏禾这儿取的经，跟她没什么好藏着掖着的，"还在试探。"

"其实我不太懂。"苏禾敲桌，"按你的形容他很喜欢你啊，为什么还这么拐弯抹角不直接和好？"

餐点还没做好，服务员先端来两杯饮品。

一杯柠檬芭乐，一杯青提薄荷。

邬思黎要的柠芭，苏禾拿走青薄。

"因为以前都是他在主动。"邬思黎一手扶着冰镇玻璃杯，一手捏着吸管搅动里面的冰块，"这次我想换我朝他走。"

感情要讲究收支平衡，一方一味地付出会使天平倾斜。

爱与被爱做不到完全相等，她也想尽力回馈他。

而且他们之间还隔着四年的距离，不能稀里糊涂就和好。

苏禾不置可否地点头："你很喜欢他。"

邬思黎笃定地回："不及他对我。"

苏禾"啧啧"笑，举杯跟她碰一下："祝你追爱成功。"

又抿了一小口冷饮，邬思黎移到一边，她快生理期不能喝太多："怎么又来京北了？"

"别提了。"一提这事，苏禾就心烦，摆手，"我不跟你说过我给我家老头找了个护工吗，老头想跟那保姆领证，证还没领，人卷着钱跑了，老头气得住院了。"

苏禾口中的老头是她父亲，她父母在她高中时离异，她随母亲移居国外，研究生毕业后实在不想再留在国外，也不想和父亲一起生活，宁城是她扎飞镖扎出来的选项。

老头退休后，苏禾在正规公司找了一保姆照顾他，处着处着就处出感情了，要黄昏恋，恋就恋吧，苏禾也懒得管，谁承想老头眼光不怎么样，看上的是这么个人,据说护工在外面还有个小男友,用着老头的钱在养。

好大一盆狗血。

邬思黎听得瞠目结舌:"叔叔没事吧?"

"死不了。"苏禾对这个爹没啥感情,谈不上心疼,但她身为女儿,一出事得过来看看,"不提他不提他。"

两人边聊边吃,一顿午饭吃到下午快两点。

苏禾昨天下午到的京北,在医院陪护了一整晚,苏禾的父亲很大男子主义,没怎么尽过父亲责任却总摆父亲架子。苏禾找好护工就不想再管,她也不怕他再被骗,那么大一人这点辨别真假能力都没有,出事也是活该。她还有自己的工作不能耽误,下午五点多的高铁回宁城,吃完饭还剩点时间,两人就又去逛街。

上次没来得及,这次邬思黎把邹念桐的生日礼物买好,路过左柯让经常穿的那个潮牌鞋店,进去一圈再出来,手里就多了一个购物袋。

四点半,她开车将苏禾送到高铁站,看苏禾进站后转身回车里。

邬思黎手机振动,微信有新消息。

Atopos:七点。

邬思黎半个小时前问左柯让今天几点下班。

邬:我去接你下班吧。

邬:你给我一个位置。

"对方正在输入"的字眼在顶部显出又消失,对话框依然是她垫底。

不知道是打字打到一半去忙了还是在琢磨怎么回答。

她这个请求很难吗?

邬思黎趴到方向盘上耐心等着,指甲抠着保护套,她就逮着一个部位祸害,就快要抠出一个洞来时,才等来左柯让回复。

他言简意赅地发了一个地址。

邬思黎放过保护套,地址导进导航,她摸索着过去。

赶上晚高峰开头,有点堵车,她晚上七点整踩点到航天局。

左柯让已经站在单位大门口,黑T恤、白色休闲裤、高帮鞋,很帅气清爽,一只手里拿着卷成筒的一沓资料纸,一只手托着手机在刷,很随意地往街边一站,落日暮色成荫,绿树是恰到好处的背景。

车停到他面前,邬思黎按下喇叭,左柯让抬头,上了副驾驶座。

"去高铁站送了下我学姐,又堵了会儿车。"邬思黎解释她为什么没有提早到,"不是七点下班吗?"

"我们弹性大,忙完没什么事我就出来了,里面待久了闷。"

实际上,从邬思黎说要来接他下班,左柯让就跟打了兴奋剂一样,就不想再工作了。好不容易静下心,一过傍晚六点就频频看表,吸引来主任的瞩目,打趣他是不是有约会,他承认是,但没人信。全托他这么多年守身如玉的福。

还有一刻钟,他彻底坐不住,就跑出来等。

航天局门口这条路从东到西两排加起来一共种有四十棵树,车棚里共停有十六辆自行车、二十辆电动车、十辆摩托车,车牌尾号相同的有六个。

左柯让数完这些,邬思黎就来了。

邬思黎侧目,左柯让扯过安全带要系,视线在半空对撞,邬思黎解开束着她的安全带,掌根撑在扶手箱,仰头啄一下他鼻尖。

行为突如其来,两人四只耳朵都一起变红。

邬思黎猛地缩回去,一秒系好安全带,还顺便帮左柯让系好,磕磕巴巴地转移话题:"我们去吃饭吧,你想吃什么?"

左柯让正襟危坐,嗓音倒自然:"都行。"

邬思黎两只手都把着方向盘,脊背绷直,有点小学生坐姿:"我不了解京北,你想吃什么就导航吧。"

左柯让在脑子里搜刮出一个地方来,在触控屏上输入店名,播报的机械女声干巴巴的,左柯让调出音乐来听,车载歌单和他手机软件同步,第一首初听节奏还不错,歌词一出来——

  So I heard you found somebody else.
  我听闻你已经觅得新欢。

什么破歌一点都不吉利。
就这样切到第五首,可算正常了。
车窗降下,新鲜热风灌进来,紧绷的心弦得到缓解。
降过倍速的鼓点重又暧昧,欧美男嗓低哼——

  Cause I know we be so complicated,
  我知道我们之间是如此复杂,
  But we be so smitten it's crazy,
  但我们又如此着迷彼此,这可太疯狂了,
  I can't have what I want but neither can you.
  我得不到我想要的,你不也是吗。

还有最后一个路口,是红灯。

左柯让喜欢开手动挡,这辆越野也是。邬思黎刹车换挡,一套操作流畅,跟前车保持不远不近的距离。

左柯让看着她动作:"在国外练出来的?"

邬思黎乍一听没明白:"什么?"

"车。"左柯让敛眸,"以前你怎么都不碰车。"

邬思黎是大一那年暑假去考的驾照,左柯让替她报的名,天天接送她去驾校练车。她一开始不愿意学,因为父母就是车祸去世,她有阴影,左柯让不许她逃避,他说她可以学会后不开,但这种必备技能不能不会。

她就不大满意,她不喜欢的事他为什么总是强求她,而且她并不认为开车是必备技能,但那时候她敢怒不敢言,不能违背左柯让,揣着怨气去学去考,考完就一次车也不开,反正是他自己说过她学会就成,左柯让也说话算话,没再逼她,就任劳任怨当她司机。

不约而同想起这件旧事,心情却截然相反。

有些事当时悟不透彻,再一回顾,就有不同看法。

邬思黎在国外正规兼职的第一家公司,招女助理,老板经常要应酬喝酒,所以招聘的首要条件就是会开车。

她面试成功的那一刻由衷地感激左柯让。

从这一件小事上就能投射出很多,在一起两年,邬思黎是一直生活在左柯让的庇护下的,追溯过往,在他第一次把她从泥潭里拽出来时,她就在依赖他。

邬思黎窝心一笑:"有时候自己开车会比较方便。"

左柯让敛着眸,浓黑睫毛在眼底形成一片阴影,明灭路灯照得他神色莫辨。

红灯转绿,他淡声道:"挺好。"

餐馆在一条窄巷里,车开不进去停在路边,两人走过去。

左柯让指着南边那堵围墙,跟邬思黎介绍:"那儿是我小学母校,司琮也我们几个一到体育课就翻墙出来吃东西。"

左柯让比司琮也他们小一岁,班级体育课凑巧在同一节,麻辣烫就在操场围墙外,香味一飘进来勾得他们能找不着北。

他们经常因为翻墙被抓,每周一升旗仪式上站国旗底下念保证书,也不顶用,该违纪还是违纪。

围墙目测高度有五六米,是左柯让现在身高的三倍不止,小时候的他竟然真敢。

邬思黎对应着回忆起自己小学生时代在做什么。邬思铭刚出生,家里人都在为这个新生儿的到来而欢呼,很轻易就忽略同为小孩的她,但她也很喜欢弟弟,一放学就跑回家趴在婴儿床边逗邬思铭玩,然后母亲就会过来轰她去写作业,怕她没个轻重误伤邬思铭。

不是什么愉快的好事,邬思黎及时打住。

"司琮也。"邬思黎重复一遍这个名字,"那你认识覃关吗?"

"见过,他老婆。"

"上周,就是你去医院输液那天,我在商场看到居可琳和覃关了。"

医院输液,哦,就是她有约会那天。

左柯让嘴角下撇。

邬思黎没注意到他的小变化,还在延伸话题:"居可琳说她要结婚了。"

"月底吧好像。"前方有个井盖,左柯让攥着她手腕避开,邬思黎顺势牵住他,他一顿,悄悄收紧,"叫你去了吗?"

那倒没有,不过——

"她问我有没有兴趣一起结婚,她说一个人结婚太无聊了。"

饶是左柯让这么个不按常理出牌的都被整得哑口无言。

怕邬思黎抵触,左柯让满不在乎地一嗤,澄清:"别搭理她,她满嘴跑火车。"

邬思黎那因冲动一吻后冒出的簇簇小火苗熄灭,讷讷地应一声。

麻辣烫是老式的那种黏糊糊的类型,不能自己选菜,都是店家自己搭配好的,占据一整面墙的冷藏柜分类摆放着炸串。邬思黎挑了几样爱吃的,左柯让去结账付款。

店内是高度正好的长桌板凳,店外支着几张矮小桌板配小马扎,邬思黎在外面找了一张桌子坐下。

她双腿并拢,一只手臂杵在膝盖上,托着腮,玩着一款小程序游戏。

左柯让端着煮好的麻辣烫回来就看到她这么一副样子,就特乖。

他将碗搁到一旁柜子上,忍不住打开相机偷拍一张。

干完这事还有点心跳加快,他真是越活越胆小。

邬思黎不能吃辣,要的经典款,左柯让是麻辣味。

红彤彤的油泼辣子格外勾人馋虫,邬思黎跃跃欲试。

左柯让劝:"你吃不了,很辣。"

邬思黎不死心:"我还没有试。"

"那你等会儿。"说完,他起身去里面拿了一瓶常温牛奶出来,碗推到她面前,他下巴一点,"来。"

邬思黎挑起两根面条浅尝,辣得立刻飘出泪花。

插好吸管的牛奶递到她嘴边,左柯让一脸"你看我说什么来着"的表情。

邬思黎理亏,接过牛奶闷头含着喝。

对面的人一声抑制失败的轻笑。

吃完饭,还是邬思黎开车回左柯让公寓,她惦记着二哈那一身肥膘,看时间还早,想着带它下来在小区里遛一遛。

左柯让当然没意见,他都巴不得邬思黎住下。

一会儿还要送她回家，左柯让就叫她把车停在公寓楼前。

两道车门关闭声一前一后响起，邬思黎拿钥匙锁车，这时手机进来一个电话。

她接起："陈匀哥？"

4

"没有，我四点半就送她到高铁站了，她五点的车。

"你不知道吗？"

这一通电话，邬思黎滞留在车边，左柯让在副驾驶慢腾腾地绕到车头靠着，漫不经心地刷手机玩，耳朵竖起。

有风吹过，邬思黎的声音被吹散送到左柯让那儿，他隐约听见继"陈匀哥"后的第二句——

"你别着急，我帮你问问。"

其实就是正常语气，但左柯让不光会给自己加戏，还连着别人那份一起加，经由他耳膜一润色传递至大脑，邬思黎就是在温柔地宽慰着对方。

不知道是什么火烧眉毛天塌的大事，怎么不急死他。

听不下去一点，左柯让抬腿就想走，又不能丢下邬思黎，一团躁郁堵在胸口无处发泄，于是憋着气蹲在地上。

照他以前那德行能直接上去抢她手机挂断。

邬思黎这边结束和魏书匀的通话，转而给苏禾拨。魏书匀没太细讲，就说昨天早上他们就婚礼流程产生点分歧，拌了两句嘴不欢而散，下午苏禾一个人去的京北，到站后才告诉魏书匀，交流挺冷淡。

今天魏书匀下班后去高铁站接人，超过到站时间快半个小时都没见到人影，打电话也打不通，这才找到邬思黎这儿。

邬思黎想的是苏禾还在生气故意不理魏书匀，结果她也打不通，第二个电话提示对方已关机。

苏禾这一消失着实令人担心。

这边人还没联系到，邬思黎一扭头，也没看见左柯让，手机暂时挪远，四处张望："左柯让？"

车头前举起一条胳膊，懒懒地挥两下："这儿。"

邬思黎走过去，就见他敞着腿坐在车前的马路牙子上，横屏模式在打游戏。邬思黎站到他旁边，与此同时新电话进来，备注是魏书匀。

伴随着又一声"陈匀哥"，左柯让的游戏人物一枪被敌方爆头，Game over（游戏结束）。

"咔嚓"锁屏，他从不套壳，裸机，拇指和食指捏着薄薄机身，一圈一圈在虎口打转。

电话那端不是魏书匀,是苏禾。

高铁晚点,苏禾手机又没电关机了,共享充电宝在三四节车厢后,她懒得动,还有最后十分钟到站就凑合一下。

她已经跟魏书匀会合,叫邬思黎放心。

左柯让不知情,还以为是魏书匀。

"酸菜鱼"这三个字他也就不占个菜,又酸又多余用来形容他简直不要太贴切。

邬思黎垂在身侧的手晃进左柯让视线,他偏过脸,她不喜欢佩戴首饰,嫌麻烦,一双手纤长白净。

几秒后,左柯让勾住她虚弯的一根手指。邬思黎看都没看他,反握他,对苏禾说:"那就好,回家好好休息,有什么事给我打——"

到此,她轻"哎"一声。

左柯让捉着她手移到唇边,张嘴咬在她指肚上,而后舌尖沿着齿痕浅浅一舔,还一错不错自下而上地盯着她的眼。

邬思黎心跳漏了一拍,无意识地蜷起手,小拇指指甲划过他喉结。

"思黎?"苏禾在喊她,"怎么了?"

"没怎么。"邬思黎脸一热,慌忙撇开脸,"我没事,刚不小心磕到腿了。"

这借口,左柯让笑笑,又在她掌根吮吻了下。

苏禾不晓得她正经历着什么,絮絮叨叨地抱怨着魏书匀怎么怎么不好,眼光尤其老土,买了一大捧红绿配色的花束送她,她出站老远一看见他甚至都想买票回京北。

邬思黎心不在焉地应着,又过了五分钟这通电话才打完。邬思黎的手背、手腕多出三四个牙印,凸起的腕骨更是泛红,触感也久久不散。

邬思黎看看自己的手,又看看左柯让。

"完事了?"始作俑者没一点羞耻心,站起身,"那走吧。"

十指扣着朝楼里走。

邬思黎乖巧地被他领着,表情惺然,脸颊粉红晕染,像个漂亮的木偶娃娃。

左柯让在电梯镜子里看着她,埋藏在深处的阴暗低劣的念头在疯狂叫嚣。

他想要的远不及表露出的万分之一。

到门口,左柯让解开门锁,没急着进去,捣鼓几下门锁,抓着邬思黎的拇指往指纹识别的那块地方按。

他半个身子罩在邬思黎身后,在她耳边讲:"之前那锁坏了,重新换的。"

邬思黎点点头,发顶蹭过他下颔。

上周他发烧那天,邬思黎就注意到门锁的不一样,大学时他们来京北住那两天,左柯让就录入过她的指纹。

换掉之后一切清零,所以她昨晚输密码才会那么磨叽。

"嘀嘀"两声提示录入成功。

一开门，二哈就在玄关。

除了它的体格等比放大，这里的一切和以往没有任何区别。

回到家永远都能第一时间看到二哈。

它要么趴在地上听到出电梯的脚步声，早早跑到门口等；要么就是在家里某个角落飞奔着来迎接。

左柯让也永远陪在她身旁。

"刚才的电话是陈匀——"是要报备一下的，刚刚大脑被左柯让搅得一片糨糊，现在才清醒，可邬思黎话说一半，左柯让就打断。

"不用跟我解释。"左柯让"啪嗒"按亮灯光，"你跟谁打电话都是你的自由，不需要跟我说。"

他神色坦荡，眉目沉稳："我没误会，这次是真心的。"

玄关屋顶两边是灯带设计，白炽光洒下，所有都无处遁形，他们二人脚尖相对，近到能感受到彼此的呼吸。

先是错频，又在谁的有意调整下趋于同步。

邬思黎好像找到症结所在，微启唇："真的不需要吗？"

需要，当然需要。

她最好掰开揉碎，事无巨细都讲一遍，最后以和魏书匀断绝关系为结尾。

这是左柯让最喜欢的处理方式。

但是不行，她不喜欢。

自从重逢，这两项"不"字打头的条件他时刻铭记于心。

只要邬思黎回来，他没什么其他要求。

他的那些卑鄙本性就该不见天日。

贪得无厌是人的本性，有些恶念一旦泄口就再无收复的可能。

他必须强制自己。

他摇头，再重复："不需要。"

邬思黎就吞回后半句："好。"

说好要带二哈减肥，两人鞋都没换，长久不用的牵引绳就在鞋柜里。左柯让找出来，柜子上摆着一包消毒湿巾，他抽出一张擦干净。邬思黎负责给二哈戴上，脖套刚一套好，二哈就迫不及待地从门缝里溜出去，到电梯前一个跃起，去拍电梯键。

这不太符合左柯让的描述。

邬思黎惊愕道："你不说它不爱出门吗？"

"不爱跟我出门吧。"左柯让轻哂，"你也知道我俩互看不顺眼。"

邬思黎澄净的双眸里盛满疑惑："那你俩这几年怎么过来的？"

左柯让想到什么片段，突兀地笑一下："瞎过。"

电梯到达二十楼,二哈扭着脖子朝还在屋里的两人叫两声,提醒他们该出发了。

二哈出门时兴高采烈,还没走五百米就"呼哧呼哧"吐着舌头原地不动。邬思黎又是在前面喊它又是招手逗它,就这么哄着才心不甘情不愿地挪两步。

左柯让在旁边看着就很烦,什么狗东西架子这么大,实在忍不住,一脚踢它屁股上。二哈登时急眼,追着左柯让要报仇,一人一狗就绕着小区最大的花坛你追我赶着跑圈。

邬思黎就坐在花坛边的长椅上看他们闹,手机连振三下,她就知道是邬念桐又开始机关枪模式,在宿舍群里发小作文吐槽了。

她打开微信,印证了自己的猜想。

就很平凡的一次群聊,邬念桐在发牢骚,剩下三人嘲笑中夹杂着安慰。

邬思黎蓦然想到以前的自己。

不幸的家庭造成她内心敏感又自卑,所以她和左柯让最初在一起时她就预设好会分道扬镳的局面。

哪怕左柯让很喜欢她,很爱她,她也会将这份感情转变成有钱人的心血来潮。

说到底,是她不够自信,牵连着也不相信左柯让给她的爱。

她费尽力气才能得到的东西,左柯让轻而易举就能得到,而这种差距在当时的她看来,是一条无法跨越的鸿沟。

尤其是在陪他回京北参加左继坤的婚礼后,她误入一个不属于她的世界。

有左柯让在,没有人会瞧不起她,但他们举手投足间从骨子里流露出的傲气表明了一切。

他们待人接物都挺和善,是觉得没必要在无关紧要的人身上浪费情绪。

他们那群人周身自成一股屏障,只有他们主动抛出橄榄枝,外来人士才能进入其中。

但是她却不会再因为这些外在因素烦恼困窘。

人生最要学会的一堂必修课是祛魅。

就像她从出生就在宁城,对宁城以外的地方充满向往与惧怕,可当她出国一趟,发现也就那么回事。

因为父母车祸去世怕开车的她现在也能轻松驾驭,国外独自一人度过一千多个日日夜夜也不是很难。

未知来源于她的想象。

那些她曾经觉得遥不可及的事情她都一一解决掉。

她完成了一场与自我的和解。

所以在她变得更好后,她终于有足够坚定的勇气向左柯让靠近。

一道阴影落下,鼻梁被人轻轻一刮。

她抬起双眸，左柯让弯腰站在她跟前，路灯就在他后方，面容昏暗不清，但她知道他在笑。

"发什么呆呢？"

"没。"

她揩掉他额头上一层细密汗珠，左柯让后仰脑袋躲开："脏。"

"不脏。"邬思黎固执地要擦，拽他在长椅上坐下。

左柯让就依她。

她给他擦完汗，左柯让就揪起自己T恤的衣摆给她擦手。

二哈迈着疲惫的步伐过来，牵引绳长长地拖在地面，一个甩尾背对着他们俩蹲坐地上。

群聊还在继续，邬思黎暂时没管，私聊邬念桐给她发了一个小红包。

邬思黎留言：开心每一天。

然后，她就锁屏静音，专心享受这种爱人在侧的时光。

这个世界上形形色色的人太多，能找到一个相处舒服的人太难得，找到一个相处舒服又两情相悦的人无疑是获得了一张无价彩票。

快餐时代连爱情都来去匆匆，酒吧里最常见的就是荷尔蒙上头的男男女女，仅见过一面的人都能吻得难舍难分。

相比一时刺激，邬思黎更愿意和左柯让并肩坐在一起吹风。

而且左柯让也很能调动她的荷尔蒙。

就安静坐了十分钟，时间不早，左柯让说送邬思黎回去。

二哈也上车，坐在后排。

两家离得近，没几分钟就到邬思黎公寓楼下。

上次打车送完邬思黎回家，左柯让差点去检查自己脑子是不是有问题，怎么就没想着送人上楼。

吸取教训，这次他送到家门口。

"车后座有一双鞋，是你常穿的那个牌子的。"邬思黎边开门边说，"下午我和朋友去逛街看到就买了，导购说是新款。"

邬思黎租住的这公寓一梯两户，环境还算可以，左柯让四处打量着检查，闻言迟钝地问道："给我的？"

邬思黎难得不好好说话，呛他："不然我还能给谁？"

"哦。"左柯让咧嘴笑，"谢谢——"尾音收得急。

邬思黎无声地叹气："你快回去吧，开车小心。"

她攀着左柯让的肩膀，踮起脚尖亲他一下："到家告诉我。"

"好。"左柯让挺淡定，"你进去吧。"

知道他是不放心，邬思黎没再磨叽，进屋关上门反锁好，在里面敲两下门板。

左柯让就转身进电梯。

到车上，他扒拉开二哈碍事的脑袋，找到一个牛皮购物纸袋。

左柯让缓慢地抽出鞋盒，生怕一个用力过度损坏哪里，拆包装的过程郑重其事得像在进行什么神秘仪式。

是他喜欢的牌子喜欢的款，鞋码是他的号。

他找角度调光线，一双鞋拍了十几张照片。

挨个私聊太麻烦，左柯让一股脑发群里。

Atopos：是谁收到了老婆送的礼物？

Atopos：是谁在老婆出门和朋友逛街的时候还在被惦记？

这个点下班的下班，嗨皮的嗨皮，群里在左柯让发言之前就轮过好几个话题，消停还没两分钟。

司琮也：我老婆送的。

配图是一张车钥匙。

李京屹：居可琳送的。

配图是一张黑红喷漆的赛车。

舌尖抵在齿后，左柯让不紧不慢地打字：太肤浅太虚荣了你们，一点都不勤俭节约。

司琮也：你也别不平衡柯柯，至少你还有老婆送礼物，我给你艾特仨从来没收到过礼物的。

司琮也：@杜思勉 @齐靖帆 @蒋慕风

杜思勉：有病吧你？

杜思勉：@Atopos 你更有病，二十五年第一次见到鞋？你当旅游景点打卡呢拍那么多张。

齐靖帆：谁群主？踢他们仨出去行吗？

蒋慕风：不是高贵单身贵族的都滚。

李京屹：@Atopos 居可琳叫你别一口一个老婆，八字连一点都没有，希望你停止自嗨。

李京屹：还有一句，她叫我问问是谁二十五了还没结婚。

左柯让"啧"一声，点开群成员列表，利落地剔除李京屹这个扫兴玩意儿。

邬思黎洗完澡从浴室里出来，床头柜的手机"嗡嗡"振动。

头发用干发帽包起来，她拿起手机查看，是赵月雯在群里发出的群视频邀请。

她们仨前后脚接听，四个人四张脸出现在屏幕上。

"打字太费事了，视频聊几块钱的。"赵月雯发问，"你们都干吗呢？"

她点名："黎宝，你干吗呢？刚在群里突然隐身了。"

"那时候在和左柯让遛狗。"邬思黎把手机放在支架上,坐镜子前护肤,"我刚到家洗完澡。"

赵月雯一个骨碌爬起来,踢一脚旁边的男人:"去给我拿包瓜子。"晶亮的目光转向邬思黎,"你细说下。"

邬念桐又骂一声:"我还得自己去找瓜子。"

范云薇最省事:"我不嗑我减肥,黎你说。"

"也没什么好说的。"邬思黎还是羞于将私人感情摆在台面上,以前不公开是受困于自尊心,现在不再有这方面烦扰,她总要给左柯让安全感,首先就是同朋友承认他。

从回国后到今晚,这中间的发展都上报,亲密情节省略。

就这样还收获了三道百转千回的"咦"声。

范云薇双手捧脸:"哎呀,好甜呀,我一清心寡欲的人都想谈恋爱了。"

邬念桐摘下黏在嘴唇上的瓜子皮:"我当初就觉得你俩不会分开,分手也能再和好,磁场这东西太奇妙了,你俩给人的感觉就是注定一对。"

一只手捧着一把剥好的瓜子仁闯入赵月雯的镜头,她挡开,提问:"那你俩这是和好了不?"

"还没。"邬思黎趴到床上,捞过一个抱枕垫着下巴,"分手的时候我说过我不喜欢他的强势,他全部改了。"

邬念桐:"那不挺好。"

是好的吧。

他真的有在为她改变,她所厌恶的那些点都统统不见。

可——邬思黎矛盾皱眉:"我好像又不喜欢了。"

5

范云薇挠头:"啥意思?"

"就是,"邬思黎压着枕头说话张不开嘴,她爬坐起来,抱枕还在怀里,"他不该是现在这样。"

这段时间以来,左柯让与她相处时就是一副小心谨慎的模样。

初见时的疏淡问候,他给她一枚创可贴。邬思黎看见他手上也贴了,对他随身携带创可贴这一点没有产生过怀疑。

第二天,她去他家照顾他,他手上一丝伤口都没有,这就说明早在她在耳机里听到他声音之前,他就单方面见过她,留意到她后脚跟磨破,才有后来用那种掩饰的手段处理。

他发烧打错电话,他们四年没有通过一通电话,左柯让给她的备注就一个字母A,和高子言更是差十万八千里,所以不管是按照最近通话还是联系人列表,他打错的概率都微乎其微,他见到她后也没有惊讶。

还有段骏鹏在中间牵线搭桥，左柯让一向是不屑于通过别人当传话筒，要么就他自己来说，要么就不说。

烧到去医院输液都没想着知会她，他以前可是手被纸划破个芝麻大的破口都要讨她心疼的性格。

和她吃个饭还要搜肠刮肚找借口。

就好像，她现在无论是要走还是要留，他都不会有任何意见。

她完完全全自由。

那是不是，他也不再是非她不可。

抛开这些以她为主的因素不谈，左柯让也不能是这样。

他该是热烈又随心所欲的。

如果她的回来带给他束缚，那他们两人跟四年前又有什么区别，无非是身份进行对调。

和好也就没什么意义了。

邹思黎双腿屈起并拢，侧头枕着自己膝盖，手机戳在枕头上："我只是不喜欢他因为我迁怒别人。"

"我懂了。"邹念桐一脸"我终于发现你真面目"的得意笑容，"黎宝你原来是闷骚型啊。"

邹思黎嘴巴一闭，耳垂微红。

邹念桐总结："如果不会影响到别人，你其实是很喜欢他对你强势的。"

"是的吧。"邹思黎抠着床单，她琢磨事情或是纠结紧张的时候就会做这个小动作。

范云薇感叹："恋爱好麻烦。"

"等你遇到真正喜欢的人再麻烦也愿意。"

赵月雯一句肉麻名言说完，她那边有个遥远男声在问她自己是不是麻烦。邹念桐一个大白眼，嚷嚷着女生夜聊禁止男人出现。赵月雯扭头喊滚，叫她们等下，脱离镜头片刻，再回来道歉："刚忘记关门被他偷听到了，对不住姐妹们。"

范云薇："你们分房睡啊？"

赵月雯："当然啊，他一臭男人怎么配睡我房间，客厅打地铺呢。"

范云薇竖大拇指夸赵月雯牛："黎黎，你向赵月雯取取经，你看她多能拿捏。"

"每个人情况都不一样，我觉得左柯让那种男人不能拿捏。"赵月雯替换成一个高级词汇，"他得靠驯服。"

"那我们黎一准是超特级驯犬大师。"邹念桐大学和邹思黎一起兼职，她们俩在一块时间多，见到左柯让的次数也多，细节她记不太清，总之她每次看到左柯让来接邹思黎下班，两人一同框，不像公主王子，倒像公主与忠犬。

邬思黎也挺吃左柯让强势那一套。

两人就互相压制对方。小情侣谈恋爱可真有趣。

她们四人里,邬思黎在和前任纠缠,赵月雯在和老板过招,邹念桐半年前分手,就范云薇一母胎单身,考虑问题也简单。

"你跟左柯让好好聊聊呢?说开了不就好了。"

范云薇看偶像剧时,男女主好像都没长嘴一样,有误会就是不解释,就非要分手,她急得要死。

"是要聊的,但不是现在。"邬思黎太了解左柯让,现在谈心左柯让听不进去,会认为她在可怜他。

邬思黎说:"等他憋不住再说吧。"

昨晚视频聊天到凌晨四点,邬思黎不是能说会道的人,多数时候在听邹念桐、赵月雯一唱一和说相声,范云薇偶尔一句点睛之笔,她就负责笑。

七点半闹钟响起来,她翻个身在床头柜摸到手机,眯着眼睛关掉,然后又闭上眼。

七点三十五分,闹铃再响,两声后转切成来电铃声,她单睁开一只眼,接听。

"喂?"

"还没醒?"左柯让一听她这声音就猜到她什么状态,"不是要上班?"

邬思黎超级困,她往被子里钻,想说话最后就只发出个"嗯"字。

"那我把早餐放你门口?"左柯让笑,"你醒了记得拿。"

邬思黎混沌的大脑恢复几分清明:"你在门口吗?"

左柯让应声,对面门开了,一个戴着厚重黑框眼镜,头发乱糟糟,穿宽松 T 恤运动裤的男人出来,拎着一袋垃圾。

男人不期然撞上左柯让的目光,锐利又带审视,看着就像个社会刺头,语气倒是温柔,举着手机在打电话,对那端说不急慢慢来。

男人瑟缩一下,忙不迭小跑着去安全通道丢完垃圾,又小跑着回家。

"嘭——"

"咔嗒——"

一边门关,一边门开。

邬思黎揉着眼睛出现,嘴里像含着块豆腐似的含糊:"你好早啊。"一头扎向他,额头抵在他胸前。

挺措手不及。

同居那两年,赖床的都是左柯让,他也不是起不来,就装,就想要邬思黎哄。

邬思黎基本就是闹钟一响就能起,不过她刚醒时会很呆,左柯让要趁机吻她，她就特配合。

她一黏人，左柯让就挺蒙的，杵原地半晌没动，还是邬思黎醒好神牵着他进屋。

"你吃饭了吗？"邬思黎在鞋柜里拿拖鞋放他脚边。

"没。"他又改口，"吃了，正好路过你家给你带了份。"

他话一落，就见姑娘不大高兴地瞅着自己。

左柯让不解："咋了？"

邬思黎小脸板着："到底吃没吃？"

他坦白："没吃。"

"厨房在那儿。"邬思黎手指一方向，然后去洗漱。

左柯让去厨房找出碗筷，一双黑眸在这套房子的边边角角搜寻着，查找有无其他男人存在的痕迹。

答案是无。

人就雀跃起来。

那看来上次魏书匀来京北没有在她这里过夜。

可没准是被她收拾过，左柯让兀地低头。

也没准这拖鞋都是别人穿过的。

他腿一抬蹬掉，朝后重重靠在椅背上，沉沉吐气。

邬思黎再出来换了身职业装，坐到左柯让对面，他买的都是宁城特色早餐，邬思黎好久没吃到过。

她舀起一个虾米小馄饨，吹凉咬一口："跟宁城的一个味道。"

左柯让说："这家店就是宁城人开的。"

怪不得。

邬思黎埋头一个接一个吃着，左柯让满脑子胡思乱想，吃饭像在做机械康复运动，但他掩饰得挺好，邬思黎暂时没察觉到。

吃到一半，邬思黎在餐桌下的脚踢一下左柯让小腿："你今天晚上几点下班？"

"七点吧。"酥痒自被她碰过的地方蔓延，左柯让握筷子的手一紧，差点就往下探去攥她脚腕，忍住，"一般都这个点。"

"晚上有事吗？"

"没。"

"我们组今晚有聚餐。"邬思黎轻声询问，"你能来接我吗？"

左柯让心口气顺不少："好。"

邬思黎是上周三入的职，后来又赶着出差，部门欢迎会拖延到今天，正好今天周五，玩到多晚都没关系。

翻译部共有十个组，邬思黎在二组，算上初雅这个翻译部经理，十个人分三辆车走，初雅开车带邬思黎还有佳佳一起走。

两个小女生坐在后排。

佳佳半路接了个电话，是男朋友打来的，没腻歪，就报备一声行程，挂电话前说句宝宝再见。

初雅在后视镜瞥一眼："你们这群小年轻现在谈恋爱啊——"

"啊"字拉长尾音，满满是戏谑。

佳佳抱住邬思黎胳膊，"嘿嘿"一笑。

"思黎呢？"初雅问，"思黎谈恋爱了吗？"

"还没。"邬思黎实话实说，"还在追。"

"你居然有情况！"佳佳惊坐起，"谁！有照片吗？给我看看！"

佳佳想起前两天出差，邬思黎赶红眼航班深夜回京，可是因为初恋？

她更为激动，抓紧邬思黎。

邬思黎顶着她灼热的眼神，保守回："秘密。"

邬思黎在佳佳"哼哼"撒娇前稳住她："到时候带他见你。"

初雅适时一咳嗽。

果然，八卦是人类的本性，领导都不能免俗。

邬思黎极为上道："见你们。"

佳佳猜到些许，勉为其难咂咂嘴："行吧。"

初雅说："没想到思黎是追求的那一方。"

佳佳赞同："我也以为思黎只会是被追求的一方。"她又扭头瞅邬思黎，赞叹着太乖了太乖了。

吃饭的地方在一家日料店，老胡是二组组长，好几天前就定好了包厢。

邬思黎作为今晚欢迎会的主角，喝酒不可避免。

女士们喝的青梅酒，度数不高，但一杯接一杯下肚，人也会有点晕。

喝完最后一杯，邬思黎吃了点水果就猫到角落里跟左柯让聊天。

不知道要说什么，她就用表情包刷屏，一溜"猫猫探头"。

左柯让没有及时回复，邬思黎数着时间，五分钟后戳一个视频邀请。

没接，邬思黎撇撇嘴。

情绪还没聚集，对面发来消息。

Atopos：吃完了？

Atopos：刚在洗澡，没听到。

包厢长桌上杯盘狼藉，人都零零散散地分批唠嗑，昭示着饭局进入到尾声。

她打字：快了。

她将定位发去：你来接我吧。

左柯让在宁城七八年，但京北是他老家，哪儿哪儿都熟悉，小时候他们那群人经常骑单车满京北城跑。

他粗略一算时间，回话：一刻钟后到。

邬：好。

五六分钟后，初雅就要撤。她小儿子今年六岁，正缠人，时间也挺晚，有人明天还计划着周末短途游，于是就散场了。

一群人浩浩荡荡地朝店外走，在门口打车或叫代驾。老胡这人平常就够能说，喝完酒更是闲不住，在包厢里就对邬思黎好一番夸赞，声泪俱下地感谢初雅给他们组又派来一员大将，这出来后又逮着邬思黎表扬。

副组长老张扯走老胡："你快消停点吧，一会儿再把人思黎烦得换组。"

"那可不行！"老胡叫喊，"可不行啊思黎，进了我的组就生是我的人死是我的鬼。"

佳佳挽着邬思黎笑嘻嘻地说："老胡，你不如来拍我的马屁，思黎最爱我了，只要我在二组一天她就不会走。"又寻求邬思黎的认可，"是吧？"

邬思黎一手拎着包垂在身前，另一只手将长发别去耳后，点头："是。"

她穿着很是考验身材比例的鱼尾半身裙，长度到小腿，裙摆在微风中轻荡，笑容温婉。

左柯让到时，看到的就是这样一幕。

以前邬思黎被他拘在身边，属于她自己的生活少之又少，后来和朋友聚会也是他、段骏鹏他们一起。

她应当像现在这样站在人群中央备受瞩目，而不是禁锢在他世界里的菟丝花。

车没在日料店正前方停下，左柯让收回视线，手虚握拳抵在唇边，眉目冷淡地继续朝前开。

七八十米后一个岔路口，他拐停在路边，给邬思黎发消息。

Atopos：往南走，门口不好停车。

初雅喊的代驾也来了，问有没有人顺路，佳佳跟她同一个方向。

邬思黎回完左柯让，摇头说不用："我朋友来接我了。"挥手再见，迈下台阶朝南边小跑着过去。

左柯让还是不放心，下车往日料店这边走，邬思黎迎面奔来，他条件反射地就张开双臂，人一撞进他怀里，心也一动。

翻译部二组众人在台阶最高处瞧见个身影，个个脸上都闪动着惊诧。

老张嘶声："朋友是男朋友？"

佳佳抻着脖子瞪眼："长啥样长啥样？"

喝多的老胡眯眯眼辨认一会儿，语出惊人："你们见过啊，就航天局那哥们儿。"

两人上车后，邬思黎低头系安全带："我看门口有停车位的。"

　　左柯让轻描淡写："门口只能临时停车，以为你们不会很快。"

　　"哦。"是个无懈可击的理由。

　　邬思黎双手置于膝上，扯平裙子褶皱。

　　左柯让落她那儿一眼，嘴唇微动，最终缄默。

　　行驶到半路，物业在公寓群里发消息通知各位住户，小区供电系统有些故障正在抢修，预计停电两个小时，末尾附上致歉。

　　群里有不少人在抱怨，这么热的天，家家都开空调，越是高层空气越闷，忙一天好不容易回家休息还这么糟心，物业也在竭尽所能想办法。

　　邬思黎反应平淡，收起手机，侧过头看向在开车的男人："我今晚能去你家住吗？"

//第九章
幸 运

1

这话传进左柯让耳中,他大脑一时间没能理解。

他按停音乐,直视前方,还超了一辆车:"什么?"

"我说,我今晚去你那儿住好不好?"邬思黎语速平缓,双手握紧手机,"我那个小区停电了,不方便。"

左柯让没吱声。

车子还在沿着邬思黎小区的方向行驶,相当于变相拒绝。邬思黎咬住口腔里的软肉,手机边缘棱角硌得掌心发疼,她沮丧坐正。

"嗒嗒——"转向灯在车厢内发出清脆声响。

前方路口,左柯让一打方向盘,车头掉转。

邬思黎重新扭过头,左柯让闲闲散散地开着车,搭在方向盘上的手臂线条流畅,车外路灯光束打进来,自他喉结上扫,快速掠过他脸庞,出色五官一闪而逝。

都很正常,除去他半天没有眨动一下的眼睫。

一句迟来许久的回答:"好。"

到二十楼出电梯,左柯让一边伸手挡电梯门,一边翻看群聊记录,开车时他的手机就一个劲"叮叮当当"响。

语音和文字混着,他也没避着邬思黎,语音直接外放。

听完一条到门口,他扬下巴:"你开。"

邬思黎识别指纹。

二哈竟然不在,他们换完拖鞋二哈还没个影子。

邬思黎心生疑虑,还没等问,左柯让就预知到她的心理活动:"我下班回来它跑出来看到只有我就自己去阳台生闷气了,我出门接你的时候它还没出来。"

话落,下一条语音自动播放。

是个女声。

"左柯让,你记得先跟你前女友说一声,给你制造个机会。"

"咔嚓——"左柯让锁屏。

为时已晚。

屋子里只有中央空调在运作的轻嗡声，两秒钟语音一个眨眼间就播放完，每个字音邬思黎都听得清楚。

她认得那道声音："是居可琳吗？"

左柯让淡定地点头："嗯。"

"前女友。"邬思黎在他一臂之外，"是我吗？"

左柯让舔唇："嗯。"

知道他不乐意听这称呼还非这么喊，他那群朋友一个比一个堵心。

邬思黎对此没什么感想，他们确实是分过手，也还没和好，可不就是前任。

她问："要跟我说什么？"

"居可琳和李京屹月底三十号结婚，在意大利科莫湖办婚礼，叫你去。"左柯让见她穿的一次性拖鞋，心里冒出个问号，估计是不喜欢他给她准备的那双拖鞋，又释然，瞧回她眼睛，"说今天太晚了怕打扰你，邀请函明儿发你。"

把自己关在阳台的二哈一个不经意看到邬思黎，耷拉的尾巴瞬间扬起，自己打开阳台门飞跑出来。

它对自己的体格没个概念，邬思黎这次又没制止它，欢呼着去扑她。邬思黎被冲得踉跄后退，左柯让及时揽住她的腰，眉头一皱就要发作，邬思黎转过脸亲他下巴，垂下的手在二哈脑袋上挠，两边都安抚着。

邬思黎靠在左柯让胸前："那我送什么礼物比较好，份子随多少？"

气还没生起来就被打散，左柯让的注意力顺着邬思黎转移："送居可琳就成，包、首饰啥的，李京屹你甭管份子钱也甭给，我们这圈人都不兴随份子。"

爱人的拥抱有治愈功能。

邬思黎今天没什么厌烦的事情，但窝在左柯让怀里就很舒服，她后仰枕着他肩膀："要去几天？"

出国办婚礼，那就不是一两天能完事的。

邬思黎的薄背紧贴他胸膛，有一缕发丝扰人心神地钻进他衣领，搔着他锁骨，卷翘睫毛，挺俏鼻尖，他的角度将这些尽收眼底，左柯让稍微一低头就能吻到她的唇。

薄弱的意志力消磨殆尽。

他抵抗不住诱惑，缓慢垂下脖颈，嗓音放轻："一个礼拜吧，差不多。"

明明是在正常讨论着与别人有关的话题，气氛却逐渐浓郁。

于是，对视，接吻，水到渠成。

左柯让手托住邬思黎的脸，她掌心覆在他手背，他另一只手还搂着她的腰，就这么交颈厮磨着。

本来要分解差不多的酒精在此刻又倏然加重，邬思黎触感被调动到最大化，左柯让不需要酒精催化，他什么状态下跟邬思黎亲热都能特投入。

两人情绪越发高涨之际，邬思黎撤退，抓下他捧着她脸的手，脸红嘴红，声若蚊蚋："我想洗澡。"

刚才吃饭，他们在包厢里自己烤串来着，新风系统不断换气，衣服头发也难免沾到味道，而且她又在外工作了一天。

左柯让这次是真没听清，他弯腰："嗯？"

他耳垂殷红，邬思黎觉得好可爱，凑近用唇尖一碰，小声重复："我想去洗澡。"

她想到上次喝酒，保证："我这次没喝多，没事的。"

左柯让箍着她腰的手一紧，又松开："好。"

左柯让带邬思黎去的主卧浴室，换洗衣物给她找好，浴室门关上，左柯让站门外愣了一会儿神，磨砂玻璃上映出轮廓，邬思黎脱掉裙子，他垂眸摸摸鼻尖，折回客厅，坐沙发上接着走神。

这房子隔音一绝，但"滴滴答答"的流水声仿佛近在耳边，听得人燥热。过了一会儿，左柯让一拍膝盖，起身去客卧浴室冲凉。

邬思黎洗完澡头发还常吹到半干，卧室客厅都没看到左柯让，听见客卧有动静，循着找过去，客卧门敞开，里间浴室有水声。她敲了两下门："左柯让？"

水声没停，也没人回应。

邬思黎第二次叫他："阿让？"

左柯让回话，嗓子哑："去外面等我会儿。"

"哦。"她有点纳闷他为什么又洗一次。

出门去接她前不是才洗过吗。

对这间公寓邬思黎一点都不陌生，闲得没事干逛了一圈，左柯让还没结束，邬思黎看一眼墙上的挂钟，怎么时间比她还要久。

邬思黎等得紧张，二哈头顶那块皮都要被她挠秃，有点口渴，她跑去厨房找水喝。冰箱最上层摆满啤酒，她拿下一瓶，撬开瓶盖，往嘴里灌两口。左柯让擦着头发出现在厨房门口。

他眉梢一扬："干什么呢？"

邬思黎心虚地背过手，啤酒藏在身后："没干什么。"像个犯错的小学生立在冰箱旁边。

左柯让被她逗笑，走近她，在后面拉出她胳膊："偷喝酒呢。"

"没有偷喝。"邬思黎干巴巴地辩解，"我就是有点渴……"

"喝就喝呗。"左柯让捏捏她的脸，"一会儿我陪你喝。"又挑起她还湿漉漉的发尾，"又吹一半。"

"太长了。"邬思黎苦恼皱脸，"太麻烦了。"

每次洗完澡打理头发的过程都好漫长。

她没那个耐性，顺带疑惑起左柯让比她还嫌麻烦，怎么就那么爱拾掇她。

左柯让抽走她握着的罐装啤酒搁在一旁的台面上，牵起她的手到主卧浴室，找出吹风机，把人拉到身前，细致地边吹边用手指卷着她长发固形。

手法比理发店的理发师还要娴熟。

镜子里左柯让高出邬思黎一个头，体型能将她完全挡住。

他洗完澡换了身衣服，无袖黑色背心加同色运动短裤，大臂肌肉张弛有度，像是刚在运动场上下来的热血少年，神采蓬勃。

邬思黎很吃左柯让的脸和身材。

她从来没泄露过这个秘密。

邹念桐评价得很对，她就是闷骚型。

她一眨不眨盯着镜子里的他们，她穿一条白色睡裙，一黑一白相得益彰。

这个画面四年间无数次出现在她梦里。

左柯让偶尔会同她讲他那些朋友的八卦，谁为惹谁心疼故意受伤用苦肉计啊，一个比一个精彩。

她和左柯让之间没有经历过什么刻骨铭心的生离死别，爱意杂糅在每日常琐碎中，是生活中微不足道的每一环，所以处处都是回忆。

"啪——"头发吹干，吹风机关闭。

邬思黎身体一转，面对他，两手搭在他腰间，扬起脑袋亲他一口。

左柯让拎着她歪斜的睡衣领口扶正："看电影吗？"

"现在吗？"邬思黎有点蒙，看一眼窗外深幽的夜色，"太晚了吧？"

左柯让歪头："在家里，不晚。"

京北这套公寓也是左柯让他舅舅送的，十五岁生日礼物。

他舅舅一大爱好就是给他还有表哥陆明霁到处买房，生怕他们俩出门在外没地方住。

公寓里有专门一间放映厅，视觉音效都巨棒，第一次用是有一年暑假他在宁城回来，司琮也他们来找他玩，杜思勉得知有放映厅，吵吵着要试用，还说他有部顶好的片子，就是缺个播放器。

第二次进，就是现在。

左柯让拿了一打啤酒，洗了点水果端进去，邬思黎坐在占据放映厅三分之一面积的沙发床边选电影。

她有选择困难症，挑来挑去，选取框定格在男女主角相拥，轮船船头铺满一半封面的那部。

"看这个？"

左柯让在剥葡萄，看了一眼屏幕——《泰坦尼克号》。

"行。"

他将葡萄肉递到邬思黎嘴边:"吃吗?"

邬思黎点播放键,张开嘴,葡萄喂进嘴里,她合唇吮住他指尖。

左柯让剥第二颗,喂自己,含了下邬思黎碰过的地方。

他们边吃水果边喝酒,再碰个杯。

邬思黎喜欢灌一大口,再一小口一小口往下咽。左柯让的视线从屏幕移到她脸上,支着太阳穴,伸出手指去戳她圆滚滚的腮帮。

酒液溢出口腔,邬思黎忙弯着手接在嘴下,咽干净后瞪左柯让:"你干吗?"

左柯让不知悔改,还戳,邬思黎一巴掌拍在他手背上,"啪"的一声脆响,人就老实了,就称心如意了,就爽了。

他懒怠地笑着,剥好荔枝喂她:"对不起咯。"

邬思黎又甩他一记眼刀,荔枝拿走自己塞嘴里。

连着剥了五六颗,左柯让才又获得亲手投喂邬思黎的资格。

聚餐时就喝过酒,两瓶啤酒下肚,还搭配着水果在吃,还喝得很慢,邬思黎依旧醉了。

她腕骨并在一起,双手托腮,强撑着要看完这部电影。

她睫毛一闪一闪的,左柯让又欠欠地拨两下:"困了就睡,明天再看。"

邬思黎咕哝着不行不行,要有始有终,轻轻拍拍自己的脸,努力清醒。

轮船沉海的高潮片段已经过去,露丝趴在唯一的木板上,杰克泡在冰冷的海水里。

杰克说:"赌赢那张船票,是我这一生最幸运的事情。"

邬思黎就顺势倒向左柯让,问他:"你最幸运的事情是什么?"语毕,困倦再也遏制不住。

左柯让关掉投影,放映厅陷入黑暗中,他打横抱起邬思黎回卧室。

她一沾到床,翻个身找到了舒服的姿势就沉沉睡去。

他关灯也上床,从后面抱住邬思黎,唇贴着她肩骨,情不自禁含着一小块肉在齿间碾磨,松开后印下一枚吻痕。

最幸运的事情是什么?

是外公和爷爷争夺他的抚养权接他去宁城,然后他在人潮汹涌的车站见到邬思黎。

姑娘白白净净,嗓音也好听,柔声向他道歉。

他便同赢得船票的电影男主一样,由此遇见一生挚爱。

一觉睡到自然醒。

二哈趴在她露在被子外的手边,左柯让背对着她坐在床边的懒人沙发上,笔记本电脑搁在他大腿上,界面是一分为二,密密麻麻的文献资料和3D设计图纸。

邬思黎勾勾手指,二哈脑袋一抬一落,就挪到她掌心。

她没出声,默默地看着左柯让忙碌。

她这次可没断片,所有细节都记得清清楚楚。

昨晚一直在被他带着节奏,现下一回想,看电影那一提议莫名突兀。

就好像左柯让在故意拖延她,拖到她喝醉,拖到她睡觉。

她在沪市飞回来找他那晚,在浴室洗漱完她吻他,他以要上班为由拒绝她。

今天周末,这个借口不能再用,他就耗她精力。

就非忍着,就非憋着。

倒不是邬思黎非要做什么,就是他瞻前又顾后,她都替他累得慌。

她鼓了鼓脸腮,安静不下去,脚伸出被子踢他后背。

"醒了?"左柯让敲下一串数字,保存文件,合上电脑回身,"饿不饿?"

"不饿。"气都气饱了,他可太能装了。

她是真的很怀念以前那个肆无忌惮的左柯让,然后肚子就很不给面子地"咕噜"一下。

左柯让笑:"真不饿?"

他语调上扬:"那不吃了?"

邬思黎不想理他,被子蒙过头顶,眼不见为净。

左柯让笑弧加深,撑坐起身,隔着被子拍她:"起来吃饭了,别饿坏了。"

跟着左柯让,邬思黎从来不用考虑吃饭的问题。

他不会做饭归不会做,但发掘美食能力一流。

餐桌上一水宁城特色菜,样样都是她爱吃的。

左柯让拆开一双附赠的木筷,横放在碟盘上,拖鞋声由远及近,他撩眼:"过来尝尝,宁城咱俩常去的那家店在京北开了分店。"

邬思黎坐到椅子上,一勺糖芋苗就喂来。

她含住勺子,边嚼边回应说好吃。

客厅挂钟时针指向数字"1",分针在"8""9"中间。

一个上午邬思黎就这么睡过去了,未免太浪费。

以往两人周末都是左柯让安排,现在他还在别扭着,指望不上,邬思黎正好还有件正事没办:"你下午有事吗?"

"没。"心心念念的人就在眼前,他还能有什么其他事要干?

"那你陪我去看看车吧。"邬思黎捏着勺柄搅和着糖芋苗,"我想买辆车,又不懂。"

左柯让想说他的车随便她开,怕引起她反感,点头:"好。"

时间不早,吃完饭收拾好,两人就出门。

邬思黎不要贷款，买车预算在二十万到二十五万之间，最多不超过三十万。

车于她就是个代步工具，什么车都一样开，只是太过便宜的她担心质量问题。

搞清了她的需求，左柯让就有了个初步构想，开车载着邬思黎去往城南。

车这玩意儿体积不小，一家店又不可能只展示一辆，城南有片郊区专门划出来，十几家4S店都汇聚于此。

车停在露天停车场，两人下车。

今儿太阳巨晒，照得人睁不开眼，左柯让走到邬思黎身边，一顶棒球帽扣上她头顶。

邬思黎扶正帽檐，扭头。

左柯让鼻梁上架着副黑超，单手揣兜，范儿十足。

收起他会不会热的多余忧虑，邬思黎把两边头发别到耳后。

手刚牵在一起，一道女声插进来——

"左柯让？"

邬思黎最先找到声音来源，一怔，是四年前在左继坤婚礼上，见到的那位他替左柯让挑选的联姻对象。

蒋希瑶在隔壁车上下来："真是你，没认错。"

左柯让不咸不淡地道："好巧。"

"你来这儿干吗？"蒋希瑶就是个十万个为什么，上一个问题问完下一个又来，她扫一眼邬思黎，"这是你女朋友？"有点眼熟，想不起来在哪儿见过。

不过不重要。

他俩手牵着手十指紧扣，无形的亲密浑然一体。

瞎子才看不出他们有事。

"你好。"蒋希瑶伸手，"我是左柯让——"

她意味深长地一停顿，使坏："他前妻。"

2

左柯让墨镜后的眉头紧皱，唇线扯直，语气贼冲："你有病吗？蒋希瑶。"

他这人没啥绅士风度，不是那种看对方是个女性就会留情面的性格，也就是不动手，脾气上来无差别攻击，上下嘴皮一碰就能把人撑哭。

比如四年前找蒋希瑶解决联姻那事，她不尊重邬思黎，他就立即翻脸。

一旦涉及他自身利益抑或在乎的人，他一律没个好脸色。

"干吗这么凶。"蒋希瑶就存心给他添堵，"咱们两家本来就有过联姻念头啊，我也没说错吧。"

当年左柯让找过她后，她回家就和父亲提不想联姻，可她怀孕那事还是没能瞒住，在圈子里闹得挺大。父亲一度逼着她去打胎，是医生说她体质不易受孕，如果这一胎打掉以后很难再生育，父母才勉强留下这个孩子。

前男友得知她怀孕，从国外飞回来上门提亲求娶。

孩子都有了，蒋希瑶父母还能说什么，被迫同意了两人的婚事。

现在女儿四岁，一家三口幸福美满，但泄密一事她梗在心口，那段时间她处在风口浪尖，都不敢出门见人。

流传出去的照片重合度与左柯让手上的高达百分之九十，她便以为是左柯让在背后动手脚，骂他没有契约精神。

左柯让又不屑于跟无足轻重的人解释，她爱误会就误会，又不损害他什么。

再加上彼时邬思铭去世，邬思黎精神状态极差，又面临分手，他哪有空去搭理别人，蒋希瑶的电话打过来骂完他第一句他就挂了，再打就拉黑了。

这在蒋希瑶看来妥妥就是心虚。

此后，左柯让工作回京北老家，不再混他们这种啥啥二代的圈子，就和他那些发小在玩，但有些场合还是会碰见，蒋希瑶总少不了一番阴阳怪气。

这次也一样，蒋希瑶就想恶心他。

"你舒坦日子过够了？"左柯让上前半步挡住邬思黎，低眸睨着蒋希瑶，声音冷冷的，"非找不痛快是吗？"

以前她说个两三句厌恶的话他不痛不痒，这回当着邬思黎的面他就不行了。他浑劲儿是收敛了，那是仅对邬思黎。

蒋希瑶现在可没有把柄，不惧他："是挺想找你不痛快的。"

她朝他身后一瞥："看来我成功了。"

蒋希瑶不了解左柯让，邬思黎可太了解了。

回来之后，邬思黎还从未见过他发火，现下总算有那么点四年前的熟悉感了。

真怕他一个不爽闹事，邬思黎屈起两根手指挠他腰背："我们快走吧，外面好热。"

他在那里发脾气跟人对峙呢，她却搁后边调情似的抓他，差点给他整破功。

总不能因为别人耽误邬思黎，左柯让警告地虚点蒋希瑶一下："管好你那破嘴。"

蒋希瑶不甘示弱："你的嘴才破。"

邬思黎赶紧拉着左柯让朝最近的一家 4S 店走去。

一米八几的大高个就那么轻易地被才到他肩膀的女人拽着，放水放得堪比泄洪。

蒋希瑶"喊"一声，甩着车钥匙上车。

她接到老公的电话，问她怎么还没回来。

蒋希瑶："碰到个讨厌鬼，对战了两句，就回。"

一远离蒋希瑶那疯婆子，左柯让就摘掉墨镜，认真地看向邬思黎："她说的你别信，她就看不惯我。"

邬思黎停下脚步，端详着他脸。

左柯让心里有点发毛："当年她怀孕了，我威胁过她，她就记着仇——"

邬思黎抽出被他牵着的手，左柯让本能地攥紧。邬思黎淡声说松手，他慌得要死又不得不照做，继而另一只手拎着的墨镜也被抽走。

她又给他戴上，还捧住他的脸。

左柯让不由得俯身，省得她累。结果唇一软，是邬思黎亲他。

一触即离，她又亲一下："戴上好帅。"

就这两三招，要得左柯让五迷三道，连玩十圈过山车心跳都没这么快过。

进店后，销售上前，挂着职业的微笑："二位是来看车还是？"

邬思黎就一甩手掌柜，指左柯让："问他。"

左柯让有墨镜遮掩，走神都走得毫无痕迹。销售看他半晌，他一言不发，邬思黎悄悄在他后腰一戳。

他回魂，侧耳："咋了？"

邬思黎又戳："帮我看车呀。"

"知道了，别戳。"左柯让逮住她作乱的手，转头跟销售交流。

邬思黎就被左柯让扣着手，跟在他身后半步，四处瞅瞅，然后又瞅回左柯让泛红的耳朵。

他挺爱害羞的，以前害羞也不忘说骚话逗她，现在就纯冒傻气。

可能以前她是被迫主动，左柯让提要求说你亲我一下你摸我一下，她无意碰到他敏感点，他就耳朵红。

现在她自愿主动，左柯让几乎上下里外都是敏感点。

邬思黎喜欢揉他耳朵，尤其是此刻红彤彤的。

她手痒，眼下在外面又不允许，就捏他手指缓解。

左柯让当她是有什么事，暂停跟销售说话，又回头："怎么？"

邬思黎眨眼："没怎么。"

左柯让就反捏她。

销售带他们去二楼坐下详谈，邬思黎只负责选心仪车型，其他功能性问题左柯让负责管。第一家店试驾了两辆，车型不错，内饰邬思黎不太喜欢，就作罢。

到第三家，定下一辆奔驰C系，超些预算，不过在邬思黎接受范围内。

店内没有现车，还有一些手续要办理，预计一周后提车，付完预约金，两人就回市区。

中午醒来时，邬思黎收到了居可琳早上九点发来的电子版婚礼邀请函，还有小半个月。

邬思黎拉着左柯让去给居可琳挑礼物，她跟居可琳只能算认识，邀请她去婚礼是因为左柯让，她不清楚居可琳的喜好，就叫左柯让帮她出谋划策。

结果这人一问三不知，没派上半点用。

选出一条红色五花手链，又一次得到"挺好"的回应，邬思黎脸上打问号："你朋友你怎么什么都不知道？"

左柯让掷地有声："她喜欢什么那是李京屹该知道的，我知道那么多干吗。"

他垂着眼在展示柜里扫视，指着一条白贝母，销售拿出来，他在邬思黎手腕上比画一下："好看不？"自问自答，"我觉得挺好看。"

邬思黎还在纠结送什么，左柯让见不得她对别人费心，一忍再忍，最终插手。

白贝母和那条红五花一起拿走。

"随便送送就行，别太看重这事。"

邬思黎持不同意见："那怎么行，这是结婚礼物。"

左柯让不以为然："没准以后还有你送的时候，又不见得就结这一次。"

"你那些朋友，"邬思黎诚心诚意地发问，"是真的愿意跟你做朋友吗？"

"不吧。"左柯让仔细想想，"应该是看我帅，跟我玩比较有面子吧。"

他真的不会挨打吗？邬思黎满腹疑虑。

两人分别结账付款，白贝母直接戴在邬思黎手腕上，红五花手链精致地包起来。

两人找地方吃完饭，最近没上映什么新电影，逛一下午也都挺累，就打算回家。

左柯让要是带邬思黎回他公寓，邬思黎没意见，但他上车后还偏来一句："你家恢复供电了吗？"

邬思黎那小区就专供北漂打工人居住，电总停下去不是回事，她说："恢复了。"

左柯让看她："那送你回家？"

邬思黎看着窗外："随便。"

手机滑进储物槽，左柯让发动车子，朝邬思黎公寓开。

邬思黎气闷不已。她自认足够主动，投怀送抱人家坐怀不乱，躺他床上人家抱着她干睡觉。

她还能怎么做？

还是水不够烫，没能一下把他这只青蛙煮熟？

邬思黎经验不多，到现在为止已经是黔驴技穷，原以为只要她一步一步向他走，他就能不再封闭自己，事实证明她错得离谱。

不禁气馁。

车子停在公寓楼下，她解开安全带，不大精神地道别："我上去了。"

去开车门之际，挨着驾驶座那边的手臂被攥住，邬思黎愕然转身："怎么了？"

"你不高兴吗？"疑问句用以陈述。

左柯让心里七上八下："还是因为蒋希瑶？"

车内光线幽暗，他双眸黑亮而专注："我跟她从来都没有过关系，联姻只是我爸和他爸口头说过，还没实施就被我搅黄了，蒋希瑶她结婚了女儿也四岁了，下午她就是故意的。"

语速又快又急，握着她胳膊的手也用力。

邬思黎问出个风牛马不相及的问题："你的腿是怎么回事？"

左柯让不解她提这陈年旧事干什么，还是答："小时候跟左继坤打架，被他推下楼摔的。"

邬思黎划限制："不是，是这四年里。"

"你怎么知道？"

"我不能知道吗？"

"谁告诉你的？"

"这不重要。"

一问一答，两个来回。

左柯让抓她抓得有点疼，邬思黎扒开，两只手握住他一只："为什么又和你爸闹矛盾？"

她只能想到这个："他又推你去联姻吗？"

左柯让不确定当年分手，左继坤在婚礼上找邬思黎谈话的内容在其中占多少原因比重，他想说是，但他都解决好了，左继坤不会再管他，这么简单的一句话，他却堵在嘴边。

她会相信他吗？

四年前，他也信誓旦旦，认为一切都尽在掌握，可是左继坤就在他眼皮子底下找上邬思黎，邬思铭也没能帮她留住。

他什么都没做好。

"那你怎么想的？"邬思黎一根根掰着他手指玩，"你会同意吗？"

不会，如果同意他就不会以那种方式来抗争，爷爷奶奶被他吓到心脏病发作，三人一起住的院。

但他没出声。

邬思黎也不为难他："新问题。"

一个新话题，与上一个没有半分联系，但都在验证左柯让的态度。

她手指绕进他腕间红绳，摩挲他："你为什么怕我不高兴？"

还能是为什么，当然是——

左柯让沉默不语。

邬思黎和他对视，他敛下睫毛，她就不再碰他那条红绳，只本分地搭着他掌心："你还喜欢我吗？"

这不是废话。

什么叫还？他从来没有停止过喜欢邬思黎。

喜欢她就和吃饭睡觉一样成为他生活必不可少的一部分，维持着他各项机能。

他还是没回话，不敢回。

分手时，她说她要一段平等的、能平视他的恋爱关系，他也不确定自己现在有没有做到。

重逢后的激动、喜悦，在近日和她的每一次相处中减退。

邬思黎越来越漂亮，越来越耀眼，大学时的寡言少语蜕变成如今的谈笑风生，越来越多的人关注到她，她不再仅他可见。

左柯让由衷地为她骄傲，同时在心里又矛盾地不想她再更加突出。

她能独当一面，没有他也无所谓。

甚至，会更好。

他阴暗又卑劣，只会带给她伤害。

左柯让不希望她再难过，害怕自己使她重蹈覆辙。

可他骨子里还是自私，还是想留她在身边。

留她心甘情愿地在他身边。

于是，他返回去回答她倒数第三个问题。

"我以后，"他言不由衷，"可能会同意。"连她眼睛都不敢看，一点说服力都没有。

他有个旁人不易察觉的小习惯，撒谎时下颌会紧绷，眼尾弧度下耷。

他在推开她。

邬思黎抿唇："确定吗？"

左柯让轻轻应了声："可能吧。"心跳加快，他在赌，又怕玩太过火，加上"可能"一词，给自己一定余地。

"好。"邬思黎缓缓呼口气，甩开左柯让的手，"嘭"的一下磕在中央扶手箱上，她也没管，疼死他活该，拎包下车前，她撂下一句，"那我们就不要再见了。"

左柯让下意识想去追，手触到车门后又顿住，邬思黎走得又快又决绝，公寓楼大堂的玻璃门被她揉得轻晃，电梯大概恰好停在一楼，没几秒钟她就消失在左柯让的视野里。

他咽了咽干涩的嗓子。扶手箱里有烟,他咬出一根点燃。

上次抽烟是在北航会议厅见到邬思黎,为了能和她多待一会儿。

车窗降下,烟有一搭没一搭地吸着。

十二楼灯亮,烟烧到末端,他掐灭。

掉转车头。

楼上。

邬思黎躲在窗帘后,目送着左柯让车开走。

今天这一场失败的谈心不在意料之内,她就知道在左柯让自己想不通之前,聊什么都是白费。

可她没憋住。

她那句"你还喜欢我吗"就是戳破他们最近营造出的那一层朦胧暧昧。

他担心她生气,担心她不开心,身边但凡出现个异性连对方生辰八字都能跟她交代个底朝天。

他喜欢她喜欢得不得了,然后,又推开她。

她都有点怀疑左柯让是不是在跟她玩欲擒故纵这一招。

她搞不懂左柯让。

以前搞不懂他强烈的占有欲,现在搞不懂他给她的自由。

邬思黎搓搓脸,放下抱枕出门,站在隔壁门前按门铃。

邻居估摸是在打游戏没听到,邬思黎发了条消息告知,一分钟后,大门拉开。

陈知书脖子上挂着一副耳麦,穿着肥肥大大的T恤、短裤,过长的头发扎成一个小鬏鬏。

他是个游戏高手,靠代打赚钱,长相很秀气,性格也腼腆,很乐于助人。邬思黎搬进来那天,晚上出去吃饭回来提了两大包零食还有一箱饮料,在楼下遇到陈知书,饮料是他帮忙运上去的。

并且,她还收到了他送给新邻居的礼物——造型别致的一只马克杯。

作息原因,两人很少能碰面。

对于她的到来,陈知书疑惑:"怎么了吗?"

邬思黎请求:"能拜托你帮个忙吗?"

那天不欢而散后,邬思黎和左柯让就真的没再见过面。

上班下班,出门吃饭,两人所住小区十几分钟路程也没偶遇一次。

京北还是很大的。

左柯让都有些恍惚邬思黎是不是回来过。

每天都将自己关在阳台的二哈无声宣告——邬思黎回来过,又被他作死作走了。
仅有四年前那些回忆的话,左柯让还能熬。
可他们还有四年后。
虽然不多,但足以加重他的思念。
每晚下班,他都要绕路在她小区外经过,没想到有朝一日这种感动自己的烂操作他做起来也挺得心应手。
他不知道自己赌没赌对,但棋子已经下到这一步,他只是想要邬思黎的一个态度。
一个确定她不会再离开他的态度。
这种试探很不左柯让,照他的脾气,应该是喜欢就拿来,不会考虑其他。
段骏鹏说他踌躇不前的样子很难看,很不像他。
可爱情就是会叫人背离本性,变成另一副陌生模样。
这天早上起来,窗外天色阴沉又压抑,天气预报发布暴雨预警,提醒广大市民出行注意安全。
左柯让在雨下下来前到达航天局。
不知道邬思黎到没到公司。
一个闪电劈下,高子言"哇哇"乱叫:"天要塌了吗这是,太可怕了。"
另一同事双手合十,接话:"听说未来三天都有雨,梦一个居家办公。"
其他同事纷纷效仿:"梦一个梦一个。"
心绪乱糟糟,不想再坚持,左柯让点开邬思黎的微信。
Atopos:你到公司了吗?
Atopos:这几天都有雨,你开车小心。
——下班我去接你。
一个字一个字敲出来,手指悬在发送键上犹疑不决,狂风刮过,雨势变大。
左柯让点击发送。
他两指撑着太阳穴,目不转睛地盯着对话框,迟迟没有动静。
他扔了手机,投入工作中。
隔十分钟看一眼有无回复,每一次都以失望告终。
三条消息如石沉大海一般。

陈知书得邬思黎的嘱托,游戏房暂且改到客厅,正对玄关墙壁的可视屏幕,隔三岔五望一眼对面有无情况。
他门锁的摄像头可以三百六十度纳入整个楼道。
今天暴雨,豆大的雨滴"噼里啪啦"砸在窗户上,树枝在风中凌乱摇摆。
新闻实时更新路上有多少车辆熄火。

前面风和日丽那几天都没见到人，今天更不可能。

这么想着，打完一局游戏，他伸个懒腰，就见可视屏上显示一男人踏出电梯。

陈知书跑到门口，扒着猫眼，是那天早上在邬思黎家门口看到的那位。

他奔回茶几拿过手机，向邬思黎传递消息。

陈知书：你男朋友来找你啦！

邬思黎提前说过她这次出差会很忙，陈知书报备完毕就继续观察。

在左柯让站在邬思黎家外五分钟、按第三次门铃、掏手机要打电话时，陈知书拾起垃圾袋，开门去丢。

打游戏他贼牛，演戏他真不在行，但还是和闻声回头的左柯让对上眼，且被他不好惹的长相吓到。

反正陈知书上次行踪也挺鬼鬼祟祟，不存在穿帮。

正打着腹稿要怎么开口，左柯让先出声："你好。"

陈知书站定："啊？"

他结结巴巴："你、你好。"

左柯让浑身湿透，脸庞还在往下滴水，他指一下邬思黎家紧闭的房门："你知不知道她回没回家？"

邬思黎是叫他自由发挥，陈知书想好的原定台词是：好久没见到了，应该是搬走了吧，那天看到她拿着行李箱。

被左柯让犀利的眼神一盯，他脑子一个打结："她走了啊。"

3

左柯让最近神经得很。

居可琳是这么点评的。

左柯让一天八百次问她邬思黎有没有说不去她婚礼的事情，就这一周他俩聊天次数比前二十五年加起来还要多。

至于他为什么会提出这种脑残问题，结合半知情者段骏鹏的透露，还有当事人左柯让成日丧眉耷耳的状态，最终得出左柯让作死把老婆作没了的结论。

是真的作没了。

发消息不回，打电话不接，倒没拉黑他，就不搭理。

除去左柯让，随便他身边一个人都能找到邬思黎。

一群发小笑得合不拢嘴，天天在群里每日一问：今天左柯让联系到老婆了吗？

群聊名称也改成：邬思黎今天回来了吗？

硌硬得左柯让差点退群。

但他没敢退，因为邬思黎朋友圈也把他屏蔽了，还一天两条朋友圈地发，他看不到，全靠居可琳、段骏鹏在群里施舍。

最后他也搞清楚了，邬思黎没走，是出差去了。她那工作出差是常事，左柯让稍有放心，然后就又听说邬思黎是被外派到国外，归期不定。

居可琳婚礼前一周他们出发意大利，先过去玩两天，倒倒时差什么的。

科莫湖畔周边几栋别墅都被李京屹包下供客人居住，白天各自就结伴去附近逛，玩累了就回别墅休息。

所有人都在嗨皮，就左柯让一人拉着张脸，也没人管他。

自作孽，不可活。

在意大利的第三天下午，众人在中央别墅院子里操持着BBQ（烧烤），左柯让在房间里闷头睡一下午，刚一出房门就被杜思勉分配到穿串的任务。

杜思勉给了他一张小马扎、一把铁扦，和几大盘腌制好的肉块。

居可琳从屋内端着水果出来，就看到左柯让与世隔绝地坐在院子角落里，戴着一次性手套，跟个被压榨的劳役工人似的。

她找个小碟装了几块水果朝左柯让那儿走，踢他一脚："我结婚哎大哥，你能不能有点笑脸，别这么晦气？"

左柯让扬起脸，特给面子地咧嘴假笑一下，完事又恢复原样。

居可琳白眼翻上天，水果递过去就要走，半路被杀出来的司琮也截和，司琮也拿走那碟水果放到覃关手里，捻起两颗葡萄一人一颗塞嘴里。

左柯让瞅着秀恩爱的就碍眼，闷不吭声转个半圈背对着他们。

司琮也还非要招惹左柯让，手按着他的肩膀，冲居可琳说："你别为难我们柯了，他天生就不爱笑。"

左柯让耸肩："滚蛋。"

"这么凶？"司琮也委屈兮兮地缩回手，躲到覃关身后告状，"老婆，有人欺负我。"

彩椒块穿进扦子上，又一串穿好，左柯让丢到托盘里："司琮也，你去医院检查检查吧，恶心也是病。"

司琮也再次告状："老婆，他还骂我。"

覃关正吃着水果眺望着远处风景发呆，真懒得牵扯进他们哥俩儿小学鸡一样的拌嘴。司琮也又在耳边叽叽喳喳，她捻起葡萄堵他嘴："他失恋了，你别跟他一般见识。"

居可琳"扑哧"一声笑。

左柯让扭头面无表情地盯着他们仨："你们烦不烦？能不能都滚？"

"别无能狂怒了弟弟。"居可琳看了一眼手机时间，边打字回话边踢左柯让的马扎，"去机场接个人。"

"不去，没空。"他又不是司机。

"真不去？"居可琳悠悠叹息，"那大家都没空我只好叫邬思黎自己打车过来了。"

邬思黎这名字一出来，左柯让就利索地扒掉手套，从司琮也裤兜里翻出车钥匙，大步向院外停车棚走去，话传过来："航班号发我。"

他上车走人，前后用时不过五秒钟。

"还不去，还没空。"居可琳一边笑，一边把邬思黎的航班信息发给左柯让，"这不跑得比谁都快。"

覃关咽下西瓜："男人都贱。"

司琮也连忙表清白："宝宝我可不。"

覃关觑他，翻旧账："我一开始去波士顿找你你不也在装？"

司琮也捂她嘴："好了宝宝别说了，我是贱。"还不忘拉踩兄弟，"李京屹也是，但现在左柯让最贱。"

他自封称号，还挺骄傲："我们仨就是'三贱客'。"

这次出差是去西班牙，时间有些久，将近半个月，邬思黎在西班牙留学四年，这项工作没人比她更合适。

从马德里飞到米兰就两个小时，她昨晚失眠，飞机上有小孩在哭闹，也没能休息，领到行李打着哈欠往外走。

居可琳说其他人都有事在忙，抽不出空来接她，给她制定好从机场到科莫的路线，她坐火车或坐大巴都行。

昨晚，邬思黎躺床上翻来覆去睡不着，燥得慌，空调打到最低，后半夜迷迷糊糊睡着，早上醒来就有些咳嗽，她按按口罩上的鼻夹条，在包里掏出手机。

她点开和居可琳的对话框，一人影就罩过来，她吓一跳，以为是小偷，猛地抬头攥紧手机。

左柯让手臂拢在她背后，轻拍着哄："是我。"

邬思黎露在口罩外的眼睛盛着惊恐，红血丝遍布。

左柯让指腹在她眼底那片青黑色蹭过："没睡好？"

邬思黎骤然回神，后退两步避开他的触碰，拉着行李箱要绕过他出去。左柯让覆上她手背，挡住她的去路。

左柯让朝她后方一抬下巴："车在那边。"

"不需要。"邬思黎冷着声，"我坐大巴走。"

左柯让就顺着她，牵起她的手，说好，那就都坐大巴。

邬思黎却又立在原地，不太耐烦："你到底想干什么？"

左柯让纹丝不动扣着她还有她的行李箱："这儿治安不比国内，不安全。"

邬思黎拧动手腕："我有在国外生活的经验，什么事都没出过。"

左柯让直言不讳:"那是因为有人在看着你。"

邬思黎动作一滞,懵懵懂懂:"什么叫,有人在看着我?"

"我找了人。"左柯让此刻也不再吝啬跟她坦白,"但他只负责你的安全,我什么都没问过他,他也什么都没跟我讲过。"

他着重强调:"不是监视你,你放心。"

国外抢劫偷窃事件严重,邬思黎一个姑娘家独自一人漂洋过海,他怎么能放任不管不惦记。

他只是想保证邬思黎平安。

邬思黎还是傻愣愣的:"是在我身边吗?"

左柯让笑:"不然怎么保护你?"

"可我从来没有发现过。"

"要被你发现那就说明能力不行,就该换人了。"

邬思黎皮肤又白又嫩,刚才那么一挣扎,他攥得又紧,手背到手腕一大片红,左柯让轻抚着,举到嘴边亲了亲。

柔软又灼烫,邬思黎瑟缩着再抽手,左柯让就松开她改搂她的腰,反正就是得把人控在跟前不许逃。

"我开车还是坐大巴?"左柯让给她两个选择,紧接着又阐述后者的劣势,"坐大巴要慢两个小时,我出门前他们在弄烧烤,肯定会打电话来催,到时候一群人等我俩吃饭,车也得撂在这儿等人来取。"

太熟悉了。

这个口吻、这个语气,看似随她做主实则切断他不满意选项的所有退路。

"我开车吧。"左柯让低声劝,"我开车快一点,你要不想跟我说话就不说,我不烦你。"

正巧居可琳发来消息,问左柯让有没有接到她,再对撒谎一事进行道歉。

居可琳:怕你知道是左柯让去接机会拒绝,对不起宝宝,我不该骗你。

居可琳:虽然不知道左柯让那狗怎么又惹你生气了,但还是希望你们能好好解决,他最近都板着个死脸挺晦气的,你也是在乎他的吧,不然我觉得你的性格不会一天两条朋友圈的更新。

居可琳:马上就是我的婚礼啦,分点福气给你们。

以一目十行的速度扫完这几条消息,邬思黎回复一句"谢谢",锁屏。

她漠然地看向左柯让:"你满意了。"

一路静谧。

左柯让信守承诺,上车后就在后排拿过一条毯子给她盖好,空调调整到合适温度,留一句"你睡会儿,到了我叫你",就真没再出声。

座椅半放,邬思黎裹着毯子躺在上面,偏过头看着一幕幕掠过的风景。

真的很漂亮，群山环绕，湛蓝海水，红橙黄三色相呼应的墙壁，鲜花装点着小镇，夏日的科莫湖是活力与斑斓。

左柯让时刻都在留意着她："附近我都逛过了，今天你先好好休息，明天我带你出去。"

"不装了吗？"邬思黎没说好与不好，脸仍旧冲窗外，"这次你怎么没有征求我意见？"

左柯让就闭嘴了。

邬思黎却打开话匣子，徐徐嗓音穿透一层口罩，声音听起来缥缈，像在自言自语："左柯让，你真的很难懂。"

"我有反省过是不是当初我们分手我说的话太重，导致重逢后你总是小心翼翼地对待我，可好像又不是。"

"真的是我怎么样你都无所谓吗？"不等他答，她就能否定，"不是的吧。"

车子停下，斜前方院子里升起灰白烟雾。段骏鹏和齐靖帆在互砸水球，司琮也站在烧烤架后烤着串，覃关坐在距他两步远的秋千上捧着一个平板在玩，司琮也烤完一个肉串先给她送去，居可琳和李京屹一前一后从屋里出来。

邬思黎终于从窗外收回视线，落向左柯让，也好像终于抽丝剥茧地理清了头绪："你其实一直都在试探我吧。

"其他时候我不确定，但你发烧去医院输液我去找你那次，你是故意说的那句话吧。"

——你怎么才来，我等你好久了。

以示弱的方式，博得她的心软，瓦解她的防线，击溃她的理智。

"想看看我能为你走到哪一步。"她停顿，再接着说，"还是说，你想报复当年是我先提的分手？"

4

邬思黎一条又一条分析得头头是道，到最后一句左柯让听得想笑，邬思黎最是有本事气他。

"是在试探。"他嘴角轻提，"但我没有你想得那么复杂。"

"是吗？"邬思黎摘下毯子，垂眸叠着，"可我觉得太矛盾了。"

"我进一步你就退一步，我受挫犹豫的时候你就再来拉我一把。等到我走了，你觉得自己玩过火了，又拿出强势的一面。"

都太矛盾了。

后视镜里出现居可琳的身影，她一出屋就看见左柯让开出去的那辆车停在路边许久，怕两人一言不合吵起来，她上前查看，敲车窗。

"要吃饭了二位，有什么事吃饱喝足再解决呗。"

拿不准这次谈心的最终走向，他们是来参加婚礼见证别人的幸福时刻，不能以自己的坏心情影响整个局面。

"婚礼结束我们再说吧。"邬思黎终止交流,叠好的毯子放回车后排,想起在机场收到的居可琳消息的内容,她叮嘱,"你多笑笑吧,结婚是喜事,你也不想以后自己婚礼朋友扫兴吧。"

她推开车门下去,从包里拿出礼物送居可琳:"新婚快乐。"

"谢谢宝贝!"居可琳惊喜欢呼,邬思黎关上车门后,居可琳搂着她肩膀往院子里走,悄声耳语,"左柯让没惹你生气吧?"

邬思黎不愿她操心:"没。"

"嘭!"另一道关门声。

左柯让下车,居可琳回头望一眼。他眸光平静,锁好车去后备厢取行李,亦步亦趋地跟在她们身后,邬思黎若无其事,视他为无物。

气氛不对劲。

但感情这事,只有置身其中的当事人才最清楚,旁观者还真插不进去手。

随他们俩怎么折腾,居可琳没再多言,如数家珍地推荐着周边有啥好吃好玩的,她这儿有导游随时待命。

邬思黎点头说好:"谢谢。"

居可琳"嗐"一声:"这是我应该的,你谢什么。"

到院子里,居可琳先拿两串烤串给邬思黎垫垫肚子,邬思黎垂在身侧的另一只手掌心被捏一下,左柯让俯身在她耳边:"你房间在我隔壁。"

然后,他就拎着她的行李箱进屋。

邬思黎没拦,这几天他们都会见面,住哪儿都是一个效果,除非她不来婚礼现场。

居可琳有婚庆公司的电话进来,邬思黎叫她去忙,不用太过看顾自己,也是觉得被当成特殊对象会不自在。居可琳没强留在她身边,告诉她附近几栋别墅都是他们的地盘,她随意溜达,然后就找到李京屹去清静地方接电话。

左柯让还没出来,其他人跟她简单打个招呼就接着忙烤串,邬思黎在人群缝隙里眼尖地见着个稀罕物,朝栅栏边走。

覃关坐在秋千一边,另一半边窝着一黑一白两只毛茸茸的龙猫,头对头,分食着一根面条。

邬思黎喜欢得紧:"我能摸摸吗?"

覃关沉浸式追剧,邬思黎一出声才发觉她的靠近,暂停电影,抄起两只龙猫给邬思黎腾地方叫她坐,再把两只龙猫放她腿上。

邬思黎抓揉着它们顺亮的毛发:"是你养的吗?"

"和司琮也一起养的。"

覃关介绍黑色那只是她的,叫一口;白色那只是司琮也的,叫十二。名字由来也讲了一遍。

邬思黎有被浪漫到，说："真好。"

覃关说："你和左柯让不是也养了一只萨摩耶？"

说曹操曹操到，左柯让从别墅里出来，环视一圈院子，看到邬思黎，迈步往她那边走。

覃关自觉拿着平板退场，两只龙猫没带走，留给邬思黎玩。

左柯让替换掉覃关坐到邬思黎旁边，侧身面对着她，捉起她手腕。邬思黎收着力不依他，问他干什么。左柯让晃晃手里的喷雾："这儿蚊虫多，给你喷点防蚊液。"

邬思黎坚持："我自己来。"

左柯让朝她腿上那两只龙猫努嘴："你再动喷它们身上了。"

邬思黎只好作罢，紧绷的手臂放松，左柯让按两下喷雾，冰凉的液体一块块洒在皮肤上，下一秒又被他抹开。

见她对别家龙猫爱不释手，左柯让提议："你要喜欢，我们也养两只。"

邬思黎拨弄着龙猫须，不看他："你想养就养。"别带上她。

左柯让听懂她的潜台词，点头，说："那就不养。"

他接着给她另一只胳膊喷抹防蚊液。最后，他从她胳膊到露在外面的两条腿，一处没落都喷抹上了。

泳池那边，杜思勉和段骏鹏两人勾肩搭背，他俩是左柯让回京北后，通过他这么个中间人认识的，臭味相投，脾气秉性简直是一比一复刻。

此刻，他们正观赏着左柯让蹲在邬思黎身前伺候人的画面。

段骏鹏竖大拇指："不愧是我们柯柯，吃人豆腐都吃得这么光明磊落。"

杜思勉费解："把人气走现在又哄，你说他图啥呢？"

"情趣吧。"段骏鹏猜，"毕竟咱柯在爱人这方面一直都挺扭曲，挺叫人难以捉摸的。"

居可琳婚礼前夕，左柯让和邬思黎都默契保持着一种微妙的平衡，该说话说话，肢体接触有但不多，就和普通朋友相处时一样正常，但问题是他们不是朋友，关系也并不普通。

两人就这么不冷不热着，亲密又疏远。

邬思黎抵达科莫的第三天，婚礼仪式在傍晚举行，晚宴后长辈们都各自回房间，接下来是属于年轻人的狂欢，来科莫这几天基本每晚都会有Party（派对），但今天这日子非同小可，大家都玩得很疯。

居可琳身为今天的绝对主角，一袭耀眼红裙在中央跳舞。邬思黎没什么艺术细胞，端着杯酒在角落坐下，打开手机录像，帮居可琳记录下她最闪亮的人生片段。

看别人幸福，自己也会感到幸福。

时间一长，手腕发酸，镜头有些抖，录了大概一分钟就结束，等一会儿传给她。

杯口贴在唇边，她浅抿着酒液，特调的龙舌兰日出，味道不错。

手机"嗡嗡"振动，她将屏幕翻过来一看，是魏书匀发来的消息。

第一条是"思黎黎"。

邬思黎就确认对面是苏禾，而非魏书匀。

自苏禾定下婚礼日期后，经常需要邬思黎帮忙确定婚礼相关物品，有时候苏禾手机和平板都开着购物界面，来回切换太麻烦，苏禾就拿魏书匀的微信找她。

一连好几张婚纱图片发过来，苏禾问她哪一套做主婚纱好看。

邬思黎一张张放大精心察看，在脑海里想象苏禾穿上之后的样子。

喝下小半杯龙舌兰时，邬思黎挑选出一件方领缎面婚纱发回给她，然后一只修长骨感的手从身后伸出，腕间红绳鲜亮，五指拢住她手中的酒杯抽走。

"度数高，喝多了你明天会头疼。"

酒杯搁在侧边茶几上，左柯让右手三指握着一杯蜂蜜水，剩下两指夹着一袋酸奶："要喝哪个？"

邬思黎不太喜欢蜂蜜的甜腻："酸奶吧。"

蜂蜜水挨着酒杯放，左柯让坐在她边上，大腿碰着她大腿，吸管戳破塑料膜，插好，酸奶递到她嘴边。

邬思黎接过自己拿着喝。

居可琳他们还在欢闹，跳舞环节不知道什么时候演变成奶油大战，人手捧着一块蛋糕，追逐着往其他人脸上抹，不一会儿就看不出他们本来面貌，只能凭借头发长短辨认性别，根据衣服来辨别具体是谁。

邬思黎托腮嘬着酸奶，她坐得远，不会被波及，眉眼弯弯地踏实看戏。

碎短发在耳后不听话地跑出，搔得邬思黎脸颊痒，她还未有所行动，那绺碎发就被人挑起重新别回原位。

左柯让屈指蹭蹭她的脸，有些热："晕不晕？"

邬思黎凝神感受一下："不晕。"

"你酒量确实比四年前好很多。"

"在国外经常有社团聚会，喝多了就练出来了。"

酸奶喝完，邬思黎再一吸，就发出"咕噜咕噜"的空气声，左柯让极为自然地拿走空袋扔掉。

手有些黏，邬思黎眼睛在周围寻找着。左柯让问她找什么，她说湿巾，左柯让就起身去屋里，不到十秒钟再出来，手里多了一包湿巾。

他抽出一张给她擦着。邬思黎要自己来，他置若罔闻。

这是那个劲儿又上来了。

女人心海底针，左柯让一男人也差不多。

说好居可琳婚礼后他们好好谈谈，现在婚礼到了尾声，邬思黎却有点犯怵。

如果谈崩了呢？那她和左柯让要怎么办？

这么想着，她就这么盯着他，左柯让眼皮冷不防地掀起。目光对撞，邬思黎别过脸，那边奶油战进入到白热化阶段，你来我往打得巨热闹。

邬思黎问："居可琳他们是青梅竹马吗？"

左柯让应声。

邬思黎感慨："好幸福，青梅竹马到结婚成家。"

左柯让不置可否，换张新湿巾擦她另一只手："我想过很多次我们结婚的场景。"

话题开启得令人猝不及防。

邬思黎食指一蜷，就又和他的红绳勾缠在一起。

左柯让似无所觉，语气平淡到像在说今天天气很好："邬思铭走后是我最想跟你结婚的时候。"

他缓顿片刻："我怕你觉得孤独，我想给你一个家，告诉你你还有我，我会永远陪着你。"

都擦干净了，湿巾扔进垃圾桶，左柯让话锋陡然一转，抬手指向南边一座山峰："那边半山腰风景不错，我来第一天在那儿坐了一下午。"

他问邬思黎："夜景应该也很漂亮，你想不想去看看？"

两人出发，左柯让开车。

他们俩手牵手出门时，就在众人面前走过，没有一个人多嘴问，都心照不宣地达成某种共识。

在院子里瞧着山不远，开车十五分钟才到。

有缆车可以登顶，但现在太晚，缆车已经停止运营了，半山腰风景也不错，科莫湖没有高层建筑，半山腰的高度足以俯瞰整座湖区，远处是高耸挺拔的阿尔卑斯山脉，脚下是五彩缤纷的小镇。

开的是辆敞篷车，停好车，左柯让打开篷顶。

夜色浓稠，月光皎洁，繁星璀璨，湖面波光粼粼。

左柯让探她手心的温度："冷不冷？"

邬思黎穿的是长袖、长裙："不冷。"

左柯让今天是伴郎，穿一身正装，板正有型。

他还是脱掉西装外套盖在邬思黎腿上。

左柯让倾身靠过来时，戴着耳骨钉的那侧耳朵冲着邬思黎，邬思黎摸摸自己同位置的那枚耳骨钉。

这是他们恋爱第一年，邬思黎知道他生日后，问他想要什么礼物，他说他不过生日，但礼物可以收，琢磨半天带她一起去打了耳骨洞。

这个标志迄今为止，已经是存在的第六个年头。

"我也不知道要说什么。"左柯让拆下领带，又解衬衫袖口的扣子，"你说你搞不懂我，但是比起我那些朋友家人，我在你面前最透明。"

袖子粗糙地卷上去，昭示着他的燥意："你就以最普通的心态来揣测我。"

"站在我的角度，以一个喜欢你的人的心态来揣测我。"

5

左柯让又去解另一只袖扣，说不清是他心不静还是扣子太紧，半天没弄开。邬思黎看不下去，伸过手帮忙。

"我给你解吧。"她的身体朝他那边微侧，他将手放在她并拢的双腿上，即便隔着一层他的外套，好似也能感知她的温度。

沉默在发酵。

邬思黎平整地理着他的袖子，睫毛半掩，神色淡然，指尖时不时擦过他小臂，一如四年前分手那晚，她给他消毒包扎伤口时一样。

"我也一直都不懂。"左柯让找不到她的眼睛，目光在她鼻尖一落，"当初分手，你说喜欢我到底是真心话还是只想我放你走。"

他轻声控诉："没有这样的。"

表白完就要分手，谁家好人这么玩？

他期盼那么久的一句喜欢，是在那种情景下得到的。

并且那个时候，他在偷偷计划着向她求婚。

"我每次都要靠威胁你才能满足我想要的。

"你就只需要给我个笑脸，甚至你什么都不用做就只说一句你想要，我就什么都能给你。"

更遑论是她说喜欢他。

那就是无论她提出于他而言多难办的事情他都会做到。

哪怕是她要离开他，他也会同意。

他总不能辜负她的喜欢。

邬思黎卷得很慢，像是电影 0.5 倍速，衬衫袖子卷到左柯让手肘下半寸，手沿着他青筋脉络滑到他掌心，握住。

"是真心话。"邬思黎说，不是权宜之计，就是，"真的喜欢你。"

左柯让快速接道："那你这四年一次都没找过我。"

生日、新年的零点祝福都是他先开始，这是他仅有的两个和她名正言顺联系的机会。

他摔断腿那天就是除夕，也就只有过年这种大日子他才会跟左继坤碰面，然后就以闹到医院收场。

那年新年零点祝福他没能及时发送,第二天早上醒来补发,邬思黎一个小时后回他一句同样的新年快乐。

就是这样。

他侧头望向车窗外,手没舍得抽,任由邬思黎牵着:"我不推着你你就从来不会朝我走。"

邬思黎词穷。

左柯让说的是事实,四年里所有的联系都起源于他。

她木讷地张张嘴,无从辩解,垂下头。

左柯让拇指稍动,磨着她虎口,坦然承认:"我确实是想看看你能为我主动多少。"

他说但是——"我也确实是真的想过我们要不就这样,就算了。

"因为我觉得你没有我好像会生活得更好。"

他没有安全感,他偏执,造成他这样性格的人不是邬思黎,可她却要承受他的阴暗面。

邬思黎第一次提分手,他把他俩关起来那段日子,邬思黎的精神岌岌可危,如果不是想起邬思铭那封信,如果她没有用一句喜欢来破局,他固执己见下去,后果不堪设想。

四年里他一直在自责:"我感觉我带给你的只有难过。"

可是邬思黎回了京北。

他真没刻意去打听过邬思黎,段骏鹏和邹念桐玩得还算不错,他就会得到一些消息,沪市一家翻译公司开出诱人条件都没能挖动邬思黎。

而宁城是她从小到大生长的地方,是她的依赖。

明明怎么都不会轮到京北的。

"电话是我故意打错的,只要你来了就够了。"

邬思黎一步都不用迈出,她就站在终点,朝他勾勾手他就能拔足狂奔。

"我给你发消息你把我好友删了,我去你公司楼下等你看见魏书匀去接你,你说你在约会,段骏鹏告诉我你在医院,你就又来了。"

他问:"我俩到底谁难懂?"

被中断过一次的解释姗姗来迟,前因后果邬思黎通通交底:"魏书匀他有女朋友,那天是我们三个一起,他女朋友就在车里,是我学姐。

"我回国前赵月雯说看见你陪别人去婚纱店,我同事也撞见过你在挑戒指。我以为你有女朋友了,后来碰到居可琳,她问我们怎么还没和好。"

到此,邬思黎才安下心。

在他所有朋友的认知里,他就只有她。

左柯让转过脸看她:"那你刚才在挑婚纱。"

邬思黎就翻出聊天记录，调低亮度："是苏禾，我学姐用魏书匀的手机在跟我聊天。"

四周昏暗，冷白光束照进他心口，牢固的症结就这么轻易散尽，左柯让短时间没能回过神，就点点头。

"我早就想跟你说清的。"邬思黎倒扣过手机，光源消失，她按按眼皮，缓解眼睛被闪到的酸胀，"是你说不需要的。"

她鼻腔一酸，瓮声说："我不喜欢你那个样子，我知道你在口是心非，我故意说在约会，故意顺着你就是想你亲口再来问我。"

就像刚才那样，直白地将他在意的点倾囊倒箧。

那才是左柯让。

左柯让捏她手指："你套路我。"

邬思黎说对。

原来这儿还有一个被他忽略的细节。

左柯让淡淡一笑。

半山腰起了些风，左柯让想关篷顶，邬思黎拦他，摸她手心温度还暖着，又碰碰她脸，就依了她。

月亮隐入云层，光线减弱，对方面容又模糊一分。

左柯让掌心翻转，卡进她指缝扣住："我真没那么多弯弯绕绕。"

他只是不知道该怎么样再去爱邬思黎。

想要拥有又觉得自己太烂太垃圾的感觉太糟糕了。

邬思黎那唯一一次的袒露心扉就将他定在原地，他太怕她失望，所以他畏首畏尾，迟疑不定。

"主导权交给你，只要你高兴我无所谓。"

左柯让真是这么想的，可坏就坏在他太高估自己，邬思黎一靠近他就惶恐，等她一走他又做不到无动于衷，他在再次拥有和失去中反复横跳。

总结起来就"患得患失"一个词能概括。

"不是我觉得自己玩崩了就又主动找你，是你肯为我花心思。"

她托邻居刺激他，屏蔽他朋友圈又容他朋友可见，放出再次出国的假消息扰乱他。

虽然很幼稚，虽然很拙劣，但是邬思黎愿意为他折腾，他就什么都满足了，什么都不惧了。

他在这份蜿蜒曲折里寻到了邬思黎对他的喜欢。

左柯让唇线绷直，喉咙发堵，沉呼一口气，再开口时嗓音喑哑："我觉得你是真的在选择我。"

所以他才拾起勇气，敢再一次去拥抱她，才坚定确信当年那句喜欢不是哄骗他的托词。

"我半夜跑到你家找你,说我家停电要去你家住,聚会喊你去接我就是想向我同事介绍你。"邬思黎难以理解,"这些都不能给你安全感吗?"

"也会。"

左柯让说可能因为他心里扭曲吧,居可琳他们就这么吐槽他,正儿八经爱人的方式不会,就非吃七拐八绕那一套。

夜已深,小镇路灯渐次熄灭,山脉与湖泊在黑暗中融为一体,树叶在晚风吹拂下沙沙作响,别有一番静谧。

邬思黎一字一顿,音咬得又轻又郑重:"我拧巴又被动,你迟到的那一句新年祝福我也等了一个晚上,我不擅于沟通,遇事只会闷在心里,但我在改,我对你的喜欢不是假的。"

错过这个机会,有些话邬思黎这辈子都不会再讲,她说她并不讨厌他的强势,前提是不要祸及她周边人。

家庭环境使然,邬思黎认为自己的存在可有可无,或许没有会更好,除去邬思铭,她就只有在左柯让那里,是必须,是唯一。

他强烈的占有欲恰好弥补她内心深处的一角空白。

她最是需要左柯让那种强烈到令人窒息的爱,只有被一遍又一遍地坚定选择,她才确信自己不会被抛下。

分手也只是当时深陷在围城里的他们仅剩的出路,她要想和左柯让一直走下去,就势必要先分开。

而她那句喜欢,是为在他心底留下一个烙印。

邬思黎不敢赌左柯让会不会等她,所以她要左柯让记得她。

这也是她要的一个小心机。

"我也不是没有你就会更好。"她成长过后的样子是基于左柯让前期的堆砌,"没有你在背后撑着我,我早就被压垮了。"

帮她留住房子,出钱给弟弟治病,每一件足以令她崩溃的事情他都有在妥善替她处理好。

"我也习惯了你来掌握节奏,你把主导权交给我我其实也不知道该怎么做,你说你更能接受我拐弯抹角的表达。"邬思黎吸了吸鼻子,长舒一口气,"如果我现在直接问你我们要不要和好,那是不是也——"

不够令你相信我的真诚。

话到一半,左柯让截断:"好。"

邬思黎看向他,他说:"好。"

邬思黎已经做得足够多,不用她再挪动脚步,他已经有足够的底气和信心,给她一个她想要的结局。

月亮冲破云层,风止雾散。

他们都在彼此眼中看到最为诚挚的自己。

夜晚，半山腰，微风吹，又交完心解除所有误会与隔阂。
再没有比这更完美的二人世界时刻。
左柯让亲亲邬思黎，说："乖乖我好想你。
"去马德里的机票我看过无数次，每次看我都会买，但是一次都没去过。
"我大四毕业你没有来看，我想拍的照片也没有拍。
"你大四回国，等我知道赶回宁城的时候你已经又走了。
"我每次给你发新年和生日祝福都巨紧张，我怕你不理我，怕收到你删除好友的提示。
"在展博会上看到你，我好高兴的。"
左柯让搂着邬思黎，下巴抵在她肩膀，絮絮叨叨地讲着话，直到，一道液体落至她锁骨。
能忽略不计的重量，热度也不明显，可邬思黎就是明确感受到了。
她支起身，摸他的脸，一片濡湿。
左柯让哭了。
她记忆里左柯让一共哭过两次，一次当初分手，一次现在和好，两次缘由都是她。
他眼眶红着，黑眸湿漉，簇簇睫毛粘连。
他就那么可怜地瞅着邬思黎："我们分开的时间比在一起的时间还要久了。"
相识六年，恋爱两年，分别四年。
遗落的四年，左柯让这辈子都会耿耿于怀。
邬思黎双手捧着他的脸，擦拭他的眼泪，咸涩在口腔蔓延，鼻尖挨着他的鼻尖："没关系的，以后我都补给你。"
余生还有好多年，他们有的是时间。

第十章
心 动

1

邬思黎感冒了。

马德里飞米兰那天她就有点咳嗽,左柯让后来喂她吃药顶了回去,就好了,结果昨晚半山腰那么一闹,又反复了。

她喉咙发痒,鼻子发堵,止不住地咳嗽。

脸颊被人轻碰,邬思黎迷糊地睁开眼,左柯让那张放大的脸就撑在跟前。

"没发烧。"他趴在床边,黑眸熠熠,"还有哪儿难受吗?"

他在她嘴角一亲:"起来吃点饭再吃药,可能冻着了。"

他又道歉说乖乖对不起。

邬思黎听完,卷着被子慢腾腾转个身,背对着左柯让,嗓子嘶哑:"你离我远一点。"

左柯让绕到另一边去堵邬思黎:"没事,你不用担心我,我不怕传染。"

"不是。"邬思黎表情挺淡,"是我暂时不想看见你。"

怎么还翻脸不认人呢。

左柯让没敢说出来:"我知道错了宝宝,你打我骂我都行,别不理我呗。"

他还抓着她手往自己脸上拍,认错态度一级好。

邬思黎抽出手,拉高被子蒙住脑袋。

行吧,这次是真把她惹毛了。

当务之急是先搞点饭来再吃药,左柯让隔着被子又亲亲她:"我下去拿点吃的。"

脚步声远去,邬思黎揭开被子,掩唇又咳嗽几声,闭上眼假寐,床头柜上的手机毫无规律地在振动,一会儿一条提示。她挪过去拿手机,全部来自微信,消息列表一溜"恭喜恭喜",都是他俩共同好友的祝福。

不用猜就知道是左柯让搞了动作。

她切到左柯让的朋友圈,最新一条更新是凌晨五点。

他朋友圈就发了一张照片,镜头对焦在他俩十指紧扣的手上,后方背景虚化,是她窝在被子里睡觉的侧脸。

不太清晰，但周围人都能一眼认出是邬思黎。

她找到一处不同，目光从手机移向自己手腕，一条红色编织手绳圈着她腕骨。左柯让将这条平安绳再次戴在她手上。

她动动手指。

左柯让朋友圈点赞列表里出现她的头像。

左柯让快走到楼梯口那儿了，边上的房间门打开，司琮也从里面出来，于是两人同行。

左柯让一脸春风得意的样，司琮也觑他："和好了？"

左柯让双手揣兜，眼角眉梢都是笑："和好了。"

"人家是自愿的吗？"司琮也嘴贱，"友情提醒，强迫犯法。"

"有病吧你。"左柯让甩他一冷眼，"不会说话就闭上你那破嘴，没人把你当哑巴。"

司琮也搭着他的肩膀："怎么还恼羞成怒了柯，别被我说中了。"

左柯让送他一个"滚"字。

司琮也"啧啧"笑。

这会儿是傍晚六点半，婚礼俩主角昨晚连夜飞去度蜜月，别墅还给他们续着，其他人出去玩完回来，杜思勉在米兰市区一家餐厅订了餐，此刻餐厅服务人员正端着保温箱一批一批往里送。

左柯让挺积极地帮着人家摆弄，杜思勉看得稀罕，上前夸他一句懂事。左柯让没搭话，等餐点都整齐地在餐厅长桌上摆好，他回厨房拿一个大号托盘和三四个盘子出来，挑挑拣拣着邬思黎爱吃的东西。

段骏鹏就接了一句："你别想太多了，他是服务我们吗？他那是服务他心头宝呢。"

段骏鹏指一下楼上："没看到邬思黎没下来？"

"这不是。"杜思勉一拍脑门，恍然大悟，"忘了我们柯又抱得美人归了。"

左柯让重新挑好一个造型完美的提拉米苏，一脸怜悯地挨个扫着他们，慢悠悠嘲讽："跟你们这些没人要的单身狗没什么好说的。"转身端着托盘上楼。

杜思勉骂道："谁没人要？"

覃关换好衣服从楼上下来，司琮也手伸给她，覃关握住，司琮也就补刀："反正不是说我，我有老婆要。"

房间里，邬思黎洗漱好坐在沙发上回消息，邹念桐她们在群里八卦他俩，完事又聊起其他话题。

左柯让进来，她看都没看一眼，别人不会不敲门就进。

左柯让将托盘放在茶几上，扯个抱枕丢地毯上垫着坐，用叉子卷好龙虾意面喂邬思黎。

邬思黎还在看手机不理他，嘴倒张开没不吃。

空旷的房间里是键盘敲击声和餐具的碰撞声，左柯让见邬思黎打字这么投入，按住她小臂下拉。

界面是她们大学舍友宿舍群聊，左柯让就没管，接着喂她吃饭。

有个重要事，左柯让忆起来："魏书匀今年结婚？"

邬思黎说了个日期："十月一日。"

"他女朋友是你学姐？"

"对。"

"你介绍的？"左柯让又自觉不可能，邬思黎才不爱管这种闲事。

"不是。"邬思黎不想再吃意面，放下手机，屏幕朝上，压在沙发上的一条腿垂下去，脚尖点着地毯，前倾去拿茶几上的提拉米苏，"苏禾也是学医的，回国进的陈匀——"

她喊魏书匀陈匀哥喊得顺口，但身边有个移动醋桶，她得顾及他的心情，硬生生憋回那个"哥"字："那家医院，他们自己认识的，跟我没关系。"

左柯让吃着剩下那半份龙虾意面，盘问起他最为关心的点："那你在国外这几年，有人追没？"

"有。"邬思黎没骗他，就是说没有他也不信。

"哦。"左柯让不太爽。

"你回京北后没人喜欢吗？"邬思黎反将他，"我知道的就有一个张姝白。"

"那真就一小屁孩，高子言发朋友圈那视频是她在叫我帮她找帅哥撑场子，因为她不想在她讨厌的人那儿丢面子。"

左柯让倒豆子似的说一堆，邬思黎慢条斯理地挖着蛋糕，也给他一剂定心丸："我回国前一天邻居跟我表白——"听到这儿，左柯让脸就变黑了，她继续，"我说我不会留下，他问我是不是要来找你，因为社团聚餐有次我喝了酒偷看咱俩合照被他看到了。"

左柯让就笑："哦。"他没再问，攥住邬思黎的脚腕，把她踩在地毯上的那只脚挪到自己腿上。

邬思黎缩着腿想躲，左柯让牢牢抓着不许她动，指腹蹭两下她凸起的脚踝骨："展博会那天，我给你创可贴的时候更想我来给你贴。"

他说："就想你这么踩着我。"

邬思黎一勺蛋糕撑他嘴里，脸色又变了，干巴巴地回："那你还挺能装的。"

左柯让将蛋糕咽下去："你要喜欢我能一直装下去。"

邬思黎默默吃着。

"也不是装。"左柯让捏着她小腿肚给她按摩,"就是我也有在改,你用分手给我上的那一课,我有在认真听。"

但她还不喜欢,偏吃他强硬那一面。

就挺那什么的,左柯让形容不出来,反正就很会拿捏他。

他栽邬思黎脚边是他的命中注定。

蛋糕吃完,瓷碟撂回茶几,邬思黎收回脚,从沙发上滑下去,左柯让就给她也扯个抱枕,她跪坐在上面,掌心撑在他大腿上,凑过去亲他一下。

"你给我的有很多,难过占很小一部分,感情里不可能只有快乐的。"

当她跳出迷局,以第三视角回顾恋爱那两年,左柯让也是对她千依百顺。

她一有个不高兴他就会想办法哄她,一件东西她只要看上两眼他就一定会弄到她跟前,那些没有在父母那里得到的关爱他悉数填满。

他不会觉得她眼高手低,相反如果他没能满足她自己则会愧疚,送她的每一样东西他都精挑细选。

他总是会说:"你值得更好的、最好的,残次的垃圾品配不上你。"

邬思黎在左柯让那里,学会拥有了她十分缺失的配得感。

邬思黎执起他的手,就像小朋友手牵手那样:"你听过一句话吗?我觉得很适合我和你。"

左柯让心头一动:"什么?"

晚上七点十分,太阳落山,科莫湖准备迎接夜晚来临,最后一丝夕阳余晖在山头晕染。

邬思黎身后落地窗纳入此刻全景,她就在这种类似电影大结局的情境下,深笃中又略带紧张地开口——

"我爱你,不光因为你的样子,还因为和你在一起时,我的样子。"

吃完饭,左柯让又喂邬思黎吃了两片感冒药,调整空调温度,灯光全关,投影连接好网络,两人裹在一张毯子里窝在沙发一角看电影。

左柯让在后面规规矩矩地环着邬思黎,包着她的手放在她小腹上,邬思黎身心都放松地靠着他。

他们一起享受着这份宁静美好。

电影看到一半,段骏鹏来敲门,问他们要不要下楼去玩,他们喊了另外一批前来旅游的同龄游客开 Party。

他们这群人都不是无所事事,各有各的事业要忙,此次来参加婚礼,左柯让和邬思黎是提前休的年假,司琼也、杜思勉他们那种继承家业的也是协调许久才腾出空,就这样来意大利这一周还得抽空开个会处理处理堆积的业务。

现在婚礼大事告一段落,他们都统一定好明天傍晚回国的机票,今晚是在科莫湖的最后一晚。

邬思黎感冒了,身体也没缓过劲来,左柯让本是不想去的,他就乐意和邬思黎在屋子里待着,再腻歪腻歪,但邬思黎想去,就收拾着出门。

自打昨晚敞开心扉后,左柯让又本性毕露,一点一点地向外渗透着他对邬思黎的占有欲。

两人衣服都穿得挺正常,出门前,左柯让非拉着邬思黎去换,都换成他的T恤,同款不同色,邬思黎穿黑色,他穿白色,他说先凑合着穿,等回去再搭情侣装。

楼下早就喧腾起来,两人十指紧扣着出场。

邬思黎先前还有点不自在,她一整个白天没出屋,怕见到人会收到无数调侃。

但是没有。

没有一个人对他们的和好表示惊讶诧异,一句戏谑都没有,就很平常地招呼着她,仿佛她和左柯让从未分开,而她自始至终都是他们圈子里的一员。

邬思黎的心落回地面。

覃关那两只龙猫还在院子边缘的那架秋千上,她人不在,邬思黎走过去,抱起一只黑色的。

大部分女生对毛茸茸的东西有种天生喜爱,左柯让无感,春秋两季换毛期,二哈的白毛在家里满天飞,他烦都烦死。

可邬思黎喜欢,就什么都不是问题。

"真不养?"他撸一把龙猫,手感还不错,"再养条狗也行。"

"不了,有二哈一个就够了。"提起二哈,邬思黎有些担心,"你出来这几天,找家政去喂它了吗?"

"送高子言那儿去了,他俩玩得好。"左柯让提起另一只龙猫,他知道这俩是一对,操控着两只嘴对嘴碰一下。

"它竟然没忘了我。"邬思黎心软软,四年后她再见二哈,它半秒钟迟疑都没有地扑向她。

左柯让得意地扬眉:"有我它就忘不了你。"

邬思黎茫然眨眼,左柯让却没解答。

龙猫尾巴长长一条,身体横趴在他俩手臂上,尾巴下垂,在半空中微微晃动着。

左柯让喊人:"宝宝。"

"嗯?"

他酝酿着情感:"你答应过我以后每年生日都陪我过的,你还记得吧?"

"记得。"邬思黎怎么会忘。

那是四年前左柯让第一次讲他爸妈,她听后头脑一热,就什么都顾不得。那也是她第一次感受到左柯让的脆弱。

他嗓音降低,几分落寞几分孤寂:"这个承诺你食言了四年。"

邬思黎胸口一闷:"……对不起。"

"不用对不起。"左柯让缓缓摇头,双眸润亮地瞧着她,"但我想要一个补偿。"

邬思黎忙问他想要什么补偿,左柯让耳朵先染红,挺羞赧地舔舔唇,拨一下龙猫尾巴。

"我想,"他没忍住一笑,"看你戴这种尾巴。"

2

也不清楚左柯让又是怎么作死惹怒了邬思黎,段骏鹏一手抓着两瓶香槟从别墅里出来,就看见邬思黎柔柔静静一姑娘面红耳赤地瞪着他那不会好好活着的哥们儿。

左柯让还拿龙猫的尾巴去搔她的脸,邬思黎猛推他一把,抢走他抱的那只龙猫,气鼓鼓地又瞪他一记。那两只龙猫都养得挺肥,邬思黎一起端不稳,怕摔,在秋千上坐下,左柯让又不要脸地凑近,蹲在她面前。

段骏鹏有时候真觉着挺割裂的,左柯让这人在外一副跩王样,一见到邬思黎就像见到骨头的狗,死活不挪动地方,就守着她。任外界再迷人眼,他也只能看到邬思黎,要他能有尾巴,一定会摇到出虚影。

好不容易哄回来的女朋友,别再一个厌恶给人赶跑,兄弟的爱情他来守护!

段骏鹏直奔左柯让,把人拽起来,提着的香槟塞他两瓶:"你别老骚扰邬思黎了行不行,一追到手你就犯怪。"

左柯让一个踉跄,稳住脚后斜睨他:"你喝高了?"

"我酒量好着呢。"段骏鹏打个酒嗝,"走了走了过去玩,你别老气着人家了。"

左柯让都不会应对段骏鹏这傻子了,他在这儿跟邬思黎调情调得正投入呢,他过来捣什么乱。

"我哪气着她了,你懂不懂什么叫——"情趣。

"不懂,我就看你把人都气得脸红了。"段骏鹏懒得听他辩解,不由分说地搂着他的脖子拽他离开,还没忘叫上邬思黎,"妹妹,你也来玩啊,别被左柯让这货影响心情。"

"你醒醒酒吧,段骏鹏。"左柯让气乐了,拿着香槟,地又不太平,怕一个挣扎段骏鹏再摔出个好歹,他忍着没动,"活该你两年了还没追回前女友。"

这情商这脑子免费捐献都没人要。

段骏鹏大学时谈的那女朋友，是女生先追的他，喜欢他那张清秀脸蛋，一见钟情。

但这货反射弧贼长，女生天天来陪他上课，给他带早饭，打球时送水，段骏鹏愣是没往情爱那方面想，女生看这架势再处下去该成兄弟了，就有次晚上约他出来见面，大着胆子亲了他。

段骏鹏就愣住了，摸着自己脸问女生是不是认错了人。

女生气个半死，回去后就拉黑了段骏鹏所有联系方式，段骏鹏求爷爷告奶奶把人哄好，在一起恋爱快三年，四年前左柯让和邬思黎公开前分的手。

分手后，段骏鹏就没再谈，去年机场偶遇前女友，死寂多年的心再次复活，到今年还没追上。

段骏鹏满脸受伤，嚷嚷："我这为你好你怎么还人身攻击呢？"

左柯让不想再和他废话，香槟腾到一只手里拿着，另外一只手往后递。

邬思黎视而不见。

左柯让没等到人牵，回身，对上视线后，邬思黎悠悠低下头，稳坐在秋千上撸龙猫，嘴角上扬起一个浅柔弧度，就忽视他还非明白地告诉他。

左柯让收回手，没脾气地笑笑。

Party开到凌晨三四点，一群人嗨到爆炸，一国外小哥变戏法似的找来一堆木柴棍，点燃成篝火，其他人围成一圈绕着篝火开火车。

那四瓶香槟只有一瓶是他们喝了，剩下三瓶基本都用来喷着玩，左柯让被残害程度最深。

除去飞走度蜜月那两人，左柯让是在场人中最得意的，可不得好好灭灭他气焰？大家心里都有杆秤，就逮着左柯让不放，邬思黎那边岁月静好，谁都没去闹她。

由段骏鹏起头，大家抓着左柯让好一顿收拾，等他被众人放过，从头到脚全湿透，酒味冲天，他找到站在泳池边上的罪魁祸首，腿一抬就把对方往泳池里踹，段骏鹏反应也快，倒下去的瞬间攥住左柯让的胳膊，拉他一起下水。

寸头的好处这时候就体现出来，左柯让从水里冒出来，就脸上沾着水珠，有种放荡的性感。

反观段骏鹏，精心拾掇的发型遇水就坏，短碎刘海蔫蔫地耷拉着，像只落汤鸡，还呛得直咳嗽。

这还不算什么，再转眼一看，邬思黎已经走过来，伸手要拉左柯让。左柯让怕溅她一身水，叫她边上靠着，手臂在泳池边一撑，跃出水面，邬思黎立即抖开浴巾裹住他。

真是人比人气死人。

段骏鹏骂声还未出口，邬思黎就递来另一条浴巾，他感动不已："貂蝉妹妹，你真是人美心善，左柯让那货遇到你真是三生有幸。"

他才碰到浴巾一角，左柯让就半路杀出夺走。

"不用管他，天这么热冻不死他。"说完，左柯让牵着邬思黎回屋。

段骏鹏这下是真骂出口了，杜思看不下去，将躺椅上不知道谁的毛巾扔给他："别嚷嚷了，这样显得你像只跳脚青蛙。"

段骏鹏爬上岸，瘪着嘴去角落蹲着给前女友打电话诉苦，忘记时差这码事，国内天刚亮，距离前女友起床还有两个小时，他一通电话过去把人吵醒，安慰没得到，对面劈头盖脸一顿骂。

他差点哭出来。

楼上，左柯让在浴室里花了半个小时洗完澡，嫌弃地拎着衣领："我怎么闻着酒味还这么重。"

趴在床上的邬思黎放下手机，赤脚走到他身边，上半身微倾向他，鼻尖离他领口两指宽轻嗅着："不重啊。"

清淡的酒味混合着沐浴露香，他衣服上又有专属于他的葡萄柚味道。

邬思黎前挪少许："还挺好闻的。"

她温软的呼吸浅浅喷薄在他锁骨，那一小片皮肤泛起细小疙瘩，麻痒直钻心底。

他嗓子吞咽一下："乖乖你又钓我。"

邬思黎无辜地问："我又怎么了？"

左柯让两手捧起她的脸，邬思黎毫无招架之力，抱着他的腰晕晕乎乎跟上他的步调。

房门这时被敲响，邬思黎吓得一激灵，吻就这么中断了。

杜思勉在门外模糊地喊："看日出啊，去不去？"

老婆就在怀里，谁还要跟他们一群无趣的人玩。

左柯让侧过脸冲门口欲回话，邬思黎指甲抠他后腰，眼睛清凌凌地瞧着他，左柯让就懂了。

她感冒就是因为在半山腰吹风着凉了，这次看日出是要登顶，风肯定更大，左柯让在邬思黎行李箱里翻出一条长裤，又翻出他的一件冲锋夹克，统统给邬思黎套上。

几辆车排成长队向着科莫湖最高的一处山峰驶去，左柯让开车，邬思黎坐副驾驶座，两人在长队末尾断后。

段骏鹏喝了酒不能碰方向盘，得搭别人的顺风车，他第一选择是左柯让，左柯让一个"滚"字轰走他。

闲杂人等一律别想插进只有他和邬思黎的二人空间里。

盘山公路一圈又一圈，直通山顶，二十分钟后，凌晨五点钟，荒无人烟的山峰上一溜跑车错落排列，下车后，大家要么倚在车头，要么踩着车前盖坐在车顶，三三两两地聚在一起聊天抽烟。

山风凛冽，左柯让拒绝杜思勉递来的一支烟，给邬思黎又围上一层披肩。

邬思黎说她不冷，左柯让充耳不闻。

邬思黎坐在车前盖上，双腿并拢屈起，扒掉左柯让扣在她脑袋上的帽子："说了我不冷。"

他冲锋夹克她穿本来就大，帽子再一戴，又丑又笨拙。

"跟你冷不冷没关系。"左柯让又给她戴上，防止她再摘，环着她肩膀不许她动，"重点是你感冒了，别风一吹又加重。"

邬思黎特应景地打了个喷嚏，左柯让就更来劲："你看我说什么来着，你还不冷不冷的。"

邬思黎委屈："那也都是因为你。"

"我的错，我有罪。"左柯让捉起她手流畅地在自个儿脸上拍一巴掌。

远处天际朝阳匀出光亮，红霞逐渐向天空扩散，前方人群有人在说来了来了，左柯让逆着日出方向站，回眸看一眼，低叹失策："昨儿不应该回去那么早的，咱俩应该赏赏日出。"

寓意多好。

朝阳初生，而他们也迎来新生。

段骏鹏他们说她心理扭曲，挺中肯一评价，他也觉着自己多少有点，就爱邬思黎跟他发脾气，邬思黎每一次跟他动手他都能奇异地体会到邬思黎对他的爱与喜欢。

旁人可能很难理解，其实就很简单一道理，邬思黎一向与人为善，和她交朋友不难，难的是走进她心里，客气礼貌都是在外，她只会在自己人面前肆无忌惮。

而左柯让就是她的自己人。

凌晨五点半，橘红似火的太阳在山头冉冉升起，曙光乍现，万物开始苏醒。

杜思勉他们纷纷打开相机记录这一刻，司琮也在给覃关摆姿势帮她拍照。

左柯让什么都没干，就坐在邬思黎旁边，两人侧着脸在漫天霞光中接了个细腻的吻。

这一幕被司琮也拍下，照片发到左柯让微信，邬思黎转发给自己。

然后，她发了朋友圈，配文——

  En ti lo encontré todo

是一句西语。

翻译过来是：于你，我找到了一切。

从山上下去，邬思黎就昏昏欲睡，回到别墅匆匆洗个澡倒床上就睡。傍晚的机票回国，左柯让醒得比她早，两人行李都收拾好，邬思黎被他捞起来时眼皮子还黏在一起分不开，左柯让伺候着她穿好衣服，牙都是他给她刷的。

去机场的路上，邬思黎就靠着左柯让接着睡觉，她真的好困。

十个半小时的航程，邬思黎也是睡过去的，幸而落地时她的觉终于补足，不然左柯让还真得带她去医院查查是不是身体哪儿有毛病。

出了机场，一帮人分道扬镳，各回各家。

左柯让拦下一辆出租车，不再假惺惺地问邬思黎回哪儿，直接对司机报他公寓地址。

坐进后排座位，左柯让一刻不停歇地牵着她，以前就是这样，两人处在同一环境里，只要条件允许，就得来点肢体接触，要么牵手要么拥抱。

真心喜欢一个人的时候，就是会想贴着对方黏着对方。

左柯让挨个揉着她指肚玩："找个空把你公寓里的东西搬过来。"

明天复工，邬思黎在处理着工作群消息："要一起住吗？"

"不然呢。"

"去看车那天，你送我回家很积极。"邬思黎也挺记仇，那天晚上左柯让故意说反话气她还记忆犹新。

左柯让尝到搬起石头砸自己脚的滋味："那时候我有病，现在病好了。"

他耍无赖："你就说行不行，不行的话，我现在就跳车。"

司机师傅一脚刹车，连连劝诫："小伙子可别冲动，我养家糊口不容易，你体谅一下。"

司机师傅出主意："不然你们换辆车，随便跳。"

邬思黎闷声笑。

半途，他们改了路线，去邬思黎公寓。

择日不如撞日，明天就又要忙工作，不确定什么时候有空，今天闲着也是闲着，就去搬家。

赵月雯老板找的这套公寓是精装，家具都是现成的，邬思黎搬进来后没再添置新设备，就一些衣服、日常用品之类，挺省事。

家里还有个超大号行李箱，左柯让干劲满满地包揽所有工作，邬思黎就找地方坐着陪着他。

邬思黎出门丢垃圾时，碰到回家的陈知书。

邬思黎家门大敞着，陈知书轻松地看见屋里忙前忙后的男人，他对邬思黎眨眨眼，小声问："和好啦？"

邬思黎笑着点头："和好了。"

"恭喜恭喜！"陈知书双手抱拳前后晃两下，而后打个手势，"你等我一下，我有东西给你。"

陈知书跑回家里，邬思黎就在楼道里等，没多久他就出来了，将一个小巧的灰色U盘交给她："你出差第三天，京北下了好大一场暴雨，他冒着雨赶来，我按照你的要求说了那些话，之后他在你门前站了好久。"

明知人不在，还固执等在门口的行为，陈知书难解。

最终将这个未解之谜归结为"喜欢"。

"视频没有别的内容，就是他一动不动站在你家门口。"陈知书挠挠头，"我不太懂这样做的意义在哪儿，你又不在，干等只会浪费时间。

"后来我打游戏的时候突然想到，我爸妈也总说我不务正业每天活得都没有意义，可是我喜欢游戏，我在做我喜欢的事情就是最大的意义。

"可能对他来说，你就是他一切行动的意义。"

邬思黎于左柯让就是意义根本。

3

邬思黎回国快两个月，抛去出差，满打满算在这个小区里住了有一个月。她朝九晚五出门打工，陈知书昼夜颠倒在游戏里厮杀，邻居俩一个礼拜顶多有两天会见面，但这两次相见很巧妙，都是去小区对面那家大型超市购物。

第一次在超市里偶遇，邬思黎推着一个空空如也的购物车，陈知书想着她或许是来买些日用品、水果蔬菜之类，人都带面相，邬思黎长得就很温婉很会养生。等在收银台再碰头，他见邬思黎购物推车里一堆零食，没有一样正经东西，市面上那些无人问津的奇葩零食都在她车里。

结完账，同行回家的路上，邬思黎还送了他几样她吃着不错的零食。

也没有刻意约定，每周采购那两天，两人就很有缘分地能碰到一起，后来陈知书去买零食都会来敲一下邬思黎的门，要不就发消息。

现在零食搭子要搬走，陈知书还蛮失落，但她要去和喜欢的人共筑爱巢，他也替她感到开心。

"你再等我一下。"

这次又是送邬思黎一只马克杯，陈知书第二大爱好就是到处淘各种各样奇形怪状的杯子。

"这个和我之前送你那个是一起买的，就算做一对吧。"陈知书指指她屋里，"可以和你男朋友一起用。"

左柯让似有所感地掀一下眸。

陈知书就猛地收回手不敢再看左柯让，他中度社恐，左柯让这种攻击性太强长相的人他敬而远之。

他以手挡嘴，靠向邬思黎悄声问："你跟他在一起不会觉得有压力吗？

他长得这么凶。"

像是一个不爽就会揍得人满地打滚找妈妈的那种类型。

很凶吗?

邬思黎扭头朝屋里看一眼,左柯让正哼着歌收拾着她的物品,不论什么都轻拿轻放,手边有张废纸他就团成团,做出投篮手势精准地丢进垃圾桶,然后冲她嘚瑟地一挑眉。

她提提嘴角:"一般吧。"

左柯让就耐心不太够,但:"他脾气还是挺好的。"

从来没有对她发过火,仅有一次好像还是她因为别人闹脾气不吃饭,他才板着脸憋着气威胁她一通。

除此之外,真没别的,不冷战也不大声讲话。

陈知书算是切身体会到什么是情人眼里出西施,他还想再嘀嘀咕咕些什么,左柯让已经走过来,面无表情,落在陈知书那儿的眼神不太友善。

怎么都不像是脾气好的样子。

陈知书慌忙道别:"祝你们幸福美满,有机会我们再一起买零食吃。"

说完,陈知书就急忙溜回家,左柯让踏出门框那一刻,陈知书"嘭"一下关上门。

左柯让望回邬思黎:"你俩刚才说什么呢,离那么近。"抬指点点她怀里抱着的纸盒,"这是什么?"

他朝陈知书家一侧额:"他送的?"

一个接一个地问。

又开始了,又吃醋了这人。

不怪邬思黎怀疑他前段时间是在装,实在是他模式切换太过自如,衷情剖露才过去两天,左柯让就已经找回以前的状态。

包装纸盒是双开,邬思黎揭开,里面是一只树桩造型的马克杯:"这是人家送你的,我搬来那天他也送过我一只,给咱俩凑了一对。"

左柯让垂眸端详:"这杯子——"

以他的审美标准,他不太能欣赏得来,邬思黎虎视眈眈地盯着他,他就笑:"好看,寓意也好。"

他猜:"你那杯子是树干?还是树枝?"

"都不是。"邬思黎摇头,"我那是一个南瓜。"

"这算哪门子一对?"

南瓜和树桩?八杆子打不着吧?

"两个杯子是陈知书一起买的。"邬思黎叫他不要那么事多挑三拣四,"重在心意。"

"行。"左柯让严格遵守女朋友教诲,"我去谢谢他。"迈腿就要去对面

263

邬思黎合上包装盖，拉着左柯让的手腕带他回家："你别去了，再吓到人家。"

"我就去谢谢他又不干什么。"左柯让好笑，"怎么就吓到他了。"

关上门，马克杯放在玄关柜上，邬思黎定睛细瞧着左柯让。

左柯让最承受不住邬思黎一错不错地看自己，他飞快地在她唇上一啄。

邬思黎后仰头："有没有人说过你长得凶？"

左柯让没皮没脸："有人说过我长得帅。"

虽然是事实没错，但他这么自恋，邬思黎多少有点哽住。

"刚才跟你贴耳朵说悄悄话那人说我凶？"左柯让拇指跟食指搓捻她那边耳朵，又亲一下，留下印记才罢休。

他还在纠结这事。

邬思黎无奈："没贴，还离得好远。"

"哪儿远了？"左柯让不听，他有自己的一套度量衡，"你跟他刚才离得比咱俩现在还近。"

左柯让一手搂她腰，一手捧她脸，亲密非常。

她和陈知书怎么可能会是这样，他就夸张吧。

无法同一个醋桶讲道理，邬思黎拨开他的手："都收拾完了吗？"

"还差点。"左柯让说着就垮下肩膀，双手交叉揽在她背后，脑袋往她肩窝里埋，"你东西好多的宝宝，好累。"

他头发扎得邬思黎酥痒还有些疼，她掌心隔开："那你歇会儿吧，剩下的我自己来。"

"不是，"左柯让笑出声，温热气息扑向她脖颈，邬思黎缩起肩膀，他又抬起头，"你这和好后脑子就又不用了？"

"什么啊？"好端端地干吗说她。

"你之前撩我那劲儿呢？"左柯让直白地扩展要求，"我说我累是想你亲我，要不给点什么别的奖励。"

邬思黎听后"哦"了一声，但没个行动。

他歪头看她眼睛："你是真没懂还是装不懂？"

他又说："算了，你不用懂我自己来。"

于是，他就侧着脸径直往她嘴唇撑，又扭正亲她一下，就这么自己索取完想要的奖励，他说："好了，乖乖，我又满血复活了。"

他放开她又去忙了。

邬思黎顿了两秒钟，在他背过身后，嘴角小小扬起一个不易察觉的弧度。

一个上午，邬思黎的物件全部打包完毕，她的车就在地库，两人开车走。

他们没回左柯让那儿，先去的高子言家，去接二哈。

路上，左柯让提前给高子言打了电话，叫他把狗送到小区门口，省得他们进出还得登记。

高子言是认得左柯让车的，所以当那辆更适合女性驾驶的白色奔驰迎面驶来时，他没太注意。

左柯让按下喇叭，"嘀"一声后下车，副驾驶门也打开，二哈反应巨快，撒开腿就朝邬思黎跑。

高子言险些被它拽一跟头，不得已松开牵引绳。

二哈体型在成年萨摩耶里算壮的，身高到邬思黎大腿中上段，邬思黎一垂手就能摸到它。二哈习惯性围着邬思黎转两圈，又叼起牵引绳另一端自动塞到邬思黎手里，紧挨着她腿站。

高子言看得愣住。

谁养的狗像谁，二哈就一犬界左柯让，很少对人这么热情，左柯让第一次送二哈到他家帮忙照看，二哈理都不理他一下，特认主，他用好长时间才和它打好交道。

可现在这狗腿样是？

他睇向邬思黎，是个漂亮妹子，也有点眼熟。

下一秒，他就见左柯让绕过车头圈住邬思黎的肩膀，跟他介绍："我女朋友，邬思黎。"

"女朋友？"高子言难以置信地吸一口气，"骗人的吧？"

他眼睛再次滑向邬思黎，邬思黎对他柔柔一笑，打招呼说你好："这几天麻烦你照顾它了。"

"不麻烦，不麻烦。"高子言全凭条件反射在回，"你好，我是高子言，左柯让同事。"

两人礼貌握手，高子言又吸一口气"嘶"一声："哎，你是不是上个月去了航空展博会？"

两人手还搭着，左柯让抽回邬思黎的手："是。"

这么护着。

高子言咂咂嘴，有些话不适合当着邬思黎的面讲，他识趣地闭嘴。

刚下飞机，回去还得归置行李，今天赶时间，就没多聊，左柯让说改天请高子言吃饭，便带邬思黎还有二哈回家。

等红灯的间隙，左柯让收到高子言的微信。

高子言：这才过去一个月啊？

高子言：你就把人拿下了？

高子言：你不是有个念念不忘的初恋女友吗？

高子言：见到美女这么快就变心，虽然我知道男人都有劣根性，我理解你。

高子言：但也不妨碍我唾弃你！

高子言：还以为你真那么深情！

高子言：是我瞎了眼！被你蒙蔽！

一连七条消息轰炸，左柯让想忽略都难。

他在相册里找到他和邬思黎四年前的一张合照，特意保留着日期截图，发给高子言。

旁边一道视线扫过来，左柯让偏头，邬思黎神情淡然，看一眼他手机又看一眼他。

左柯让会意，心里有点诧愕还有那么点惊喜，他对邬思黎占有欲有多强，就希望她以同样的方式程度回馈他。

他吊她胃口，手机在虎口转着圈："查岗啊？"

邬思黎就摆正脸，二哈这时从后排冒出颗脑袋，挤进主副驾驶位中间的空位，鼻子戳着邬思黎的手臂。

红灯还有三秒钟结束，狗又来争宠，左柯让不再拿乔，捂住二哈的脸将它推回后排，跟它说一句你别来凑热闹，手机交给邬思黎："随便查。"

他声调欢快："我最喜欢被乖乖你查岗了。"又补充，"密码你生日，你再录个面部识别。"

红灯转绿，车子前行，邬思黎输入密码解锁，界面就是与高子言的聊天框。

最后三条，是左柯让发的消息。

Atopos：[图片 jpg.]

Atopos：看清楚了。

Atopos：一直都是她。

回到家，邬思黎陪二哈在客厅玩，左柯让将邬思黎的东西倒腾到合适的地方。

洗漱用品往浴室里一摆，陈知书送的两只马克杯往茶几一放，他在衣帽间停留的时间最久。

邬思黎纳闷地过去看，二哈跟在她身后。

左柯让站在衣帽间其中一面衣柜前，按照种类、颜色、季节排列着他俩的衣服，就是他的T恤下一件必须挨着她的T恤，他的衬衫必须挨着她的裙子。

在宁城时就是这样。

他偏爱在这种细枝末节上下功夫，不放过一丝一毫融入邬思黎生活的机会。

确认完他在干什么，邬思黎就想出去，左柯让叫她在衣帽间陪他，她便坐到角落的懒人沙发上，二哈形影不离地跟着。

左柯让觑它一眼，二哈窝进邬思黎屈起来的腿弯里，蜷着它那胖身子，下巴盘伏在邬思黎膝盖上。

左柯让突兀地问:"你不热?"

"不啊。"邬思黎胳膊探向出风口那边,"空调打得挺低的,你热吗?"

左柯让不阴不阳:"我也不热。"

邬思黎转过弯来,食指扒拉着二哈的三角耳:"狗是你送我的。"

"我后悔了。"左柯让表情凝重,不似作假,"我现在想把它卖了。"

邬思黎都不想搭他这种话,自打二哈来到家里,类似的话他说过无数遍,邬思黎听得耳朵都要起茧子。

他要卖早就卖了,哪还会养这么肥。

二哈抬起两只前爪,攀上邬思黎的大腿,左柯让轻哂,不跟一只狗计较。

他一丝不苟地调换着衣服位置,啥也不需要邬思黎做,衣架磕在横杆上时不时"嗒"一响,衣帽间这一方天地安恬又温馨。

邬思黎生出聊天的欲望,随口捡一个话题:"我以前的那些衣服你都丢了吗?"

"没丢。"左柯让可舍不得,"大部分都在宁城的家里,拿了少部分过来。"

邬思黎奇怪:"为什么还拿过来?"

"睹物思人呗。"左柯让意有所指。

邬思黎羞赧:"左柯让!"

"怎么了?"他倒打一耙,"我干什么了你这么凶?"

比什么都不能和左柯让比脸皮厚度。

邬思黎那点子温软心动灭得一干二净,放弃聊天,专心撸狗。

左柯让嬉皮笑脸地没个正行,吹着流氓哨逗邬思黎,得人一记瞪眼他就爽了。他的目光在她身上走一圈,定格在她脚上,想起一件事,问:"我给你买的那双拖鞋跟你脚上自己买的这双不差不多,你怎么就不喜欢穿?"

"我没不喜欢啊。"邬思黎记起自己那时的心理活动,底气不大足,"我以为你那是给别人准备的,不想穿。"

"你这就很冤枉人了邬思黎,我还能给谁——"左柯让抱臂倚着柜门,一副算账的架势,算到一半止住,谨慎地反问,"你公寓里那双男士拖鞋给谁备的?"

"你啊。"邬思黎脱口而出,"你去前一天我在超市新买的。"

她脑子也灵光起来:"你也冤枉我了是不是?"

"你又没告诉我,我当时还在误会你和魏书匀。"

"拖鞋是新的呀,你看不出来吗?"

"我那也是新的,你看不出来吗?"

困扰两人一个月之久的细刺拔出,竟然都是因为自个儿脑补过头自找不痛快,但是对方也有一定责任,都气瘪瘪的。

左柯让先认错,蹲到邬思黎跟前,说:"好吧,宝宝,我当时就该告诉你的。"

邬思黎也放软态度："我也是，我以为你知道的。"

"没关系，反正现在说清了。"他说着话，邬思黎撸狗的手没停过，他就执起她的手放在自己头顶，"你别玩它了，也玩玩我。"

邬思黎：他又干什么？

左柯让站起身，弯下腰拉着邬思黎两条手臂环住自己脖颈，手掌在她腰间一掐，把人从凹陷的软沙发上抱起来，语气特郑重其事："我觉得之所以造成这种没必要的误会是因为我俩交流还不够深入。"

他说他们得想个办法解决。

于是，他就带着邬思黎回到主卧浴室，二哈被关在主卧门外，任它怎么扯着嗓子"嗷嗷"叫左柯让都不心软。

等从浴室里出来，邬思黎半点不见早上下飞机时的精神，像朵经历过风吹雨打的百合花，蔫蔫的。

她趴到床上眯着眼睛小憩，左柯让给她吹着头发。

他特意学过一套按摩手法，边吹头发边揉按着她脑袋的几个穴位，头发吹完，邬思黎就快要睡着了。

左柯让拔掉吹风机，捏着她鼻子："现在太晚了别睡，不然晚上又睡不着。"

邬思黎呼吸被堵住，她皱眉拍打左柯让的手背："你好烦。"

"我烦。"左柯让把人从床上拎起来，将床头柜上的平板递给她，"玩会儿游戏，看看电影，别睡。"

邬思黎极其不满意，但时差还有作息确实得调整一下，她搓搓眼睛，放下平板："我去客厅看电视吧。"

平板屏幕小，还得自己举着，她嫌累。

左柯让没异议，主卧到客厅这么几步路他都得牵着邬思黎。

家政阿姨昨晚来打扫过房间，冰箱里的东西也补齐全了，他去厨房洗了一小盆水果，省得邬思黎干看电影。他没留下陪她，衣帽间工程还剩一半，他还得忙完。

邬思黎的手机在他抱起她时掉落在地毯上，他捡起，就要折身给邬思黎拿出去，手指轻敲她手机金属外壳，扬声知会邬思黎："宝宝，我用下你手机。"

邬思黎回："好。"

左柯让朝外一瞟，姑娘看得挺入迷，不问他干什么密码也不说。

他尝试着输入自己的生日，还真解开了，他一笑。

他在联系人列表找到魏书匀的手机号，用自己的手机记下。

4

晚上，他们没再出去，左柯让订的餐，物业管家送上楼，邬思黎电影还没看完，两人就在客厅茶几吃的饭，坐在地毯上。

二哈如胶似漆地依偎在邬思黎腿上。

邬思黎爱看系列电影，今儿下午找的电影一共三部，吃完饭，左柯让收好垃圾，把邬思黎搂怀里一起看完最后一部剩下的半个小时。

手机就在茶几上，几个小时过去，两人谁都没有碰过一下。

邬思黎选的是爱情片，左柯让观影感受一般，但他就乐意陪着她，邬思黎可比手机要好玩得多，她看电影他就看她，一会儿食指弹她耳垂，一会儿玩她头发，一会儿再伸着脖子亲亲她脸颊。

只要邬思黎在，他就有的是自娱自乐的方式。

电影看完，邬思黎打个哈欠，左柯让问她去不去睡觉，她点点头，左柯让就横抱起她回主卧，邬思黎侧过上半身，手臂圈住他脖颈，挺依赖地抱着他。

左柯让垂颈在她发顶落下一吻。

下午有过两次，左柯让这一晚极老实，用他和邬思黎都最喜欢的后嵌式拥抱抱着她，乖乖睡觉。

一夜好眠。

第二天，邬思黎先醒来。她和左柯让各占床两边，她背对着左柯让，也不知道几点，但闹钟还没响，邬思黎慢慢地转过身，左柯让趴着睡的，半张脸陷进枕头里。

四年前，他们恋爱同居时，邬思黎每天醒来第一眼看到的绝对是左柯让。

此时此刻，阳光跃上地板，被子睡出褶皱，目之所及是熟悉的爱人，仿佛他们从未分开过。

邬思黎就这么静静看他片刻，起床关掉闹钟，去浴室洗漱完，随意用发夹把头发固定在脑后，到厨房做早饭。

她在国外这几年很少下厨做饭，她没有合租室友，一直是自己单住，做饭忙活半天也就她一人吃，还不够费事的，能简则简。

他俩都钟爱中餐，冰箱里有一包速冻拇指生煎包，邬思黎拿出来放蒸锅上蒸着。

左柯让找过来时，餐桌上已经有一盘做好的火腿蛋饼，热气从蒸锅气孔里成簇飘出，伴随着水沸腾的"呼呼"声，砂锅里"咕嘟咕嘟"熬着粥，邬思黎蹲在中岛台边上，手里拿着半截火腿肠在喂二哈。

目之所及皆是他梦中常客。

无法再想象出圆满更胜于现在的情景。

如果可以挑选人生终结时的场景，左柯让会无比坚定地选择此刻。

他站在厨房门口，一瞬不瞬地贪恋地望着这一幕，然后邬思黎发现他，稀松平常地来一句："醒了？再等五分钟吃饭。"

二哈吃掉最后一口火腿肠，也回头。

左柯让就懒洋洋地张开双臂，说抱一下。

邬思黎边问怎么了，边朝他走，他俯身揽住她后背，她抬手环上他的腰，左柯让说没怎么，就是想抱她。

夏日天亮得早，京北这套公寓是大平层，客厅与餐厅厨房直通，大片清晨阳光穿透落地窗。

于是，两人就在充满生活气息的、天光大亮的厨房里毫无杂念地抱了五分钟。

吃完早饭，各自去上班，左柯让想送邬思黎去公司，但航天局和RS是两个方向，不顺路，又是早高峰，不如分开走。

公寓离RS近，邬思黎打算步行，左柯让把她送到小区门口，下车前他再三确认是不是真不用他送。

邬思黎手抚上车门，翻旧账："上次聚餐要你接我你车停那么远，这次你再停远点跟我走过去没差。"

撂完话，她就下车，车门"嘭"一声关闭。

左柯让：再次抱起石头砸自己脚。

她挺能忍，这张嘴也挺厉害。

他支着脸目送她一段路，叹声笑笑，打过方向盘，与她背道而驰。

迈上写字楼前的台阶第二层，邬思黎碰到嘬着豆浆悠闲漫步的佳佳。佳佳一看到她就颠颠跑近，笑容暧昧："怎么回事啊？"

"航天局的局草真拜倒在你石榴裙下了？"

"是去展博会认识的吗？"

"这才过去多久啊！"

"快说说快说说，我前两天看你在朋友圈官宣激动死了。"

知道她在国外参加朋友婚礼，佳佳就憋着没分她心，如今见到面，再也按捺不住，挽着她胳膊晃："上次聚餐来接你那人就是他吧，老胡说的时候我们当他喝多了还没太信。"

"是他。"邬思黎轻翘嘴角，不自觉地笑，"他是我初恋。"

佳佳惊愕张嘴，并伴有一声短促吸气。

到门禁闸机前，邬思黎刷卡过门禁，佳佳紧随其后。正是上班高峰期，写字楼里还有其他公司，个个穿着考究精致，有几人手中还提着必备咖啡，邬思黎和佳佳排在人数相对较少的一部电梯前等待。

简略概括一遍他俩的故事，起因她没讲，就说大学谈了两年恋爱，中途遇到些不可调和的矛盾只能分手，现在时机成熟，就和好了。

佳佳二次吸气。

她平常在工位摸鱼看个偶像剧都真情实感得很,邬思黎极有先见之明地按上她手背,示意她别激动。

佳佳又吐气,低声兴奋:"天啊天啊,久别重逢、破镜重圆、初恋白月光!"

她都要蹦起来:"你俩这是现实版偶像剧啊!"

邬思黎还从未这样想过,被佳佳这么一形容,还真挺贴切。

"他得对你多好啊。"佳佳关注点在这儿,"居然能叫你这么多年后倒追。"

电梯抵达一楼,邬思黎徐步跟在队伍后面向前挪动,不吝啬在外人面前肯定左柯让:"他是很好。"

到办公室,邬思黎又被其他同事一通询问打趣,不过点到即止,成年人之间的社交都有边界感,不会没分没寸,空闲时八卦一下,领导一来,就作鸟兽散去忙工作。

有份文件邬思黎保存在微信收藏夹里,要导入电脑,她拿起昨天下午就被她置之不理的手机,有几条未读消息,置顶那一栏是左柯让十分钟前的报备——

Atopos:我到了。

Atopos:今天会很忙,不一定能及时回你消息,乖乖你有事就打我电话。

邬思黎回他:我也到了。

引用他第二条回:好。

她退出查看剩余消息,魏书匀的聊天框在最末端,红色角标里是数字"3",最后一条消息是"他在干什么"。

邬思黎疑惑地点开。

第一条消息是昨天傍晚六点多钟发来的,一张支付宝账单详情截图——付款方是左柯让,转账数额为88888,备注新婚快乐。

第二条消息是一排问号。

邬思黎都怔住了,想起昨天下午他说要用自己手机,原来是干这事。

她切回左柯让的微信,截图转发给他。

邬:你干吗?

左柯让是真的在忙,一上午都没碰手机,中午午休才得空回复邬思黎。

Atopos:我不备注得挺清楚嘛,祝新婚快乐。

Atopos:份子钱啊。

彼时,邬思黎在写字楼楼下新开的一家主打二人食的烤肉店吃午饭,手边屏幕亮起,猜到是左柯让,她侧目解锁。

一秒钟阅览完他的回信,她食指戳戳点点着键盘。

邬:你给他什么份子钱啊。

左柯让和魏书匀严格来说连认识都算不上，就打过一次照面，而且份子钱她已经给过，还是双份，因为和魏书匀、苏禾都认识。

他凑什么热闹？

Atopos：他不是你朋友吗？我不知道就算了，现在知道了怎么也该表示表示吧。

Atopos：居可琳结婚你不还送礼物了吗？

邬：那是因为她邀请我了呀。

左柯让学她语气：对呀。

Atopos：那我随了份子钱，他们不就也会邀请我去？

这个因果关系颠倒了吧？

邬思黎都险些被他绕糊涂：你是不是不想我单独去参加他们的婚礼，不想我单独见魏书匀。

Atopos：说什么呢，宝宝，我俩都和好了，他都要结婚了，我还有什么不想的。

左柯让振振有词：我就是怕你一人去孤独，我自己在家也会想你。

Atopos：他们在宁城办婚礼对吧，到时候咱俩故地重游一次，多好多浪漫！

他是能说会道的。

邬思黎发了一串省略号过去。

Atopos：好了，宝宝，我们不说这事了。

他发来一张他午饭的照片，并问她：你吃饭了吗？

邬思黎有样学样，对准桌上美食也拍张照片过去。

邬：在吃。

Atopos：那不聊了，你先吃饭。

左柯让黏人有度，邬思黎有正事时他从不烦人，邬思黎就没再回。

佳佳在她对面笑着："初恋哥啊？"

公司里和航天局打过交道的都知道左柯让的名字，但有时候八卦喊人全名不如用代号便捷，邬思黎那"初恋"一词蹦出后，"初恋哥"就成功代替"局草"这一称呼，成为佳佳口中左柯让的新代号。

自己介绍时不觉得什么，别人一重复，邬思黎就有点脸热。

表情说明一切，佳佳得到答案。

一上午过去，佳佳还是很梦幻，邬思黎列举的那些因素叠加在一起就很好嗑啊，而且两人长得也很偶像剧。

男帅女美，这才是正确的基因组合！

佳佳叉起一颗小番茄塞嘴里，双手托腮嚼着，咽下去后提问："我有个问题。"

邬思黎拿着烤肉夹将烤盘上的肉片翻面:"你问。"

"就算你们谈过,可也分开四年了,你才回国一个多月就和好了,不会生疏吗?"

佳佳统共谈过三次恋爱,每一段恋爱到最后都是撕破脸那种,她无法和平分手,她的恋爱观就是要耗尽自己对对方最后一丝爱意,以后一提到他名字都会生理性厌恶,要达到这种程度她才会甘心分手。

邬思黎和左柯让这种还爱着就分手的,她没有经历过。

以往看的偶像剧里,男女主那个破镜还要好一番折磨才会重圆,他们这速度未免太快。

"会生疏。"邬思黎在回国前、在见到左柯让前也预想过重逢后他们两个可能会生疏,会不知该如何相处,但当她真正见到左柯让的第一秒,她的第一反应就只想跑去抱他。

"后来我发现我会觉得生疏是因为我们都在装。"

后来她发现左柯让也在克制。

佳佳的脑袋快摇成拨浪鼓:"不太明白。"

邬思黎将烤好的牛肉夹给佳佳,空盘子撤下去:"就是不确定对方心意,又不敢问,只能用迂回的方式互相试探。"

佳佳这就有些感同身受:"我懂我懂,我恋爱的时候也喜欢作一作。"

佳佳长吁短叹:"感觉人越长大越虚假,小时候喜欢和讨厌都摆在脸上,长大后反而畏首畏尾起来,有话不直说什么都揣在心里,拧巴得要死。"

"因为我们都没有上帝视角吧,不知道下一步迈出去后是平地还是悬崖。"邬思黎用叉子挑起一撮乌冬面,在盘子里一圈圈地卷着,"我以前觉得拧巴是个很致命的缺点,什么都要靠身边人猜,很累。"

烤肉店里蛮有格调,放着 R&B 的歌曲——

> 懂一个人也需要忍耐
> 要经过了意外
> 才了解所谓的爱……

邬思黎打开浏览器搜索歌词,又在音乐软件里找到这首歌分享给左柯让:"我也以为这个毛病会跟我一辈子。"

佳佳读懂她还有后续:"现在呢?"

"现在依然这么觉得。"尘埃落定后再回忆起前一个多月和左柯让之间的你来我往,很幼稚也很磨叽,一句话就能搞定的事情他们非兜个大圈子,可是,"他不觉得这是缺点,他甚至觉得——"

很可爱。

最后一天在科莫湖，他们在山顶看日出。

邬思黎有问过左柯让类似和她在一起会不会累的问题。

左柯让当时与她并排坐，迎着熹微晨光，朝阳将他面容染成金色。

他说他不觉得这是她的缺点，如果她非要固执认为是缺点，那他也爱。

爱一个人不仅要拥有对方的优点，还要接受对方的缺点。

只要是她，好坏他都喜欢。

在太阳露出全部光芒，他们接吻前那一刻，左柯让转过头看她，笑容散漫，情话说得特文艺：如果爱她是一场探索未知的旅程，他愿意用一辈子的时间去冒险，直到解开谜底找到终点。

正是基于他这份热烈的爱——

邬思黎柔缓一笑："那些根深蒂固的我以为，其实不需要我刻意去改。"

在感受到左柯让的付出后，她不由自主就想反馈同等甚至更多。

电影《蓝莓之夜》里有一句台词：其实要过那条马路并不难，就看谁在对面等你。

手机一振，左柯让回话，是一张截图，是她分享那首歌的歌词截选——

　　今后的岁月，
　　让我们一起了解。

5

年假休了快一周，工作堆积了不少，邬思黎在公司加了会儿班。

耳边传来台灯关闭的声音，办公室内另一位同事拎上挎包："思黎，我走啦，你也别太晚。"

邬思黎应声抬头，朝那人摆摆手："拜拜，路上小心。"

同事抛个飞吻："拜拜，明天见。"

偌大的办公室就剩下邬思黎一人，空旷宁谧。

她校对完最后一页译文，电脑右下角时间是晚上八点二十分。手机屏幕由黑转亮，通知栏里收纳着许多软件推送消息，最上端是微信未读。

是左柯让发来的。

Atopos：还没忙完？

Atopos：没忙完带回家再说，先去吃饭。

Atopos：我在你公司楼下，下来。

邬思黎下午五点半时告诉他自己晚上要加班，回去会晚一些，叫他不要等自己吃晚饭。

发送之前，她就知道这句叮嘱他不会听。

——保存好文件，关掉电脑、台灯，邬思黎下班。

进电梯前,她回左柯让:来了。

电梯里只有她一人,邬思黎习惯靠边站,电梯里没信号,她就愣神发呆,放空大脑休息。

下行的电梯停下,邬思黎看一眼电梯显示屏,十七楼外有人在等。

她后退一步,到电梯后方,瞥到镜子里的自己,发觉自己着急下楼,工牌和眼镜都还齐全戴着,刚摘下工牌,电梯门开,她分去个眼神。

电梯外是个男人,是任卓元。

熟人相见,神情都有几分不同程度的愕然。

电梯门自动闭合,任卓元抬手一挡,跨进来,站在邬思黎斜前方半步远,侧向她:"好久不见。"

邬思黎也回:"好久不见。"

他们不算朋友,就是校友,多年未见好像也没什么可聊的,千篇一律的寒暄过后就都失声。

显示屏数字不断跳跃,楼层越来越低,此后过程没再有其他人上来。

电梯由十二楼下降至十一楼,任卓元又开口:"什么时候回来的?"

邬思黎当年出国,他略有耳闻,同左柯让分手也是。

他们没什么深仇大恨,大学时的龃龉早已是过眼云烟,邬思黎对任卓元不讨厌也不喜欢,既然他起头,她就回应:"快两个月了。"

任卓元看到她勾在手里的工作牌:"你在这里上班吗?"

"对。"邬思黎将工作牌放进包里,礼尚往来,"你呢?"

"出差。"任卓元举了下提着的公文包,"怎么没回宁城?"

邬思黎如实地说:"左柯让在京北。"

不是想告诫或者暗示别的什么,邬思黎没那么自恋,觉着任卓元还喜欢她,以此来表明衷心。

这就是她来京北真实的原因。

任卓元事先有所猜测,不太意外,点点头。

沉默一秒,他道歉:"以前的事,对不住。"

悔过之心他当时没有多少,发布澄清视频是在左柯让找上门后他不甘心又不得不屈服的结果,他欠邬思黎一个真心道歉,不幸丢过一次手机,手机号、微信号全部换新,和以往同学都断掉联系,一拖再拖,如今终于能为当初不成熟的自己做一个终结。

"都过去了,我们也有不对的地方。"

真要论是非对错,左柯让也在背后动过手脚,害得任卓元丢失甜品店工作,一报还一报,就当扯平。

邬思黎道出真相:"我从没怪过你,你会被甜品店辞退,我是主因。"

任卓元一愣:"怪不得那么突然。"

邬思黎微抿唇:"所以我也很抱歉。"

"你说的,都过去了。"任卓元笑,"我现在挺好的,以前那点事都放下了。"

他大四那年父亲病情恶化,那时候家里连手术钱都凑不齐,而他所谓的梦想在那一刻一文不值,是孙豪启垫付的手术费和医药费,就这样,他大学一毕业就进入到孙豪启的小公司里帮忙。

虽然他还是在家庭变故的重担压力下放弃了曾经信誓旦旦要坚持的梦想,但好歹守护住了更为重要的亲人。

到一楼,电梯门开。

任卓元绅士地挡住门,叫邬思黎先出。

走出电梯一拐弯就是写字楼大门口,一道挺拔的身影等在门外。

左柯让没玩手机没干别的,就直勾勾地望着电梯这边在等人。

看到邬思黎,左柯让嘴角轻提,下一瞬见她同行还有一男人,眉梢一挑。

四年过去,在宁城那些过客左柯让都记不太清,走到近前,他才认出任卓元。

和刚才一样的开场白,任卓元说"好久不见"。

左柯让冷淡一颔首,手递向邬思黎。

左柯让是不可能跟任卓元有一个字能聊的,这一次意外叙旧到此就能结束,邬思黎握住左柯让的手,两人并肩站到一处。

她对任卓元道别:"那我们就先走了。"

任卓元:"再见。"

左柯让牵着邬思黎下台阶,另一只手接过她的托特包,偏头同她说着话。

没有一成不变的人,大家都在时间的冲刷下蜕变一层又一层,但是在邬思黎面前的左柯让好像始终如一。

他还是那么黏她,只要她在场眼睛就定在她身上,对出现在她身边的每一个异性都抱有最大敌意。

左柯让拉开副驾驶车门,邬思黎坐进去。

任卓元看到这儿,释然地笑笑,转身往另一个方向走。

上车后,左柯让觑着后视镜。

任卓元的身影渐行渐远,最终凝聚成一个黑点。

"你俩怎么碰上了?"

邬思黎摘掉眼镜,眼镜盒还在办公室,她抽出两张纸巾包裹起镜片以免划花:"他来出差,在十七楼上的电梯。"

左柯让总能挖掘出吃醋的点来:"电梯里就你俩?"

邬思黎点头。

他刨根问底:"聊什么了?"

"没聊什么,他跟我道了个歉。"邬思黎不再排斥左柯让的问长问短,"我也跟他道了个歉,当初害他丢甜品店工作的事。"

"你道什么歉,那事是我干的。"左柯让极不喜欢邬思黎放低姿态,即便是他,都没受过邬思黎一句道歉。

哦,有一次,就他借着发烧跟她耍无赖那次。

"起因毕竟在我。"

而且他俩不分你我,他做错事她身为女朋友替他道个歉是应该的。

就他这唯我独尊老子最大的脾气秉性,他百分之九十不会认为自己有错。

这么想着,邬思黎还是想再求证一番,她侧过脸看左柯让:"如果再来一次,你还会那样做吗?"

左柯让平稳地开着车:"你指哪件事?"

"所有。"邬思黎划界限,"也包括对我。"

左柯让半秒钟迟疑都没有,不作停顿:"会。"

"为什么?"邬思黎还以为左柯让会给出否定答案,毕竟经过这四年分别他是发自内心在改变自己。

车里放着音乐,左柯让调低音量:"如果你加一个前提,问我要是带着现有记忆回到过去还会不会那么偏激,我会说不会。"

"但如果只是单纯再来一次,我还是会走一遍老路。"他也偏头瞧她一眼,"你当时说我不会改,挺对的。"

分手时他再三保证他会改,邬思黎不信,他不是没怨过她。

这点信任都没有,还说喜欢他,她也不可信。

不过有时候一回想,邬思黎远比他自己更要了解他。

如果邬思黎当时再对他妥协,他会觉得自己在这一场博弈中获得胜利,以后会越加肆无忌惮,罔顾她的意愿。

得寸进尺是人无法消除的劣根性,侥幸也是。

"我不会用现在的我去批判当时的我,在那种情况下,我想的只有你在我身边就好,其他的都不重要。"

除非他当时就无比确认邬思黎对他的爱。

左柯让也比邬思黎自己要了解她:"但你也不会在那时候说喜欢我。"

邬思黎又提出假设:"那如果我说了呢?"

左柯让沿着她提供的这条路试着走,摇头:"应该还是不行,那样我会有恃无恐。"

好像无论怎样预设,分手都是他们两个必须经历的一个节点,一个难关。

所以,邬思黎用分手给他们两个都上了人生中最切实有效的一课。

他在失败中学乖,她学会主动朝他走。

他们都在失去中学会如何去爱一个人。

"别想了。"左柯让腾出右手,肘部抵住中央扶手箱,摊开掌心,"现在的我们好好在一起就是最好的结果。"

邬思黎手放上去,位置稍有偏移,指缝卡进他五指。

两人一同收紧,十指相扣。

时间太晚,左柯让没再讲究什么精致,邬思黎又想吃面,两人就在国金那边找了一家评分不错的面馆解决晚饭。

邬思黎猎奇心挺重,点菜时看到菜单上有一款标着"新"字、重磅推出的折耳根香菜面,心动地指着菜单图片:"我想尝尝这个。"

光是图片就能看出有多黑暗,左柯让没异议,说想吃就点。

然后,他又按照她口味点了两碗正常的面。

十分钟后,三碗面都端上来。邬思黎兴致勃勃地卷起一筷子香菜面,左柯让就坐在她对面一副尽在掌握的模样瞅着她。

邬思黎也不负他望,面甫一入嘴,她表情就淡了一大半,基本的餐桌礼仪使她强撑着没吐掉,咽下去后,她特镇静地丢掉那双一次性筷子,端起杯子连喝好几口大麦茶,堪堪冲散嘴里那股难以描述的奇葩味道。

左柯让的先见之明派上用场,邬思黎还有另一碗面能填饱肚子。

他重新拆一双一次性筷子,互相摩擦几下,木刺都消掉,递给邬思黎。

邬思黎吃下第一口正常豚骨面时,左柯让逸出一声笑。

她撩起眼皮,左柯让垂着眸搅拌着他那份面,笑容挂在嘴角。

她埋头不语,对面又是一声笑。

邬思黎在桌下踢他一脚,左柯让就止住。

吃完饭回家,车载音乐播放了一路邬思黎中午分享给左柯让的《特别的人》。

左柯让添加进歌单的,他还发了条朋友圈。

邬思黎下午在忙,没空刷手机,回程路上扒拉两下朋友圈才看到。

他给这首歌配的文案是:@邬思黎

不是发朋友圈时那个提醒谁可看的艾特选项,是他手动输入的符号以及她的名字。

这就代表左柯让微信好友都能看见她的名字。

邬思黎已经融入进左柯让的朋友圈子里,他那些朋友她都有加好友,都是左柯让授意的,和当初加段骏鹏好友时的初衷一样。

他不能时刻都守着邬思黎,总会有不可抗力的因素,他要确保他不在邬思黎身边时,她不会孤立无援。

共同好友在底下评论——

段骏鹏:特别的人~!

司琮也：有多特别？
杜思勉：要多特别有多特别。
居可琳：那是有多特别？
李京屹：很特别。
齐靖帆：很特别是多特别？
覃关：就是很特别（司琮也发的）。
一群人车轱辘话滚话个没完。
邬思黎看得发笑，动手点了个赞。
突然闪进一束刺眼灯光，晃眼得很。
平稳行驶的车子停下，邬思黎的视线从手机上挪开，还没到地库，车停在小区大门口。

"怎么了？"
左柯让手肘支着车窗框，食指和中指并拢弯曲支着太阳穴，他半眯起眼："那是我爷爷家的车。"
但是用车灯晃人这种厌恶事，他爷爷可干不出。
邬思黎顺着他的目光往前看，一辆黑色连号车牌的轿车停在小区大门另一边，正巧与他们处在同一水平线，车头相对，车前灯熄灭。
后排车门从里推开，左继坤下车。
左柯让了然，没打算下去，他老神在在地坐在车里，隔着挡风玻璃和他亲爹进行一个来回的眼神交锋，转着方向盘踩油门，车子滑行至左继坤跟前。
降下车窗，左柯让问："有事？"
左继坤皱眉："你给我滚下来。"
老子跟儿子说话，儿子连车都不下，弄得他像个仆人。
成何体统。
"没事走了。"左柯让又升起车窗。
司机提着大包小包适时过来打圆场："阿让，这是你爷爷奶奶要给你送的东西。"
司机张叔是爷爷的下属，跟左继坤差不多大，也是左柯让的长辈，他小时候上下学都是张叔负责接送。
见到亲爹，左柯让一动不动；见到张叔，左柯让解开了安全带。
下车前，他对邬思黎说："你不用动。"
接过张叔递来的东西，左柯让待人挺敬重："麻烦您了。"
"不麻烦。"张叔嫌他见外，"你爸和你爷爷喝了点酒，送你爸回家顺路过来的。"
左柯让不关心他爸干什么喝了多少，就嘱咐张叔开车小心。
张叔应好，他往左柯让车里一瞥："那姑娘就是，是不？"

张叔一早便瞧见邬思黎。这几年圈子里左柯让那一代的小辈纷纷成家，偏左柯让没个动静，不催他结婚，那也不能女朋友都不谈一个，一聊感情他就一脸要出家的清心寡欲相。老爷子、老太太也着急，全家人都知道他在等大学时喜欢的那姑娘，都没太看好。

毕竟人到老爷子那个岁数，什么都看得很现实，理想主义并不存在。

但左柯让真就等到了。

家里人看到他朋友圈发的照片，私底下都讨论好几天了。

左柯让笑："是。"

身后一道车门声响，邬思黎走近。

她在车里看着左柯让和这司机交谈挺融洽，又听见在聊自己，不下车不礼貌。

左柯让顺势介绍："张叔，我爷爷下属。"

他手虚搭着邬思黎后腰："我女朋友，邬思黎。"

邬思黎乖巧地喊声"张叔"。

张叔连连夸好看："有空回老宅吃饭，老太太他们都等着呢。"

杵在旁边当透明人的左继坤嗤之以鼻："还不定能不能成呢，别急着往老宅带。"

左柯让直接回撑："你不说话没人把你当哑巴。"

倚着车头的左继坤"噌"的一下站直："你跟你老子我说话就这态度？"

左柯让回呛："你想我态度好就先说人话。"

眼看着父子俩又要吵起来，张叔忙拖着左继坤后退，邬思黎也拉着左柯让上车，两拨人短暂碰面又匆忙分别。

父子俩碰一起不是吵就是打，但大部分时候都无视对方。今天是左继坤喝完酒有点上头，嘴比较碎，又精准踩中左柯让的雷区，左继坤要说些别的左柯让不见得会理，要咒他和邬思黎，他忍不了一点。

邬思黎在后视镜里看着那辆黑车驶远，收回眼，斟酌着用词："你爸好像也挺幼稚的。"

左柯让脸色阴沉："他那是纯厌恶。"

邬思黎不置可否。

就很奇怪，真要是不待见左柯让这个儿子，左继坤完全可以不用下车，反正有张叔送，左继坤就不，就要下去跟左柯让吵两句，好像在吸引左柯让的注意。

这么推测下去，左继坤或许也是在意左柯让的，或许也是爱左柯让的。

但邬思黎没说她这个分析。

不管是否真的在意，左继坤带给左柯让的伤害永远无法抹去，即便他是左柯让父亲，左柯让也没道理承受这份变态又不纯粹的父爱。

邬思黎不希望左柯让受到掣肘，他要讨厌左继坤就讨厌。

左继坤该的。

一想到左继坤那些堪称虐待的手段，邬思黎也气不打一处来。

于是下车后，左柯让就看到她神色比他还冷。

"你别听他胡说八道。"左柯让都有点应激了，就怕邬思黎受到左继坤影响，他攥紧她的手，"明儿我俩就回老宅吃饭。"

"我没因为他那些话不高兴。"邬思黎呼口气，心里还是堵得慌，"我就是，觉得他不能那么对你。"

邬思黎仅赶上过这么一次左柯让和左继坤相处，她能隐约感受出左柯让对左继坤的抵触、防备，还有显而易见的冷漠。

就像她小时候每次面对父母一样，她还要比左柯让多一份渴望。

可左柯让丝毫不渴望左继坤的父爱。

左柯让并不冷情冷血，对朋友有求必应，对她更不必多说，他看重身边每一段感情。

之所以不渴望，怕是他失望积攒得太多。

左柯让甚至连谈判欲望都没有，所以之前在左继坤干涉他人生轨迹时，选择用那样简单粗暴的方式一劳永逸。

邬思黎只是看到左柯让独自坐在陆若青墓碑前的背影都觉得难过，更无法细想他那些破败的遭遇。

到家后，二哈听见动静从阳台跑来接，邬思黎没去摸它，而是转身抱住左柯让。

左柯让什么都没说，也没特意逗她，安静地接下她这份沉默的心疼。

抱了两三分钟，左柯让拍拍她的背："行了，去洗澡吧，上一天班挺累的。"

邬思黎嘴上应着，又在他怀里赖了一会儿才松手去洗澡。

左柯让将爷爷奶奶送来的吃食分类整理好，二哈不小心撞到邬思黎放在茶几上的托特包，包倒扣在地面，里头物件骨碌碌地滚落。

左柯让蹲下身边捡着东西，边阴阳二哈："真应该录下来给邬思黎看看你平常都怎么闯祸的。"

省得邬思黎总片面性地以为二哈是条乖狗。

二哈自觉犯错，趴在左柯让一边肩膀上呜咽一声。

左柯让耸肩膀："离我远点。"

二哈脑袋一个后仰，紧接着又落回原位。

这狗惯会见风使舵，随机应变，聪明得很。

茶几不算高，邬思黎包里都是一些口红、粉饼、纸巾之类，没啥贵重物品，粉饼没碎，口红也没断。——装好后，左柯让勾着邬思黎的那副无框眼镜进了卧室。

第二天一早时间充裕,左柯让送邬思黎去上班,邬思黎没拒绝。

邬思黎近视度数有两百多度,在国外新添的毛病,她租住过的那几个房子灯光开关都不在床头,每次酝酿出睡意再下去关灯人就精神了,电路又不能改,她便经常黑着灯看电脑手机。

她就工作时会戴,平常不戴不会耽误什么。

中午吃完午饭,邬思黎又去配了一副新的,佳佳陪她。

佳佳还保留着小时候那种癖好,不近视,但看到别人戴眼镜自己也要试试。她选出几副镜框往自己脸上比画着:"你那眼镜上午不是还好好的,为啥要换?"

邬思黎闻言:"度数好像变了。"

调试好度数,邬思黎摘下试镜架,和店员说就按这度数来配。

镜框选的一款黑框。

"怎么要这种?"佳佳坐在椅子上,双手交叠趴在玻璃柜上,略露嫌弃地戳她那眼镜框,好像学生时代书呆子那种风格,厚重又蠢笨,"你之前那个无框的多好看,衬你的气质。"

佳佳歪着脑袋看邬思黎:"像个温柔女教师。"

邬思黎一僵,长发掩映下的耳朵不可抑制地升温变烫。

6

晚上下班,左柯让来接她,两人去爷爷奶奶家吃饭。

有点仓促也有点唐突,邬思黎说过要不等周末再去,左柯让不同意,就今天去。

左继坤恶心他,他可不忍着。

"见完爷爷奶奶,等国庆回宁城再带你去见外公外婆。"

这么见一圈,他和邬思黎就是彻底定下来了。

他说:"你就彻底没得跑了。"

他就在这儿,她还能跑去哪儿。这份忧虑简直多余。

左柯让总是没什么安全感,也可能是刚和好没多久的缘故,他还没有完全放心。

他们两人入睡前是抱在一起,睡着后又会根据各自不同的睡觉习惯进行调整,这几晚,包括在科莫湖同住,邬思黎睡觉时迷迷糊糊总能感觉到左柯让多次醒来又把她搂回怀里。

虽然第二天他们两个一个趴着一个躺着,毫不相关。

邬思黎都不禁恍惚,是不是她睡觉时做的梦。

不知道该怎么样才能消除掉他这份不安,所幸她有一辈子时间陪在他身边。

日积月累,他总会不再惶恐。

和好后,左柯让就换成了手动挡的车开,方便牵她。

今天他还没有所动作,邬思黎先摊开手,左柯让笑着握上去。

她回:"知道了,跑不了。"

上次见爷爷奶奶还是四年前,经邹念桐她们提醒才想起紧张,邬思黎爷爷奶奶和外公外婆都去世得早,家里人都喜欢邬思铭居多,她和长辈关系也不是很亲近,更没什么相处经验。

这四年她一点长进都没有,还是忐忑。

但她这份忐忑和左柯让于她那份忧虑一样多余。

见到面,爷爷奶奶一如既往地对她。

奶奶跟她聊八卦,又送她一个扁盒,这次是祖传玉镯,是奶奶结婚时,她外婆送她的嫁妆。意义重大,其中含义更是不言而喻。

邬思黎没有推拒,小心地收下。

爷爷则是给她一个大红包,还是喜怒不形于色、雍容严肃的样子,只说要他们好好的。

很简洁的一句祝福,很符合爷爷的人设。

邬思黎发现爷爷奶奶比四年前苍老许多,是精神上透露出的疲态。

估计是被左柯让那一通操作吓坏了。

他们夹在中间也很为难,一边是儿子,一边是孙子,都是骨肉至亲,不可能左柯让摔断腿他们就真把左继坤的腿也给打断。

那样这个家就真散了,而老人最希望的就是一家和睦。

饭后,奶奶拉着邬思黎去小区花园里散步,她说左柯让生在这个家,是苦了他。

"爹不疼娘不爱,我跟他爷爷再疼他,也弥补不了父母的缺失。"

邬思黎初和左柯让谈恋爱那阵就知道他同家里不睦,但她没往心里去,而且她那时还有些别的想法。

他再怎么不幸也还有钱,不会为生计发愁,而她每天都要为邬思铭的医药费绞尽脑汁。

喜欢上他之后,心境发生变化,她就想左柯让拥有这世界上全部的美好。

不是所有事情都能一概而论,她不能用左柯让的得到去否定他的失去。

她开始心疼他的过往,共情他的磨难。

"他在他父母那儿没享到什么好,我和他爷爷就舍不得对他太严厉,他性格可能比较强势。"奶奶握着她的手,一遍遍替孙子担保,"要是阿让有什么叫你不满意的,你就指出来,那孩子会改的。"

"我看得出来阿让很喜欢你,你也很喜欢他,你们就好好地在一起,遇到困难一起挺过去,别想着分开。"老人家的语气里满是央求,"好吗?"

"好。"邬思黎诚笃地点头,"我们不会再分开。"

回公寓前,爷爷奶奶又准备了一大堆东西填满了后备厢。

他们满载而归。

回到家,邬思黎想找个稳妥的地方把玉镯放好,左柯让却拦下她,拿出镯子就往她手腕上撸。

邬思黎躲都不敢躲,怕一个不慎摔碎,他俩罪过就大了。

那镯子虽然不是为她量身定制,尺寸倒也符合。

干戴费劲,左柯让领邬思黎去浴室,用洗手液在她手上揉出一圈泡沫做润滑。

戴好后,左柯让洗着两人的手:"这玩意儿本来就是服务于人的,收起来就没价值了。"

他端详着邬思黎的手腕,龙种石的翡翠,翠绿色衬得她更为出尘,他小幅度地晃她手:"戴上了可就真是我的人了。"

这人。

"你也没给我机会拒绝啊。"拿起镯子就朝她手上撑。

左柯让不管那么多:"戴上就不许摘了。"

"知道了。"邬思黎答应他,"不摘。"

戴好镯子,两人一块儿去厨房将爷爷奶奶装的大包小包归类存放。

瓶瓶罐罐磕碰发出"叮叮当当"的脆响,塑料袋也窸窸窣窣,有点小吵,又很惬意。

"爷爷一直都这么话少吗?"邬思黎两次见到爷爷,他说话的次数一双手能数清。

左柯让扬声:"奶奶说爷爷上辈子可能是个话痨,这辈子就成了哑巴。"

邬思黎戴着手镯,做事都极为谨慎,连带着嗓音都放轻:"但奶奶很爱讲话。"

"奶奶说家里有爷爷一个哑巴就够了,要是都不说话,家里就死气沉沉的了。"

左柯让出生没多久就送到老宅和爷爷奶奶生活,他最常见的画面就是奶奶叽叽喳喳个不停,爷爷静穆地听着。他小时候看待事物还很单一,见爷爷一脸肃然,一度认为爷爷很是厌烦奶奶。

后来有一次,奶奶生病住院,刚做完手术精神不济,知道奶奶不喜欢安静,爷爷每天都守在病床边,絮絮叨叨地同她读着故事讲着话,奶奶没有回应也无所谓。

他们总是在互补。一个人话多时,另一个就做忠实的倾听者。

左柯让从小受此熏陶，觉得最完美的爱情大概就是这样了。

一个愿意说，一个愿意听。

所以哪怕亲爹亲妈的感情再破烂不堪，他也怀揣着一颗赤诚的心。

遇到一个喜欢的人，与之携手一生，这真是左柯让能想到的人生里最为浪漫的事情。

没有之一。

爷爷奶奶就住在很普通的小区里，在一楼，前面带个院子，种植着一些黄瓜西红柿，临走时奶奶摘了一竹筐小番茄给他们。

左柯让洗出一小盆，捏起一颗塞邬思黎嘴里："其实爷爷很装。"

二哈也咧着嘴，左柯让又捏起一颗抛向半空，二哈跃起去咬。

邬思黎没太理解："装什么？"

"爷爷是个老古板，他俩包办婚姻，奶奶一开始特看不上爷爷，觉得爷爷就脸还不错，其他的很垃圾。"左柯让转过身靠着中岛台边缘，端着一碗红彤彤的小番茄，喂邬思黎一颗就丢给二哈一颗，他自己最后吃，"爷爷对奶奶是一见钟情，但他就不说，还表现得很不在乎。"

当时两人还在读大学，学校就隔一条街。

有一次，爷爷撞见有男生送奶奶一筐水果，两人还有说有笑，爷爷就在后面看着。

等到晚上，奶奶都要睡下，窗户被石子砸响。

她疑神推窗，爷爷站在她家楼下，固执地喊她下去。

他声音还不小，未免把其他人吵醒，奶奶不得已下楼。

走到他身边，奶奶还没问什么事，爷爷就变戏法似的从身后拖出一大筐水果，说这是他去果园现摘的，比下午那个男生送她的要新鲜一百倍，叫她把那筐不新鲜的水果丢掉。

奶奶闻到爷爷身上有酒味，问他是不是喝多了。

爷爷答非所问，向奶奶表白说我喜欢你。

奶奶也被爷爷整得挺无措，脸红耳也热。

奶奶好说歹说把爷爷劝回家，第二天就得知爷爷被他爸暴揍一顿的消息。

因为爷爷送奶奶的那一篮水果是爷爷在别人家果园强摘的。

不是偷，是爷爷喝醉酒后满脑子都是奶奶冲别人笑，一个醋意上头冲昏理智，看见果园就翻进去开摘。

这事半天就在大院里传遍，最初没人信，大院里谁不清楚爷爷有多严以律己，怎么会干出这种不符合他风格的事情。

这事是有点丢人，但爷爷最终抱得美人归，不亏。

左柯让讲完这个故事，已经和邬思黎洗完澡躺到床上。

邬思黎听后长叹："真好。"

可能是她词汇量匮乏，每每听到或者看到这种爱情故事，她想不出其他形容词能精确概括，只有"真好"。

"羡慕？"左柯让用自己指尖去抵她指尖，"那我也去偷点水果送你，正好一朋友家里还真有果园。"

"我不羡慕。"邬思黎白了他一眼，"你消停点吧。"

她认为"真好"的点在爷爷为奶奶的改变。

爱情嘛，就是会叫人一再突破底线，打破原则。

遇到那个人后，一切标准都是以对方为主。

而这一点，左柯让早就做到了。

她不羡慕任何人。

七月十二号，左柯让生日。

那天恰好是周六，这可把左柯让激动得不行。

不用早睡没有早起的顾虑，左柯让就疯了。

晚上，他特有仪式感地弄了一场烛光晚餐，哄着邬思黎喝点酒，灌个半醉就任他摆布。

邬思黎酒后断片不记事，但有一身痕迹做证。

放纵这么一次，邬思黎一个礼拜都没允许左柯让碰自己，连手都不给牵。

左柯让委屈得要死，嚷嚷着邬思黎不爱他，但还没得到邬思黎一个字的安慰，他就自愈了。

后面日子一天又一天地过，早上两人起床洗漱吃饭，各自去上班，空闲时就在微信上聊两句，中午互发午饭照片，晚上左柯让早下班就会去接邬思黎，反之邬思黎亦然，然后两人再找地方吃饭，不太忙不太累的时候，兴致来了两人会亲自下厨做饭，完事下楼去遛遛二哈。

没什么波澜起伏，每天都是小幸福。

十月国庆假期，两人三十号晚上下班后直奔机场，飞宁城。

第二天就是魏书匀和苏禾的婚礼。

邬思黎是伴娘之一，要跟婚礼全程，按宁城的婚礼习俗婚宴一般在晚上，免去早起的困扰。

早上八点钟，左柯让送邬思黎去苏禾家。

苏禾父亲在京北，母亲在国外，今天她结婚才得以齐聚。

听苏禾说，她父母离婚前天天吵架，积怨颇深，离婚后就是老死不相往来，如今为女儿重逢，两人都暂时放下过往成见，欢欢喜喜地迎客。

苏父上台致辞时，还特情真意切地流了几滴泪。

苏禾下台和邬思黎小声吐槽："你看我爸假不假。"

邬思黎笑而不语。她将苏禾眼中那一片湿润看得分明。

不说左柯让砸下来那一大红包,就冲他是邬思黎男朋友,苏禾两口子也不会不欢迎。

左柯让的座位安排在伴郎伴娘那一桌,他跟苏禾他俩都不太熟,朋友圈也不一样,伴郎伴娘去台前帮忙,就他自己一人坐着还省去不必要的交际。

但他那人那脸,就是坐在犄角旮旯都难掩出众气质。

十月份的宁城热度不减,左柯让一身黑,短袖黑衬衫,顶端两颗扣子松解,一条银链挂在脖颈上,下身简约黑裤,耳垂耳骨三枚黑钻耳钉熠熠闪耀。

侧脸一绝,正脸冲击更强,就挺吸引异性。

邬思黎从后台出来,就看见一姑娘坐在左柯让旁边空位,笑得娇俏。

她提着裙摆走过去,站到左柯让斜后方,拒绝那女生递来的二维码:"他不能加的,他有女朋友。"

那女生是苏禾高中同学,玩得还算不错,认得邬思黎。

"你俩是一对啊。"女生一啧声,"这不是尴尬了。"

邬思黎笑:"没事。"

女生拱手抱拳:"打扰了打扰了,对不住。"

女生就瞅左柯让长得挺帅,主动出击一下,不成功躺在列表里也能赏心悦目,不料有女朋友,闹个乌龙,道完歉就撤退。

邬思黎在左柯让另一边坐下,左柯让揉着她胳膊:"累不累?"

"还好。"就是饿,邬思黎夹起一块奶糕垫垫肚子。

邬思黎不太穿得惯高跟鞋,苏禾选的伴娘服还都是长款,不穿高跟鞋撑不起来。

"脚疼不疼?"左柯让拍自己大腿,"放上来我给你捏捏。"

邬思黎说不用:"而且还有好多人。"

左柯让见招拆招:"那我蹲桌子底下去。"

邬思黎攥住他手:"你别闹!"

左柯让脸伸过去。

邬思黎借着灯光暗下,在他脸颊上一吻。

左柯让就很给面子地听老婆的话。

苏禾、魏书匀在舞台上交换戒指,左柯让看着挺触动:"这已经是我俩参加的第三场婚礼了。"

音乐声有些大,邬思黎没太听清:"什么?"

左柯让拇指揩掉她嘴角沾着的碎屑,说没什么,实际上在心里盘算起他俩的婚礼要怎么办。

在这之前,他得先求个婚。

他当着邬思黎的面掏出手机,找到司琮也的微信,偷偷摸摸发消息。

Atopos:定制戒指的联系方式发我。

国庆假期第二天，左柯让带邬思黎回陆家见了外公外婆、舅舅一家，又收获一大批礼物。

第三天，他们去墓园，给陆若青、邬思黎父母还有邬思铭扫了墓。

第四天，他们和大学一起玩的那些人聚了聚，就邬思黎那仨舍友以及左柯让排球队那些朋友，如同他们当年官宣恋爱请吃饭时一样。

后面几天两人哪儿都没去，就在宁城待着，闲得慌了就去宁城的几个景点逛逛，哪儿哪儿都是人，放眼望去全是黑压压的人头。

也是故地重游来着，宁城有着两人共同记忆的一些地方他们都走了一遍。

国庆假期最后一晚，到了最后一站。

两人吃完晚饭，溜达着不知不觉就走到老城区。

往事浮上心头，邬思黎指着一条小巷询问："我出国前一晚出去吃饭回来，是你在跟着我吧？"

她语气是肯定的。

左柯让承认："是。"

跟踪没成功，不小心踩到木板，只能用角落里一只野猫当掩护。

他好奇："怎么知道是我的？"

"我也说不上来。"可能是那晚刚好有风，她闻到晚风送来的熟悉葡萄柚香。

也可能是心灵感应？

搬出左柯让公寓那晚，两人就解绑了定位，她无从知晓左柯让的位置，回到家她心不在焉地洗完澡，还是登录他公寓的监控账号。

养了二哈后，公寓里就安装了摄像头，以便他们能随时掌握二哈的动态。

左柯让果然没在家。

邬思黎也好奇："你是怎么知道我在干什么的？"

左柯让竖起三根手指并拢："潘瑞阳给我通风报信来着，绝对不是我调查你。"

邬思黎好笑地按下他的手，左柯让熟练地扣住。

她再回忆："第二天我去沪市你也送了我。"

左柯让说："是。"

他低眸瞧着地上两人的影子，一重一轻地按着她掌骨："你不知道我多想上车把你逮下来。"

眼睁睁看着邬思黎走远，走出他视野，进而走出他的世界，无异于活生生在他身上撕扯下一块肉。

邬思黎语速缓慢："我在国外也很想你。"

离开左柯让，摒弃一切枷锁后，她确实自由自在。但当空落感一天重过一天，阵痛袭来，她根本无法消解。

"所以你从来都不是单箭头。"邬思黎站定，左柯让随之停下，他听见她说，"我是真的回来了，也是真的在你身边。"

左柯让滚了滚喉，轻笑："怎么突然这么煽情？"

"就是觉得欠你一句话。"

"什么？"

她踮脚吻一下他的唇，清凌双眸里是细碎的温柔："久等了，阿让。"

7
十月过去，一场淅淅沥沥的秋雨结束。

阴沉快一周的天气放晴，气温骤降，路边绿植光秃秃，室外说话时会呼出一团白雾，京北已经步入萧瑟的冬天。

左柯让的赖床时间逐日递增，邬思黎每天早上都要费好大一番功夫把他从床上拽起来。

这人就是存心的，以前她不在那几年左柯让活得人模人样独当一面，她一回来，他就又退化成大龄儿童，干什么都要奖励，都要好声好气地哄。

煎出一个造型圆润完美的煎蛋要邬思黎夸他好棒，周末在家跟二哈和平共处一整天要邬思黎夸他好乖。

活脱脱一个幼儿园小朋友。

这天周五，闹铃响起，邬思黎也是在床上好一番挣扎。

左柯让惯常趴着睡觉，但脸一定要冲她那边，此刻被闹钟吵到，眉心微蹙，嘴唇报着，就不太耐烦的样子。

邬思黎隔着被子拍他："起床了。"

"不要。"左柯让脑袋扭向另一边，后脑勺对她。

邬思黎坐起来，拥着被子愣了会儿神，然后下床："那你再躺五分钟，我先去洗。"

左柯让声音含混地"嗯"一声。

左柯让答应邬思黎的事情没有一件是办不到的，唯独在起床这码事上，一而再再而三地食言。

果不其然，邬思黎洗漱完从浴室里出去，左柯让还保持原样一动不动趴在床上。

邬思黎洗脸清醒不少，她又爬上床，轻车熟路地捻着左柯让的耳朵："起床了阿让。"

他还是不要："好困的乖乖。"

"那你今晚早点睡。"虽然邬思黎知道早睡这个方法并不可行。

他俩下班都晚，吃完饭回家就快晚上九点，有时候还要加班，再陪二哈玩，完了他俩还得再闹一阵，没一天能早睡的。

再转眼就要过圣诞了，越接近市中心圣诞气氛就越浓厚，商厦大屏间或闪过一两秒圣诞节宣传海报，一些商店外布置着挂满金铃的圣诞树，玻璃窗上贴着各种奇特的圣诞老人贴纸，在路口等红绿灯时，临街一家精品店播放着圣诞专用歌曲，声音开得巨大，车窗都关闭了还能听清每一个字音。

车里没放歌，左柯让的歌单太过炸耳，春夏时节还好，一到冬天从身到心都倦怠，再听他那些嗨曲邬思黎脑袋疼。

冬日还是电台广播节奏舒缓的讲话声要更为适宜。

于是，左柯让车里的背景音就由劲爆英文歌换成电台节目。

此刻女主播正发布着天气预报："预计今明两天我市将出现雨雪天气，在此提醒广大市民外出注意防寒保暖，行车保持安全车距，谨慎驾驶，小心慢行……"

又是一年年末。

左柯让的视线在前方一家店外的圣诞树上收回，觑向邬思黎："又到你生日了。"

就在明天，十二月二十四号，平安夜。

左柯让问邬思黎想要什么，之前两年都是这样，但邬思黎没有一次能想出来自己到底想要什么。今年同样，她说："不知道。"

她在这个世界上仅剩左柯让这么一个重要的人，而他就在她身边，她也没什么想要的礼物或者愿望了。

左柯让朝商厦大屏一指："今晚上要不我俩去拍点写真，我投个大屏给你庆生。"

邬思黎一巴掌拍掉他那只手。

前方车刹车灯灭，左柯让踩油门打着方向盘："行呗，那我自己看着搞。"

以往左柯让都是直接把车停在写字楼门口，今天邬思黎叫左柯让把车停在临时停车位，左柯让不明所以地照做。

邬思黎解开安全带下车，去一家快餐店打包两份早餐回来。

左柯让就趴在方向盘上，坐在车里看邬思黎跑过去又跑回来，她就近在主驾驶外把早餐递给他："店里人多店员没记住要求，三明治里的生菜你自己揪出来吧。"

"好乖啊宝宝。"左柯让勾唇笑着，手掌拢住她后颈固定，手指穿进她长发间，探出车窗亲她，"好喜欢你。"

邬思黎面色淡淡地推开他："我走了，你开车注意安全。"说完，头也不回地走进写字楼。

这种情况时有发生。

他搁那儿柔情蜜意地表白,她一点不带领情。

也是他自己作的,邬思黎越着急的时候他就越磨蹭,就是要和邬思黎反着来。

等把人惹生气甩她冷脸,他心里则充斥着一股别样的满足感。

就,很奇怪。

没人能懂他这种感觉。

第二天平安夜,也是邬思黎的生日。

按照往常来说,她生日左柯让是要霸占一整天的。

但就很不巧,他俩睡到自然醒,将近十一点才起床,本来打算去外面吃个午饭,赵月雯一个电话打过来,邬思黎刚一接通,她就在那边扯着嗓子哭天抢地。

赵月雯咒骂得又急又快,邬思黎都赶不及分辨内容,能肯定的是和她老板有关。

邬思黎放心不下,挂断电话后为难地看着左柯让,商量着她先去安慰一下赵月雯,等晚上他们再一起过生日。

左柯让的脸瞬间黑了,邬思黎在他张嘴输出前重重亲他一下,搓着他耳垂夸他乖夸他懂事,左柯让就妥协了。

赵月雯在京北有套小公寓,左柯让送邬思黎过去。

"晚上我来接你。"到目的地后,左柯让很是不爽地撂话。

她说"好",越过中控又亲他一口。

赵月雯特地到小区门口接,许久没见,邬思黎一下车俩姑娘就搂一块,左柯让在车里瞅着。

还想着邬思黎会再回头跟他挥个手,左柯让就没着急走,结果两人抱完就手挽手进去了。

而他,无人关心。

左柯让不咸不淡地"啧"一声,滑开手机,给邬思黎发送一个大拇指小表情,又下拉,找到一个群聊。

Atopos:都给我醒醒,干活了。

Atopos:少一个我上门逮人。

邬思黎猜得没错,赵月雯是和她老板吵架了,不是什么惊天地泣鬼神的原因,就前两天赵月雯回宁城老家碰到她初恋男友了。

初恋嘛,多少有那么点白月光滤镜,不过这么多年过去,各自都开启了新生活,人生轨迹相差十万八千里,早就不再是喜欢,只是对青春懵懂少年时的怀念而已。

当初赵月雯同她初恋分手后两人见面时也会打个招呼，现下重逢，老同学叙叙旧多正常一事。

但她老板知道这事后就翻天了，不干了，质问赵月雯是不是把他当成初恋的替身。

"你说他是不是有病？"赵月雯手背拍打着另一只手掌心，"我在他之前还谈过好几个，找哪门子的替身？"

从小区门口到家里这一段路，赵月雯已经讲述完她和老板最新一期的爱恨情仇。

到家后，两人外套一脱，盘腿坐在沙发前的地毯上，边吃零食边聊感情。

邬思黎捧着赵月雯提前订好的奶茶嘬着喝，芋圆软糯弹牙，她嚼完嘴里这一批芋圆，咽下去后问："他们两个长得很像吗？"

"还行吧。"赵月雯点开初恋的朋友圈，给邬思黎看一眼他的照片。

邬思黎见过赵月雯她老板，这么一对比……

她眨眨眼："他们两个不是亲戚吧？"

"不是。"赵月雯不确定，"很像吗？"

她在美图软件上把两人照片拼一起——行吧，确实挺像。

"那你不觉得他还是很无理取闹吗？"赵月雯怨气冲天，她后撩一把头发，深呼吸一口气，"我澄清八百遍了不是替身不是替身，他听不进去一个字，大过节的还要吵，我看他就是不想送我礼物。"

"不会吧。"邬思黎公平公正地为赵月雯的老板小小开脱，"他对你还是挺大方的吧。"说着，她目光下移到赵月雯的锁骨，一条闪闪发光的钻石项链贴在那儿。

前天，赵月雯才在四人群里冒甜蜜粉红泡泡，广而告之她老板送了她一条项链，不过节不过纪念日的，赵月雯问为什么送，她老板说就是想送，看到了想着她戴会好看就买了。

要不是知道赵月雯是什么德行，重点在分享甜蜜，邹念桐早把她踢出群聊。

赵月雯嘴巴一张一合，啥也没说出来。

邬思黎以己度人地猜测着："会不会是他太没安全感了？"

邬思黎不是很喜欢喝奶茶，但赵月雯点的这一杯甜度口味都挺对她胃口，旋着纸杯找到点单标签，记下等晚上给左柯让买一杯尝尝。

"你们两个不打算定下来吗？"

赵月雯大学毕业进入外企，今年是第四年，她老板马上奔三，也是该考虑下一步了。

一提这事，赵月雯就呈大字状往后一倒，摆明不想继续这个话题。

邬思黎就识趣地打住，下一秒，赵月雯又弹坐起身，眯着眼睛审视邬思黎："你跟左柯让打算什么时候结婚？"

邬思黎被她吓得一愣，而后摇头："不知道。"

夏天在科莫湖解开心结那晚，左柯让说他多次幻想过他们结婚的样子，当时她想着怎样分手，他在想着怎样再给她一个家。

和好后，左柯让就没再提过结婚一事，邬思黎也不急，她不担心左柯让会变卦，她知道他或许在等待一个时机。

邬思黎也不是非要左柯让来提下一步流程，她有想过她来买戒指向左柯让求婚，但是囊中羞涩，她才买完车，钱不太够。

左柯让值得最好的，她还有待努力。

"今天你生日哦？"赵月雯一个灵光闪现，"他会不会今天跟你求婚啊？"

邬思黎沉吟良久，二次摇头："应该不会。"

"为啥？"

"他会觉得太大众了。"

生日求婚这种土老帽戏码，少爷是不屑的。

赵月雯差点没憋住笑，煞有其事地点点头："行吧。"

窗外零碎晶莹飘落，她惊喜呼声："下雪了哎！"

邬思黎扭过头。

雪花似乎越发密集，纷纷扬扬点缀着阴沉天色。

邬思黎搁置在心底的念头在这一瞬间蓦然忍耐不住。

左柯让公寓那边，一切都在有条不紊地推进着。

客厅里堆满大小不一的空纸箱子，司琮也和杜思勉席地而坐，奋力打着气球，李京屹再将气球一个个捆绑到丝带上，居可琳站在餐桌边精心搭配着装饰花束，周围摆满颜色各异的玫瑰花，香味重得她鼻子都有些失灵。

就连二哈都被分配了任务。

"左柯让人呢？"段骏鹏坐在梯子上，又挂完一个气球，环视一圈四周，竟然没见着主人公，"我们在这儿累死累活当牛做马，他人呢？"

居可琳朝走廊尽头房门紧闭的那间书房努努嘴："把自己关屋里写求婚稿呢。"

"都几个钟头了还没写完？"段骏鹏翻白眼，"我妈当初生我都没他这么磨叽。"

"这你就不懂了吧，这种人生大事他不得仔细揣摩——"

"嘭！"

杜思勉一个不慎又吹爆一个气球，他平静地拿起一个新的套在打气筒出气口继续吹，接自己上一句话："现在书房里的废稿估计得有他半人高。"

段骏鹏笑叹："这是求婚，真要等结婚了我们柯还不得提前一年开始备稿?"
又是一声,杜思勉又吹爆一个气球。

左柯让正好从书房出来拿水喝,缓解一下焦躁的情绪,睇一眼杜思勉脚边的气球碎片:"吹坏几个你赔我几个。"

杜思勉气笑:"几个气球你就找我要钱,不害臊?"

"不害臊。"左柯让拎着一听可乐,得意扬扬,"毕竟我是有家室的人,要省着点钱花。"

杜思勉往书房一抬下巴:"滚进去吧,别出来碍眼了。"

左柯让假模假样地跟众人道一句"辛苦",就晃回书房,琢磨他的发言稿。

屋里地暖开得挺足,段骏鹏被烘得也有点渴,爬下梯子去冰箱里拿饮料。杜思勉嚷着给他一瓶,哥俩儿又趁机去阳台抽烟放风,忙里偷闲。

杜思勉夹着烟趴在栏杆上,不理解左柯让的想法:"干什么非在家里,还得收拾,找个策划公司多省事。"

段骏鹏作为一路看两个主角从大学走到现在的观众,比杜思勉看得更透彻些:"邬思黎家里人都不在了,阿让是想她能更踏实点。"

包括找他们这群朋友帮忙也是。

策划公司当然方便省力,但比不上自己来的用心。

左柯让是想告诉邬思黎,无论何时,他都在,他的朋友就是她的朋友,她可以随便利用他的资源,她永远都不是孤身一人。

晚上七点,公寓布置完毕,闲杂人等退场。

左柯让里里外外检查得有七八遍,还没去接人,他心脏先加速跳动。

他立在阳台,在脑子里又过了一遍稿子,接着收到邬思黎发位置给他的消息。

她没在赵月雯家,但不远,就在国金。

左柯让到指定地点后,不见赵月雯,只有邬思黎一人,她站在马路边,怀里有一捧颜色特正的红玫瑰。

邬思黎上车,冷峭寒风裹挟着玫瑰浓香涌入,关好车门,她理着被风吹乱的长发。

左柯让拨弄着玫瑰花瓣:"自己买的?"

邬思黎不答反问:"好看吗?"

左柯让夸赞:"好看。"

邬思黎就将玫瑰花递出:"那送给你好不好?"

左柯让怔然:"送我?"

邬思黎眼睛清亮:"对,送你。"

感觉她好像有猜到,但又好像没有,今天可是她生日,却送他玫瑰花。

左柯让生平第一次收到花，还是玫瑰，还是邬思黎送的。

心情难以言喻。

他解开安全带，扶着那捧玫瑰，倾身吻她，呼吸纠缠，都伴随着玫瑰香气。短暂且缠绵的一个吻。

左柯让摩挲着她的脸，说谢谢乖乖，他很喜欢这束花，但他要开车，麻烦她先替他拿着他的礼物。

他语气里是前所未有的柔情，眼神专注。邬思黎被蛊惑到，回家的一路上都心跳"怦怦"。

车停在地库，一下车左柯让就接走他的玫瑰花，另一只手牵着邬思黎，进电梯，左柯让按下二十层的按钮。

他若无其事地问："下午去逛街了？"

"逛了逛。"邬思黎揣在大衣兜里的手指蜷起，"下雪了想出去看看。"

"嗯。"

到了二十层，左柯让挡着电梯门，邬思黎先出去，识别指纹开锁，左柯让就落她半步距离。屋里一片漆黑，楼道的灯光射进玄关，邬思黎好似瞥到多出什么东西，左柯让带上门进来，她摸到玄关灯光总开关，左柯让覆上她的手背，在她耳后说不用换鞋，再压一下她的手，按亮灯光。

邬思黎被刺到，下意识闭上眼，再一睁开，看到家里大变样之后的全貌。

玄关走廊向里延伸，粉白色玫瑰花瓣铺一地，屋顶飘满氢气球，两边墙壁贴着他俩的照片，穿插着几幅手绘画。

以她现在所站位置为起点，照片和手绘画是从出生开始，按照她和他的成长轨迹拼贴的。

她家里见她一出生是个女孩，满月照都没有拍，就百日那天用手机拍了一张洗出来，那个年代的手机像素多低可想而知。

但贴在墙上这一张却很清晰，是左柯让托他表哥陆清霁重新修复的画质。

而后每一张，左柯让同个年龄段的照片都会对应一张邬思黎的手绘画。

"我能找到你小时候的照片有限，所以缺失的部分请覃关根据你的照片画出来补上。"

左柯让再次牵起邬思黎的手，带她往里走，指着一张他坐在客厅里玩玩具，奶奶偷拍他的照片："不知道你那个时候会干什么，我问了居可琳，问了覃关，还问了你那些朋友，她们的答案都不一样，我就托覃关都画了出来。"

他四年前就构想过怎样向邬思黎求婚，一个方案将将成型的下一秒又被他否定，夏天那次去参加居可琳和李京屹的婚礼，他看见邬思黎在人群外举着手机在记录别人的美好，由此获得灵感，最终形成今天这种形式。

工程量挺大的，六月初覃关开始动笔，勾勒草稿，一遍遍雕琢细节，再到最终定稿，用时小半年，司琮也天天发微信骂他多大脸，敢差使他老婆。

邬思黎十一岁之前，多是手绘画完成，是左柯让视角的想象。

十一岁之后，她的照片也多是第三视角拍摄。

邬思黎呆怔地看着那一张张照片，她没有丝毫印象。

有一张是她在超市收银台前排队付款，周围都是人，她小小一个混在其中，经过虚化处理，只有她面容清楚。

"这张……"话起个头，就哽在喉间。

左柯让顺着她手指的方向看去："是我拍的。"

怎么会？那个时候他们还不认识。

左柯让读懂她心中所想："你的记忆我们相识是在你高三那一年。"

怀揣多年的秘密在这一刻吐露："而我的记忆，我们相识是在我十二岁那一年。"

他决定来宁城生活的那一年，他养好了腿，独自一人来宁城的第一天，遇到了邬思黎。

邬思黎没有一点印象："对不起，我不记得了。"

左柯让捏捏她掌心："不用对不起，你永远都不需要对我感到抱歉。"

再往前走，照片中的他们在逐渐长大，左柯让的照片越来越少，相反他所记录的邬思黎越来越多。

她穿着校服出入学校的场景，背着书包走在林荫小路的场景，偶尔会和其他人同行的场景……

画面有些杂，但无一例外，邬思黎永远都是唯一主角。

是他目光的中心。

在她自以为形单影只的那些时刻，他都在她身后悄然陪伴着她。

邬思黎十八岁到二十岁这两年，不再全部是单人照，增添上她和左柯让的合照。

两人洗完澡坐在床上接吻，二哈来家里第一天一家三口的留念，他俩十指紧扣……

二十岁到二十四岁这四年分手期，合照断档，又恢复到只有她自己。

"这些照片都是给你找的那保镖传回来的。"他解释，"一年传一次，一个月一张。"

今年五月份她回国，一共有五十三张照片。

"对不起宝宝。"左柯让说他这一点没有做好，没忍住找保镖要了她的照片，但真的不是在监视她。

邬思黎红着眼圈，酸胀感要撑破她的心脏："没事，没关系。"

左柯让俯身亲亲她的眼睛。

玄关走廊并不长，是用无数枝粉白玫瑰连成了两堵墙，顺延着玄关两侧墙壁在客厅新搭建出一条走廊，形成视角盲区。

拐过一个直角弯，到客厅中央，阳台落地门紧闭，幕布挂在落地门框上，他俩迎着科莫湖日出接吻的那张照片铺满整张幕布。

斜前方有一棵两米多的圣诞树，树边堆放着各式各样的礼品盒。

"从你出生到现在，每一年我想送你的礼物都在这儿了，一共二十四份。"

涩意阵阵上涌，邬思黎胸口起伏，瓮声瓮气："有两年你送过我的。"

在一起的那两年。

这么紧张的时候，她还能找到数量漏洞，左柯让真心佩服。

他溢出笑："我想再送两份不行吗？"

邬思黎吸着鼻子，上前抱住他，贴近他心口的那刻，眼泪开始掉："够多了，真的够多了。"

所有的所有，都够多了。

不会再有人比左柯让对她付出再多。

邬思黎的情绪牵动着左柯让，她一哭，左柯让也眼眶红红地回拥住她，手一下一下顺着她长发。

时间停在这一刻也挺好，但还有最后一项，最重要的一项。

左柯让轻轻拉开邬思黎，捞起茶几遥控，按下播放键。

邬思黎分享给他的那首《特别的人》曲调切入。

成堆的礼物后，二哈跃出，通体雪白，脑袋斜戴一顶圣诞帽，脖子上系着一条红色项圈，跑起来挂坠铃铛"丁零丁零"作响。

它嘴里叼着一根丝带，丝带下端缠绕着一个红色丝绒盒子。

左柯让一伸手，它就松嘴。

"该见的人都带你见过，家里这些布置段骏鹏他们都有参与，你那些朋友也有录制好视频，今天的一切都有他们的祝福。"

邬思黎的心跳在这一刻达到峰值，左柯让看她一眼，单膝下跪。

前后修改近半年的稿子早就铭记于心，却又在这一秒钟忘得一干二净。

左柯让就那么跪在地上望着邬思黎，邬思黎也蒙，两人就这么一仰头一低头，对视将近五分钟。

还是二哈喊了一声，打破凝滞的局面。

左柯让喉结滚动，轻声道歉："对不起，宝宝，后面我忘词了。"

邬思黎摇头，她蹲下去，鼻音重："你也不需要跟我道歉的。"

她一直藏在口袋里的手掏出来，掌心放着一个墨蓝色丝绒盒，一枚铂金戒圈，中间嵌着一颗钻："月月下午还问我你会不会在今天跟我求婚，我说不会，因为你会觉得太大众，我失策了。

"其实我不是非要等你求婚的，我也一直在想这件事，我想等我再攒攒钱给你买个最好的，但是今天下雪了。

"我们在一起第一年，你第一次给我过生日，宁城也下雪了，也差不多是中午。"

所以,她想在这个巧合时刻,为左柯让做点什么。

她买了玫瑰花,挑了一下午戒指,花光所有积蓄。

邬思黎看看自己要送的这枚戒指,再看看左柯让手里那枚,受到打击地撇撇嘴:"我的好小。"

左柯让就笑,可嘴角一提就不受控制地发抖,他紧抿住,深呼吸一个来回,嗓音沙哑:"没关系。"他递出手,"给我戴上吧。"

戒指推进他无名指,邬思黎许诺:"等我以后给你换更好的。"

"已经是最好的了。"左柯让埋头,眼泪"啪嗒啪嗒"下坠,喉咙干涩,"不会再有比这个更好的了。"

邬思黎双手捧起他的脸,二哈极有眼力见儿地叼来纸巾放在他们脚边。

她抽纸巾轻沾着他眼泪:"你怎么比我还爱哭。"

左柯让捉住她一只手,吻了吻她掌根,示意她自己这里还有一枚等待认主的戒指:"要不要戴?"

邬思黎毫不犹疑:"好。"

司琮也牵线拍下的粉钻,戒指外形很好看。

在为邬思黎挑选饰品这方面,左柯让独具慧眼。

戴上后,左柯让握着她手目不转睛地看了好久好久。

四年,时隔四年,他一遍又一遍设想的画面终于具象化呈现在他眼前。

左柯让掀起眼睫,双眸湿濡明亮:"抱抱我。"

他说:"抱抱我乖乖,我好想你。"

两人一跪一蹲,高度差距有些大,邬思黎就要同他一样跪到地上,左柯让拦住她,拽着她起来。

邬思黎环住他的腰,左柯让低下脖颈,于是唇碰到一起,带着对彼此的安抚,亲得相当投入,互相尝到眼泪的咸涩。

窗外漫天大雪,整个城市陷入一片银装素裹当中,屋内暖意融融,凛冽寒冬里此刻仿佛万物复苏。

分开后,左柯让鼻尖轻触她鼻尖:"我爱你。"

邬思黎挚诚地回应:"我也爱你。"

    这个世界的悲惨和伟大:
    不给我们任何真相,但有许多爱。
    荒谬当道,爱拯救之。
                   ——《加缪手记》

番外一//

初　遇

1

左柯让第一次见到邬思黎,是在他十二岁那年。

六年前母亲陆若青婚内出轨,在和初恋驾车外出的路上车祸去世,他因为无意间成了母亲与初恋见面约会的遮羞布,从而被父亲左继坤厌弃,流放至国外。

陆若青和左继坤是联姻,利益捆绑下的婚姻没有任何感情可言,搭伙过日子那种,但既然结亲,他们就是一荣俱荣一损俱损,左家彼时正值关键时期,陆家又痛失爱女,两家整日阴云密布,左柯让被送出国时,两家老一辈默认为是对他的一种保护。

加上左继坤的刻意隐瞒,等左老爷子发现不对劲,派人接左柯让回国时,他已经在国外待了一年半。

外公听闻这件事后想把他带到宁城亲自抚养,可爷爷不放人,一场持久的拉锯战后,左柯让还是留在了京北。

左柯让十一岁那年,九月份他小升初,和左继坤在爷爷奶奶家发生争执,左继坤把他推下楼梯,导致他右腿骨折。外公知道这件事后说什么都不肯再让步,爷爷自知理亏,没再阻拦外公要接他去宁城。

伤筋动骨一百天,他暂且先在京北养伤,等活蹦乱跳之后再去宁城。

他在医院那几天,一众发小每天放学后都会来医院看他,跟上班打卡似的,一天不落。

九月三十号那晚,几个发小齐聚在他病房里,因为第二天是国庆假期,他们都要飞出去玩。

杜思勉坐在病床上,啃着一个大红苹果,另一只手欠欠地戳着裹在左柯让腿上的石膏:"我这么碰你,你有知觉吗柯柯?"

"有。"左柯让面无表情,"再碰我腿碎了你就死了。"

左柯让是他们这群人里第一个断腿的,没有前车之鉴,杜思勉医疗知识有限,真被吓到,猛地缩回手,甚至还双手合十对他那条断腿拜了三拜,有病一样。

左柯让叫他滚。

居可琳坐在病房单人沙发里翻着一本时尚杂志，想到什么，抬头看向病床上的他："你这样是不是得晚一年再上学？"

她灿烂地笑起来："那你就是我们学弟了啊。"

左柯让上学早，和一众发小同级，平常这几人就"弟弟、弟弟"地喊他，现在他耽误一年再入学，从年龄到学级全方位成为"弟弟"。

这下一口一个"学弟"，喊得不要太热情。

左柯让没搭理他们，但他们这群人没完没了的。

左柯让感觉他们这几人每天来医院找他，是打着陪他的幌子逃避做作业。

杜思勉吃着给他买的大红苹果，居可琳面前茶几上摆着说是送给他的小蛋糕，司琮也坐在病床边的椅子上用着他的充电器边充电边打游戏，齐靖帆霸占了最大的那张沙发按着遥控器看电视。

一个个哪有半点探望病人的样子？

其间，杜思勉接到亲妈打来的电话，问他怎么还不回家，又跑哪里去疯了。

杜思勉理直气壮地说在医院陪阿让，他妈就不再发飙。

杜妈下午在家看完一部家庭教育题材的电影，被感动到，一听杜思勉提起左柯让，那个劲没缓过来，唉声叹气地道："你们这几个朋友多去看看阿让也好，他那对爹妈我都不想多说什么，也是苦了阿让——"

杜思勉没想到他妈今天脑子这么不在线，杜妈也没想到杜思勉大剌剌地开着免提，反正病房里气氛就这么变得诡异起来。

杜思勉像是摸到什么晦气东西，挂断后就将手机扔出去老远，对左柯让痛快认错："对不起让哥，下次我绝对不会再开外放。"

居可琳一个大白眼。这是哪儿来的二百五。

"没事。"司琮也打圆场，他拍拍左柯让的肩膀，"柯柯你别灰心失望，到时候我肯定谈一段绝世恋爱叫你重燃对爱情的信心。"

左柯让也是搞不懂司琮也这脑回路，人家杜思勉妈妈是在吐槽他爹妈对他不好，跟爱情有什么关系。

这人果然出生就一恋爱脑，啥啥都能扯到爱情。

左柯让第二次叫第二个人滚。

他本来也没不相信爱情，他爹妈那稀碎的婚姻只能代表他们两人的失败，不包括其他人，也不包括他。

他坚信自己以后一定会遇到一个喜欢的姑娘，并且与之白头偕老，厮守一生。

他其实和司琮也一样，是个爱情理想主义者。

左柯让腿伤彻底养好，是次年开春。

他要上的那所初中同国外一所中学有一场春季游学活动，虽然外公已经替他办理好转学手续，他的学籍已经不在那所初中，但这活动是自费的，多他一个无所谓，司琮也和杜思勉他们就喊他一起。想着马上就要去宁城，非过年不见能回京北，左柯让就报名参加了。

　　五月中旬走，为期两个半月，再一回来就是八月份。

　　回来后，他是想着再陪爷爷奶奶住两天就动身去宁城，结果他回国那天左继坤也恰好回老宅吃饭。爷爷奶奶本是在竭力避免父子俩见面，但左柯让是提前回来的，就赶上了。

　　一次又一次，左柯让对他这个亲爹是一丁点感情都没有了。

　　互不打扰多好，可左继坤不能忍受左柯让忽略他这个老子，所以父子俩一见面就闹不愉快。

　　左柯让打车回老宅，一看到院子外有左继坤的车，他掉头就走。

　　十几个小时的飞机他坐得想吐，左柯让直奔高铁站，半路买了四十分钟后去往宁城的高铁。

　　高铁四个多小时，沿途风景大多是平原，绿油油的庄稼地，倒也赏心悦目。

　　左柯让就听着歌望着窗外，偶尔回回消息，打发着四个小时的行程。

　　下午五点三十八分，高铁抵达宁城。

　　左柯让推着行李箱，随着人群往外走，跨出车厢的那一刹那，宁城夏季潮闷炎热的空气扑面而来，鼻子像是被一层打湿的棉絮糊住，呼吸都不太顺畅。

　　偌大的车站人潮拥挤，嘈杂不已，偶尔还能听到几句宁城方言，一切都是与京北不同的面貌。

　　为避免外公等，还有一个小时到站时他才联系外公，外公在电话那端欢喜地说这就来接他。

　　十分钟前，外公打来电话告知他有些堵车，叫他找个凉快地方等着。

　　现在是旅游旺季，宁城拥入大批外来游客，又是晚高峰，堵车再正常不过。

　　左柯让走出车站，目光远眺着，找寻着有无人少一些的冷饮店或快餐店。

　　最后，他锁定一百米外的一家肯德基。

　　他抬腿刚迈出一步就被人挡住去路。

　　一人撞进他怀里，他烦躁地皱眉，还未发作，对方先一步鞠躬："对不起，对不起。"

　　左柯让定睛一瞧，是一小姑娘，穿着白T恤、九分裤，扎着马尾，因为动作幅度过大，发梢差点甩他脸上。

　　他还没再进一步看清她的模样，小姑娘就着急忙慌地跑开。

　　匆匆一瞥，只记得她有一双漂亮的眼睛，还有淡淡的栀子花香。

　　高铁只有二等座有票，坐他后排那人泡面、辣条吃不停，他被迫闻了一路乱七八糟的味道,突然闻到清新淡雅的栀子花味,他那反胃劲平复不少。

他的视线随着她而移动,那姑娘像是属兔子的,溜得飞快,人不大点一个,眨眼就隐入人群。

小插曲很快被他抛在脑后,他继续朝目标快餐店走去。

少爷有原则,进店就得做点贡献,不花点钱他占着地方良心难安。

他点了一杯可乐、一个甜筒,在靠窗位置坐下,边吃边百无聊赖地观察着外面奔波赶路的行人。

突然,他发现一抹略有些熟悉的身影,游移的眼神一顿。

小姑娘拖着到她小腹高的巨大行李箱,笨拙地跟在前方一家三口身后。

男人抱着一个小男孩,女人围在旁边打着遮阳伞挡太阳,谁都没有顾及后方小小的她。

太阳毒辣,车站广场全露天,没有任何遮阳设施。

那姑娘就像个局外人,被排除在温馨和睦的家庭氛围之外。

她有点可怜。左柯让这样觉得。

甜筒吃完,外公又打来电话问他在哪儿。

左柯让叫外公别动,他过去就好。

黑色劳斯莱斯停在路边,司机等在车外,接过他的行李箱。

外婆也一起来接了,她迫不及待地推开车门,抱住他不停地说他瘦了。

爷爷奶奶很爱父亲,外公外婆也很爱母亲,两个在充满爱意的家庭里长大的人却没有给他相应的爱。

很奇怪。

但左柯让已经不会再为此纠结伤神。

不值得。

这个世界上也不是所有事情都能找到答案。

天气闷热,路边不是个促进爷孙感情的好地方,左柯让叫外婆先上车。

他们一起坐进后排。

车子向前驶进时,左柯让不经意侧头,马路对面是那一家四口。

女人一脸不耐烦,她面前的小女生低着头绞着手,不知道做错了什么事在遭训斥。

她有点可怜。左柯让再次这么觉得。

打游戏的手速靠日复一日地练,做题正确率靠一道接一道地刷,这两项都没有一个准确的次数标准。

而记住一个人,只需要见她三次,脑海里就会有她的身影。

不到半个小时,左柯让就见过那个女生三次,第四次是在一个月之后。

外公给他转学进了宁城最好的厚德中学,他生活得还算不错,和老朋友保持着联系也结识了新朋友。

一天晚上，他做完作业，收到段骏鹏问他要不要出来打球的消息。

闲着也是闲着，左柯让和外公外婆打好招呼，骑车前往。

体育馆离别墅区不远，骑车十五分钟。

一楼是篮球场，排球馆在二楼。

一出电梯，场中心乌泱泱一群人，两派对立。

一看两边人都是熟人，左柯让不用问都能猜到是怎么回事。

厚德中学十分看重学生们的身体素质培养，每个学生都要选择一门体育运动，一周两次课。

男生嘛，一提起运动当然首选篮球，左柯让不爱从众凑热闹，选的排球。

段骏鹏跟他一样。

他们这一届新生实力都不错，一进队就赢得了教练的关注，左柯让和段骏鹏他们俩尤其出彩，可高年级学长认为他们这届新生目无尊长，经常找他们碴。

这不，今天在体育馆碰到，一言不合就要比试比试。

段骏鹏就叫来了左柯让。

对方挺仗势欺人的，左柯让他们进队没多长时间，技巧才学完，能打出个什么东西来。

但热血冲动就是青春期小孩的代名词，别人都打到家门口来了，怎么能不应战。

结果是意料之内的惨败。

被对手们嘲笑一通，场地也丢失，段骏鹏吵吵着去吃夜宵弥补一下受伤的心灵。

一群大小伙子浩浩荡荡地走出体育馆，其中一男生说他去买点东西，旁边就是一家大型超市。

那男生去买，其他人在原地等。

左柯让低头刷着手机，发小群里正在嘲笑杜思勉数学考六分被杜妈追着满小区揍的事情。

一排"哈哈哈哈哈"刷着屏，左柯让偏打两个"哈哈"破坏队形。

居可琳艾特他：就你特殊！

话题就在这儿转变。

齐靖帆：咋样啊柯柯，想我们没有？

左柯让打字：别恶心人。

司琮也：你一北方人跨地域，还适应？

左柯让：还行。

杜思勉：都说南方美女很多，我前几次过去玩是一个都没看见，柯柯你看有美女吗？

没——

买东西的男生回来:"走吧,兄弟们!"

左柯让刚打完一个字,应声一瞥,就很巧地在那男生身后,看到一个月前高铁站的那个女生。

左柯让没特意去记她长什么样子,就一陌生人。但她一出现,左柯让的记忆就自动对号入座。

一个男人等在超市外:"思黎你快点,思铭还在等。"

女生拎着一包零食小跑着到男人身边。

男人问:"思铭想要的都买了吗?"

女生点头:"买了。"

父女俩就转身朝另一个方向走,男人一只手提着一包东西,另一只手还空着,也没有拿走女生抱着的大包零食。

她真的很可怜。

左柯让三次见她三次都这么觉得。

输入框里的"没"字删掉,他鬼使神差地打出:有。

杜思勉:是谁是谁?你班女生还是你们学校的?

杜思勉:有照片吗?

左柯让:不知道是谁。

杜思勉:哈?

杜思勉:你有病吧!

但知道叫"si li",具体是哪两个字,还有待研究。

左柯让每周一三六晚上都会去体育馆打球,有时候会在进体育馆之前看到那个女生,有时候是打完球出来之后,还有时候一次都不会看到。

次数一多,左柯让觉着挺有趣。

人这一生会碰到 2920 万人,相遇的概率只有 0.00487。

大街上擦肩而过仅有一面之缘的人数不胜数,而他竟然在这 2920 万人中捕捉到一个时不时会在他世界里上演续集的人物。

真的好奇妙。

于是,他会在遇到她时悄悄地跟在她身后,不是特地调查跟踪,他还没那么闲。

他只是会在偶遇后腾出一些时间,去了解她一点点。

后来,他知道了她在宁城三中上学,那是一所教学水平与学生素质能和厚德打擂台的公立学校,她每周三都会去体育馆旁边那家大型超市采购生活用品,有时是自己一个人,有时和父亲一起。

他还知道了她全名叫邬思黎,思念的思,黎明的黎。

很好听很有寓意的一个名字,可现实却相反,她并没有获得同她这个名字一样用心的爱。

那时候还太小，左柯让并不知道喜欢一个人是什么样的心态。

他只是在邬思黎身上，找到和他同病相怜的感觉，是一种同类相吸，进而衍生出好奇心和窥探欲。

他想看看这个女生在这样的家庭下会长成什么样子。

直到——他梦到她。

长大后，他后知后觉明白，对一个人产生兴趣，想探索她的那一刻起，就是喜欢在萌发。

而早在他见到她的第一面，他们羁绊的种子就已经埋进命运的土壤里。

2

邬思黎的视角里，第一次见到左柯让是在她高二升高三那年夏天。

十七岁的尾巴。

在她兼职的一家书吧里。

弟弟邬思铭七岁时查出白血病，医药、化疗、手术，每一项砸下来都是笔不小的数目，家里开销越来越大，生活也越来越捉襟见肘。

邬思黎为减轻些家里的负担，在学校附近一家书吧帮忙做事。

书吧老板是个热心肠，她应聘时说了些家庭情况，老板就心软留下了她，对外称是家里亲戚，课余时间来店里帮忙。

见到左柯让是在一个再普通不过的周六。

梅雨季，阴雨天。

她早上七点钟就背上书包从家里出来，撑着伞步行半个小时到达书吧。

邬思黎在书吧门外抖了抖雨伞上的水珠，用钥匙开门进去，其他人还没来，店里就她一人，她放下书包套上工作短袖，打开电脑随机播放音乐，又用水壶接满水去浇门口的那两棵发财树，以及两边的盆栽。

书吧区别于传统书店，有自习区、阅读区，还有一处设计成咖啡角。

邬思黎浇完一边盆栽，原路返回，要路过门口去另一边。

就在这时，书吧玻璃门由外向内推开。

邬思黎脚步一停。

音乐播放到一句——

"当我抬起头，你正看向我。"

她撞进一双漆黑湿漉的眸子。

男生黑T恤、黑裤，寸头，长相挺凶，很像会在放学时蹲守在学校门口的不良混混。

男生浑身湿透，微皱着眉，神情不耐烦，但开口保持着礼貌："你好。"

他问："能借把伞吗？"

邬思黎下意识地回:"没有伞。"

男生挑眉,指着她身后:"那儿不是有一把?"

邬思黎顺着看去,收银台后她那把透明雨伞戳在墙角。

有点尴尬,谎言就这么被拆穿。

她抿抿唇,想着快打发他走,绕进收银台,拿起那把透明伞递给他。

水壶没离手,她攥紧水壶把手,以备随时反击。

男生接过雨伞:"谢谢。"然后离开。

他推门出去,撑开伞过马路,走进书吧对面一条巷子里。

雨幕下,他的背影渲染至模糊。

真的只是来借伞。

邬思黎看着他走出视野,松了口气。

没过两分钟,制作咖啡的一个店员赶到,邬思黎浇完剩下一排盆栽,坐到收银台后,从书包里掏出课本开始做作业。

她就负责收银,挺轻松的一个活,有人来付款她就扫码收钱,没人的话她就做自己的事情。

书吧歌单是老板私人收藏,配合着书吧的氛围,曲调都趋向舒缓情歌。

她听着歌刷着题,一上午就这么过去,并不枯燥。

马上就是高三,学习任务加重,各科难度也适当增加。

她手里这张数学卷是三中高三数学教研组老师们集体出题的成果,困难程度较市面上的试卷高出几档。

她卡在最后一道附加题上。

她趴在桌子上,笔杆一下一下敲着额头苦想。

一根手指突然闯入视线,清沉嗓音在头顶落下:"在这儿画条辅助线。"

邬思黎嗅到一阵葡萄柚香,猛地坐直身体。

是早上来借伞的那个男生。

他换了身衣服,变成了白T恤,锋利感削弱。

一把折叠伞随之放在她手边空余的地方,他说:"抱歉,你那把伞不小心被我弄坏了。"

"没事。"邬思黎讷讷地摇头,她虚握住雨伞一头往他那边推,"不用还的。"

"拿着吧。"男生抬指抵住雨伞另一头,坚持,"我弄坏的就该赔,而且傍晚没准还有雨。"

好像是天经地义的事。

邬思黎找不出理由拒绝,只好收下。

在她把雨伞揣进书包里时,男生拿起桌上一支铅笔,掉转她试卷的方向,微弯腰,笔尖划过粗糙纸张,一条辅助线画出。

他搁笔，将试卷转回去："懂没懂？"

邬思黎看着图，沿着他提供的解题路线琢磨一会儿。

好像挺简单的，她刚刚怎么没想到？

"谢谢。"

他接："不客气。"

余光里他转过身，邬思黎小幅度一点点抬起眼。

男生肩背宽阔，个子也很高。

他没走，而是去到第二排书架那儿，大概是在找书，步子移动得缓慢。

一两分钟后，他在第二排书架中间处抽出三本。

邬思黎记得那个位置放着有关航天类的书籍居多。

他拿着书到阅览区，很随意地找个空桌坐下。

那是一个，邬思黎一抬头就能穿过书架缝隙看到他侧脸的位置。

一道女声响起："你好，结账。"

"好的，稍等。"邬思黎终止溜号，一一扫着书籍后面的条形码。

"哇，你看！"陪同女生一起来付款的同伴惊呼出声，"第三桌靠窗那男生，好帅！"

第三桌靠窗，是那个男生。

邬思黎手上动作没停，五本书识别完条形码，挨个捆绑上书吧的自制文创丝带。

"我去要个微信，你等等我。"说完，同伴就大胆出击。

音乐循环回早上那一首《夏夜最后的烟火》。

丝带要像礼品盒包装那样将四周都绕一圈，需要一些时间。

书吧老板是个极有情调的女人，她说她不知道这家书吧会存在多久，相逢即是缘，她希望给来她这里买书的每一位顾客都留下一份小记忆。

丝带成本不贵，胜在心意，有的顾客或许会觉得碍事，出门就丢掉，但是老板不在意，她已经将这份记忆送出，接不接受是对方的事。

包装到最后一本，女生同伴铩羽而归。

女生根据同伴的表情就猜到结果："没给吧？"

同伴叹气："没。"

"多正常啊，没事没事。"

"唉……"

邬思黎在右手边的展架上抽出一个纸袋，五本书精细装好："一共一百五十二元。"

女生亮出付款码。

邬思黎手持扫描机"嘀"一下："欢迎下次光临。"

女生和同伴拎上纸袋相携离店，邬思黎莫名其妙地站立片刻，坐下前，

307

往窗边一瞟。

歌曲进行到熟悉的节奏——

> 当我抬起头,你正看向我,
> 眼中倒映着夏夜绚烂的烟火。
> 灰暗的心,竟然开始变鲜活……

男生正脸正冲着她这边,上扬的丹凤眼直勾勾地瞅着她,雨后放晴的丝缕阳光洒在他一侧肩膀,他睫毛都染成金色。

两人就这么隔空对视上一眼,邬思黎慌忙避开,拿起笔做题。

试卷上的印字仿佛被赋予生命,一个个都活蹦乱跳起来,不间断地扰乱着她。

以那条辅助线为首。

十秒、二十秒、三十秒——

邬思黎合上数学试卷,换一张更为拿手的语文试卷做。

从第一道题现代文论述到最后一项议论文写作,邬思黎中途结账三次,去上卫生间一次,再没朝窗边看过。

男生走没走,是否还在第三桌,她一概不知。

晚上七点五十分,她还有十分钟下班。

书吧晚上八点钟闭店,此刻店里人已经很少。

阅览区几乎都走光了,第三桌那男生就尤为引人注目。

原来他还在。

邬思黎穿梭在各个书架间,检查有无客人遗落的物品。

到阅览区,她站在最外侧那张桌边:"你好?"

男生闻声抬起头。

"我们要下班了。"邬思黎提醒,"你要喜欢看的话可以明天再来或者买回去。"

"知道了。"男生依旧稳坐在那儿,没有行动。

邬思黎也不好再催促,阅览区这片检查完就要折回收银台。

"吱呀——"椅子划过地板。

男生起身,单手拎着椅子挪进书桌下方,跟在邬思黎身后。

散漫的脚步声与她错分又重叠。

到收银台,男生将手里那本书放在桌上:"结账。"

邬思黎凭借肌肉记忆扫码、包装、交给顾客:"一共五十二元。"

"微信。"

扫完码,收款成功。

"欢迎下次光临。"

男生却没急着走，问她："你们这里是每天都会营业吗？"

邬思黎点头："是的。"

男生蛮讶异："不会有特殊情况？"

"应该，"邬思黎不敢把话说太满，"也会有。"

"那加个微信吧。"男生调出名片二维码，"如果有特殊情况你告诉我一声。"

邬思黎没能反应过来这个走向，一脸错愕："啊？"

男生表情挺淡，语调不疾不徐："店里是有不能加客人微信的规定吗？"

这个规定书吧还是——"没……"

"那加一个吧，免得我白来。"男生疏懒地打量一圈店里的环境，眼睛最终又落定邬思黎，夸赞，"我挺喜欢你们这儿的。"

他的用词、语气都正常，但就若有似无地透露着一股强势。

邬思黎完全被他带着节奏走，稀里糊涂地就掏出手机扫他的二维码，添加好友。

添加完，男生在手心转一圈手机："先走了。"

他挥手，腕间红绳晃动："再见。"

他走后，也到了下班时间，邬思黎和其他同事一起关灯闭店，又在门口分别。

书吧到公交车站五分钟，正好能赶上一趟回家的公交车。

每周都是如此，邬思黎早就摸索出规律。

今晚不知怎的，她到公交车站又等了快十分钟，36路公交车才迟缓驶来。

晚间公交车人少，她挑着最后一排坐下，书包卸下放到腿上抱着。

手机一振，新消息弹出。

来自十分钟前新添加的好友。

对方的头像是一个人体白色剪影，四周延伸出形状怪异的线条，像是树枝也像是手臂，黑色背景形成黑白反差，营造出光影效果。

昵称：Atopos。

Atopos：左柯让。

Atopos：我名字。

邬思黎并拢的双脚微微踮起，上半身俯下去，下巴藏在书包后，缓缓打字：邬思黎。

Atopos：OK！

邬思黎就没再回。

手机屏幕在十秒钟后自动黑屏，公交车驶过坑洼路段，车身晃荡。

邬思黎坐在后面，像是在坐过山车。

这段路过去，邬思黎解锁。

她在浏览器上逐个敲下左柯让微信昵称的字母，点击搜索。

加载一两秒钟，答案界面跳出。

  Atopos：在古希腊语中意为难以被归类或者无法被归属的独一无二，其表达含义是对爱情的忠诚及无可替代。

  自那以后，邬思黎见到左柯让的次数越发频繁。

  她每个周末去书吧打工都会碰到他，他有时上午九点多来，下午两三点就走，有时只来半天，或者早上八点钟开店就到，一坐就是一整天，直到晚上八点他们下班才走。

  他热衷于坐在靠窗第三桌，不过他不是每次都能坐到那张桌子，来得晚被占了，他就只得退而求其次。

  左柯让每次来都会和邬思黎说几句话，比如"我来了""今天起晚了""上午有个什么事"等类似的内容。

  她若是在看书写作业，他就屈指叩两下收银台，告诉她他来了，走时再加一句再见。

  邬思黎在这种潜移默化中逐渐习惯、适应左柯让的存在。

  他俩在微信上只有周末会交流，他问她书吧开不开门，她给出是或否的回答。

  他会不定时更新朋友圈，一首歌的分享、一张日落照片、几张电影台词截图。

  她从这些他所展现出来的内容里，得以窥见他生活一角及其品位。

  他是她固定生活中充满未知的不变量。

  邬思黎这么形容他。

  他们仅限于认识，所有交流都来源于书吧，可每一次不经意对视，他看向她的眼神永远专注。

  邬思黎在进店就能第一眼瞧见的收银台处工作，也不乏有过来要联系方式，或借着询问书籍放置问题来搭讪的男生。

  每到这时，左柯让就会慢悠悠出现，不是带走男生就是带走她，就不给他们再深一步的机会。

  有一次，书吧更新一批书籍，正是左柯让经常光顾的航天类，邬思黎蹬着梯子到第二排书架那儿从上往下重新整理归类。

  左柯让什么时候过来的她不清楚，总之她码完最高的第一二层书架，要下去时，一垂眸就看见梯子旁边的他。

  他面向书架，符合他阅读距离的那层空层架上摊着一本书，他单手翻阅，纸张发出"哗啦"轻响,另一只手扶着梯子一边。

邬思黎不上不下地卡住。

左柯让似有所感地一仰头,又一次对视。

"要下来?"

"嗯。"

左柯让就改成双手稳着梯子:"下吧。"

她有心划清界限,但低头一看,他们两个又谁都没有越界,本分地站在属于自己的那片领域里。

直到——

邬思黎父母带着弟弟邬思铭去京北看病,回程途中遭遇车祸,三人中只有邬思铭在母亲的保护下留住性命。

至亲离世,亲戚二叔觊觎她家房子想据为己有。

她的生活一夕之间天翻地覆,纷乱如麻。

就在这时,左柯让找上门。

他替她弟弟补齐住院所需的一切费用,给她弟弟换病房找医生,打发走她二叔,帮她留住房子并且顺利过户到她名下。

他默不作声帮她解决完这一系列令她崩溃的事情。

在她弟弟车祸后第一次出现感染情况被推进手术室时,也是他陪她等在走廊。

她坐在走廊长椅上,他蹲在她面前。

他擦掉她满脸泪痕,在她最是无助脆弱的关键时期,慎重赤忱地承诺。

"邬思黎,我陪你一起面对。"

3

各自分享完自己记忆中的初次见面,两人默契地久久不语。

窗外雪还在下,是近几年来京北最大的一场雪,二十层向外一望,一片银装素裹,入目皆是皎皎纯白。

窗内玫瑰遍地,触目皆是承载着他们过往的照片,背景音乐由《特别的人》循环到《夏夜最后的烟火》。

邬思黎妆都哭花了,卸掉后洗干净了脸。他俩都洗完澡换回居家的衣服,吃完一顿迟到的晚饭,左柯让订的餐,是邬思黎最喜欢的那家宁城菜。

然后,他们一同坐在沙发前的地毯上,邬思黎拆着左柯让送她的二十四份生日礼物,左柯让陪着她。

拆的过程极为严慎。

包装的丝带、彩纸,她都妥帖安放。

左柯让看不下去她这么磨磨蹭蹭,一个礼物恨不得花费二十分钟,连透明胶带都不舍得扔,他上手拿过一个:"以后又不是不送,用得着这样?"

邬思黎"啪"一下甩他胳膊一巴掌,夺回礼物:"你别动。"

他送的,他还不能碰了。得!

左柯让就老实巴交地在她旁边待着,盘着腿,膝盖顶着她大腿,手肘抵着腿弯,掌根托腮:"你真不记得车站撞到我的事了?"

邬思黎瞥他一眼,咬了下嘴唇,还是如实相告:"我应该都没看清你长什么样子。"

意料之内,她当时着急忙慌的,也情有可原。

左柯让还是长吁短叹,歪着身子靠向邬思黎的肩膀:"我要那时候就出手,你青梅竹马就是我了吧?"

还有魏书匀什么事。

这么一想,他不免有些后悔。

"也不是。"邬思黎打击他,"我和他很小就认识了,你见到我那年他都快搬走了。"

"那也行啊。"左柯让算着,"那样的话我们到现在就十二年了。"

"……那么小。"邬思黎拆到标着数字"五"的礼物,是一个芭比娃娃,她捋着芭比金黄色的头发,"还什么都不懂。"

左柯让"哦"一声:"我比较早熟。"

邬思黎回:"我不早熟。"

"你就气我吧。"左柯让抬腕捏她脸,"我这戒指戴上没多久呢吧。"

潜台词是提示她热乎劲别消那么快。

邬思黎笑着用芭比娃娃戳两下左柯让的脸,左柯让抚在她脸上的手移到她后脑,扣住,扬起下巴亲她,含住她下唇吮着,舌尖撬开她齿关,滑进去搜寻一圈。

"好好亲啊宝宝。"他悄声低喃,"想一直亲你。"

唇还贴着,他说话时两人唇瓣互相摩擦,噬心的痒,邬思黎回吻他一下,扭过脸,翻着芭比套盒里的其他东西。

里面有一把塑料小雨伞,也就她巴掌大,她捏着伞柄转圈玩,福至心灵地发问:"我那把雨伞根本没坏吧?"

左柯让装傻:"嗯?"

邬思黎就确认了。

他笑道:"交换个定情信物。"

邬思黎疑惑道:"为什么是那天?"

"因为那天机会刚好。"

雨是他故意淋的。

她记忆里的第一次碰面是他蓄谋已久。

早在那次"重逢"之前，他去书吧踩点过好几次，等一个店里只有她的时候。

哪一天都无所谓，下不下雨也无关紧要，他只是需要一个契机。然后，他走到她面前，叫她记住他，再逐步习惯他。

他这战术一套又一套的，邬思黎哪里招架得住。

"你还挺会放长线钓大鱼的。"

"我就只钓你啊。"左柯让发现她一处新鲜地方，揉着她手臂内侧玩，"别人我看都不看的。"

"长得不像。"邬思黎端视着他的面孔，点评，"你像那种会脚踩八条船的人。"

她顿一秒：“而且第一眼见你我感觉你好凶。"

"看出来了，所以我下午特地换了白T恤才过去。"左柯让拖腔带调地回着，"你当时看我那眼神我还感觉你下一秒就要报警。"

想着想着，他就有点想笑，低下头吻她手臂。

"我很洁身自好的好不好。"他说他是眼里心里只有她的二十四好男朋友。

邬思黎是按照年龄顺序拆的礼物，但不是每份礼物都同等大小，左柯让是按照呈现的效果摆放，六岁的生日礼物是最大的一个盒子，在礼物堆最下面，她要去拿，左柯让拽着她不许她动，越过邬思黎拍趴在她另一边肩膀上的二哈。

"去。"他差使二哈，"最大的那个推过来。"

二哈今天特配合左柯让，叫它干什么它就干什么，利索地跑过去拿。邬思黎说它不一定推得动，左柯让叫她别这么溺爱。

左柯让："它都快比你胖了。"

邬思黎："还差得远呢。"

礼物还剩挺多，二哈一个个都运到邬思黎脚边。邬思黎揉揉它脑袋，下一秒左柯让就拉起她另一只手放在自己头顶，也得她摸两下。

邬思黎哭笑不得："你跟它较什么劲。"

左柯让给出的回答相当清奇："家里就我跟它性别一样，你一碗水不得端平？"

他真的好幼稚。

邬思黎拿过标着数字"六"的礼物拆开，延续着话题："你那时候真的没谈恋爱吗？"

过往有太多细节可深入挖掘。

"有啊，女朋友就你。"左柯让坐直身体，散乱的礼物按年龄从小到大码放整齐，方便邬思黎找。

邬思黎倏地转头，瞪大眼睛："那才是我以为我们的第一面。"

"那怎么了？"左柯让脸不红心不跳，"你早晚都会是我女朋友。"

他就先占个名分呗。

"你就没想过我会不同意吗？"

他也太自信了。她看起来是很好拿下的人吗？不是吧。

邬念桐她们说她长得温温柔柔，气质是拒人千里之外的漠然。

斜对面电视边上有一面全身镜，她搬过来后左柯让专门给她添的，衣帽间也有全身镜，但光线不如客厅这里的自然光好，全身镜波浪形边框，说是照人会更好看，邬思黎没看出和普通镜子有什么区别，价钱倒是贵。

他总爱给她瞎花钱，讲也不听。

这段小片段一闪而过，邬思黎不动声色地偏偏头，照照镜子。

"想过。"左柯让瞄她一眼，清清嗓，"但按我以前那劲儿，你不会有拒绝的余地。"

他说完，邬思黎神情一变，都已经是过去式，他们都有所改变，这些旧账翻起来也没意义，但还是有点小生气。

左柯让又理亏地咳一声，拉过她的两只手腕，用点力迫使她转身面对自己，覆着她手背捧住自己的脸。

"我不想骗你啊，实话就会很难听。"

她父母没有离世、她弟弟没有得病，他也会通过其他方式追到她，那个年纪的他，行为处事不会考虑过程正确与否，只在乎结局是否如意。

他认定邬思黎，就绝不会放手。

后面发生在她身上的那些不幸，在另一层面来说，是她走向他的推力。

他是抄近路的，命运都在促成他们，他们理当在一起。

左柯让带着她手往自己脸上拍一下："你要还生气就扇我。"

听着可不像是个正经提议。

"你怎么老是要这样？"和好那次也是，非要她扇他。

"你别说话了……"邬思黎不是他的对手，摆正自己，"我还要拆礼物。"

"拆呗，我不闹你了。"看出她的欢喜，左柯让也不想破坏气氛。

室外冰天雪地，室内温暖如春，不同于科莫湖那次为解开误会的开诚布公，这次交心不带有目的，他俩挨在一起，有来有往地聊着天，聊明天吃什么饭做些什么事，废话都会有回应，干爽的皮肤偶有触碰，气氛到了兴致来了再接个吻。

二哈趴在一边，摇晃着尾巴。

邬思黎太喜欢这种时刻。左柯让也是。

礼物都拆完是两个半小时后。

左柯让挑选的礼物涵盖面很广，一周岁是长命锁和银镯、两周岁是益智拼图、三周岁是 Jellycat 的邦尼兔——左柯让说这只兔子像她，邬思黎猜到他不会有什么好话，不吱声，他就自顾自地接话说又白又软。

年龄再大些的礼物，是一些首饰珠宝，日常佩戴也不会突兀，还都很保值，左柯让总算是没再当冤大头乱花钱，邬思黎很欣慰。

今年她二十四周岁的生日礼物是一份转赠合同，左柯让将在宁城那套复式公寓赠予她，他已经签好字，就差她的签名。

左柯让说宁城那套房子和京北这套都是他们两个人共同的家，一人一套平均分，很合理。

"你不用想着以同等的价位回送给我什么，就钱来说，我有的比你多自然给你的也多，你硬要跟我一样那对你不公平。"他翻到合同最后一页，从茶几抽屉里找出一支黑色签字笔，塞到邬思黎手里，"我俩是谈恋爱不是谈生意，不讲究收支平衡。"

他指尖点点末尾空白处："签吧。"

价值不菲的戒指都戴在手上了，不差这一套房子。

邬思黎现在不会再纠结两人之间的经济差距，他们从出生时起跑线就不是同一条，拥有的自然也不尽相同，她既选择和左柯让在一起就没必要为难自己。

她要不收，左柯让指不定又怎么多想脑补，然后又没个安全感。

"唰唰"签好自己的名字，合同他俩一人一份。

至此，今晚的环节全部完成。

都堆在客厅不是回事，邬思黎把合同交给左柯让收好，手掌撑地要起来，左柯让拦住她："干吗去？"

"收拾一下啊。"邬思黎指着摆成三摞，每摞都有半人高的礼物塔，还有地上层层叠叠的花瓣，"这么多东西呢。"

"明天叫阿姨来打扫。"

"可是很乱啊。"

"就乱一晚上。"左柯让还坐在地上，仰着脑袋瞅她，"你要不困，咱俩干点别的事呗？"

他表情摆得挺乖挺无辜，语气也是商量的语气，邬思黎就没能在第一时间反应过来："什么事？"

"我陪你拆半天礼物了。"他轻笑着，"你也陪我干点我喜欢干的事？"

…………

左柯让抱着邬思黎，情到深处时再次索问："爱我吗？"

邬思黎眼角溢出泪，点头。

左柯让不满意："不是这种。"

邬思黎抬起手臂环上他的肩膀，在他耳边软着嗓音："我爱你。"

左柯让应一声，眷恋地吻她鼻尖："我也好爱你。"

4

邬思黎做了一个梦。

梦到了她十一岁在车站撞到左柯让，她向他道歉，在梦里她看清了左柯让的长相。

梦到了那年夏天，她在书吧门口再次见到他，他浑身湿透向她借伞。

她还梦到他们恋爱第一年，他给她过的第一个生日，他们的各种第一次。

邬思铭做手术那晚，他陪她在医院一整晚，从深夜天黑到清晨天亮。她中途实在撑不住靠在他肩膀上睡了一觉，醒来后手术结束，邬思铭转到监护病房。

监护病房不允许家属随意进出，他就又陪她在病房外一直等到医生宣布邬思铭脱离危险，然后带她回家。

他说以后邬思铭的事情她不用再担心，他会找最好的大夫给他治病，钱的问题也不必管，她只需要做好自己，过好她自己的生活。

他的强势在初遇加微信时就初现端倪，再到她同意的那一刻彻底暴露。

虽然他每次来书吧都表现得再平常不过，可那些刻进骨子里的生活习性会替他彰显一二。

邬思黎每次见到他都是不重样的衣服、各式各样的联名潮牌鞋，还有那种游刃有余、从不怯场的气质，都是他家庭情况的侧面写照。

邬思黎知道他家境不错，有些人年少时喜欢一个人就是纯粹的喜欢，不在乎除他本人以外的外在条件。

但邬思黎在经历过重创之后，在左柯让轻松摆平她的困窘之后，她已经无法再忽略那些"不在乎"。

他们在一起的那一刻，也是她认清现实、看清横亘在他们中间那条鸿沟的时刻。

所以她默许左柯让的强势，依赖他，顺从他，摆正自己的心态，克制自己的感情，做一个乖巧听话、等他腻烦后不会纠缠不休的木偶。

可有些东西就是越压抑越汹涌、越澎湃。

大学开学后，左柯让不允许她住校，她就向辅导员阐明自己家庭情况，借由照顾弟弟办理走读。

她十八周岁生日那晚是宁城多年不遇的一个雪天。

十二月二十四号，平安夜，生日于邬思黎而言，没有任何与众不同的意义。

家里人都不大记得她生日，久而久之，连她自己都忘记了。

但左柯让记得。

二十三号那晚，邬思黎赶作业到十一点多，昏昏欲睡，强撑着洗完澡，吹干头发倒头就要睡。

左柯让从她身后圈着她，掰过她下巴亲她。

邬思黎困得眼皮子都睁不开还要应付他的吻。

算好时间，零点整，电子钟12月23日的数字跳转到12月24日。

他在她枕头底下摸出两个红包："十二点了宝宝，祝你生日快乐。"

他笑着："欢迎来到你的十八岁。"

两个红包厚度不一。

一个装有一千二百二十四，一个装有五千二。

她的生日日期和他的心意。

卧室里灯光全关，仅留床头柜上一盏台灯，暖黄色光晕映得左柯让眉目柔和，双眸里装满她的面容。

困顿瞌睡在那一瞬统统消失，邬思黎不知作何反应，呆愣地同他对视。

左柯让亲亲她的眉心："明天不是还有课吗，快睡觉。"

床头灯一关，卧室里全黑，红包放回枕头底下，邬思黎转过身，靠进他怀里，抱着他腰，小声说："谢谢。"

他揉着她的脸："谢什么，都是我应该做的。"

原以为这样就是庆祝她生日，就是他送的生日礼物，但她还是太低估左柯让。

大一、大二时期的课都排得挺满，那天恰巧，两人都只有上午半天课。

猜着邬思黎或许会同弟弟过生日，舍友们选在中午给她庆生。

这段时间宁城阴天，天气预报每日都在预告宁城周边几座城市会下雪，南方少有雪天，众人期待万分，却迟迟不见一片雪花。

天气湿冷又阴沉，需要吃顿热气腾腾的火锅来中和。

娱乐八卦、吐槽骂人、感情生活都是闲聊的话题。

邬念桐那时在跟一个大二的学长暧昧，手机不离手，话题就由感情生活展开。

四人中邬思黎是个异类。

她和左柯让是地下恋，晚上要陪她过生日的人不是弟弟而是左柯让。

快吃完时，邬思黎收到左柯让的微信，说他在老地方等她。

早上来学校的路上，他说下午要带她去个地方。

吃完饭，邬思黎同舍友道别，先走到公交车站再绕到窄巷上车。

收起雨伞放到后面，邬思黎问左柯让吃午饭没有。

左柯让点头，回答得巨详细，说他和段骏鹏他们吃的一家杭帮菜，段骏鹏非点一道特色菜西湖醋鱼，难吃得要死。

导航语音播报着下个路口直行，前往高速路口。

邬思黎往中控屏幕随意一扫，看到目的地是沪市。

"我们去沪市干什么？"

"给你过生日啊，不然还能干什么。"左柯让偶然一瞥发现出风口扇叶正对邬思黎，给拨弄向下，以免吹着她闷得慌。

邬思黎两手空闲地握着安全带，一脸蒙："不是过完了吗？"

"还没过啊怎么就过完了。"左柯让也一头雾水，随即想起零点那两个红包，笑着叹气，"你不会以为那两个红包就算给你过生日了吧？"

他手伸向副驾驶去牵她，话说得欠打："别这么好满足，你男朋友不只有钱，还挺有心的。"

开了三个小时抵达沪市，左柯让将导航目的地修改成当地著名的游乐园。

他们先去园区酒店放行李，邬思黎素面朝天，左柯让在行李箱里找出他打包好的化妆品，问她要不要化个妆，虽然她素颜他就觉得特别好看，但男女想法可能会不同。

邬思黎就说好，坐到梳妆台前装扮自己，左柯让就在一旁边看她边等她。

化妆技术有限，邬思黎不会太过复杂的手法，就打个底画画眉毛，再加一个上挑的眼线，狐狸眼愈加妩媚，偏她眼神又纯净。

左柯让想捧她的脸，又怕弄花她的妆，手就下移到她腰上，低头亲亲她的唇，夸她好漂亮。

邬思黎向来不会回应他这种直白，就也亲他一下。

明天是周末，又赶上平安夜圣诞节，游乐园人不少，每个项目都要排队，左柯让是不会干巴巴地站外面当冰棍的，尤其不会叫邬思黎冻着一点，直接买好 VIP 门票开刷。

他们将热门项目都玩了个遍，晚上八点钟城堡第一遍烟花燃放，左柯让带邬思黎挤在人群里，把她护在身前，簇簇烟花照亮夜空时，周围人声鼎沸，他俯在她耳边说好喜欢她。

第二遍烟花秀时，他俩在摩天轮上。

摩天轮升高，烟花秀开始，摩天轮升至最高点时，"祝 WSL 十八岁生日快乐"字样的烟花在空中绽放。

底下观赏表演的人或许都在猜测"WSL"是谁，而在这三个字母绽放的那一刹，邬思黎就看向左柯让，她听见自己胸腔里那颗心脏逐渐活跃的心跳声。

他坐在她对面，举着相机在拍她，相机后的嘴角上扬起一个弧度。

左柯让是想用全名的，他最是愿意昭告全世界他喜欢邬思黎这件事，但顾虑到邬思黎会不喜欢，又是她生日，不想她不愉快，遂作罢。

他叫她笑一笑，邬思黎不想破坏气氛，可喉间阵阵涩意上涌。

她忙别过脸望向烟花的方向，借此遮掩泛红的眼眶。

他给的太多，邬思黎急需回馈给他些什么，以此来在这段关系里寻求一种微弱的平衡。

于是，很多事情就顺理成章地发生，即便他感觉出邬思黎的真实意图是出自感谢。

其实在最初，左柯让从未向她索要过，他只是光明正大地设好套。

等在那儿，等她主动入局。

而他，就是引诱她的那一份诱饵。

他们再无间隙的时刻，迟到多日的大雪落下。

// 番外二

新 年

1

昨天下了一整天的雪停了，阳光洒在雪面，洁白透亮。

吃完早饭，邬思黎趿拉着拖鞋到客厅沙发上一窝，无所事事地刷着手机玩，双腿并拢屈起，脚趾微蜷踩在皮质沙发上，房间里开着地暖，室内温度是适宜的二十七摄氏度，邬思黎穿着一件左柯让的连帽卫衣，下面一条短裤。

二哈颠颠地跑过去陪着她，左柯让回卧室继续打扫，他连上蓝牙音箱，在他播放器里放歌听。

自从上次邬思黎说过冬天不想听太躁动的音乐，左柯让的歌单很久都没有更新过，增添的唯二两首歌就是《特别的人》和《夏夜最后的烟火》。

昨晚循环过数遍，左柯让还没听够，又开始放，邬思黎一听前奏就有些腻，扬声叫他换掉。

歌曲音量挺大，左柯让就听见邬思黎喊他名字，后面没听清，他就出来。

左柯让表情从容："怎么了？"

邬思黎回："你不要老放那两首歌了，换换吧。"

"怎么了？"左柯让眼睛眺她，"多好听。"

"听过好多遍了，你不烦吗？"

"才多久你就烦了？"左柯让上纲上线，"那你是不是也烦我了？"

他单独勾动无名指："还没到一天呢。"

邬思黎翻个身，面朝沙发靠背。

他爱演戏自己演去吧。

阴影投落，左柯让从她后方弓着腰瞧她侧脸："怎么了？"

他屈膝，用膝盖轻顶她的背："被我说中了？真烦我了？"

三连问，问号发射机一样。

邬思黎继而长叹一口气，反手拍他，左柯让也不躲，就等她打，不轻不重一巴掌拍在他小腹上。

左柯让手扶上她后颈，把人半托起来，单刀直入地吻了她一分来钟，然后放开。

他吹着轻哨又晃回卧室，一通操作神经兮兮的。

邬思黎舔舔唇，又倒回去躺着。

卧室里传出的歌曲换成左柯让喜欢的强节奏英文歌。

昨晚邬思黎沾枕头就睡，左柯让什么时候睡的她不知道，但刷到他七个小时前发的朋友圈。

现在中午十二点四十五分，邬思黎闭眼前看过时间，是凌晨三点。

左柯让清晨五点钟发的那条朋友圈是他无名指戴戒指的照片。

配文：被反向求婚了。

就这么六个字，充斥着炫耀与嘚瑟。

符合左柯让一贯的作风。

邬思黎点个赞，居可琳的消息下一秒就弹出来。

居可琳：你知道左柯让干什么好事了吗？

邬思黎发了个问号。

居可琳：他凌晨五点，天还没亮呢就轰炸李京屹，显摆你送他那戒指。

居可琳：换着角度拍了十张照片。

居可琳：我真服了。

居可琳：[大拇指.JPG]

真是他不睡就当别人都不睡。

邬思黎打字：打扰你们睡觉了。

邬：抱歉呀。

居可琳：这有什么好道歉的。

居可琳：我就是想说，你可别太惯着左柯让了。

居可琳：他那孔雀屏都要开爆了。

她也没有很惯着左柯让吧。

就送个戒指……

邬思黎又看看自己无名指上那枚钻戒，在白日自然光的照耀下愈加闪亮。

客厅里还维持着昨晚求婚的场景，玫瑰花瓣遍地，花香浓郁，一张张悉心拍摄的照片，都是她被他好好爱着的证据。

是左柯让更惯着她吧。

邬思黎回复居可琳一个"嗯嗯"的表情包，就放下手机，光脚踩着地板，小心翼翼地撕下照片。

白日不比夜晚情绪饱胀，可再看一遍这些照片，邬思黎还是会被感动到热泪盈眶。

她边摘边看，好似又走过一遭少时路。

彷徨失措和孤独都不再有，这次有他陪伴。

有一张照片贴得高，邬思黎胳膊伸到最长，踮起脚都碰不到。

腰间一紧，人一轻，她被左柯让从身后抱起，成功摘下那张照片。

梧桐林荫路，她穿着三中的校服，扎着马尾，背着书包，转头回眸。

斑驳光影穿透树叶落在她脸庞。

左柯让握着她手背，看一眼照片，精准报出照片里的她多大年龄："这是你上高二那年春天。"

邬思黎翻到背面，上面还写有一句话——我们终将相遇。

邬思黎问："你怎么记得这么清楚？"

他得意地冲她挑眉："说了我是二十四好男友。"

他好喜欢她。邬思黎无比笃定这一点。

她仰头亲亲他下巴，这是她表达爱的方式。

左柯让就一笑，陪她一起摘着照片。

摘完，两人就又坐回沙发一起看。

昨晚已经回忆过，再重复一次，其实很无聊。但有他们彼此陪伴，再无聊的事情都乐此不疲。

都毕业好几年了，邬思黎倏然想起她大学入校时听说过的一个传闻。

"你真是在京大转学过来的吗？学校里都这么说。"

"真的啊，我报的志愿就宁大一个。"左柯让不厌其烦地揪着照片背面的黏胶，向邬思黎诉说着，"左继坤把我志愿给改回京北了，我知道后系统关闭改不了了，我就回老宅住了一个礼拜，爷爷奶奶也想我回京北，挺赞同左继坤这做法的，我绝食了三天，奶奶就妥协了。"

邬思黎不满左柯让偏激的做法，有点小生气："你怎么老是虐待自己。"

"我这个人做事就想着能达到目的，至于过程——"他摇摇头，表示自己不在意。

结果就瞥见邬思黎黑了脸，他忙改口："现在不了，以后也不了，有你管着我我超乖。"

油嘴滑舌，邬思黎瞪他一眼。

左柯让捏着两张叠在一起的照片当作小扇子，朝邬思黎扇两下："你怎么不问问为什么一定要回宁城？"

邬思黎别过碎发："我不会明知故问。"

"怎么就明知故问了。"左柯让不依不饶，"说说呗？"

他缠人功夫一绝，邬思黎就顺着他的意回："因为我在宁城。"

"行。"左柯让心满意足，"你有这认知就行。"

这么多年的喜欢没白说，把邬思黎从一个在感情里胆怯自卑的性格养成现在这样底气十足的模样，左柯让太有成就感了。

"这以后都能刻我墓碑上当作丰功伟绩传颂了。"

夸张死了,邬思黎无语。

左柯让也觉着自己挺傻的,自顾自地笑一声,清理下一张照片的黏胶。

雪后初霁,阳光大好。

日头升高,左柯让半边身子沐浴在灿灿金光里,邬思黎看得莫名心动。

她上前吻在他鼻尖:"谢谢你爱我。"

左柯让扬唇:"也谢谢你允许我爱你。"

普普通通的一个圣诞节,他们没有随大流出去热闹,只是在家里相互依偎。

幸福的人用童年治愈一生,不幸的人用一生治愈童年。

而她,被左柯让治愈好童年创伤,并且用他的爱去经营以后的人生。

2

圣诞节过后就是元旦,又是新的一年要到来。

圣诞节那天,居可琳就在他们这帮人的群里呼朋唤友地组局,约着跨年那晚一起出去庆祝。

左柯让不想去,他这人长得一副招蜂引蝶的不老实样,但真挺乖的。

没什么不良嗜好,不玩感情不酗酒,和邬思黎终于定下来后,没一丁点烦心事,烟都给戒掉了。

司琮也喜欢蹦极跳伞等一系列极限运动,李京屹喜欢赛车,段骏鹏喜欢泡吧,就左柯让,啥啥都很随意。

小时候感兴趣的航天现如今发展成事业,纯粹的喜欢在航天领域里常年深耕蜕变成一份责任与使命,练过几年的排球在大学毕业后因凑不齐人、配合不默契等原因逐渐搁置。

不过这些都无所谓,他人生最大的爱好就是邬思黎。

什么都不干,只只是看着邬思黎,左柯让都不嫌无趣。

倒是还有另一爱好,就是给邬思黎花钱。

今天买点衣服明天买点首饰,就热衷于打扮她。

无论怎么,都不会脱开一个邬思黎。

两人和好后,他更是少有娱乐活动,就在家跟邬思黎待着,她在家加班,他要有工作就一块忙,没工作就坐她旁边陪着她,喂她吃吃水果喝喝水,再在她低头过久颈椎不舒服时给她按按摩。

邬思黎要是有约外出,他要闲得慌又正好有人叫他,他才会去玩玩,不想去就在家等邬思黎回来。

就一整个以邬思黎为他世界中心开始公转加自转。

居可琳总说,左柯让还没谈恋爱时,司琮也是他们这群人里最恋爱脑最黏人的一个,离开罩关就要死要活,现在左柯让成功取代司琮也恋爱脑榜首的位置，荣登第一。

所以，综上所述，跨年这么有仪式感的日子，左柯让只想和邬思黎单独过二人世界。

其他人，他连影子都不想瞧见。

但邬思黎不要。

脱离学生时代后，大家都为各自的人生奋斗不息，想要齐聚见一面太过艰难，邬思黎不想扫兴。

他俩天天过二人世界，不差这一天。

邬思黎要去那就去呗，左柯让驳谁的面子都不会驳她的面子。

RS 离公寓不远，这两个地方都处在繁华路段，步行十五分钟的一段路开车有时候能堵一个小时，平安夜又下过一场大雪，虽说道路第二天就清理出来，但积雪融化总不会太快，以防左柯让上班着急，两人这一周都是各自开车去上班。

今晚有安排，明天又放假，邬思黎和左柯让都没加班，准时下班，分别前往 Ark。

Ark 是位于工体那边的一家酒吧，左柯让他们常玩的一处地方。

那里共两层，一层是卡座散台，二层是私密性包厢，每层都挑高到八米，音响设备据说都是老板花大价钱购置，效果一绝。

居可琳早就提前订好二层一间包厢。

巧得很，邬思黎和左柯让从不同地方出发还能同一时间到达。

工体这边酒吧多，停车位根本不够用，邬思黎来时正好有一辆车驶离，腾出个空间，就是位置太过狭窄刁钻，她停车技术有限，磨磨叽叽半天都没能把车停好。

左柯让一下车就瞧见她的车，闲庭信步过去敲她驾驶座车玻璃。

邬思黎也没逞强，下去把车交给他，站步行道上等他。

她吭吭哧哧不得要领，左柯让三两下就将车稳当当停好，真是人比人气死人。

邬思黎呼口气，拉高围巾。

"嘀嘀"两声，左柯让锁好车，走到她身边自然地牵起她的手，又弯腰在她脸颊上一吻。

他边带她往里走边问："冷不冷？"

邬思黎的手被他握在掌心，暖得出汗，还能冷？纯属没话找话。

Ark 晚上八点半才开场，今天跨年，日子特殊，还有一个半小时到八点半场内就已经人满为患，热场舞曲放着，DJ 闲闲懒懒地把控着节奏。

左柯让改牵为搂，胳膊搭在邬思黎腰间护着，免得她被陌生人撞到。

左柯让朋友圈里，像他这种打工人是稀有动物，基本都继承家业，自己做老板自己说了算,时间相对灵活,晚高峰又堵会儿车,他俩到二楼包厢时,大部分人都到了。

上次他们聚在一块还是居可琳和李京屹婚礼,当时邬思黎和左柯让刚刚和好,是一众人里的主角,时隔小半年,这次再聚会,他俩前不久求婚成功,又成为当之无愧的主角。

杜思勉一早准备好酒水,三个直口杯倒满啤酒,三个杯子上两处空隙又放着两只装着金酒的子弹杯。

待两人推门进来,杜思勉拿起另一只子弹杯,同另外两只子弹杯轻轻一碰,"叮"一声脆响,子弹杯挨个掉入直口杯,激起一层绵密泡沫。

三杯深水炸弹就调好。

不容左柯让开口,杜思勉忙招手:"来来来,新晋半已婚人士先过来把酒喝了。"

只是求婚,还没结婚,杜思勉就琢磨出个半已婚人士的词来。

左柯让正要动手帮邬思黎摘围巾脱外套,闻言眼神都不给一个:"我老婆不许我喝酒。"

邬思黎一万个无语。她什么时候不许他喝酒了?

他拿她当挡箭牌是假,炫耀身份才是真。

邬思黎难得不配合地拆台:"我没不许,你快去吧。"

她还顺势在左柯让背后推一下,然后摘着围巾去居可琳那边。

左柯让就这么被晾在包厢门口。

杜思勉笑得开怀,敲敲茶几:"来吧柯柯,弟妹都发话了。"

左柯让瞟一眼已经坐下跟居可琳、覃关她们聊起天的邬思黎,轻啧一下,有点后悔赴约。

接着,他走到杜思勉边上捏住杯口开喝。

左柯让在这些人里酒量一般,这三杯才是开始,他喝得还算轻松。

这人忒爱显摆,他坐的地方,用右手拿杯子更方便,他就不,就非用另一只手,还大张旗鼓地每次都在其他人眼皮子底下晃一圈。

谁能看不出他想表达什么?

本来不想给他这机会,齐靖帆实在看不下去:"知道你有戒指了,别犯病了行吗?"

"你们不懂。"左柯让一本正经,"你们又没被求婚过。"

众人满脸无语。

包厢大,男男女女暂时分坐两边,互不打扰,左柯让这边都是男人,他一人一张单人沙发,斜对面就是司琮也和李京屹。

想起一件旧事,左柯让舒展地窝进沙发里,感慨:"有些人这辈子收到的最贵重的礼物也就是辆车了。"

他转着无名指的戒指："不像我。"

李京屹只有在居可琳那里才会哑口无言，对外刀枪不入，他临时处理完一封工作邮件，抬头："我和居可琳青梅竹马。"

左柯让沉默。

司琮也调着酒，捏着一小瓣柠檬往酒里挤出汁水，接话："我和覃关比你们都早确立关系。"

左柯让接着沉默。

杜思勉总结："柯，你好惨。"

左柯让凉凉地睇了他一下，找到突破口，先攻击李京屹："但居可琳和别人谈过。"再转向司琮也，"覃关的初恋也不是你。"

左柯让反败为胜："不像我，我和邬思黎是彼此初恋。"

李京屹不甚在意："我和居可琳中间没断过档。"暗指左柯让、邬思黎分手四年。

左柯让踩司琮也："他断过。"

司琮也反应也快："我俩比你俩少一年。"又补充，"而且我俩中间联系过，见过面的那种。"

杜思勉归纳："柯，好像还是你惨。"

"有病。"左柯让懒得跟他们废话，"滚。"

过来找李京屹拿自己手机的居可琳有幸听到一耳朵，看着这几个都长得挺帅挺精明，跩得二五八万的男人，表情一言难尽。

私底下这几个都是什么玩意儿。

她回到包厢另一端，将刚才那一轮由左柯让起头的攀比讲给邬思黎和覃关听，两人都久久不语。

覃关淡定些："司琮也有病不是一天两天了，正常。"

邬思黎在喝椰汁，吐掉吸管："左柯让他——"她不太会吐槽，一切尽在不言中。

居可琳和李京屹的相处模式是有空就一起玩，没空就各忙各的，他俩一个爱自由一个性格冷，整日腻腻歪歪实在不符合他俩人设。

所以居可琳也不太能理解左柯让这种畸形的爱恋，她迟疑着问邬思黎："这也太束缚了，你不难受吗？"

如果换作四年前，邬思黎一定会说难受，甚至还要逃离。

可今时不同往日，她认清自己的心，确定自己想要的就是左柯让这种偏执、非她不可的爱意。

左柯让不再管束限制她和异性的正常社交，醋还是控制不住在吃，这没办法根治，他就是一看到邬思黎身边有异性出现，哪怕对方心无杂念他也照旧不爽。

但他换了方式,不满的点就明白告诉邬思黎,分寸她自己拿捏,卖个惨说说委屈,邬思黎心知肚明他的计谋,也还是会哄他。
　　他们两个在感情方面都有缺陷,但是幸好,互相都能填补完整。
　　邬思黎柔柔地摇头:"不难受。"
　　居可琳没有恶意,她就是觉着左柯让爱一个人有些过于疯狂,早纠正早好。
　　当然,邬思黎能接受就皆大欢喜。
　　居可琳悠悠叹口气:"真是什么锅配什么盖。"
　　邬思黎腼腆一笑。

　　酒吧正式开场后,歌手轮番上阵,Ark 老板实力不容小觑,将国外一知名摇滚乐队请来表演,十一点四十分至十二点二十分这黄金四十分钟全由乐队来掌控。
　　躁动的音乐仿佛要直冲天际,敲打着耳膜和心律,全场人都玩疯了。
　　居可琳嫌包厢不够热闹,下楼到一层蹦台,李京屹跟上去看着她,别惹出什么乱子。
　　覃关心脏不好,经不住这么闹,司琮也更不允许她过多熬夜,在包厢看了会儿乐队演出就捂着覃关耳朵带她回家睡觉。
　　其他人要么也下楼去玩,要么留在包厢拼酒摇骰子,邬思黎和左柯让又靠到一处,在晦暗的角落里窃窃私语。
　　左柯让告状:"我刚受打击了。"
　　邬思黎不解地问:"怎么了?"
　　左柯让闷闷不乐:"李京屹他俩是青梅竹马,司琮也他俩又早早就确立关系。"
　　讲道理摆事实左柯让听不进去,邬思黎撩起眼巡视四周,见没人注意他们这里,垂下脸偷偷在左柯让鼻尖飞快亲一下。
　　左柯让还是郁郁寡欢:"你要舌吻我十分钟或许我就能好。"
　　邬思黎起身就要走。这人蹬鼻子上脸。
　　左柯让不演了,笑着拉住她:"干吗啊,就没耐心啦?"
　　他常拖着语气词的调子逗她。
　　邬思黎拧动手腕,他扣得牢,她挣不开,就没再白费力气。
　　"你能不能正经点?"
　　"我觉着你更喜欢我不正经。"左柯让调情似的逐个捏着她指腹。
　　邬思黎脸一热,眼睛瞪得贼圆。
　　左柯让吻她眼睛,转移话题:"还有最后十分钟,我俩单独去跨个年?"
　　他双眸明亮灼灼,邬思黎受到蛊惑,一时忘记生气,轻而易举被他拐走。

酒吧声音太大，甫一出来，有短暂的空耳现象，车子丢在酒吧门口，两人手牵手漫步在街头。

跨年时节哪里都喧闹，大街上人满为患，处处张灯结彩，堪比除夕春节。

邬思黎没问去哪儿、去干什么，任由左柯让带着走。

这个冬天雪来得密集，一周前的积雪还残留在街边，新一轮雪又洋洋洒洒而下。

路过一家精品店，左柯让带邬思黎进去，给她买了顶毛茸茸的兔耳朵帽子，付完款出去接着沿一个方向走。

他们没有目的地，就是一场心血来潮的凌晨漫步。

又到一处广场，地标建筑的 LED 大屏倒计时只剩最后十秒，人头攒动间是整齐统一的喊声。

倒计时第十秒，左柯让捧起她的脸。

倒计时第九秒，左柯让亲她的嘴唇。

倒计时第八秒，邬思黎环住他的腰。

倒计时第七秒，邬思黎顶开他的齿关。

六——

五——

四——

三——

二——

倒计时最后一秒，两人分开，亲吻结束。

雪花落在邬思黎唇尖，左柯让抿掉，额头与她相抵。

"新年快乐乖乖。"他说，"今年我会比去年更爱你。"

3

今年过年早，除夕在一月。

以前那两年，左柯让大年三十上午飞回京北，陪爷爷奶奶吃顿年夜饭，第二天初一就回来去外公外婆家，两边都顾及。

邬思黎这两天则都是在医院和邬思铭度过。

邬思铭去世后，邬思黎同左柯让分手，孑然一身，在国外那四年也没像样过过春节，就年三十那晚包点饺子吃，还是在有兴致的情况下，不然就在超市买一袋速冻饺子凑合。

而今年，什么都不同于以往。

年前一周，邬思黎被临时派到国外出差，原定最迟昨天回来，因为天气原因航班延误，只得改签到年三十。

左柯让腊月二十八就已经放假，在家独自一人度过两天想邬思黎的日子，除夕当天一早，左柯让去机场接人。

左柯让打扮邬思黎有一手，他自己也挺臭美，不喜欢穿羽绒服那类臃肿衣服，京北零下几度的冬天，他一件加绒卫衣外加一件夹克或者棒球服，年年冬天都如此。

前两天，他又给邬思黎新添置一批衣服，顺带给自己按照同类色系买了两件，今天来接老婆，他从头到尾焕然一新。

他穿着一件黑色连帽卫衣，外套一件棕绿色棒球服，黑裤高帮靴，身姿挺拔有型，个子又高，脸又吸睛，路过的行人不住地将目光往他身上落。

邬思黎推着行李箱出来，都不需要细找，一下就看到他，双眸稍弯，脚步不自觉加快。

左柯让也瞧见邬思黎，在她发现他的前一秒，提步向她那边迎。

两人就这么互相朝对方靠近，走近后，左柯让从善如流地牵起她的手，接过她的行李箱，还是没忍住，隔着她脸上的一次性口罩亲亲她。

机场里这种亲热屡见不鲜，厚脸皮会传染，邬思黎现在在外也能适应左柯让不太过分的动手动嘴。

浅浅一碰就分开，紧接着他三连问就砸下来：

"累不累？"

"饿不饿？"

"肚子疼不疼？"

邬思黎这次出差的行李左柯让包揽了所有，算着日子会赶上她例假，在她行李箱里塞好大一包暖宫贴，临下飞机前，她小腹和后腰才换过两片新的。

她每逢经期人就犯懒不太愿意讲话，便摇头回应。

左柯让摸着她手温度挺暖和，一起揣进自己外套兜里。

两人因身高差，就算左柯让依着邬思黎的步子，丈量还是不太精准，迈步始终比她大少许，并排行走时邬思黎总落后左柯让一点点。

就着他这动作，邬思黎在侧后方打量他一圈。

他在微信上说前天去理了头发，鬓角短了些，脸好像也瘦了点。

年底事情多，元旦过后两人整天早出晚归忙得脚不沾地，她出差前一天左柯让才在粤省参加完航展回来，两人有半个月没好好见面。

一出航站楼，迎面一股凛冽寒风扑面，吹得左柯让一停，转到邬思黎前方替她挡着："冷不冷？"

邬思黎向来都挺了解左柯让，他这么一问她就仰起头："是你冷了吧？"

她穿着一件过膝长款羽绒服，还围着围巾，正儿八经一副过冬的装备，反观左柯让，这一身装扮就是在宁城都经不住。

左柯让嘴硬："我不冷，我是怕你冷。"

邬思黎不深究他话里真假，只说："这次你要发烧我不会管你。"

在宁城读大学时，邬思黎就提过左柯让穿得少，彼时她还没底气跟左柯让硬刚，他说不冷她就不再多嘴，现在可不一样。

左柯让不信："真不管？"

邬思黎坚定："不管。"

风止，左柯让"哦"一声，领着邬思黎往航站楼对面的露天停车场走："那就放我自生自灭呗。"

邬思黎抠他掌心。

左柯让笑笑。

到车边，邬思黎先上车，左柯让把行李放进后备厢，自另一边上来，携着冷气，他启动车子打开暖风。

邬思黎在副驾驶窸窸窣窣脱掉羽绒服，扭身放到后排，一回头，对面人就压下来，托着她一侧脸际开始吻。

左柯让侧着头，每次接吻都是这样，都是他迎合迁就她，鼻尖戳在她脸颊，温热呼吸薄薄涌向她，两人离得极近，他合着眼，邬思黎能数清他具体有多少根睫毛，唇舌被他勾缠，感觉掀起来，邬思黎也闭上眼。

等左柯让松开邬思黎，两个人唇瓣皆覆有水光。

邬思黎错开脸，蹭进左柯让肩窝。

姑娘难得这么明显表达出对他的依恋，左柯让超级受用，手顺着她的长发掠至她后背。

就这么抱了一会儿，左柯让开车前往老宅。

大过年的阖家团圆美满，老人见不得吵架，就将左柯让和左继坤父子俩分开，左继坤怎么想的不得而知，左柯让乐见其成。

中午，左柯让和两位老人一起吃，晚上那顿晚饭轮到左继坤。

爷爷一生清廉节俭，从不搞什么奢靡享乐，自己能行就绝不假手于人，所以家里只有他和奶奶，近些年两位老人上了岁数，行动不如以前便捷，左柯让就做主请了个保姆照顾他俩。

现下过年，保姆放假回家，老宅里又只剩他俩。

邬思黎和左柯让赶到时，就听见厨房一阵"噼里啪啦"的声响，期间掺杂着奶奶略慌乱地指挥：

"放葱姜蒜爆香——"

爷爷依言照做，葱姜蒜丢入热油锅里。

奶奶又改口："不对不对，应该先煎鸡翅！"

爷爷关掉灶火，抽出奶奶拿着的手机，不由分说地把奶奶推出厨房："你去看看电视，不要添乱了。"

奶奶生气："什么叫添乱，我是怕你孤独陪陪你，你这老头子会不会说话？"

厨房就在进门右手边第一道门，奶奶话音一落，就看到孙子孙媳妇，不再理会老头子，欢欢喜喜地迎着两个小辈进家。

她握着二人肩膀前看后看，面露心疼："怎么都瘦这么多，都不吃饭的吗你们？"

左家就左继坤那么一个儿子，左柯让这么一个孙子，人丁稀少单薄，邬思黎回京北不到两个月就和左柯让重归于好，隔段时间不忙的话两人就会回来探望老人，接触一多，邬思黎也不再局促。

她挽着老人的胳膊："没瘦，您没瞧出来我脸还圆了吗？"

"瞎掰吧你就。"左柯让将她羽绒服还有围巾挂在玄关衣架，先否定，"我没摸出来圆了。"

又拆台又口无遮拦，邬思黎瞪他。

左柯让没皮没脸地笑。

"阿让。"爷爷叫人，"过来给我打下手。"

左柯让被招进厨房。

奶奶拉着邬思黎坐到客厅唠家常聊八卦。

四个人分成两批各干各的事情。

爷爷图个十全十美的寓意，亲自下厨做满十道菜，八个热菜两个凉菜。

邬思黎惦念爷爷年纪大不易太辛苦，本想去帮忙，结果被厨房里的爷俩联合轰了出来。

厨房和客厅中间有一面落地玻璃门做隔断，左柯让和爷爷忙碌的身影清晰可见，耳边是奶奶温声的絮絮叨叨，小区里是此起彼伏的鞭炮声。

新的一年除夕，处处都是温情时刻。

吃过午饭，又陪爷爷奶奶待到傍晚，他们卡着左继坤来老宅之前，就启程回公寓。

左柯让这两天放假无所事事，就去超市采购年货，零食、水果填满冰箱，还有一些喜庆饰品用来装点家里。

大门口贴着一副对联，一进门的玄关柜上多出一个柿柿如意的花瓶摆件，阳台落地窗上挂着一排红色小灯笼，二哈也套有一件红白相间的马甲。

邬思黎出差一个星期，想她的人不止左柯让，还有二哈这只狗，现下她一回来，二哈就亦步亦趋跟着邬思黎，待她坐下后，就匍匐在她腿边，欢天喜地晃着尾巴。

邬思黎洗完澡换上睡衣，到客厅打开电视机，调到春晚频道，距离春晚直播还有一刻钟，左柯让洗好一盘水果端出来，又折回厨房煮饺子。

中午两人吃得都挺多，爷爷奶奶不停地给他俩夹菜，恨不能直接喂他们嘴里。知道他们晚上要回自己家，奶奶下午就开始着手包饺子，他们回来时，还带回一大袋水饺，奶奶交代他们晚饭必须要吃饺子，哪怕吃一个。

这是习俗。

左柯让一共煮了十个水饺，他俩一人五个，吃完就依偎在沙发上看春晚。

现在春晚越来越无聊，但不看又觉着没有过年氛围，有好看的节目邬思黎就聚精会神，轮到歌舞表演，她就捧着手机在群里抢红包。

就是她运气不怎么样，随机红包分配额度，她次次数额是最少，左柯让看不得她垫底，特豪迈地在群里给她发一个专属红包，可把其他人给厌恶坏了。

杜思勉：有事吗你？大过年的非要这样，左柯让你真不做人。

齐靖帆：你俩两地分居呢？线上发红包？

段骏鹏：恶心，恶心至极！

司琮也有样学样在群里给覃关来一个专属红包，李京屹紧随其后。

好好一个拼手气图热闹的场合就这么逆转成秀恩爱大舞台，杜思勉他们仨连弹十几条语音辱骂他们。

左柯让一条都懒得点，手机扔一边抱着邬思黎玩她头发。邬思黎倒是听得乐不可支，主要是杜思勉骂人很有梗，抑扬顿挫像在说相声。

左柯让见邬思黎开心，在群里又给杜思勉发一个专属红包——

Atopos：多骂骂，我老婆爱听你骂街。

杜思勉气得一个电话打到左柯让手机上，亲切地问候他半个小时。

除夕夜就这么平淡又欢闹地度过。

年初一睡到自然醒，两人中午的航班去宁城。

他们定好初二去外公外婆家过年，初一下午到宁城后，回公寓放好行李，就去西郊墓园祭拜亲人。

邬思黎和左柯让都与父母缘分浅薄，扫扫墓送束花就算完事，在邬思铭墓前逗留最久。

墓碑照片上的邬思铭笑容灿烂，永远停留在他青春年少的十四岁。

邬思黎站在墓前，跟照片上的邬思铭对视，左柯让没有打扰她的沉默，就在一旁安静作陪。

"我其实很讨厌邬思铭。"邬思黎轻声开口，"在小时候。"

邬思铭是全家人放在心坎上疼的宝贝，从出生起就集全家宠爱于一身。

他得病后，家里还算不错的条件一落千丈，但父母就是砸锅卖铁都不会放弃他。

如果得病的人换成她，估计不会有这种待遇。

邬思黎很羡慕弟弟，她从未获得过这种偏爱。

父亲冷淡，母亲冷漠，邬思黎一开始还以为父母性格就是如此，直到弟弟出生，父母看向弟弟的眼神里的笑意和喜爱不加丝毫掩饰，她才恍悟爸爸妈妈不是因为性格也不是因为第一次做父母，就是单纯的不喜欢她。

弟弟出生后,邬思黎听到最多的话就是父母叮嘱她要对弟弟好,要爱护保护弟弟,无论什么时候都要以弟弟为主。

听得邬思黎耳朵都要起茧子。

不记得是她几岁,邬思铭失手打碎她一个好朋友送的水晶球,邬思黎很生气地质问他为什么要碰自己的东西。

邬思铭害怕地道着歉,母亲闻声赶来,也不问缘由,抱起邬思铭,指使邬思黎赶紧将碎玻璃打扫干净,别扎到弟弟。

邬思黎希望母亲能公平一点,告诉她弟弟打碎了自己的东西。

母亲无所谓地说:"弟弟才多大,又不是故意的,你那么较真干吗?"

弟弟年纪小,可她也还是个不到十岁的孩子。

邬思黎很委屈,但不会有人在意她。

邬思铭在家里的地位有多高,她在家里的地位就有多低。

她厌恶父母的偏心,也厌恶邬思铭的出现,虽然他很无辜。

可当这个什么都不懂的小屁孩躺在婴儿床上一见她就笑,还只有光秃秃两排牙龈的蠢样,她又觉得弟弟很可爱。

家里所有人都很喜欢邬思铭,而邬思铭最喜欢的人是她这个姐姐。

父母给他买的零食蛋糕,他永远都会把第一口留给邬思黎,她要没回家或者不在家他绝不会吃。父母给他买玩具他会拿给邬思黎先玩或者是要双份,过年收的压岁钱会给她花。

邬思铭是个妥妥的姐控。

但他的这份惦记,于当时的邬思黎而言是一种变相的炫耀。

邬思黎很难对邬思铭发自内心地亲近,又很难发自内心地讨厌他。

他一靠近自己,她就抵触,他一难过,她也不痛快。

邬思铭生病之后,母亲对她说过最伤人的话是——为什么得病的不是你。

邬思黎知道后发了好大一通脾气,绝食不吃饭,要母亲向她道歉。

以上种种,造就邬思黎对邬思铭复杂的感情。

她是邬思铭幸福生活的对照物,同时她又在被邬思铭治愈。

在家里,她能感受到的爱全部来自邬思铭。

过去邬思黎不会向任何人倾诉她对邬思铭的这份矛盾,常年得不到关注和重视,她不信有谁会站在她这一边去完全理解她。

但现在她有了左柯让,她就不用再一个人背负。

"我从来没想过有一天他会离开我。"

邬思黎是自责的,在失去后她数次反省为什么没有对邬思铭好一些,再好一些。明明谁都夸她脾气好,她却把最烂的一面留给最爱她的人。

她敛眸吸气:"我跟他说过很多难听的话,也不知道他会不会怨我。"

左柯让斩钉截铁:"不会。"

邬思黎当他是在安慰自己，结果下一秒他在手机相册里调出一条视频。

"邬思铭去世后我去过一趟医院，护士转交给我的。"

当年那个信封里装有一封信和一个U盘，左柯让以为都是给他的，后来连接U盘查看，是邬思铭留给邬思黎的最后一段纪念。

视频里的邬思铭戴着棒球帽，穿着黑T恤，五官标致清秀，他坐在病房窗户前，背后是碧空如洗的蓝天。

他挑着最好的天气最好的角度，以最好的面貌录制的这一条视频。

"姐，当你看到这条视频的时候，我已经不在了，如果我猜得没错，你应该也已经和柯让哥修成正果了。"

邬思铭是个很通透的小孩，邬思黎虽然没有告诉过他半个字她和左柯让相识恋爱的始末，但他善于观察，心又细。

他不插手姐姐的感情，却在用自己的办法操着心。

"真是这样的话，那我就真的能放心了，除了柯让哥，我找不到第二个使我踏实的人，我知道你们都很喜欢对方，遇到一个互相喜欢的人不容易，你们要好好珍惜。"

他老气横秋地嘱咐完一通，话锋一转："对不起姐，因为我，你背负了太多不属于你的责任和痛苦，我其实不希望你对我太好，甚至希望你放弃我，这样你会轻松很多。

"相比我能活着，我更愿意你能无忧无虑。以后我不在了，你终于可以为自己而生活了。"

视频里，阳光在这一刻忽然明媚，一簇光亮打在他下颌："姐姐，希望你往后人生的每一天都能为自己而活，开心快乐，万事顺遂。

"如果你愿意的话，下辈子我当哥哥保护你。"

番外三 //
领　证

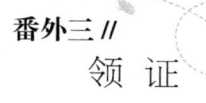

新年一过，天气转暖。

京北萧瑟的冬日逐渐向春季迈进，褪去灰蒙蒙的雾色，光秃树枝抽出点点绿芽。

厚重棉服脱下，换上轻便春装，三月初的某天，气温飙升，中午热得能穿短袖，左柯让正在室外场地勘测设计，试飞要视野开阔，所以试飞场地方圆百米一棵树都没有，阴凉地方更别想，他就那么顶着大太阳来回溜达。

他火力旺盛，热得不行，当即就把外套扔一边。

后半场气温下降，试飞正值关键时刻，他没空再去套外套，初春冷风阵阵，他晒出的那点汗就这样吹干。

左柯让体质挺好，轻易不生病，他每年冬天都穿得不多，身体已经适应这种模式，春捂秋冻这种保健方式于他没用，以往热了就脱、冷了不及时添衣的情况时有发生，他从不往心里去。

结果第二天早上起床，他嗓子就不太舒服，干涩发胀，洗漱完去冰箱拿出一瓶水连喝几口，冰凉入喉，含着沙子似的痒得到缓解。

邬思黎的视频电话这时也打来，左柯让咳嗽两声清嗓，接通。

人没见到，邬思黎那边一片漆黑，手机被她盖在胸口，随之传来陌生女人的道别："晚安阿黎，明天见。"

邬思黎温软地回一句明天见。

画面一闪，镜头拉离，两根长短不一垂坠着的绸带映入屏幕，就只凭借这一个细节，左柯让就判断出邬思黎穿的什么衣服。

一秒后，镜头上移，邬思黎出现在他眼前。

她锁好门，插好门闩，报备："我到酒店了。"

左柯让计算着她那边时间，应该是晚上八点："吃饭没？"

"还没。"邬思黎又将镜头拉远，边往屋里走，边给左柯让示意拎着的纸袋，"打包回来了。"

左柯让按着水瓶做支撑，倚着中岛台："后天回？"

邬思黎应声。

明天就能回，机票都买好了，早上返程的航班，傍晚到京北，但她没说，想着给左柯让一个惊喜。

初雅年后复工给她打过一剂预防针，今年派她外出会比较频繁，一方面是需要出差的大型活动她有翻译经验，另一方面是初雅有意培养她当接班人，就得一次次锻炼。

左柯让对此颇有微词，不过有益于邬思黎的事情他不会阻止。

左柯让点点头，一张嘴，喉咙突然一痒，猝然一咳就止住。

"怎么咳嗽了？"邬思黎皱眉，"你是不是又没好好穿衣服？"

"哪能啊，我好好穿着呢。"左柯让掐科打诨，扯扯衣领，"没光着。"

邬思黎嗔他："你好好说话。"

"我没事，刚喝水呛着了。"

如果邬思黎在家，在他跟前，这个惨他非卖不可，但她不在，他就不想她过多惦记。

那句话怎么说的来着——

一个成功女人的背后都有一个优秀的男人。

他不能掉链子。

"昨天升温你真没乱脱衣服？"邬思黎在国外也不忘关注京北气温。

这是他俩的一个默契，其中一人在哪儿，另一个人就会在天气软件里每日搜索当地气温。

这种小事不需对方提醒也能做好，这么大人谁不会照顾自己？

但爱情嘛，就是会使人矫情。

"没啊。"左柯让瞎掰得自然，眼睛都不眨一下，"我哪敢。"

邬思黎将信将疑，再次叮咛："你别太臭美了，换季最容易感冒了。"

左柯让"嗯嗯"应着，又想咳嗽，他竭力压着，等到邬思黎进浴室洗手，他借着"哗哗"水声咳两声。

邬思黎出差这几天，两人都是在左柯让上班前打个十来分钟视频，今天她打得有些晚，不能耽误他上班，说两句就要挂。

"等会儿。"左柯让拦她，"给我看看你今儿穿的啥。"

他这要求不算稀奇，邬思黎的衣服鞋子以及首饰都是左柯让置办的，他要赶不上亲眼看她穿新衣服，就会要她拍照片或视频发他。

她今早出门急，忘记拍了。

她挪到房间玄关处，掉转镜头，对准镜子："就是你年前新买的那一套。"

柔白色缎面衬衫，领口两根绸带，配卡其色半身包臀裙，下摆扎进裙腰里，腰臀线条勾勒紧致。

"好漂亮，思黎老师。"他嗓音放轻拖长，嘴角扬着一抹笑。

"哔——"视频切断。

次次惹得邬思黎恼羞成怒又次次犯戒，这么一喊，姑娘又不理他了。

他晚上收到她消息，说她最后一天会很忙，就不再打视频，左柯让回个"好"，没多闹她。

邬思黎还有点新鲜，左柯让少有这么痛快的时候，不过她正办理着值机手续，没太多想。

九个多小时后回到家，她看见左柯让躺在主卧床上烧得脸红耳热，可算明白他为什么那么痛快。

床头柜上摆着药盒，不知道他多久前吃的，体温还在三十九摄氏度，但额头覆有一层汗珠。

邬思黎去洗干净手，顺便带条毛巾出来给他擦汗，又给他掖好被角，就去换居家服再回来守着他。

不一会儿，左柯让就嫌热，要踢被子，邬思黎一手按紧，一手捻着他耳朵安抚。

哄好他，他又开始出汗，邬思黎继续擦。

前前后后折腾半天，左柯让总算退烧，邬思黎悬着的心落回地面。

左柯让醒来是一个小时后，发过烧的脑子蒙着，有些恍惚，他好像梦到邬思黎来着。

人一生病就精神脆弱，左柯让一脆弱就特想邬思黎。

一个电话就要拨过去，末了，他想起她忙，又打消念头。

出了一身汗，身上黏糊糊的难受，他拿着换洗衣服去浴室冲澡。

他前脚进浴室，揪着衣领兜头脱下T恤，后脚浴室门就被人推开。

他吓得骂出声，回头就看见邬思黎阴沉着脸杵在门口。

她面色不善："你要干吗？"

"洗澡。"左柯让还未完全反应过来她回家的事实，身体就先动作，咧开嘴笑，"你怎么回来了？"

邬思黎攥上他手腕把他拽出浴室："刚退烧不能马上洗澡，你不知道这个常识吗？"

左柯让全然不顾她的教育："什么时候回来的？"

"怎么没叫我去接你。"

"你烧得床都起不来怎么去接我？"邬思黎语气挺冲挺凶，"你说你没乱脱衣服，那脏衣篓里的短袖是凭空出现的吗？"

将左柯让按在床上坐好，她转身在衣柜里翻出一件干净长袖："穿上。"

左柯让不接，就抬胳膊。

邬思黎真想就这么把衣服丢给他拉倒，一想到他那不达目的不罢休的犟脾气，妥协了。

拿的时候没仔细看，是件衬衫，她抖开帮他穿好，半弯着身系扣子。

她系到第二颗，腰一紧，就被左柯让箍到他怀里，跪坐在他腿上，拖鞋"啪嗒"掉下一只，邬思黎挣扎，叫他别捣乱。

左柯让充耳不闻，单手圈着她后腰，一手掌着她脸。

邬思黎斥责他："你别——"

"闹"字吞没在他唇舌，她所有声音都被他吞吃，根本讲不出一个字。

这下好了。左柯让退完烧邬思黎不许他洗澡，结果他还撒谎没乱脱衣服，罪上加罪，彻底惹恼邬思黎。

邬思黎单方面宣布冷战。

他伏低做小好几天，邬思黎才乐意施舍给他一个眼神，但照样不理他。

不过这冷战冷得也不彻底。

邬思黎严格管控着左柯让换季脱穿衣服，根据天气预报提前一晚找好他明天要穿的衣服，不再由着他的性子乱来。

高子言和左柯让共事四五年，深知他永远走在季节的前沿，冬天别人裹着大棉服他加绒卫衣搞定，春天别人刚换夹克他就能穿短袖。

今年见左柯让一反常态老老实实随着气温增减衣物。

中午去食堂吃饭的路上，高子言勾着左柯让的肩膀打趣："今儿这么热你咋还穿长袖呢，不服老不行了吧？"

左柯让得意地道："我老婆怕我感冒生病，我现在穿什么衣服都是她负责。"

他惋惜叹气："你没有老婆你不懂。"

高子言无语，自己就不该欠这个嘴。

春去夏来。

京北又迎来一年夏。

六月底，他俩和好一周年，左柯让又故技重施，凌晨把她从被窝里捞起来，开一个小时车到达郊外一座山峰看日出。

七月十一号，左柯让生日前一晚。

杜思勉在群里呼唤着祝他生日快乐。

他们这群人是知道左柯让不过生日的，但是在左柯让和邬思黎分手后他第一个生日，左柯让自己在朋友圈发过一张蛋糕图片。

从那以后，一群狐朋狗友就凑一堆给他庆生。

论家世来说，他们这圈人旗鼓相当。

论家庭和睦，左柯让当之无愧是倒数第一。

朋友们明面上不表，心里都挺心疼他。

他又是最小的一个，都是真心把他当作弟弟来宠。

去年左柯让重获爱情，朋友们很有眼力见儿地取消替他庆生这件事，用人朝前不用人朝后不太地道，邬思黎也很感激左柯让朋友们对他的付出，就请他们吃了顿饭。

饭局上不记得是谁说，以后每年他们就七月十一号给左柯让庆生，十二号正日子他们小情侣再过二人世界。

左柯让没有异议。

于是就这样定下。

白天都得上班，晚上才有空，今年七月十一号还在周中，周边城市两日游都不行，排除来排除去，就只剩酒吧这么个地方符合标准。

其实地点不重要，干什么也不重要，重要的是陪在身边的人。

他们这群人也无非就是想找一个固定日子聚一下，维系维系感情。

左柯让生日就成为最合理的由头。

还是在Ark。

上次来是在跨年，半年过去，店里大改过一次，幕后老板也换成杜思勉。杀人杀熟，肥水不流外人田，与其给别人送钱，不如给朋友送。

秉承着这种想法，杜思勉年初就将Ark收入囊中。

一开始他没声张，圈子里谁都不清楚Ark老板换人这事，是有一次杜思勉喝醉酒自己抖搂出去，众人这才知晓。

居可琳常去Ark玩，一想到杜思勉不声不响地赚了自己那么多次钱她就气得不行，当场就送他一顿揍。

这次他们没去二楼包厢，杜思勉盘下Ark装修时，特意将一层中间卡座扩大，专门留着他们过来玩。

杜思勉虽然是老板，但不每天都在，来这么一次，进店后就去突击视察。

其他人跟回自己家一样，大剌剌往卡座一坐，酒水果盘小零食就接连端上来。

一群人长相个顶个出众，风格还都各不相同，不一会儿就吸引别桌男男女女前来搭讪。

司琮也在跟覃关咬耳朵，李京屹胳膊搭在居可琳身后，左柯让没骨头似的枕着邬思黎的肩膀。

反正有家室的这几对都在用自己的方式驱赶桃花。

杜思勉、齐靖帆他们还都单着，见状把人招呼走，游刃有余地游走在花丛中。

邬思黎最是喜欢这种欢闹的气氛，有感而发："你这些朋友真的都很好。"

"还行吧。"左柯让慢条斯理剥掉葡萄皮，将果肉喂给邬思黎，"他们做人的时候还凑合。"

杜思勉在他们后面路过，耳尖地听到这番评价，照着左柯让后脑勺就是一掌："臭弟弟！"

左柯让恶心得要死，扭头叫他滚蛋。

杜思勉火上浇油地双手捧起他脸，噘嘴隔空抛他一个吻，在他发作前松手溜走。

左柯让真想吐，抽张湿巾擦脸，面无表情："我感觉我被玷污了。"

邬思黎笑得止不住。

玩到后半夜凌晨四点，他们又组团去夜宵摊吃了顿烧烤，凌晨五点半，这场生日局终于结束。

都喝过酒，这个时间代驾都不好叫，其他人怎么回家左柯让不管，烧烤店就在市中心，离公寓挺近，左柯让问邬思黎困不困，邬思黎说不困。

平常他俩最晚一点钟也就睡下，熬过那个劲，精神就格外振奋。

左柯让就提议走回家，顺带醒醒酒，邬思黎说好。

天色将亮未亮，朦朦胧胧的雾霾蓝调，踏出一隅夜市，喧嚷远离不再，这座城市还在沉睡中尚未苏醒。

两人手牵着手，散漫随意地走在大街上。

邬思黎还残留着些许醉意，露出小孩子心性，踩到路肩上，像走平衡木那样双臂微张："没承想玩到现在，今天肯定是要请假了。"

左柯让在边上护着她："请呗，理由就说和你未婚夫私奔了。"

邬思黎瞥他："都未婚夫了为什么还要私奔。"

"不还没转正呢。"左柯让幼稚地晃着她胳膊，"求婚都过去这么久了，什么时候给我升个级？"

左柯让不是向邬思黎施加压力，什么都聊开后，和好这一年里，他每一日都在比前一日更多感受到邬思黎对他的喜欢。

她上班时遇到有趣的事会第一时间发消息与他分享，烦心事向他倾吐，不开心就同他耍气。

这些都是她爱他的证据。

左柯让不再惶恐不安。

他就是随口一聊，邬思黎却给他个重磅回答："不然就今天？"

左柯让当她只是随口一说，没往心里去："真的？"

"真的。"邬思黎看一眼时间，计划着步骤，"现在六点二十五，我们回家洗个澡换身衣服。"

她在地图搜索民政局的位置："家里到民政局打车半个小时，我们能在他们九点上班前赶到。"

邬思黎每一句话的输出，左柯让散淡的神情就消退一分。

最终，他怔怔不动。

邬思黎随他一起停下步伐，侧过身面对他，初露朝阳下，她柔柔地笑着："这个生日礼物你愿意要吗？"

左柯让心跳"怦怦"，有那么一瞬间愕然到失去言语。好半晌，他找回自己的声音，真挚点头："愿意。"
　　于是，他们就按照邬思黎的安排进行着，回家洗澡，换上白衬衫，邬思黎化好妆，出门打车去民政局。
　　极为普通的一个日子，领证的人不多，他们去得又早，排队都不用。
　　他们递交资料、填表、盖章，很简单的一系列流程。
　　拍照时，两人站在红色背景墙前，共同持有一份宣誓词——
　　"我们自愿结为夫妻，从今天开始，我们将共同肩负起婚姻赋予我们的责任和义务，相濡以沫，钟爱一生。
　　"今后，无论顺境还是逆境，无论富有还是贫穷，无论健康还是疾病，无论青春还是年老，我们都风雨同舟，患难与共，同甘共苦，成为终身的伴侣。"
　　从民政局出来，左柯让发了条朋友圈。
　　两本结婚证叠在一起的照片。
　　配文是一句电影台词——
　　"我这一生的所作所为，都是要领我朝你而来。"
　　二十六岁的这一年，左柯让收到他人生中最完美的一件生日礼物。

// 番外四
婚 礼

邬思黎和左柯让的婚礼，定在领证后第二年五月十八号。

为什么是这个日子？

因为去年的五月十八号，邬思黎从国外回来，回到京北，回到左柯让身边。

这是个值得纪念的日子，所以应当再被赋予一层更为重要的意义。

还有一个原因是，五月中旬的宁城气温平均在二十摄氏度左右，不冷不热，邬思黎不用担心太热会弄花妆容，也不会遭受秋冬湿寒天气的侵扰。

他们没有去国外，也没有找什么酒店作为举办婚礼的场所，左柯让从来不走寻常路，想法别出心裁。

邬思黎的视角里，她和左柯让第一次见面、左柯让第一次搭讪邬思黎的那家书店——被左柯让买了下来。

其实很早就买了，早到邬思黎答应成为他女朋友的第二天，他就偷偷摸摸去办理好了购买手续。

他不参与经营，老板、员工一切照旧，也不怎么出现，只是作为一个幕后老板拥有着这间书吧。

唯一的要求就是不允许老板擅自更改书吧里的每一处设施，大到墙砖地板，小到书籍摆放位置。

时代不断在发展变迁，审美同样在更新变换，大街小巷店铺的装修多为简约冷淡风格，唯有这间书吧好像被按下暂停键，保留着质朴，是时光洪流里的一处静谧。

也因此逐渐成为一处独树一帜的风景，吸引越来越多的人来拍照打卡。

邬思黎出国那几年，左柯让才经常出现在书吧，这个经常指的是每一周的周六。

他八点钟到达，找一本书，雷打不动地坐在靠窗第三桌，手边有时候会有一杯咖啡，有时候会是一瓶矿泉水。

他一待就是一天，傍晚再离开。

就算是普通人在固定的时间里做出固定的事情，次数一多，也很容易给其他人留下印象，更何况左柯让长着那样一张帅脸，更叫人印象深刻。

店员不清楚左柯让的来历,对他的神秘产生极大兴趣,不忙的时候就凑在一起谈论他。

"我承认我们这家店很牛,但也没牛到让人连续好几年都来光顾吧?"

"而且是每一个周六,风雨无阻,简直比我上班打卡还准时。"

"他都快成咱们店的野生代言人了,前两天我在某书上刷到一篇宁城旅游攻略的帖子,提到咱们店,那个博主特地说明周六来打卡会看到帅哥一枚。"

"到底为什么啊,我好好奇啊。"

老板当初在签约合同时见过左柯让,听到员工们的窃窃私语,顺着他们一同观望的方向眺一眼。

那天是阴雨连绵一周后的一个晴天,男人坐在靠窗第三桌,背对收银台,阳光自落地窗外洒进,跃在肩膀,明明沐浴在温暖中,却隐隐有几分寂寥。

老板看完随口回答员工:"在等人吧。"

老板想,或许她猜测有误,他只是单纯有强迫症,喜欢周六八点来书吧坐一整天给自己充电,但是因为她知道左柯让是书吧真正的所属人,也知道那个合同上他列举出的唯一条款,她更倾向于自己没有猜错。

老板也好奇,好奇左柯让有没有和他所等待的人约定好,好奇左柯让等待的人还会不会出现在他面前,回到他身边。

可那又有什么关系呢?

等待本身就是一件浪漫的事情。

浪漫的事情不应该被得与失禁锢。

某一天,书吧里一位员工蓦然发现接连两周没有看见靠窗第三桌的客人。

第三周依旧没有,然后是第四周、第五周……

老板就想,可能是左柯让已经等到了属于他的结果。

直到一年后的某天,员工们都快不记得第三桌客人的时候,老板接到左柯让的电话。

两人进行了第一次也是唯一一次长达半个小时的通话。

第二天,员工们第一次接到闭店装修通知,期限待定,不过工资照发。

员工们笑翻天。

所有的一切,都是左柯让背着邬思黎搞的。

结婚的日子是两人一起商量的,婚礼形式左柯让就没叫邬思黎再参与,邬思黎知道左柯让是要给她准备惊喜,他这人就喜欢时不时整点小动作,等到呈现给她,享受她那一刻要么泪眼汪汪要么欣喜万分的反应。

邬思黎也乐得配合他,就真的没再管。

她需要操心的就只有一件事——挑婚纱、试婚纱。

关于婚纱,邬思黎还跟左柯让生了个气。

婚纱是左柯让联系的知名设计师来给邬思黎量身定制的,量好邬思黎尺码后,设计师就飞回国在加工赶制,期间邬思黎没再接收到任何有关婚纱的消息。

恰好她那段时间挺忙,出了几趟差,十月中旬她出差回来,初雅在机场就给她放了假,邬思黎就直接回家。

是个周日,左柯让休息在家,邬思黎到家的时候他正趴在床上睡觉,昨晚两人视频到一半他接到工作电话,估计又忙到后半夜才睡。

邬思黎放轻脚步,想去衣帽间拿睡衣换洗,一推门就看到摆在衣帽间中央的一套婚纱。

抹胸鱼尾款,小腿以上是精致刺绣,小腿以下是堆叠的白纱。

邬思黎一眼就喜欢上了。

后方传来一阵脚步声,她还没来得及转身,后背就贴上来一人。

左柯让抱着她,第一句说"你回来了宝宝",亲亲她脖颈,第二句说"你去试试婚纱"。

邬思黎难得有喜欢到按捺不住的东西,没推托,叫左柯让出去,她换好再进来。

彼时,左柯让下巴搭在她肩膀上,闻言懒洋洋地睁开一只眼,打量她几秒,突然笑起来,兴致勃勃地说他帮她换。

邬思黎能不了解他什么德行?

但是拒绝也没用,左柯让义正词严地说婚纱太复杂她一个人搞不定,要是一个不小心弄坏了怎么办?

他又发誓自己绝对不会在她换婚纱的时候动手动脚,保证做一个乖宝宝,成功说服了邬思黎。

左柯让的确言出必行,只是帮邬思黎穿婚纱,眼神表情没有流露出一丝不正经。

然后邬思黎穿好婚纱,他原形毕露。

邬思黎气得要死,三天没搭理他,最后是左柯让装病博同情,邬思黎才勉强把这一趴揭过去。

再之后每次试婚纱,邬思黎都不允许左柯让在场,太复杂的就叫邹念桐她们过来,试完就脱,也不给左柯让看。

左柯让这一作死,直到婚礼当天才亲眼见到邬思黎第二次穿婚纱的样子。

书吧占地挺大,为了这次婚礼,左柯让和设计师沟通无数次,最终还是把隔壁一家花店盘下来,打通扩大面积,才满足左柯让提出要搭建一个台面的要求。

舞台垒高三四十厘米,婚礼结束后摆放一架钢琴或者书桌什么的都行,完全不影响日后经营。

二楼是专门用来给邬思黎化妆的地方,婚礼开始,音乐响起,她在旋转楼梯上缓缓走下。

邬思黎最后挑的是一件缎面拖尾。

抹胸那部分点缀着一圈碎钻,戴着蕾丝手套,长发盘起,头纱吹落在身后。像个公主。

左柯让的公主。

下楼之前,邬思黎还很紧张,可当她透过楼梯缝隙看到站在楼下的左柯让时,怦怦乱跳的心竟奇异地平静下来。

她迎着左柯让的目光,带着柔柔笑容,一步步走到他身边。

宾客们都坐在阅读区,邬思黎和左柯让请的人不多,都是至亲好友,相比起其他好友结婚时的昭告天下,他们更偏向于独属于他们自己的温馨。

流程都是那一系列流程,没有什么新意,但是婚礼本就美好,无论参加多少次都值得感慨。

覃关坐在台下看着台上的一对新人,常年淡漠的脸蛋终于流露出浅笑:"这婚礼有心了。"

司琮也瞥她。

另一边的居可琳听完附和:"我也觉得,左柯让这人是有点手段在的,这一看就走心了。"

李京屹瞥她。

察觉到李京屹眼里传递出的不善,居可琳不怕死地继续薅老虎须:"这么看我干什么,你跟我的那场婚礼只能说有钱,我没感觉到有心。"

谁叫他故意在她接电话的时候闹她,虽然来电那人对她有那么点不清不白的念头,但她早就明确拒绝过,聊的也是生意上的正事。

差点害她丢人,居可琳憋着口气呢。

李京屹收回视线,默不作声。

司琮也还瞅着覃关,扣住她手:"老婆,我们再办一场婚礼,咱俩也有特别回忆的地点,就去咱俩高中,你班主任和我班主任给咱俩当证婚人。"

覃关无语抽手:"别有病。"

司琮也再牵她。

因为这段意外的对话,左柯让在婚礼结束后的 After party(后续派对)上,被司琮也和李京屹联手灌酒。

当然这是晚上的环节。

此时此刻,台上的一对新人进行到交换戒指的环节。

左柯让是个哭包,邬思黎早就知道,所以在他给她套上戒指,并且他的眼泪也随之滴落在她手背上时,邬思黎一点都不意外。

她只是捧起左柯让的脸,上前一步,亲亲他的眼,沾染上他的泪水后,去吻他的唇。

两人共享着咸涩的味道。

邬思黎说:"我爱你。"

"我知道。"左柯让回,"我也爱你。"

视线交汇的瞬间,时间仿佛回到他们各自记忆里初见对方的那天。

炎热的夏天,嘈杂的车站。

步履匆匆的女生冒失撞进男生怀里,发间的栀子花香驱赶掉他的烦躁与疲惫。

梅雨季,阴雨天。

书吧的玻璃门推开,男生浑身湿透地进来,女生刚刚浇完盆栽,不安地站在门口。

一句对不起,一句你好。

是邬思黎和左柯让故事的开始。